KB196844

스파이 코스트

스파이
코스트

테스 게리첸 지음

박지만 옮김

도서출판 미래지향

1장
–
다이애나

파리, 열흘 전

그녀는 한때 멋진 황금빛의 소녀였다. '어쩜 이리도 변했지.' 그녀는 거울을 응시하며 그렇게 생각했다. 한때는 구릿빛으로 염색된 예술적인 줄무늬를 가졌던 머리카락이 이제는 죽은 쥐의 갈색이라고 밖에 설명할 수가 없다. 어떤 남자가 그녀에 대해 수소문을 하고 다닌다는 이웃의 말을 전해 들은 후 쇼핑하러 갔던 모노프릭스 매장에서 찾을 수 있는 가장 눈에 띄지 않을 법한 머리의 색상이었다.

순전히 단순한 이유일 수도 있지만, 누군가가 그녀에 관해 물어보고 다닌 다는 것은 무언가가 잘못되었다는 첫 번째 단서가 될 수 있다. 비록 그 이유가 단지 그가 그녀를 좋아하는 사람이라던가, 그녀에게 무언가를 전달하려는 사람일 수도 있겠지만, 그녀는 아무런 준비가 되지 않은 채 그에게 노출되고 싶지 않았다. 그래서 그녀는 동네를 가로질러 아는 사람이 없는 3구에 있는 모노프릭스까지 가서 염색약과 안경을 샀다. 항상 구비해 두었어야 할 물건들이었지만 몇 년이 흐르면서 안일해져 버렸다. 부주의했다.

그녀는 거무스름한 그녀의 머리를 자세히 들여다본 결과 새로운 색상만으론 충분치 않음으로 결론을 지었다. 그녀는 가위를 집어 들고 라뜰리에 블랑의 300유로짜리 헤어스타일을 아무렇게나 잘라내기 시작했다. 한 번의 가위질 마다 주의 깊게 엄선하여 그녀가 쌓아가고 있는 새로운 삶에 하나씩의 상처를 아로새기는 것 같았다. 잘라낸 머리카락이 욕실 위에 한 움큼씩 떨어질 때마다 그녀의 후회는 점점 분노로 바뀌면서 가위질은 더욱 거세어졌다. 그녀가 감수했던, 그녀가 계획했던 모든 것들이 이제는 헛수고가 되었지만 그것이 세상의 이치이다. 자신이 아무리 영리하다고 생각해도 더 영리한 사람은 항상 존재하며, 그녀가 저지른 실수는 자신이 더 영리할 수 있었다는 가능성을 고려하지 않은 것이었다.

너무 오랜 기간 그녀는 팀에서 가장 똑똑한 사람, 항상 두 발 앞서 팀의 다른 누구도 그녀를 능가할 수 없는 사람으로 살아왔다. 성공의 비결은 규칙에 얽매이지 않는 자신만의 방식이었는데, 다른 사람들은 항상 인정할 수 없었던 접근방식이었다. 그래, 실수가 종종 있었다. 그래, 때로는 불필요하게 피를 흘리기도 했다. 그래서 그 과정에서 적을 만들기도 했고, 일부 동료들은 그녀를 경멸하기도 했지만, 그녀의 그런 노력 덕분에 임무는 항상 완수 될 수 있었다. 그것이 그녀를 황금 소녀로 만들었다.

지금까지는. '싹둑.'

그녀는 이번에는 냉정하고 비판적인 눈으로 거울에 비친 자신의 모습을 관찰했다. 그녀의 소중한 머리카락을 잘라버리는데 걸린 10분 동안, 그녀는 잃어버린 삶에 대한 슬픔의 모든 단계를 겪었다. 부정 그리고 분노, 그다음 우울증. 이제 그녀는 수용의 단계에 이르렀고, 옛 다이애나의 시체를 벗어던지고 새로운 다이애나의 실존에 생기를 불어넣어 이동할 준비가 되었다. 더 이상 황금빛 소녀가 아니라 경험으로 단련된 강철같은 존재의 누군가로. 그녀는 이번에도 살아남을 것이다.

그녀는 떨어진 머리카락과 빈 염색약 상자를 모두 쓰레기봉투에 쓸어 담았다. 자신이 여기에 있다가 사라졌다는 다양한 흔적들을 남기고 싶었지만 별다른 소용은 없을 것 같았다. 그녀는 파리 경찰들이 전형적인 성차별의 본능에 따라 이 아파트에 거주하던, 그리고 실종된 것으로 추정되는 한 여성이 어떤 괴한에게 납치된 것으로 추정하기를 바랄 뿐이다. 가해자가 아닌 피해자로…….

그녀는 안경을 쓰고 대충 자른 머리카락을 헝클어뜨렸다. 가벼운 변장일 뿐이었지만, 이 정도면 나가는 길에 마주칠 가능성이 있는 이웃을 피하기에는 충분했다. 그녀는 쓰레기봉투를 묶어 들고 화장실에서 나와 침실로 와서 비상 배낭을 찾아냈다. 아름다운 구두와 드레스를 모두 놓고 떠나야 한다는 사실이 안타까웠지만 최대한 짐을 가볍게 가져가야 했고, 옷장에 가득 찬 디자이너들의 이 작품들이 그녀의 실종이 본의가 아닌 갑작스러운 것으로 보이게끔 하는데 역할을 할 것이다. 그녀가 수년간 은행 계좌를 털어서 사 모은 중국 골동품, 샤갈의 그림, 2천 년 된 로마 시대의 흉상 등을 두고 떠나는 것도 마찬가지일 것이다. 이 모든 것들이 그리울 테지만 살아남으려면 희생을 감수해야만 한다.

그녀는 비상 배낭과 쓰레기봉투를 들고 침실에서 거실로 걸어 나갔다. 그곳에서 그녀는 또 한 번 후회의 한숨을 내쉬었다. 보기 흉한 핏자국이 가죽 소파를 더럽히고 샤갈의 그림이 걸려있는 벽에 아치형으로 퍼져있어 마치 샤갈 그림의 추상적 확장판처럼 보여지고 있다. 샤갈 작품 아래에 구겨져 있는 그것이 바로 그 피의 근원지였다.

그는 문을 열고 들어온 첫 번째 침입자였고 그녀의 첫 번째 희생양이기도 했다. 그는 헬스장에서 몇 시간씩을 투자한 결과 팔뚝이 불룩해졌을지 몰라도 두뇌는 전혀 발달하지 않은 전형적인 남자다운 남성이었다. 그 남자는 이런 식으로 자신의 하루가 끝날 거라고는 전혀 예상하지 못한 듯했고, 아마 여자가 자신을 쓰러뜨릴 거라곤 전혀 예상하지 못한 듯 놀란 표정을 지은 채 죽어갔다.

그는 목표물에 대한 매우 잘못된 정보를 가지고 있었던 것이다.

그녀는 뒤에서 들려오는 헐떡임에 고개를 돌려 두 번째 남자를 바라보았다. 그는 그녀가 아끼던 페르시아 카펫의 가장자리에 쓰러져 있었고, 그의 피는 카펫에 새겨진 포도 덩굴과 튤립의 무늬 사이로 스며들고 있었다. 놀랍게도 그는 아직 살아있었다.

그녀는 그에게 다가가 발로 그의 어깨를 살짝 건드렸다.

그의 눈이 깜빡였다. 그는 그녀를 올려다보며 무기를 더듬었지만 이미 무기는 그의 손이 닿지 않을 곳으로 그녀가 차버렸고, 그가 할 수 있는 것이라곤 죽어가는 물고기가 자신의 피를 튀기며 팔딱이듯 자신의 손을 바닥에서 퍼덕거리는 것 뿐이었다.

"누가 사주했지?" 그녀가 물었다.

그의 손은 더 미친 듯이 퍼덕거렸다. 그녀가 목에 쏜 총알이 그의 척추를 손상시켰을 것이고, 그로 인해 그의 움직임은 발작적이고 고장난 로봇처럼 날카로워졌다. 아마 그는 프랑스어를 이해하지 못한 것 같았다. 이번에는 러시아어로 반복해서 물었다. "누가 당신을 보냈지?"

그녀는 그의 눈에서 어떤 이해의 한 줄기 빛도 발견하지 못했다. 의식이 흐려져 이제 더 이상 인지 능력이 발휘될 수 없는 상황이든, 러시아어를 알아듣지 못하든, 둘 다 걱정스러운 상황이긴 마찬가지이다. 그녀는 지금껏처럼 러시아인들은 잘 다룰 수는 있지만, 그들이 아닌 다른 누군가가 이 사람들을 보낸 거라면 그것은 심각한 문제가 발생했다는 뜻일 수 있다.

"누가 날 죽이려 하는 거지?" 이번에는 영어로 물어보았다. "말만 하면 살려주겠다."

그의 팔은 더 이상 펄떡이지 않았지만 그의 눈에서 이해심을 느낄 수 있었다. 그는 질문을 이해한 것이다. 그리고 그가 진실을 말하든 말든 이미 그는 죽은 목숨이라는 것 또한 알고 있었다.

그녀는 아파트 밖 복도에서 일단의 남자들 목소리를 들었다. 그들이 다른 사람들을 지원군으로 보낸 걸까? 너무 오래 지체한 탓에 이놈을 심문할 충분한 시간이 없었다. 그녀는 권총을 조준하고 그의 머리에 두 발의 총알을 발사했다. '좋은 밤 되기를.'

그녀가 창문을 열고 비상구로 뛰어내리는 데는 불과 몇 초밖에 걸리지 않았다. 그녀가 마지막으로 아파트를 바라보았을 때의 감정은 씁쓸함이었다. 이곳에서 그녀는 소소한 행복을 누리고 노동의 달콤한 결실을 즐길 수 있었다. 그러나 이제 그곳은 모든 벽이 이름 모를 두 남자의 피로 뒤범벅이 된 도살장이 되어버렸다.

그녀는 비상구에서 골목 아래로 뛰어내렸다. 밤 11시, 파리의 거리는 여전히 활기찼고 그녀는 복잡한 보행로를 바삐 걷고 있는 보행자들 사이로 쉽게 스며들 수 있었다. 멀리서 경찰차의 사이렌 소리가 점점 가까이 다가오고 있었지만 그녀는 속도를 높이지 않았다. 너무 이르다. 저 사이렌 소리는 그녀와 아무 상관이 없을 것이기 때문이다.

다섯 블록 떨어진 곳의 식당 쓰레기통에 쓰레기봉투를 던져넣고 비상 배낭을 어깨에 걸친 채 계속 걸어갔다. 비상 배낭에는 당장에 필요한 물건들만이 최소한으로 비치되어 있다. 하지만 그렇다고 해서 다시 시작하기에 충분한 다른 요긴한 것들이 없는 것도 아니다.

어쨌든, 먼저 누가 자신을 죽이려 했는지 알아내는 게 급선무이다. 불행히도 이것은 너무도 다양한 정답이 존재하는 질문이었다. 그녀는 러시아인일 거라고 생각했지만 지금은 확실치 않았다. 여러 파벌들에게 오줌을 싸질러 놓으면, 결국은 무차별적인 폭력의 재능을 간직한 적들을 여러 군데에 만들어 놓기 마련이다. 궁금한 점은 어떻게 그녀의 정체가 유출되었는가, 그리고 왜 16년이 지난 후에야 그녀를 노리는가,이다.

그들이 그녀의 이름을 알았다면 다른 사람들에 대해서도 알고 있음이 틀림없다. 그 과거들은 곧 그들 모두를 추적해 따라잡을 것이다.

평온한 은퇴의 시간이 너무 길었다. 이제 일터로 다시 돌아가
야 할 시간이다.

2장
-
매기

메인주 퓨리티, 현재

여기서 무언가가 죽었다.

나는 마당에 서서 눈 속 살육의 증거를 내려다보고 있다. 살인자는 갓 내린 눈 위로 희생자를 끌고 갔다. 비록 눈은 조용히 흩날리며 계속 내리고 있지만 아직은 범인의 발자국이나 시체가 숲으로 끌려가며 만들어낸 눈 위의 트랙은 지우지 못했다. 나는 핏자국과 흩어진 깃털 그리고 검은 솜털 덩어리들이 바람 속에서 흔들리는 것을 보고 있다. 이것들은 매일마다 예쁜 파란 달걀을 낳아주어 소중히 여겼던 내가 가장 좋아하는 아라우카나 중의 한 녀석이 남긴 흔적들이다. 비록 죽음이란 것이 삶의 큰 순환에서 보자면 한 지점에 불과하고 전에도 여러 번 겪어 본 적이 있지만, 이 특별한 상실감은 나에게 충격을 주었다. 나는 한숨이 나왔고, 추위 속에서 가쁜 숨을 몰아쉬었다.

나는 닭장 울타리 너머로 지난 봄에 키우기 시작한 50마리의 병아리 중 3분의 2로 줄어든 30마리 남짓의 닭 무리를 흘끗 바라보았다. 닭장 울타리의 문을 열어 풀어 둔 지 겨우 두 시간밖에 되지 않았는데, 그 짧은 시간 동안 포식자들이 침입해 왔다. 이제 독수리의 공격과 너구리의 습격에서 살아남은 수탉 한 마리가 마지막으로 남았다. 그 녀석은 자신의 암컷들의 습격에도 아무렇지 않은 표정으로 울타리 근처를 자신의 모든 깃털들을 온전히 간직한 채 뽐내며 돌아다니고 있다. 정말 쓸모없는 수탉.

수탉으로부터 시선을 돌린 순간, 잠깐의 움직임이 나의 눈에 포착되었고 나는 숲을 응시했다. 숲은 대부분 참나무와 단풍나무로 이루어져 있고, 몇 그루의 가문비나무가 힘겹게 그들 틈에서 버티고 있다. 덤불 속에 숨어있는 두 눈이 나를 바라보고 있었다. 잠시 동안 우리는 눈 덮인 전장에서 만난 두 적처럼 서로를 응시하기만 했다.

나는 천천히 닭장에서 멀어졌다. 나는 서서히 움직였고 어떤 소리도 내지 않았다.

나의 적은 시종일관 나를 처다보고 있다.

구보타 RTV를 향해 천천히 걸어가는데 부츠 밑에서 얼어붙은 풀이 바스락거리는 소리를 낸다. 조심스럽게 문을 열고 좌석 뒤에 숨겨둔 라이플을 꺼내 들었다. 항상 장전을 해둔 상태이기 때문에 탄약을 넣는데 드는 시간을 낭비할 필요가 없었다. 총을 덤불 속의 표적을 향해 조준했다.

총소리가 천둥소리처럼 크게 울려 퍼졌다. 놀란 까마귀들이 나무에서 날아올라 하늘을 향해 미친 듯이 날갯짓을 하고, 닭들은 겁에 질린 채 안전한 닭장으로 도망치듯 달려갔다. 나는 소총을 내려놓고 숲을 곁눈질해 가며 덤불 아래를 살펴보았다.

아무것도 움직이지 않는다.

나는 차를 몰고 들판을 가로질러 숲의 가장자리에 다다른 다음 밖으로 나왔다. 덤불은 가시나무로 우거져 있고, 눈이 낙엽과 마른 나뭇가지를 덮고 있었다. 한걸음 내디딜 때마다 바스락거리는 소리가 울려 퍼졌다. 아직 핏자국을 발견하지는 못했지만 나는 결국 발견하게 되리라 확신했다. 총알이 표적을 명중했을 때의 뼛속 깊이 느껴지는 그 무언가가 있다. 마침내 나의 조준이 적중했다는 증거를 찾았다. 범인이 놓고 갔을 엉망진창으로 훼손된 나의 아라우카나 암탉의 시체를 발견했다.

나는 바지를 할퀴고 얼굴을 찌르는 나뭇가지들을 밀어내며 덤불 속으로 더 깊이 들어갔다. 죽지 않았다면 중상을 입은 채 그놈은 여기 어딘가에 숨어있을 것이다. 내 예상보다는 좀 더 멀리 도망친 것 같지만, 나는 숨을 가쁘게 몰아쉬면서 계속 앞으로 전진했다. 한때는 무거운 배낭을 메고도 이런 숲 정도야 전력 질주할 정도의 실력이었지만, 나는 더 이상 예전의 그 여자가 아니었다. 나의 무릎관절은 무리한 사용과 세월의 흐름으로 닳아 없어졌고 비행기 강하에서의 잘못된 착륙으로 수술한 발목은 기온이나 기압이 떨어질 때면 쑤셔온다. 지금도 발목이 욱신거리고 있다. 노화는 잔인한 과정이다. 노화는 무릎을 뻣뻣하게 만들고, 검은색이었던 머리카락을 은색으로 물들이고, 얼굴에 주름을 깊이 새기게 한다. 하지만 나의 시력은 여전하고, 주변을 날카롭게 관찰할 수 있고, 눈 속의 단서를 해석하는 능력을 잃지 않았다. 나는 발자국을 앞에 두고 몸을 웅크리고 나뭇잎에 묻은 핏자국을 주목

했다.

동물이 고통받고 있다. 어쨌든 그것은 나의 잘못이다.

나는 다시 몸을 일으켰다. 비좁은 스포츠카에서 몸을 일으켜 재빨리 튀어나와 전력 질주를 하던 시절과는 달리 무릎과 엉덩이가 시큰거린다. 덤불을 좀 더 헤치고 들어가자 마침내 눈 속에서 꼼짝 않고 누워 있는 나의 적을 발견했다. 암컷이다. 그 암컷은 건강하고 영양이 풍부해 보였으며, 두껍고 윤기 나는 빨간색 털을 가지고 있었다. 암컷은 입을 크게 벌리고, 닭의 목을 따고 꺾을 수 있을 만한 날카로운 이빨과 턱을 드러냈다. 나의 총알은 암컷의 가슴에 정확히 명중했다. 쓰러지기 전에 여기까지 버텨내며 이동했다는 것이 놀랍기만 하다. 죽었는지 확인하기 위해 다가가 사체를 부츠로 찔러보았다. 성가시게 만들었던 문제는 해결했지만 그 여우의 죽음은 나에게 만족감을 주지는 못했다. 숨을 내쉬는데, 후회의 한숨으로 들려온다.

60세가 된 지금, 나는 나의 몫 이상의 것을 축적해 왔다. 하지만 여우 가죽을 버리기엔 너무 귀한 것이라서 나는 여우의 꼬리를 움켜쥐었다. 여우는 그동안의 포식 덕분인지 매우 무거웠고, 나는 힘겹게 겨우 숲속에서 여우를 끌고 나와 차까지 도착했다. 여우를 들어 올려 차에 싣고 이웃집으로 향했다. 나는 가죽을 쓸 일이 없지만 이 가죽을 가져다주면 기뻐할 사람을 알고 있다.

루터 윤트는 커피를 좋아한다. 내가 차에서 내리자마자 그의 집안에서부터 커피 냄새가 흘러나오고 있었다. 이곳에서는 단풍나무 숲과 눈 덮인 들판 너머로 나의 농가가 보였다. 부동산 중개인에 따르면, 저 집은 웅장한 정도는 아니더라도 1830년에 지어진 충분히 견고함을 가진 집이라고 했다. 블랙베리 농장의 원본 증서를 보면 그녀의 정보가 맞다는 것을 알 수 있다. 나는 내가 직접 확인한 것만을 믿는다. 나의 집은 탁 트인 전망을 자랑하며, 특히 풍경이 새하얗게 맑은 겨울 아침에는 누군가가 집으로 다가온다면 바로 확인할 수 있다.

소와 닭들이 우는 소리가 들렸다. 루터의 통나무집에서 헛간으로 향하는 길에 작은 부츠 발자국들이 줄지어 눈을 헤치고 지나가고 있다. 그의 열네 살짜리 손녀 캘리가 여느 아침처럼 거기서 가축들을 돌보고 있을 것이다.

현관 계단을 올라 문을 두드렸다. 루터가 문을 열자 난로 위에 오랫동안 올려져 있던 커피의 퀴퀴한 냄새가 코를 찔렀다. 빨간 체크무늬 셔츠와 멜빵바지를 입은 흰 수염의 산타가 현관을 가득 채우고 있었다. 그는 장작 연기와 먼지가 가득한 그의 집 안에서 쌕쌕거리는 숨소리를 내며 서 있었다.

"웬일이에요, 매기? 좋은 아침입니다." 그가 말했다.

"좋은 아침이에요. 당신과 캘리를 위한 선물을 가져왔어요."

"무슨 일이 있었어요?"

"별일 아니에요. 당신에게는 쓸모가 있을 것 같아서요. 차 안에 있어요."

그는 외투도 걸치지 않은 채, 울 셔츠와 청바지, 부츠를 신고 밖으로 따라나섰다. 그는 차에 있는 죽은 여우를 내려다보며 감탄사를 연발하고는 털을 쓰다듬어 보았다.

"정말 아름다워요. 오늘 아침에 들었던 총소리가 이것 때문이었군요. 근데 이걸 한 방에 쓰러뜨렸다고요?"

"이 여우는 총을 맞고도 숲속으로 50미터를 더 도망갔어요."

"이 놈이 아마 캘리의 암탉 두 마리도 죽인 범인일 겁니다. 잘하셨어요."

"그래도 안타깝긴 해요. 이 여우는 그저 먹고 살려고 한 것 뿐일 텐데요."

"우리 모두 그렇지 않나요?"

"가죽이 쓸모가 있을 것 같아서요."

"정말 갖고 싶지 않으세요? 가죽이 매우 좋아 보이는 데요."

"이 가죽으로 무엇을 해야 할지는 당신이 정확히 알 것 같아서요."

그는 트럭에서 사체를 꺼내면서 힘에 겨워 더 큰 소리로 쌕쌕거렸다. "같이 들어가요." 죽은 동물을 손주처럼 소중히 안고서는 그가 말했다. "방금 커피를 내렸거든요."

"음, 고마워요. 하지만 지금은 괜찮아요."

"그럼 적어도 신선한 우유를 댁으로 보내드리기라도 할게요."

당연히 환영할 만한 일이죠. 목초를 먹고 자란 캘리의 저지 젖소는 메인주로 이주하기 전에 맛보았던 우유와는 전혀 달랐고, 저온 살균을 하지 않고 마시는 위험을 감수할 만큼 풍부하고 달콤한 맛이었다. 나는 그를 따라 집으로 들어갔고, 그는 여우의 사체를 긴 의자에 내려놓았다. 단열이 제대로 되지 않는 그의 통나무집은 장작 난로의 열기에도 불구하고 바깥보다 약간 따뜻한 정도여서 나는 코트를 벗지 않았지만, 루터는 셔츠와 청바지만으로도 완벽하게 편안해 보였다. 나는 커피를 마시고 싶지 않았지만 그는 식탁 위에 머그잔 두 개를 올려놓았다. 그의 초대를 거절하면 실례가 될 것 같았다.

나는 자리에 앉았다.

루터가 나에게 크림 통을 건넸다. 그는 내가 어떤 방식의 커피를 좋아하는지, 아니 적어도 내가 그의 커피를 견딜 수 있는 유일한 방법이 무엇인지는 알고 있다. 그리고 그는 내가 캘리의 젖소에서 나온 크림을 거부하지 못하리라는 것을 또한 알고 있다. 내가 이웃으로 이사 온 후 2년 동안 그는 나에 대한 세부 정보를 별 의심 없이 수집했을 것이다. 그는 내가 매일 밤 10시 경에 불을 끄고 다음날 일찍 일어나 닭에게 먹이와 물을 준다는 것을 알고 있다. 단풍나무를 다루는 데 서툴고, 거의 혼자 지내며, 시끄러운 파티를 열지 않는다는 사실도 알고 있다. 그리고 그는 오늘 내가 총을 꽤 잘 쏜다는 사실도 알게 되었다. 아직도 그가 나에 대해 모르는 것들이 많이 있고 그에게 말하지 않은 것들도 많다. 내가 절대 그에게 말하지 않을……. 나는 그가 너무 많은 질문을 해대는 종류의 사람이 아니라는 것에 감사했다. 나는 신중한 성격의 이웃의 소중함을 알고 있다.

하지만 나는 루터 윤트에 대해 많은 것을 알고 있었다. 그의 집을 둘러보는 것만으로도 그의 본질을 파악하는 것은 그리 어렵지 않다. 그의 책장은 거칠게 다듬어진 식탁과 마찬가지로 수작업으로 제작되었으며, 정원에서 수확한 말린 타임과 오레가노 다발들이 머리 위의 기둥에 매달려 있다. 또한 그는 입자 물리학에서부터 축산학에 이르기까지 놀랍도록 광범위한 주제로 수많은 책을 소장하고 있다. 일부 책에는 저자로 그의 이름이 적혀있는데, 이는 루터 윤트가 MIT 교수직에서 사임하기까지 그곳에서 기계공

학 교수로 재직했다는 증거가 될 수 있다. 그는 학계와 보스턴이라는 도시, 그리고 몇몇의 개인적인 악연들을 뒤로하고 이곳에서 흐트러졌지만 행복한 농부로 다시 태어났다. 내가 이것을 아는 것은 그가 나에게 말해주었기 때문이 아니다. 나는 블랙베리 농장을 구입하기 전, 주변의 다른 이웃들과 마찬가지로 그의 배경을 철저히 파헤쳤다.

그는 나의 검사를 통과했다. 그래서 나는 지금 이렇게 그의 식탁에 앉아 편안하게 커피를 마시고 있다.

현관문 밖에서 부츠 소리가 쿵쾅거리더니 문이 열리고 열네 살짜리 캘리와 함께 차가운 공기가 쏟아져 들어왔다. 루터는 캘리를 홈스쿨링하고 있으며, 그 결과로 캘리는 또래의 다른 소녀들보다 더 현명하고 순수한 매우 매력적인 야성미를 보여주고 있다. 할아버지를 닮은 캘리는 흙먼지가 잔뜩 묻은 헛간용 코트와 닭털이 가득 흩어진 갈색 머리를 한 채 완전히 헝클어진 모습으로 나타났다. 캘리는 갓 낳은 신선한 달걀이 가득한 두 개의 바구니를 부엌 조리대에 올려놓았다. 캘리의 얼굴은 추위로 인해 붉어져 마치 누군가에게 뺨을 한 대 맞은 것처럼 보였다.

"안녕, 매기 아줌마!" 캘리는 외투를 걸며 말했다.

"매기가 뭘 가져왔는지 봐." 루터가 죽은 여우를 바라보며 말했다.

의자에 놓여 있는 죽은 여우를 바라보며 털을 만지는 캘리의 손은 어떤 주저함도 없었으며 조금의 메스꺼움도 느끼지 않는 듯했다. 어머니가 보스턴에서 헤로인 과다복용으로 사망한 이후 평생을 루터와 함께 살아온 캘리는 이 농장에서의 삶을 통해 죽음에 대해 놀라지 않는 법을 터득했다.

"오, 아직 따뜻하네요."

"바로 가져왔어. 너와 너의 할아버지가 이걸로 뭔가 멋진 걸 만들 수 있을 것 같아서."

소녀는 기쁨에 찬 표정으로 나를 바라보았다. "모피가 너무 아름다워요. 고마워요, 아줌마! 모자를 만들기에 충분할지 모르겠네요."

"충분할 것 같은데." 루터가 말했다.

"할아버지는 어떻게 만드는지 아세요?"

"방법을 같이 찾아보자꾸나. 이렇게 이쁜 것을 그냥 낭비할 수는 없지. 안 그래?"

"어떤 모자가 만들어질지 기대가 되네요." 내가 말했다.

"껍질을 어떻게 벗기는지나 먼저 알아야겠어요."

"제가 그건 알고 있어요."

"그래요?" 그는 웃으며 말했다. "당신은 언제나 저를 놀라게 하는군요, 매기."

캘리는 싱크대에 달걀 바구니를 놓고 수돗물을 틀어 달걀들을 깨끗이 씻어 걸레로 닦아냈다. 지역 생협에서는 이 방목한 유기농 달걀을 한 판에 7달러에 판매하는데, 살쾡이와 여우, 너구리와의 끊임없는 전쟁과 그에 따르는 노동력 그리고 닭들이 먹는 사료를 고려한다면 비교적 저렴한 가격이다. 루터는 상당한 규모의 투자 계좌를 가지고 있기 때문에 달걀 판매에 생계를 의존할 필요는 없다. 이것 또한 내가 발굴해 낸 그에 대한 소소한 정보 중의 하나이다. 이 달걀들은 모두 캘리의 닭에서 나온 것이고 모두 캘리의 수입이며, 그녀는 이미 훌륭한 사업가인 셈이다. 나는 늙은 산란계를 그렇게 능숙하게 도축하고 내장을 발라내는 열네 살짜리 소녀를 본 적이 없다.

"그 여우를 쏴 죽여야 했던 것은 슬픈 일이지만 저도 이미 너무 많은 암탉을 잃었어요." 캘리가 말했다.

"아마 다른 포식자가 곧 들이닥칠 겁니다." 루터가 말했다. "그것이 세상의 이치죠."

캘리가 나를 바라보며 말했다. "몇 마리나 잃었어요?"

"지난주에만 6마리나 잃었어. 오늘 아침에는 아라우카나 한 마리를 가져갔고."

"아라우카나를 좀 더 사야 할 것 같아요. 고객들이 파란 달걀을 좋아하거든요. 그러면 가격을 더 받을 수도 있을 거예요."

루터가 푸념을 한다. "파란 달걀이나 갈색 달걀이나 맛은 다 똑같아."

"음… 그런가요." 나는 자리에서 일어서며 말했다. "전 이만 가봐야 할 것 같아요."

"이렇게 금방요?" 캘리가 말했다. "오랜만에 우리집에 방문하신 거잖아요."

내 또래의 여자들과 대화를 나누고 싶어 하는 열네 살 소녀는 드물지만 캘리는 특이한 아이다. 캘리는 어른들과 함께일 때 너무 편안해 보여서 가끔은 이 소녀가 얼마나 어린아이인지 잊어버릴 정도였다.

"할아버지가 여우 모자를 꿰맬 때가 되면 다시 올게."

"그럼 제가 저녁으로 치킨과 만두를 만들게요."

"그렇다면 꼭 다시 와야겠는데."

루터는 남은 커피를 꿀꺽 삼키고 자리에서 일어났다. "잠깐만요, 우유를 가져올게요." 그가 냉장고를 열자 선반에 놓여 있던 유리로 된 우유병이 서로 부딪히며 쨍하는 리드미컬한 소리를 냈다. "끔찍한 보건 규정만 아니면 우리는 이 우유를 판매할 수 있었을 거예요. 그냥 앉아서 돈만 받으면 되는 거죠."

그에게는 필요 없는 돈. 어떤 이들은 자신의 부를 과시하길 좋아하지만 루터는 오히려 자신의 부를 부끄러워하는 것 같았다. 아니면 아마도 다른 사람들에게서 자신의 부를 지키기 위한 자기보호 전략일 수도 있겠다. 그는 우유병 네 개를 꺼내 종이봉투에 담았다. "다음번에 다시 들르게 되면 이걸 맛보게 해줘요, 매기. 그리고 그들이 원한다면 바로 여기로 보내주세요. 물론 철저히 비공개로 판매할 거고, 주 당국은 우리를 방해하지 못할 거예요."

그가 한 말이 저장될 쯤에는 나는 이미 우유를 챙겨 들고 문 앞에 서 있었다. 나는 그가 말을 끝내자마자 돌아서서 물었다. "다음번에 다시,라니 그게 무슨 의미죠?"

"어제 누군가가 당신을 찾아오지 않았었나요?"

"아니요."

"흠…." 그는 캘리를 바라보았다. "아마 네가 잘못 들었나 봐."

"뭘 잘못 들었다는 거죠?" 내가 물었다.

"우체국에서 한 여성을 봤어요." 캘리가 말했다. "우편물을 찾으러 우체국에 갔을 때 그 여자가 우체국장에게 블랙베리 농장으로 가는 길을 묻는 걸 들었거든요. 그 여자는 우체국장에게 자기가 아주머니의 친구라고 했어요."

"그녀가 어떻게 생겼지? 나이대는? 머리는 무슨 색이었지?"

나의 갑작스러운 질문 공세에 캘리는 당황한 기색이 역력했다. "음… 제 생각엔 그 여자는 젊은 편이었어요. 그리고 정말 예뻤어요. 모자를 쓰고 있었기 때문에 머리색은 잘 모르겠어요. 그리고 멋진 오리털 재킷을 입고 있었어요. 파란색으로요."

"혹시 내 집을 찾는 방법을 알려준 건 아니지?"

"아뇨, 하지만 우체국 직원인 그렉이 말해줬어요. 무슨 문제라도 있나요?"

나 역시 그 질문의 답은 모른다. 나는 우유병이 든 가방을 들고 열린 문 앞에 서 있었다. 차가운 공기가 나의 뺨을 스쳐 지나갔다. "아무도 올 줄 몰랐거든. 누군가의 깜짝 방문으로 놀라는 게 싫어서. 그게 다야." 나는 이렇게 말하며 그들의 집에서 빠져나왔다.

'무언가 잘못된 것인가?'

생필품을 사기 위해 마을로 차를 몰고 가면서도 여전히 그 질문이 나를 불안하게 했다. 누가 내 농장으로 가는 길을 물어본 걸까? 그녀의 질문은 그냥 단순히 궁금해서 물어본 것일 수도 있고, 아니면 이전 농장주였던 할머니가 이미 3년 전 여든여덟의 나이로 세상을 떠났다는 사실을 모르고 찾아온 것일 수도 있다. 그 할머니는 다른 사람들의 말에 따르면 예민하고 성질 급한 성격으로 전설적인 존재였다고 한다. 그것은 방문자가 블랙베리 농장에 관해 물어보는 합리적인 이유가 될 수 있다. 왜냐하면 아무도 나를 찾아 여기까지 올 이유가 없기 때문이다. 메인주 퓨리티에서의 2년 동안 어떤 누구도 날 찾지 않았다.

앞으로도 쭉 이렇게 살고 싶다.

마을에선 여느 때와 다름없이 사료 가게, 우체국, 식료품점 등을 돌아다닌다. 이곳들은 겨울 재킷과 목도리를 세트로 착용한 은발의 다른 여성들과 쉽게 섞일 수 있는 유용한 곳이다. 그들과 마찬가지로 나 또한 사람들의 시선을 거의 끌지 않을 수 있다. 노년이란 익명성을 부여하기에 가장 효과적인 변장이 되곤 한다.

식료품점에서 좁은 통로를 따라 카트를 밀며 오트밀, 밀가루, 감자, 양파를 고르는 동안 사람들의 눈에 띄지 않도록 조심스럽게 움직였다. 적어도 달걀은 사지 않아도 되니 다행이다. 이 작은 마을의 식료품점 주류 종류는 안타깝게도 싱글 몰트 스카치 두 브랜드만을 취급하고 있다. 어느 쪽도 내 취향은 아니었지만 어쨌든 한 병을 구매했다. 나는 30년산 롱몬을 구하기 위해 노력하고 있지만 언제 그 공급처를 찾을 수 있을지는 모르겠다. 어쨌든 어떤 위스키든 없는 것보다는 낫다.

식료품 계산을 위해 줄을 서서 기다리는 동안 나는 농부든 주부든 혹은 은퇴한 선생님으로든 여겨질 수도 있다. 수년 동안 나 자신을 다른 사람의 눈에 띄지 않게, 관심을 끌지 않게 교육했고 노력했다. 이제는 굳이 의도하지 않아도 자연스럽게 몸에 배어버려, 그 사실이 슬프기도 하지만 반면 안도감이 느껴지기도 한다. 가끔은 짧은 미니스커트와 스파이크 힐을 신고 남성들의 시선을 온몸으로 느끼던 주목 받던 시절이 그리워지기도 했다.

계산대 직원이 상품의 합계 금액을 보더니 계산서를 두 번이나 살펴보았다. "그게… 음… 와우, 2백 10달러입니다." 그 직원은 마치 내가 당연히 이의를 제기할 것이라고 생각하면서 나를 쳐다보았다. 나는 그렇게 하지 않았다. 위스키 때문이기에. 비록 내가 좋아하는 종류는 아니지만, 인생에서 어떤 것은 반드시 필요한 필수품으로 여겨지는 것들이 있다.

나는 계산을 하고 쇼핑 가방을 들고 밖으로 나왔다. 가방을 내 픽업트럭에 싣고 있는데, 평소 입던 검은색 가죽 재킷을 입은 벤 다이아몬드가 나의 눈에 들어왔다. 그는 길 건너편에 있는 메리골드 카페로 걸어가고 있었다. 이 마을에서 손가락 하나로 바람을 가늠할 수 있는 사람이 있다면 그는 바로 벤이다. 그는 누가 나에 대해 물어보고 다니는지 알지도 모른다.

나는 길을 건너 벤을 따라 메리골드로 들어갔다.

나는 바로 구석진 자리에 데클란 로즈와 함께 있는 그를 발견했다. 둘은 평소처럼 입구를 마주하고 앉았는데 은퇴 후에도 그 습관을 버리지 못하는 모양이다. 데클란은 트위드 재킷과 멋진 사자 갈깃머리를 하고 있어 예전의 역사학 교수의 풍모를 그대로 보여주고 있다. 예순여덟이 된 그의 검은 머리는 반쯤 은빛으로 변해있었지만, 40년 전 처음 그를 만났을 때처럼 여전히 풍성한 머리를 자랑한다. 교수 스타일의 데클란과는 달리 벤 다이아몬드는 빡빡 깎은 머리와 검은색 가죽 재킷을 입고 있어 어딘가 모르게 위협적으로 보인다. 일흔셋의 나이에도 불구하고 저런 겉모습을 잘 소화하기 위해선 어떤 타고남이 있어야 한다. 벤은 여전히 그런 모습을 유지하고 있었다. 내가 그들에게 다가가자 두 사람이 동시에 나를 올려다보았다.

"아, 매기! 같이 합석하시죠." 데클란이 말했다.

"한동안 못 봤네요. 그동안 별일 없었죠?" 벤이 물었다.

나는 그들 자리에 자연스레 합류했다. "여우 때문에 문제가 좀 있었어요."

"내가 추정컨대 여우는 지금 죽은 목숨이겠군요." 벤이 미소를 지으며 말했다.

"오늘 아침부터 그 상태죠." 여종업원이 지나갈 때 고개를 들어 주문을 했다. "커피 부탁해요, 재닌."

"음식도 드시겠어요?"

"오늘은 괜찮아요. 고마워요."

벤이 나를 보며 골몰히 생각에 잠겨있는 것 같았다. 그는 남들의 표정을 읽는 재능을 가지고 있고, 오늘 내가 그들에게 합류한데에는 어떤 목적이 있을 거라고 추정하는 듯하다. 나는 재닌이 우리 말을 들을 수 없을 만큼 멀어졌을 때 그들에게 질문을 던졌다.

"혹시 누가 날 찾으러 다니고 있나요?"

"누군가 당신을 찾고 있다고요?" 데클란이 말했다.

"마을에선 못 보던 어떤 여자가 어제 우체국에 찾아와서 블랙베리 농장 가는 길을 물어봤다고 들었거든요."

그들은 서로를 흘끗 한번 바라보고는 나를 쳐다보았다.

"나에겐 금시초문인 뉴스군요, 매기." 벤이 말했다.

재닌이 나에게 커피를 가져왔다. 연한 커피였지만 적어도 루터의 커피처럼 태워버린 커피는 아니었다. 우리는 재닌이 멀어질 때까지 기다렸다가 다시 대화를 시작했다. 우리에게 이런 습관은 거의 강박에 가까울 정도이다. 이들이 이 구석진 자리를 선택하는 이유도 호기심 가득한 사람들의 귀에서 멀어지고 안전하게 고립된 그들만의 아지트처럼 느끼기 때문이다.

"혹시 그게 당신을 걱정하게 만드는 건가요?" 데클란이 물었다.

"걱정해야 하는 일인지 아직 판단이 서질 않아요."

"그녀가 당신의 이름도 물어보던가요? 아니면 농장의 위치만 알고 싶어 하던가요?"

"농장만이요. 별 의미 없는 걸지도 몰라요. 내가 그 농장에 살고 있는 사람이라는 걸 그녀가 모르는 걸 수도 있죠."

"그들은 진정으로 원하면 뭐든지 알아낼 수 있어요."

두 명의 손님이 자리에서 일어나 계산대로 향하며 우리 옆을 지나가자 우리는 잠시 대화를 멈췄다. 정적이 흐르는 동안 데클란의 말을 다시 곱씹어 보았다. '그들이 진정으로 원한다면.' 요즘 들어 내가 강하게 믿고 있는 건, 이제 나는 추적할 정도의 수고로움을 들일 만한 가치가 있는 사람이 아니라는 사실이었다. 잡아야 할 큰 물고기는 항상 존재하는데, 나는 작고 가치 없는 물고기에 불과하기 때문이다. 아니면 중간 크기의 물고기 정도는 되려나. 왜 눈에 띄지 않게 조용히 살고 싶어 하는 한 여자를 추적하는 수고를 해야 할까? 은퇴 후 16년간 나는 서서히 경계를 풀어온 것이 사실이다. 지금은 작은 마을의 양계장 주인의 역할에 너무 익숙해져 있고, 마치 그 모습이 나의 전부라고 믿기 시작했다. 벤은 은퇴한 호텔 비품을 공급했던 영업사원이었던 것 뿐이고, 데클란은 은퇴한 역사학 교수였던 것뿐인 것처럼. 우리는 진실을 알고 있지만 각자 자신이 지켜내야 할 것들이 있기 때문에 서로의 비밀을 조심히 간직하고 있다.

서로 간의 비밀을 지켜준다는 것은 곧 안전함을 뜻한다.

"신경을 곤두세우고 알아봐야겠어요. 이 여자가 누군지 알아낼 겁니다." 벤이 말했다.

"정말 감사해요. 고마워요." 나는 커피값 2달러를 내려놓았다.

"오늘 밤 독서 모임에 오실 거죠? 마지막 참석이 벌써 두 달 전이에요. 우리 모두 당신을 보고 싶어 한답니다." 데클란이 말했다.

"어떤 책에 대해 토론하고 있나요?"

"『이븐 바투타 여행기』. 잉그리드가 골랐어요." 벤이 말했다.

"이미 읽은 책이네요."

"그럼 벤과 제가 숙제를 못 했으니, 우리에게 요약본을 들려줄 수 있겠네요. 잉그리드와 로이드의 집에서 만나기로 했어요. 6시, 그리고 마티니. 마티니 몇 잔 들어가고 나면 책 얘기는 슬쩍 건너뛰고 바로 동네 가십거리로 넘어갈 수 있을 것 같네요. 함께 할 거죠?"

"생각해 볼게요."

"그런 식의 대답은 사양하겠습니다." 벤이 정색하듯 말했다. 그는 나를 몰아붙여 참석의 대답을 받아내려 하고 있다. 그의 갱스터 페르소나가 실제 현장에서는 얼마나 잘 먹혀들었을지 나는 항상 궁금해했었다. 지금까지 나에게 한해선 그것이 먹히지 않았던 것은 확실했다.

"알았어요. 6시에 거기서 봬요." 내가 말했다.

"그러면 당신이 제일 좋아하는 보드카와 얼음을 준비해 놓겠다고 맹세할게요." 데클란이 말했다.

"벨베데르 보드카?"

데클란이 웃으며 말했다. "물론이에요, 매기. 내가 그런 세세한 것들도 잊어버리지 않는다는 건 잘 알고 있잖아요."

물론 그는 내가 선호하는 보드카를 잘 알고 있다. 데클란의 잘생긴 사자 갈깃머리 속에는 일곱 나라의 외국어를 마스터하고 세세한 정보를 정확히 기억하는 놀라운 두뇌가 숨어있다. 나는 3개 국에서 비록 포기했지만….

나는 서리가 쌓여 울퉁불퉁해진 이면도로 위로 트럭을 몰며 앙상한 나뭇가지와 눈 덮인 들판의 흑백 풍경을 지나 집으로 돌아왔다. 이곳은 내 인생의 말년에 도착할 곳으론 적당한 장소가 아니었다. 나는 먼지와 뜨거운 열기 그리고 눈부시게 밝은 여름이 있는 곳에서 자라났다. 그래서 이곳 메인주에서의 첫 겨울은 나에겐 큰 도전이었다. 나는 장작을 쪼개고 얼음 위를 운전하고 얼어붙은 파이프를 녹이는 법을 터득했고, 적응한다는 것은 나이와 아무 상관이 없다는 것 또한 배웠다. 내가 젊었을 때 완벽한 은퇴를 상상해 본 적이 있었다. 나는 코사무이에 있는 언덕 위의 빌라를 꿈꾸거나, 원숭이의 울부짖는 소리나 새의 세레나데가 들리는 코스타리카 오사 반도 어딘가의 나무 위의 집을 꿈꾸었다. 그곳들은 잘 알고 내가 사랑하는 곳이었지만 결국에는 갈 수 없는 곳이 되고 말았다.

왜냐하면, 그곳은 내가 있을 거라고 예측되는 가장 적합한 곳이었고 예측가능함이란 항상 첫 번째 실수가 되곤 하기 때문이다.

휴대폰에서 알람이 울린다.

휴대폰 화면을 흘끗 내려보다 이내 브레이크를 힘껏 밟고 말았다. 나는 길가에 차를 세우고 그 이미지를 자세히 들여다보았다. 그것은 내 집의 보안 시스템이 보내오는 사진이었다. 누군가 방금 내 집에 들어왔다.

지역 경찰에 신고할 수도 있지만 그들은 분명 내가 대답하고 싶지 않은 질문들을 해댈 것이다. 퓨리티 경찰서에는 6명의 정규직 경찰관이 근무하고 있는데, 지금까지는 그들과 엮여야 할 이유가 없었다. 나 혼자만의 힘으로 이 일을 처리해야 하더라도 나는 이 상태를 유지하고 싶다.

나는 다시 도로에 들어섰다.

단풍나무 가로수를 지나 농가에 차를 세울 때쯤에는 나의 맥박이 빠르게 뛰기 시작했다. 잠시 동안 트럭에 앉아 현관을 바라보았다. 평상시와 다를 바는 없어 보였다. 현관문은 닫혀있고 눈을 치울 때 사용하는 삽도 장작더미에 기대어 놓았던 그대로 위치해 있다. 침입자는 내가 모든 것이 괜찮다고 믿고 안심하게끔 하고 싶어 한다.

그래서 나는 그렇게 해줄 것이다.

나는 트럭에서 내려 감자 자루와 닭 모이를 현관으로 날랐다. 그것들을 쿵, 하는 소리를 내며 현관에 떨어뜨렸다. 집 열쇠를 꺼내고 있을 때, 모든 신경이 세밀하게 꿈틀대고 모든 감각이 확대되는 느낌이 들었다. 나뭇가지의 바스락거리는 소리, 뺨에 와닿는 차가운 바람.

문턱에 연결해 둔 실이 끊어진 것을 발견했다.

집안의 모든 곳이 감시가 가능한 디지털 시대에 이건 지극히 원시적 기술이지만, 전자 기기는 언제든 고장나거나 해킹당할 수도 있다. 지난 몇 달 동안은 거미줄처럼 가느다란 저 실을 연결해두는 것에 별다른 신경을 쓰지 않았지만, 오늘 아침 루터의 집에서 들은 이야기로 인해 다시 이 원시적인 감시 체계를 시작하게 되었다.

열쇠로 문을 열고 발로 문을 살짝 밀자 실내가 눈에 들어왔다. 내 신발들은 긴 의자 밑에 나란히 놓여 있고 내 코트는 옷걸이에 걸려있다. 마루는 오돌토돌한 모래와 진흙의 알갱이들로 가득하다. 지금 까지는 모든 것이 정상으로 보인다. 왼쪽으로 있는 거실의 입구를 통해 소파, 안락의자, 난로 옆의 장작더미가 보였다. 침입자는 보이지 않았다.

항상 삐걱대는 마루판 부분을 살짝 피해 오른쪽으로 방향을 틀어 주방으로 들어섰다. 싱크대에는 아침 식사 커피잔과 접시가 그대로 놓여 있고 음식물 쓰레기통에는 자몽 껍질이 보인다. 식탁 위에는 설탕 알갱이가 흩어져 있다. 모든 것이 내가 집을 나섰을 때 그대로이다. 낯선 샴푸 냄새를 제외하고는……

밟을 때마다 삐걱대서 날 성가시게 하던 마루판의 그 부분이 삐걱거리는 소리를 낸다. 나는 고개를 돌려 침입자를 마주했다.

그녀는 젊고 날씬했으며, 운동선수처럼 편안하고 우아하게 움직였다. 30대 초반의 나이에 검은 생머리와 뭉툭한 앞머리, 짙은 눈동자, 슬라브계 광대뼈를 지니고 있었다. 오늘 아침 캘리와 대화 이후 줄곧 지니고 다녔던 발터의 총구가 그녀의 가슴을 겨누고 있음에도 그녀는 놀라울 정도로 흐트러짐이 없어 보였다.

"안녕하세요, 매기 버드."

"우리는 만난 적이 없었던 것 같은데."

"왜 그런 특별한 이름을 선택하셨나요?"

"그럼 왜 안되지?"

"어디 보자. 새처럼 자유롭고 싶다,라는 의미의 새?"

"소녀는 꿈을 꿀 수 있지."

그녀는 의자를 꺼내 식탁 앞에 앉아 아침 식사 때 흘린 설탕 알갱이를 아무렇지 않게 털어내면서 내가 그녀를 한방에 날려버릴 수도 있는 방아쇠 그 자체라는 사실에는 그다지 신경 쓰지 않는 듯했다. "그럴 필요 없어요." 그녀는 들고 있는 권총을 향해 고개를 끄덕이며 말했다.

"그건 내가 결정하지. 지금 난 초대받지 않은 누군가가 내 집에 있는 걸 바라보고 있거든. 난 당신이 누구인지, 왜 여기에 있는지 전혀 모르겠는데."

"비앙카라고 불러주시면 고맙겠네요."

"실명인가? 가명?"

"그게 중요한가요?"

"경찰이 시체를 확인하기 위해선 이름이 필요지 않을까."

"오, 제발요. 우리는 문제가 있어서 도움을 구하려고 온 거예요."

힘이 들어가지 않은 어깨와 길쭉하게 뻗은 다리를 꼬고 앉아 있는 그녀를 잠시 응시했다. 비앙카는 나를 쳐다보지도 않고, 아무렇지도 않게 손톱 주변을 손질하고 있었다.

나는 그녀의 맞은편 의자에 앉은 후 권총을 테이블 위에 올려놓았다.

그녀는 총을 흘끗 쳐다보고는 말했다. "네, 왜 그렇게 느끼는지 이해할 수 있어요. 당신은 사람을 잘 믿지 않는 것으로 유명하잖아요."

"내가 그런 평판을 가지고 있었나?"

"그래서 그들은 저를 여기로 보낸 거예요. 당신이 여자는 덜 위협적으로 생각할 것을 고려한 거겠죠."

"나에 대해 조금이라도 알아보았다면, 난 더 이상 게임에 참여하지 않는다는 것을 알 텐데. 나는 닭을 키우는 농부일 뿐이야. 난 양계장 주인의 삶을 즐기고 있거든."

비앙카의 입술에는 어떤 미소의 흔적도 찾을 수가 없다. 유머 감각이라곤 눈곱만큼도 없는, 비즈니스와 문제 해결에만 매진하는 여성 스타일이다. 내가 은퇴한 후 정보국은 채용 시스템을 좀 더 보강한 모양이었다.

"왜 그들이 당신을 보냈는지 모르겠군요. 아무튼. 자, 이제 내가 더 이상은 전성기의 그녀가 아니고 이미 녹이 슬어버렸다는 것을 확인했죠. 나는 더 이상 그들을 위해 일하는 것에는 관심이 없어요."

"그들은 당신에게 돈을 지급할 용의가 있어요."

"필요한 돈은 다 있답니다."

"상당한 액수일 겁니다."

"정말요?" 나는 저절로 눈살이 찌푸려졌다. "그런데 어쩌죠? 털끝만큼의 흥미도 생기지 않는 군요."

"이번 임무는 당신에게 특별한 의미가 있을 거예요."

"여전히 관심이 없어요." 나는 의자에서 일어났다. 너무 급한 동작으로 일어나서인지 무릎이 쑤시긴 했지만, 그녀에게 내 신음소리가 들리거나 얼굴을 찡그리는 모습을 보여주기에는 너무 자존심이 상할 것 같아 내색하지 않기로 했다. "자, 이제 배웅해 드릴게요. 다음에 다시 그들이 나와 대화를 나눌 누군가를 보낸다면 여느 방문객처럼 현관문을 두드려 달라고 꼭 전해주세요."

"다이애나 워드가 레이더망에서 사라졌습니다."

나는 멈칫하고 잠시 동안 그녀의 표정을 읽으려고 그녀를 쳐다보았다. 내가 볼 수 있는 거라곤 완벽한 차가움과 완전한 무표정뿐이었다.

"살아 있나요? 아니면 죽었나요?"

"우리도 모릅니다."

"마지막으로 본 곳이 어디죠?"

"실질적인 모습을 본 건 일주일 전 방콕에서요. 그 이후로 그녀는 사라졌고 휴대폰도 먹통이 되었더군요."

"그녀가 은퇴한 지는 꽤 됐죠. 그녀가 지금 어디에 있는지 왜 그렇게 신경을 쓰는 거죠?"

"우리는 그녀의 안위가 걱정됩니다. 사실은, 시라노 작전에 관여했던 모든 요원들의 안위가 우려됩니다."

그 두 단어를 들었을 때의 나의 반응은 숨길 수가 없었다. 그 충격이 뼛속까지 전해지는 것을 느꼈다.

"왜 지금 이런 이야기가 나오는 거죠?" 내가 물었다.

"최근 정보국의 정보 시스템에 침입이 발생했어요. 그 무단 침입으로 피해를 본 것은 시라노 작전 관련 파일뿐이었어요."

"그 작전은 무려 16년 전의 일이에요."

"그리고 관련된 모든 사람들의 안전을 위해 관련 정보는 기밀로 유지되었죠. 그러나 이제는 여러분들의 이름이 유출되었을지도 모른다는 우려가 들기 시작했어요. 그래서 모든 이들의 안부를 확인하기 위해 여러분들을 추적하고 있고 도움이 필요한지도 알아보는 중이에요. 이런 곳에 계실 줄은 정말 몰랐어요." 그녀는 소나무로 만든 테이블과 선반, 매달려 있는 프라이팬들을 둘러보았다. 눈이 내리기 시작했다. 창문 너머로 보니 걷기에 딱 적당한 만큼의 눈이 소용돌이치며 내려와 소복이 쌓이고 있었다. 비앙카는 눈송이를 즐기는 여자처럼은 보이지 않지만······.

"보다시피 난 이곳에 정착했고 새 이름도 생겼어요." 내가 그녀에게 말했다. "나는 완벽하게 안전해요."

"하지만 다이애나가 곤경에 처해 있을 수도 있어요."

"다이애나가 곤경에 처했다고요?" 나는 웃었다. "네 그럴 수도 있겠죠. 하지만 다이애나는 생존자이자 자기 자신을 완벽하게 돌볼 수 있는 능력자예요. 물어볼 게 그것뿐이라면 이제 그만 떠나도 좋을 것 같네요." 나는 현관문으로 걸어가 문을 잡아당겼다. 차가운 공기가 안으로 몰려들었지만 불청객이 나가기를 기다리며 문을 열어둔 채로 기다렸다.

비앙카는 마침내 문 쪽으로 다가와 밖으로 나가더니 현관에 서서 나를 바라보며 말했다. "다이애나를 찾을 수 있도록 도와주세요, 매기. 당신은 그녀가 어디로 사라졌는지 알 수 있을지도 몰라요. 함께 일했었잖아요."

"16년 전이에요."

"그렇다고는 해도, 누구보다도 그녀에 대해선 잘 알고 있잖아요."

"네, 맞아요. 아마 그럴 거예요. 그래서 더더욱 그녀에게 무슨 일이 일어나든 상관하고 싶지 않아요." 나는 그렇게 말하고는 그녀의 면전에서 현관문을 닫아버렸다.

3장
–
조

조 티보듀는 구급대원들이 지미 키엘리가 누워있는 들것을 구급차에 싣는 것을 보며 생각했다. '그저 정확히 잘 찌르는 게 필요할 뿐인 놈도 있군.' 그는 부상에도 불구하고 살아남을 것이 거의 확실했고, 관점에 따라서는 이것은 좋은 일이기도 하고 나쁜 일이기도 하다. 좋은 점은 그의 아내 메건은 살인 혐의로 기소되지 않아도 된다는 것이다. 나쁜 소식은 지미가 메건의 비참한 삶을 더욱 비참하게 만들기 위해 돌아올 것이고, 조와 그녀의 동료들은 이 부부의 끝없는 막장 드라마에 다시 개입을 해야 한다는 것이다.

퓨리티가 비록 작은 마을이라 하더라도 항상 극적인 드라마는 있어 왔고, 누구도 흐느끼는 소리나 주먹으로 폭행하는 소리를 못 듣는 닫힌 문 안에서 벌어지는 경우도 종종 있다. 하지만 경우에 따라 그 사적인 살육의 드라마가 공개적으로 흘러나오기도 한다. 시퍼렇게 멍든 눈과 항상 닫혀 있던 커튼을 의심해 온 이웃들은 서로 은밀한 시선을 주고받으며 말하곤 한다. '언젠가는 이런 일이 일어날 줄 알았어요.'

오늘밤 실제로 그런 일이 일어났고, '웨일 스파우트 펍'의 주차장에 모여있던 수십 명의 주민들은 지미가 구급차에서 외치는, 바에서 흘러나오는 음악을 덮을 정도의 위협적인 고함을 듣고 있다.

"기다리고 있어, 썩을 년아! 내가 집으로 돌아갈 때까지 기다려!"

칼이 지미의 폐를 빗나간 것이 안타까울 뿐이다.

"넌 후회하게 될 거야! 조금만 기다려!"

불빛이 번쩍이며 구급차가 출발하자 조는 한숨을 내쉬며 차가운 공기 속에 입김을 내뿜었다. 술집 주차장에 모인 군중은 해산할 기미를 보이지 않았다. 그도 그럴 것이 이 사건은 퍼널드 홉스가 픽업트럭을 몰던 중 뇌졸중으로 쓰러져 조선소 근처의 항구로 굴러떨어진 이후 퓨리티에서 일어난 가장 흥미로운 사건이었기 때문이다. 오늘 밤은 영하 10도인 데다 다시 눈이 내리기 시작했는데도 사람들은 두 대의 순찰차 후미등을 넋을 잃은 듯 멍하니 바라보고 서 있었다. 하기야, 메인주에서 자란 사람이라면 2월에 영하 10도라면 포근한 밤이라고 생각할 것이다.

"여러분, 집으로 돌아가 주세요!" 조가 외쳤다. "더는 여긴 볼 게 없어요."

"그가 다시 돌아오지 못하게 해줘요, 조!" 도로시 프렌트가 소리쳤다.

"그건 배심원들이 결정할 문제예요. 자 이제, 동상에 걸리기

싫으시면 모두 집으로 들어가세요. 바는 오늘밤은 문을 닫습니다."

마을의 유일한 겨울철 술집이 저녁부터 문을 닫았으니, 남은 밤은 조용히 지낼 수 있을지도 모르겠다. 누군가가 너무 빨리 걷다가 눈길에 미끄러지거나, 누군가의 어린애가 열린 문을 통해 집 밖으로 나가 헤매지만 않는다면 말이다. 경찰에게 있어 추운 날씨는 사고부터 미아 찾기까지 모든 것을 어렵게 만드는 원인이다. 게다가 억눌린 분노와 과음, 겨울철 동안의 밀실에서 오는 우울감이 뒤섞인 부부까지 가세한다면 상황은 더욱 복잡해진다.

다름 아닌 오늘 밤 웨일 스파우트에서 벌어진 일이었다.

조는 바에 들어와 부츠에 묻은 눈을 툭툭 털어냈다. 추위에서 곧장 들어온 술집 안은 온돌방처럼 느껴졌고, 그 열기가 30도쯤까지 치솟아 있는 것 같았다. 정말 에너지 낭비야. 조는 몇 번의 여름 동안 일했었던 바를 둘러보았다. 그녀는 여기서 멀리에서 온 관광객들에게 칵테일을 흔들고 와인을 따라주었다. 볕에 그을린 관광객들은 작은 해변 마을이 색다르고 묘한 매력이 있다고 말하며 이곳 사람들은 겨울에는 무엇을 하는지 물었던 기억이 떠올랐다. '글쎄, 그건 바로 우리가 여기서 하고 있는 일이겠지. 살이 찌고 술을 부어라 마시고 각자가 서로의 신경을 거슬리게 하는 거.' 조는 발효된 맥주의 향을 들이마시며 지금 당장 시원한 에일 한잔을 마시면 얼마나 좋을지 상상해 보았다. 하지만 그건 좀 더 기다려야 할 것 같다. 그녀는 재킷의 지퍼를 내린 다음 장갑과 털모자를 벗고 그녀가 이곳에 온 이유에 집중했다. 구석에 있는 테이블에 한 젊은 여성이 쓰러져 있고 그 옆에서 경찰이 경비를 서고 있었다.

메건 키엘리는 분명 지금보다는 훨씬 좋은 시절들을 보냈었다. 고등학생 시절, 그녀는 만약 크로스 컨츄리 경기장이 있다면 반대편 끝에서도 들릴만한 활기찬 웃음소리와 생기 있는 빨간 머리를 가진 가장 인기 있는 여학생 중의 한 명이었다. 메건의 머리카락은 여전히 빨갛고 몸매 또한 여전히 멋졌지만, 고작 서른두 살의 나이에 웃음은 온데간데없이 사라지고 슬픈 여인의 껍데기만 남아있게 되었다.

"이봐, 메건." 조는 쿵쾅거리는 음악 소리에서도 들릴 수 있을 정도로 큰 목소리로 말했다.

메건은 고개를 들어 심드렁하게 대꾸했다. "안녕, 조."

"마이크 잠깐 자리 좀 비켜줄래요? 그리고 저 끔찍한 음악 좀 꺼줘요." 조는 동료 경관에게 말했다.

조는 마이크가 바 뒤로 가서 스피커를 끄기를 기다렸다. 마침내 축복받은 고요가 찾아왔다. 메건의 맞은편에 자리를 잡고 앉았을 때 테이블 표면의 끈적한 무언가를 느꼈고, 아래를 내려다보니 손에 피가 묻어있는 것이 보였다. 메건은 상처를 입은 것 같지는 않고 오른쪽 눈만 부어있을 뿐 내일이라도 당장 다시 눈부시게 빛날 것처럼 보였기 때문에, 이 피는 그 머저리 녀석의 것임이 틀림없었다.

"그럼, 얘기를 좀 해 볼까?" 조가 말했다.

"아니."

"그래야 하는 거 알잖아."

"그렇지." 메건은 한숨을 쉬었다. "나도 알아."

조는 냅킨을 꺼내 손에 묻은 피를 닦아내며 말했다. "무슨 일이 있었던 거야?"

"그가 날 때렸어."

"어디…?"

"얼굴."

"내 말은, 어디에서."

"집에서. 왜 그랬는지 기억도 잘 안나. 아, 내가 엄마 집에서 늦게 돌아와서 그랬을 거야. 그가 나를 때렸고 난 밖으로 도망쳤어. 그리고 그가 진정될 때까지 기다리려고 여기로 왔어. 하지만 그가 나를 여기까지 따라온 거지. 들어오자마자 나에게 달려들었어. 내 생각에는 그저 무의식적인 반응으로 나온 것 같아. 뒤로 물러나면서 테이블에 있던 스테이크 나이프를 집어 들었어. 칼을 휘둘렀는지는 기억이 잘 나지 않아. 다만 그가 비명을 지르고 피가 흐르기 시작했고 어찌 된 일인지 내가 칼을 들고 있었다는 것만 기억이……."

조가 마이크를 바라보자 그가 말했다. "칼은 보관해 뒀어요. 그녀가 했던 걸 본 목격자가 6명이나 있어요." 그는 어깨를 으쓱했다. "명료한 일이죠."

그렇지 않을 수도. 아내가 남편을 찔렀다는 부분은 명료한 사실처럼 보이지만, 너무 어린 나이에 사랑에 빠지고 너무 어린 나이에 결혼해 버린 여성에 대한 슬프고 복잡한 이야기가 이 사건 전에 놓여 있었다. 너무 어린 나이에 갇혀버렸다.

"나, 감옥에 가게 되는 거지, 그런 거지?" 메건이 속삭였다.

"오늘밤은. 아침에 변호사가 사건들을 정리할 때까지."

"그리고 나서는?"

"정상참작을 할 만한 사정이 있어. 나도 알고 마을 사람 대부분도 알고 있잖아."

메건은 고개를 끄덕이고는 슬픈 웃음을 지었다. "감옥이 약간 기대가 되는 해. 나에게 그건 작은 휴가 같은 거니까. 알겠어? 지미 걱정을 할 필요 없이 편히 잘 수 있을 테니까."

"메건, 꼭 그래야 할 필요는 없어."

"하지만 그래." 그녀는 조를 바라보았다. "그냥 그런 거야."

"그럼 상황을 바꿔버려. 지미에게 꺼져버리라고 해."

메건의 입이 반쯤 올라가며 미소를 지었다. "그래, 너는 그렇게 말할 수 있을 거야. 어떤 것도 두려워하지 않았던 예전의 조 티보듀처럼. 고등학교 때나 지금이나 하나도 안 변했어." 그녀는 고개를 저으며 말했다. "그런데 왜 아직도 이 마을에 남아있는 거야? 얼마든지 떠날 수도 있었잖아. 어디서든 살 수 있잖아. 따뜻한 곳에서, 플로리다 같은?"

"난 더위가 싫어."

"내가 말하고자 하는 건, 넌 여기가 아닌 다른 어딘가에서도 살 수가 있다는 거지."

"그렇지, 그럴 수 있지. 너도 마찬가지고."

"넌 잘못된 남자를 선택한 일이 없으니까."

"언제든 잘못된 선택은 바꿀 수 있어."

"너무 쉽게 말하네. 넌 그게 얼마나 어려운 일인지 몰라."

"아니." 조는 한숨을 쉬었다. "난 그렇지 않을 거라 생각해." 조는 메건이 어떻게 달콤한 유혹에 넘어가 지미 키엘리의 품에 안

기게 되었는지 이해하지 못했다. 그 당시 조의 평판을 익히 알고 있었다면 지미 같은 부류의 남자들은 조를 피하기 마련이었다. 마을의 모든 남자아이들은 만약 자신들이 조 티보듀에게 주먹을 한 대 날리면 그녀가 두 배로 세게 맞받아칠 거라는 걸 알고 있었다.

조는 자리에서 일어나 메건을 일으켜 세웠다. "눈은 진찰을 받아봐야 할 것 같아. 마이크가 우선 병원에 먼저 데려다줄 거야. 병원 예약은 신경 쓰지 말고."

"그러고 나면 나는 잠을 잘 수 있겠네." 메건이 말했다. 그녀는 아마 오늘 밤은 감옥에 홀로 있게 될 테니 제대로 된 휴식을 취할 수 있을 것이다. 이맘때면 퓨리티의 감방은 거의 항상 비어있다. 조에게는 그것이 겨울이 가져다주는 긍정적인 면이었다. 술에 취한 여름 관광객들이 쾌속정을 타고 항구를 가로지르며 포효하는 소리도, 학교에서 돌아온 지루한 청소년들이 저지르는 사소한 절도도 겨울에는 없다. 밤이 길어지고 눈이 내리기 시작하면 퓨리티 마을은 동면에 들어가 더 많이 자고 덜 성가신 존재로 변하는 것 같다.

7시면 불이 꺼지는 상점가, 가로등 아래 얼음이 반짝이는 인적이 드문 인도는 그날 저녁 늦게 메인 스트리트를 운전하며 보는 퓨리티의 생기 없는 모습이었다. 겨울밤 깊은 수면의 마법에 걸린 마을. 시간이 멈춘 듯 보이지만 조는 32년간 너무 많은 변화를 목격했다. 짝이 맞지 않는 도자기 세트와 빛바랜 엽서를 판매하던 골동품 가게는 이제 멋진 포장지의 잼, 젤리, 사탕을 파는 선물 가게가 되었다. 그녀의 아버지가 콜라를 마시기 위해 이용하곤 했던 오래된 소다수 판매점은 와인 가게로 바뀌었다가, 주문을 하기 위해선 이탈리아 사전이 필요할 정도로 다양한 종류의 커피를 판매하는 '파인 그라인드'로 변했다. 적어도 최근까지 철물점은 여전히 영업 중이었지만, 여든세 살의 주인이 은퇴를 앞두고 있던 어느날 그 가게는 망치와 드라이버 판매를 중단하더니 대신 티셔츠를 판매하기 시작했다. 이 작은 마을에서도 인생에 있어 믿을 수 있는 단 한 가지 사실은 변화라는 듯이, 150년 된 이 벽돌 건물은 사업체와 소유주의 변화의 행진을 끊임없이 순환해 왔다.

조는 메건이 자신에게 했던 말을 생각해 보았다. '그런데 왜 아직도 이 마을에 남아있는 거야? 얼마든지 떠날 수도 있었잖아.' 그 말은 사실이었다. 조는 퓨리티를 떠날 기회가 얼마든지 있었다. 그러나 그녀는 자신이 원치 않았기 때문에 떠나지 않고 있다는 것을 알고 있다. 이곳은 그녀가 자란 곳이고, 그녀의 아버지, 할아버지, 그리고 아버지의 할아버지가 자란 곳이라서 250년간 티보듀의 뿌리가 돌밭에 깊이 박힌 곳이다. 이제 페놉스콧 만에서 서쪽의 캐머론산에 이르는 80제곱 킬로미터 상당의 이 마을을 지키는 것은 그녀의 책임이 되었다. 마을 경계 안에는 항구와 조선소, 농장과 숲, 호수, 그리고 이름있는 연못과 이름 없는 연못들이 있었고, 3천여 명의 주민들 대부분이 바다 내음을 맡으며 해변을 따라 살고 있다.

하지만 이 겨울밤의 추위는 조가 차를 몰고 부두에 주차했을 때 어떤 바다 내음도 맡을 수 없게 만들었다. 조는 차창을 내리고 무슨 일이 없는지 귀를 기울였지만 방파제에 파도가 부딪치는 소리만 들려올 뿐이었다. 이 마을의 두 대의 범선 '아멜리'와 '사무

엘 데이'는 겨울 동안 흰색 수축 포장재로 덮여있는데, 정박장에서 흔들리고 있는 모습이 마치 유령선 같았다. 여름이 되면, 이 두 대의 돛단배는 날씨가 허락하는 한 매일 오후마다 뱃머리부터 선미까지 유료 승객으로 가득 채워 출항했다. 지역 주민들은 그 승객들을 '오늘의 어획물'이라고 불렀다. 마을 주민들은 그들이 가져오는 돈은 기꺼이 환영했지만 그들이 가져오는 교통체증과 번잡함은 달가워하지 않았다.

조가 해결해야 할 문제들.

조는 다시 차를 몰고 먼 해안까지 순찰을 계속했다. 먼저 그녀는 캐머런 호수가 있는 서쪽으로 차를 몰았다. 이곳은 현재 계절용 소별장들이 문을 닫은 상태로 있기 때문에 침입의 위험이 도사리고 있다. 조는 순찰을 마치고 다시 북쪽으로 향했다. 2년 전 파커 형제가 혼다를 몰고 가다 들이박아 그들의 부모를 망연자실하게 만든 육중한 참나무를 지나고 나서, 조지 올슨이 아내와 자기 자신을 쏜 농가를 지나 해안을 향해 다시 동쪽으로 방향을 틀었다. 지금 그 농가에는 보스턴에 살다 전원생활을 즐기기 위해 세 들어 사는 젊은 부부가 거주하고 있다. 조는 아마 그들이 올슨 부부의 살인, 자살 사건을 알고 있을 거라고 추측한다. 아닐 수도 있고. 아마 건물 관리인 베티 존스가 임대 정보란에 그 정보를 빼놓았을 수도 있다. 베티라면 그럴 법도 하다.

조는 마을로 돌아가는 해안도로인 1번 국도를 따라 가면서, 지난 여름 관광객이 자전거를 타다 넘어져 두개골이 골절되었던 커브 길을 지나고 10대 소녀가 익사했던 작은 만을 지나갔다. 나쁜 기억이란 마치 묘비처럼 영구적인 것이어서 한 마을에서 평생을 살다 보면 비극이 일어났던 장소들을 모두 기억하게 된다.

저녁 순찰을 마친 조는 퓨리티 경찰서로 돌아와 '경찰서장'이라는 푯말이 적힌 주차장에 차를 세웠다. 5개월 전부터 그녀는 계속 이곳에 주차를 하고 있다. 마을의 추천 위원회가 모여 누가 글렌 쿠니의 후임자가 될지 결정하기 전까지는 서장 직무대행이지만. 글렌 쿠니 서장은 교통 딱지를 끊다가 지나가는 차에 치여 말 그대로 부츠를 신은 채 64세의 나이로 사망하고 말았다. 현장에 가장 먼저 도착한 사람은 조였다. 조는 차에 치여 튕겨 나가 길가 풀밭에 드러누워 있던 글렌의 모습이 아직도 악몽처럼 떠오른다. 그의 오른쪽 엉덩이는 뒤틀려 있었고 그의 발은 엉뚱한 방향을 가리키고 있었다. 글렌은 10년 전 그녀를 채용했지만 마지못해 결정한 것처럼 보였다. 그는 과연 스물두 살의 여자가 한 여름에 수갑 찬 술주정뱅이와 씨름할 수 있을지 의심되었기 때문이었다. 그러던 어느날 밤, 그는 그녀가 취객들을 다루는 걸 지켜보았고 이후 글렌은 조와 좋은 관계를 유지했다.

이제 그녀는 경찰서 교대 근무 일정과 병가, 그리고 언제나 부족하기 마련인 예산을 처리해야 하는 사람이 되었다. '삼천 명 남짓의 마을에 정말 6명의 정규직 경찰이 필요할까요?' '글쎄요, 위원장님. 우리 모두가 교통사고를 내고 주먹다짐을 하고 차량 절도를 하는 것을 당장 그만둔다면 더 적은 인원으로도 충분합니다. 아, 7월이 되면 1번 국도를 폐쇄해도 될까요? 그렇다면 매년 여름마다 들이닥치는 관광객들의 침입을 효과적으로 막을 수 있을 것 같아서요. 물론 그들은 기꺼이 그들의 돈을 다른 마을로 가져갈 테고요.'

조는 건물로 들어와 예전 글렌 쿠니가 앉았던, 이제는 자신의 자리가 된 책상으로 향했다. 그녀는 여전히 매일 아침 블랙커피 한잔과 아침 식사용 샌드위치를 들고 등을 곧게 펴고 흰머리를 왼쪽 부분만 깔끔하게 빗어 넘긴 채 앉아 있던 그의 모습을 떠올리곤 한다. 그는 조가 인생에서 만난 대다수의 남자와 마찬가지로 영리하진 못했지만, 궁극적으로는 정말 중요한 요소인 신뢰를 할 만한 괜찮은 남자였다. 이제는 글렌이 다뤄왔던 까다로운 상황들, 예를 들면 음주 문제가 있는 경찰관이라던가 도벽이 있는 교회 오르간 연주자 등의 문제들을 처리해야 한다. 그녀는 이 의자에 앉아 궁금해하곤 했다. '글렌이라면 어떻게 했을까?'

조는 자리에 앉아 컴퓨터를 켜고 지미 키엘리의 칼부림 사건에 대한 보고서를 작성하기 시작했다. 오늘 저녁에 별일 없이 조용히 지나간다면, 그녀는 다음 달 교대 근무 스케줄을 작성하고 다음 주 고등학교에서의 직업의 날 행사에서 발표할 연설문도 작성할 수 있을 것이다. 그런 다음엔 주말 계획이 남는다. 일기 예보에 따르면 이번 토요일은 춥지만 맑고 생기 있는 하늘을 볼 수 있다고 했다. 그렇다면 텐트를 싣고 그녀의 반려견 루시와 함께 볼드 마운틴으로 가기에 딱 좋은 날이 될 것이다. 그녀는 별이 맑게 빛나는 밤하늘 아래 전화도 없고 어떤 방해 요소도 없는 자신과 자신의 반려견만의 눈밭에서의 캠핑을 고대하고 있다.

그녀의 무전기가 치직, 하는 소리를 낸다.

4장
-
매기

로이드와 잉그리드의 멋진 흰색 고대 양식의 건물 앞에 차를 세웠을 때, 벤 다이아몬드의 검은색 스바루와 데클란의 파란색 볼보가 모퉁이 근처에 주차되어 있는 것을 보고 일행이 모두 모였음을 알 수 있었다. 거리에 주차된 자동차를 보고 누가 도착했고, 누가 아직 도착하지 않았는지 살피는 것은 거의 본능에 가까운 습관이다. 오래된 습관은 고쳐지지 않는다.

로이드가 문을 열었다. "오, 언제 나타나실까 궁금해하고 있었어요." 내가 저녁 모임을 위해 준비한 음식을 들고 집으로 들어서자 *그*가 말했다.

"맛있는 음식 냄새가 나는 군요." 그에게 내 요리를 건네며 말했다. "무슨 요리를 하셨어요?"

"포르게타 요리는 처음 시도해 본 거예요. 하지만 먼저, 마티니! 데클란이 이미 당신을 위해 벨베데르에 차가운 얼음을 넣어

놓았어요."

외투를 걸고 거실에 들어서자 가스 불이 아닌 진짜 장작불이 벽난로에서 지글지글 피어오르고 있었다. 주방에서는 카레와 마늘 향이 풍겨오고 있었고, 커피 테이블 위에는 로이드가 살라미와 이탈리아식 소시지, 올리브와 치즈 등 화려한 전채 요리를 펼쳐놓고 있었다. 이 집에서는 로이드가 모든 요리를 하고, 그의 허리둘레를 보아하면 대부분의 요리도 그가 먹는 다는 걸 알 수 있다. 다른 사람들은 마티니 잔을 손에 들고 벽난로 주변에 서 있었다. 우리가 이곳을 찾아온 이유는 북클럽 저녁 모임도 있지만, 진짜는 마티니 때문이다.

그리고 가십. 우리가 이 조용한 메인주의 구석에 정착하기 전에는 가십은 우리 삶의 중요한 수단이었다. 벤 다이아몬드가 9년 전 이곳에 제일 먼저 깃발을 꽂았다. 그는 병든 아내를 돌보기 위해 일찍 은퇴를 했고 은퇴 뒤의 삶을 위한 완벽한 마을을 찾던 중 이곳 퓨리티를 발견했다. 서점, 괜찮은 규모의 도서관, 에스프레소를 파는 커피숍, 핵무기의 표적이 될 만한 것이 없는 점 등 그가 원하는 모든 조건을 갖추고 있었다.

비록 이곳에 정착한 후 일 년 만에 그의 아내가 사망했지만 그는 계속 퓨리티에 머물렀다. 몇 년 후 로이드와 잉그리드 그리고 데클란에게도 이곳에서 은퇴할 것을 권유했다. 나는 메인주 전역에 걸쳐 우리와 같은 사람들이 조용한 은퇴 후의 삶을 즐기고 있을 거라고 믿어 의심치 않는다. 정보국은 오랫동안 메인주를 안전 가옥을 짓기에 유용한 장소로 사용했던 곳이다. 그들은 자신들을 드러내지 않고 있지만, 벤은 그들이 누구인지 감을 잡을지도 모른다. 벤은 많은 것을 알고 있다.

데클란이 나에게 마티니 한잔을 건네주었다. 손이 통증을 느낄 정도로 잔이 차가웠지만 이것이 우리가 보드카 마티니를 즐기는 방식이다.

"오늘 예상치 못한 손님을 맞이했다고 들었는데요." 잉그리드가 말했다.

오늘 일에 대해 말한 유일한 사람인 데클란을 바라보았다. 그는 미안한 듯 어깨를 으쓱했다. "이 소식을 전하는데 어떤 시간 낭비도 없었군요." 내가 말했다.

"나는 우리 모두가 알아야 할 필요가 있다고 생각했어요. 이 작은 마을에 외부인이 나타난다는 것은 어떻게든 작은 파문을 일으키기 마련이거든요."

"그녀에 대해 말해봐요." 잉그리드가 말했다.

너무나 차갑지만 너무 부드러운 마티니를 한 모금 마셨다. "이름이 비앙카라고 하더군요."

그들은 대화에 참여하기 위해 모두 가까이 모여들었다. 그들은 내내 소식을 듣기 위해 기다리고 있었다. 그들은 어떤 소중한 정보의 진주가 떨어질지도 모른다는 생각으로 경청하고 있다.

"비앙카. 전혀 떠오르지 않는 이름이네요." 잉그리드가 말했다. 다른 사람들도 고개를 흔들었다.

"새로운 인물이에요." 내가 그들에게 말했다. "30대 초반, 170에 60정도. 검은 머리와 갈색 눈."

"억양은?"

"애매하긴 하지만, 잉글랜드 쪽 억양인 듯한 느낌이에요. 그곳에서 몇 년 정도 살았던 듯해요."

그들은 이 정보를 흡수하면서 고개를 끄덕이고 있었다. 이 네 사람은 특별히 메모할 필요 없이 그들의 뇌에 이 정보를 영원히 기록해 놓을 것이다.

"여기서 뭘 하고 있던 거죠?" 잉그리드가 스카프를 고쳐 매며 물었다. 깔끔한 셔츠에 청바지를 입는 것이 센스있는 차림으로 여겨지는 이 마을에서 잉그리드는 자신만의 스타일을 포기한 적이 없다. 은빛 머리카락을 우아하게 말아서 백랍으로 만든 나비 모양의 머리핀으로 묶어 올리고 실크 스카프를 목에 완벽하게 매듭지어 놓는다. 그녀는 마치 파크 애비뉴의 안주인처럼 보이지만, 온화한 그녀의 표정 속에는 암호를 해독하는 천재의 모습이 숨어있다.

"제가 오래전 관여했던 일 때문에 온 것 같아요." 이젠 데클란에게 비밀을 털어놓지 말아야 하나 생각하면서 아무렇지 않다는 듯 말했다. "특별히 흥미로울 만한 일은 없었어요."

"그래도 당신을 만나기 위해 여기까지 올 정도면 중요한 일일 것 같은데요. 그게 얼마나 오래전 일이에요?" 잉그리드가 재차 물었다.

"몇 년 전이에요." 나는 데클란에게 잠깐 어두운 표정을 지어 보였다. 그는 즉시 흔들림 없는 단호한 표정을 지어 보였다. "오래된 이야기예요." 내가 다시 덧붙였다.

"왜 그들은 지금 그 일에 대해 물어보고 있는 거죠?"

"오, 요즘 신세대들은 어떤지 아시죠?" 그녀의 남편인 로이드가 말했다. "그들은 정보국의 역사에 대한 제대로 된 이해가 부족

해요. 우리가 그 부분을 채워줘야 해요."

잉그리드는 아직 그 주제를 놓아주려 하지 않았다. 로이드와는 달리 그녀는 비앙카의 방문이 내가 말한 것보다 더 많은 무언가가 있다는 것을 감지한 것 같았다. "비앙카가 당신에게 원하는 게 뭐였어요?"

나는 다음 말을 고민하며 마티니 한 모금을 마셨다. "몇 년 전 함께 일했던 여자가 있었어요. 그녀가 사라졌는데 저의 도움이 필요하다더군요."

로이드가 코웃음을 쳤다. "그들은 애초에 우리가 나이가 너무 들어 더 이상 일에 적합하지 않다고 하지. 그러다가 자신들이 도대체 뭘 하고 있는지 감이 잡히지 않을 때면 도움이 필요하다며 우리를 찾아오곤 하죠. 우리가 그랬던 것처럼 그들도 현장에서 직접 배워야 해요." 그는 자신의 머리를 가볍게 두드리며 말했다. "모두 여기에 남아있죠. 그들이 우리에게 요청하는 수고로움을 감당하기만 한다면 모든 세부 사항까지도 알 수 있어요."

벤이 약간의 언짢음을 느끼는 것 같았다. 일흔세 살의 나이로 그는 우리 사이에서 가장 연장자이며, 우리의 이 비밀스러운 모임의 비공식 리더이기도 하다. "그런 말들이 듣기 좋지는 않군요." 그가 말했다.

"어느 부분이요?" 로이드가 물었다.

"비앙카라는 여자는 예고도 없이 찾아와서 도움을 요청했어요. 그건 예의에 어긋나는 행동이에요. 이 마을은 우리만의 비무장지대입니다. 그게 우리가 이곳에서 살고 있는 이유지요. 홀로 남겨지는 것."

"음, 그녀를 제가 초대하지 않은 것은 확실하죠." 내가 말했다.

"비앙카, 비앙카……." 잉그리드는 그 이름을 알아내기 위해 뛰어난 기억력을 지닌 그녀의 두뇌를 탐색하고 있다. "그녀의 활동 구역은 어딘가요?"

"그건 말하지 않았어요. 추측해 보자면 동아시아 정도? 그들이 찾고 있는 여성이 마지막으로 목격된 곳이 방콕이라고 했었거든요."

"가명?" 데클란이 의견을 제시했다.

"아니면, 우리가 이름을 전혀 들어볼 수도 없었던 신입사원일 수도 있구요." 잉그리드가 말했다.

나는 주방에서 만났던 그 여자에 대해 생각했다. 그녀의 절대적인 자신감. 훅 끼치는 치명적인 무언가의 느낌. "그 여자는 풋내기가 아니었어요. 실전 테스트를 거친 요원일 거예요."

"그러면 본부에 있는 친구에게 물어봐야겠어요. 그녀에 대해 알고 있는지." 데클란이 말했다.

"본부에서 다른 사람을 또 파견할 계획이 있는지도 물어봐 줘요." 벤이 덧붙였다.

로이드는 바로 가서 마티니 한잔을 더 만들었다. "자 이제 프로그램을 시작해 볼까요? 데클란이 그 유명한 염소 카레를 가져왔어요. 그리고 저는 아침 내내 돼지고기 털을 그슬려 정리하느라 고생 좀 했죠. 그러니 저의 포르게타도 좋은 평을 받았으면 좋겠군요."

이 모임은 북클럽 모임이라고 하는데, 누구도 오늘 토론할 책의 제목 조차도 언급하지 않는다. 이븐 바투타와 그의 중세 시대 모험은 우리가 배를 채우고 가십을 모두 주고받을 때까지 기다려야 할 것이다. 우리는 모두 식당으로 자리를 옮겼다. 식탁에는 데클란의 언제나 훌륭한 카레와 벤의 페르시아식 쌀밥, 로이드의 돼지고기, 그리고 내가 만든 태국식 매운 샐러드가 놓여있었다. 이 음식들은 각자가 오랫동안 먼 해외에서 근무하면서 터득한 그곳의 레시피들로 만든 것이다. 해외에 살면 입맛도 변하기 마련이다. 특히 칠리 중독은 치명적이다.

나는 테이블에 둘러앉아 있는 가족 같은 동료들을 바라보았다. 흰머리가 된, 흰머리가 되어가는, 또는 벤처럼 완전히 사라진 머리카락을 찬찬히 바라본다. 그들의 머릿속에는 100년 이상의 경험이 축적되어 있지만 시간은 흘러가게 마련이다. 젊은 요원들이 들어오고 우리는 점점 소모품이 되어가는 느낌이었다. 그래서 우리는 이 작고 조용한 마을에서 우리가 읽은 책에 대해, 우리가 요리한 음식에 대해 이야기 하고, 어느 사이트에 가면 양질의 계핏가루와 후추 열매를 구할 수 있는지 정보를 공유하며 소일하고 있는 것이다. 이보다 더 끔찍한 후식이 있을까 생각해 본다.

내 휴대폰이 울리고 있다. 내 휴대폰 번호를 아는 사람이 별로 없기 때문에 전화가 오는 것이 흔한 일은 아니었다. 휴대폰을 힐끗 내려다보니 루터 윤트의 이름이 적혀있었다. 오늘 아침 선물한 여우 가죽에 대해 다시 한번 감사 인사를 전하기 위한 것이라고 생각했다.

"안녕하세요, 루터." 나는 동료들이 대화를 멈추고 통화에 귀를 기울이고 있다는 것을 의식하며 말했다. 남의 말을 엿듣는 것은 끊기 힘든 습관이다.

"저기, 혹시 무슨 일 있어요?" 루터가 물었다.

"친구 집에서 저녁 먹고 있어요."

"잘됐네요, 좋아요. 무사하다니 다행입니다."

"왜 아니겠어요? 무슨 일이 있나요?"

"지금 당신 집에 약간의 소란이 있는 것 같아서 말이죠. 제가 사이렌 소리를 들어서 불이 났거나 무슨 일이 생긴 줄 알았어요. 방금 현관에 나와 바라보니 진입로에 경찰차가 보여요. 캘리가 신발을 신고 바로 달려가서 살펴볼 거예요."

"아니요, 둘 다 그대로 있어요. 제가 바로 집으로 갈게요."

나는 전화를 끊고 나를 뚫어져라 바라보는 네 명을 바라보았다. "지금 가야겠어요. 집에 문제가 생긴 것 같아요."

데클란이 냅킨을 내려놓으며 말했다. "나도 같이 갈게요."

"아니요, 제발. 저녁 식사 마저 하세요. 제가 알아서 할게요."

그럼에도 데클란은 현관문까지 바래다 주었다. 나는 그에게는 항상 옛날 방식의 예의가 몸에 배어 있다고 생각했다. 아마 외교관의 아들이었기 때문인지, 스위스 기숙학교에서 자랐기 때문인지, 아니면 궁핍하고 어렵게 자란 나의 어린 시절과는 너무도 다른 유년 시절을 보내서 그런 느낌을 갖는 것인지는 모르겠다. 나는 어린 시절부터 남자에게 의존하는 것은 절대 안 된다고 배워왔다. 반면 데클란은 어려움에 처한 여성을 돕는 것이 자신의 의무라고 믿고 자라왔다.

"정말이에요, 매기. 같이 가도 상관없어요. 문제가 생겼는데 그걸 혼자 해결하려 하면 안 되죠."

"경찰차가 제 집 진입로에 있는 한 괜찮을 거예요. 아무튼 고마워요."

내가 운전을 해서 진입로를 빠져나가는 데도 그는 여전히 현관에 서서 지켜보고 있었다. 그가 시야에서 사라지자 마침내 집에서 무슨 일이 일어나고 있는지에 집중할 수가 있었다. 난로를 켜놓고 온 걸까? 누군가 침입하려고 한 걸까? 무엇이든 간에 나는 일을 혼자서 해결하는 것을 선호하는 편이다.

개인 도로에 접어들자 나무 사이로 파란 불빛이 번쩍이는 것이 눈에 들어왔다. 두 대의 경찰 순찰차. 루터의 호들갑이 아니었다. 퓨리티의 순찰차 두 대가 충돌했다는 것은 사소한 일은 아니라는 방증이다. 나는 순찰차 중 한 대 바로 뒤에 차를 주차하고 섬광처럼 번쩍이는 경광등 불빛 속으로 걸어 나갔다. 그리고 몇 발짝 후, 경찰이 왜 이곳에 왔는지 단번에 알 수 있었다.

진입로에 시체 한 구가 누워있었다. 순찰차 불빛이 시체의 얼굴을 비추고 있었고 그 얼굴은 내가 아는 얼굴이었다. 비앙카는 마치 십자가에 못 박힌 듯, 얼굴을 하늘로 향하고 양팔을 양옆으로 벌린 채 등을 대고 누워있었다. 비앙카는 오늘 오후 부엌에서 입고 있던 똑같은 옷을 입고 있었다. 슬림한 검은색 바지와 몸에 딱 맞는 파란색 재킷, 끈으로 묶는 부츠. 이마에는 두 개의 총알 구멍이 있었다. 두 번의 타격. 처형.

제복을 입은 경찰 세 명이 나를 쳐다보고 있었다. 두 명의 남자와 한 명의 여자. 그들은 모두 젊었고, 교통 법규 위반 딱지를 떼거나 길을 잃은 관광객을 도와주는 데 훨씬 익숙해 보였다. 살인은 우리의 마을에서는 일어나서는 안 되는 일이고 그런 드문 일이 일어나더라도 살인범이 누군지 곧 알아내고 체포할 수 있는 그런 사건일 것이다. 남편이거나 친구 뭐 그런. 이 상황은 그들을 불안하게 만들었고, 내가 마치 모든 대답을 알고 있을 거라는 듯이 그들은 모두 나를 바라보고 있었다.

"여기 사시나요, 부인?" 여성 경찰이 물었다. 그녀는 단정하게 머리를 묶은 건장한 금발의 여성이었다. 젊은 나이에도 불구하고 권위적인 분위기를 풍기는 그녀는 이 세 명의 경찰 중 연장자인 것이 분명하다. 권위적이면서도 할머니에게 쓰는 공손한 어투로 나를 부인이라고 부를 만큼 예의를 갖추었다.

"네, 저는 매기 버드라고 합니다. 이 농장의 주인이죠. 성함이 어떻게 되죠?"

"조 티보듀, 퓨리티 경찰서 소속입니다. 보다시피…"

"내 집 진입로에 죽은 여자가 있군요."

그 경찰은 나의 무덤덤한 판단에 당황한 듯 잠시 멈칫했다. 아마도 그녀는 나의 지금 반응보다는 비명이라든가 헐떡임 등 좀 더 드라마틱한 무언가를 기대했을지도 모른다. 그러나 드라마는 나의 본성과는 맞지 않는다. 대신 나는 차분히 상황을 평가한다. 나는 비앙카의 손을 바라보며, 양손이 멍이 들고 시커멓게 변한 것과 손가락이 기괴한 각도로 구부러진 것에 주목했다.

"지금까지 어디에 계셨습니까?" 티보듀가 물었다.

나는 경찰에게 다시 집중했다. "마을에서 친구들과 저녁 식사를 하고 있었는데 이웃에게서 전화가 왔어요. 저기 저 집에 살고 있거든요." 나는 루터의 통나무집을 가리켰다. "그가 내 집 진입로에 경찰차가 와 있다고 하길래 바로 집으로 왔어요." 나는 다시 시신을 내려다보았다. "누가 이 여자를 발견했죠?"

티보듀가 미간을 찌푸렸다. 나는 그녀가 생각하는 충격에 빠진 할머니처럼 행동하지 않고 있다. "페덱스 배달 기사입니다. 물품을 배달하러 왔나 봐요. 이곳이 마지막 배송지라고 하더군요."

현관을 흘끗 살펴보니 배송품 박스가 놓여 있었다. 나는 병아리들에게 봄의 느낌을 주기 위해 주문한 보온등을 기다리고 있는데 불편을 느낄 정도로 배송이 지연되고 있었다.

"이 여성이 누군지 아십니까, 부인?" 경찰이 물었다.

또다시 부인. 그 단어가 나를 거슬리게 하기 시작했다. "자기 이름이 비앙카라고 했어요."

"그럼 그녀를 아시는군요."

"사실상은 아니에요."

"그녀의 성을 알고 계세요?"

"내게 자신의 성은 알려주지 않았어요. 오늘 오후 우리집에 잠깐 들렀을 때 처음 본 사람이에요."

"그녀가 방문한 목적이 있나요?"

작은 마을의 경찰이 소화하기에는 그 진실은 너무 복잡하고 까다롭다. "신선한 달걀을 사려고 들렀다고 하더군요. 그게 그녀와 나눈 대화의 유일한 시간이고 이유입니다."

침묵이 흘렀다. 더 나은 대답을 내놓을 수도 있었지만 마티니와 와인 몇 잔이 나의 예리함을 무뎌지게 했다. 진실에 더 다가가는 해명일수록 더 많은 의문을 불러일으킨다.

나는 재빨리 나의 의문에 대해서도 질문을 했다. "어떻게 시신이 여기까지 왔죠?"

대답이 없었다.

나는 페덱스 트럭과 두 대의 경찰차 그리고 나의 픽업트럭이 남긴 여러 개의 타이어 자국을 내려다보았다. 자국들이 서로 교차하면서 혼란스럽게 뒤섞여 있었다. "근처에 다른 차량은 발견하지 못했나요?" 내가 다시 물었다.

"아니요, 부인."

시신을 자세히 보려고 허리를 굽히자 경찰이 소리쳤다. "물러서 주세요! 주 경찰에게 인계할 때까지 시신을 그대로 보존해야 합니다."

나는 그녀에 말에 순순히 물러섰지만 짧은 순간에도 이미 충분히 시신을 살펴보았다. 뭉개진 손과 탈골된 손가락으로부터 명백한 증거가 보였다. 비앙카는 이마에 두 발의 총을 맞기 전에 고문, 즉 극심한 고통에 시달린 것이 틀림없다. 정보를 얻기 위해? 어떤 진술을 들으려고? 그리고 왜 범인은 나의 집 진입로에 시체를 버렸지? 범인이 남자든 여자든 나에게 어떤 메시지를 보내는 거라면, 나는 무슨 의미인지 알지 못한다.

"몇 시쯤에 집을 나섰나요?" 티보듀가 물었다.

"6시쯤이었는데 그때는 확실히 여기에 시신은 없었어요."

"3시간 전이네요. 3시간 동안 어디에 계셨는지 확인해 주실 분이 계신가요?"

이런 질문들이 그녀의 일이라는 것을 알면서도 나는 짜증이 나기 시작했다. 내가 어떤 여성을 고문하고 머리에 두발의 총을 쏘고 나서 그 시체를 나의 집 앞에 전시해 놓을 만한 사람으로 보이지 않기 때문에 나를 용의자로 고려하지 않는 다는 것은 충분히 알 수 있다. 그럴 가능성도 적을뿐더러 논리적으로도 합당하지 않다.

"로이드와 잉그리드 슬로컴, 두 분과 얘기해 보세요." 내가 그녀에게 말했다. "그들은 체스트넛가 651번지에 살고 있어요. 오늘 밤 독서 모임의 호스트인데, 제가 거기 있었다는 걸 확인해 줄 거예요."

티보듀는 그들의 이름을 수첩에 메모해 두고 주머니에 수첩을 넣었다. 잉그리드와 로이드는 당연히 오늘밤 저녁 식사 메뉴와 갖가지 술, 이븐 바투타의 여행에 대한 열띤 토론 등의 지루한 사실들을 진술해야 할 것이다. 흔히들 은퇴한 사람들이 즐겨하는 전형적인 저녁 모임 같은 것일 뿐이다. 은퇴 전에 어떤 일을 했는지 경찰들은 묻지 않을 것이다. 왜냐하면 인생이라는 언덕의 꼭대기에서 내리막길로 접어든 우리에게 은퇴 전의 삶, 언덕 너머의 삶은 그들에게 관심이 없기 때문이다.

"건물에 보안 카메라가 있을 걸로 압니다." 티보듀가 말했다. 미국의 어디에서든 야외 감시카메라로 감시당하지 않는 동네가 없듯이 그녀가 그것을 찾는 것은 놀라운 일도 아니다. 그럼에도, 경찰과 영상을 공유하기 전에 내가 먼저 직접 녹화 영상을 검토하고 싶었다.

"네, 그래요." 나는 인정했다.

"그럼 사건 영상이 있는지 봐야 할 것 같군요. 그리고 집 안을 살펴보았으면 합니다."

"집 안을요? 왜죠?"

"집 앞에 시신이 놓여있어요. 그리고 범인은 어디 있는지 알 수 없고요. 집 안에 범인이 없다는 것을 확인해야 합니다." 그녀는 잠시 멈칫하더니 다시 이어갔다. "우린… 그냥 부인의 안전이 걱정돼서요.”

홀로 지내는 여성이라면 누구나 환영할 법한 합리적 요청이었다. 나는 고개를 끄덕이며 집 열쇠를 꺼내 들었다.

티보듀와 남자 경찰 한 명이 현관 계단을 올라 현관문 앞까지 따라왔다. 현관문은 여전히 단단히 잠겨 있었고 침입한 흔적도 보이지 않았다. 내가 집안으로 들어서 불을 켤 때 그들은 내 뒤에 서 있었다. 모든 것이 내가 떠났던 3시간 전 그대로이다. 나는 그들을 부엌으로 인도하면서 과연 그들은 무엇을 기대하고 있을지 궁금해했다. 아마도, 흉기가 널브러져 있거나 이곳이 내가 비앙카를 고문하고 총을 쏜 곳이라는 표시의 핏자국이 묻어 있거나 하는 것을 기대하고 있을까. 하지만 그들에게 보이는 것이라곤 낡은 주방과 선반 위로 걸려 있는 주물 팬, 싱크대에 놓인 더러운 접시 몇 개뿐이었다.

나는 다시 그들을 뉴잉글랜드 스타일의 감각적인 중고품 가구로 꾸며진 거실로 안내했다. 회색 양모로 덮개를 씌운 소파는 할인 가구점에서 구매했다. 자작나무 커피 테이블, 소나무로 된 소파 협탁, 흔들의자는 벼룩시장들을 뒤져 발견한 것들이다. 이것들은 나의 픽업트럭에 짐을 실어주는 수고를 할 준비가 언제든 되어있는 데클란의 도움으로 집으로 가져올 수 있었다. 여기에는 화려한 것도, 경찰의 눈에 띌만한 것도 어떤 것도 없다. 나의 집은 방문하는 모든 이에게 ‘평범함’을 선사한다. 평범함은 조용하고 눈에 띄지 않고 안전하다.

나는 그들을 이끌고 삐걱거리는 계단을 따라 2층으로 올라갔다. 오래된 난방 시스템을 갖춘 낡은 집이라서 침실은 스웨터를 입고 양말을 신어도 추울 정도이다. 오늘 밤, 한기를 없애려면 난로에 장작을 몇 개 더 넣어야 할 것 같다. 내 사생활을 침범한 것이 원망스럽기는 해도 내가 전적으로 협조를 하지 않게 되면, 그들은 수색 영장을 발부받으려 할 것이다. 그렇게 되면 나의 과거를 파헤치려 할 것이 뻔하고 나는 그것을 감당해 줄 여유가 없기에 지금 이렇게 그들과 함께 그랜드 투어를 떠나고 있다. 부엌, 거실, 침실, 욕실, 옷장.

어디에도 숨어있는 살인자는 없다.

나의 침실에서 결국 투어는 마무리되었다. 창문을 통해 진입로에 주차된 순찰차 두 대를 내려다보았다. 나의 집은 이제 범죄 현장이 되어버렸다. 이건 전혀 눈에 띄지 않는 방법이 아니었다.

"네, 부인. 모든 것이 명확해 보입니다. 괜찮으실 것 같아요." 티보듀가 말했다. 그녀는 이 노인이 안전하다는 것을 확인해 주며 자신이 호의를 베풀었다고 생각하는 듯하다. "이제 보안 카메라의 영상을 보여주시겠어요?"

이건 요청이 아니라 명령이다. 내가 직접 검토하기 전에 어떤 사적인 영상도 공유하기가 꺼려지지만 그녀를 막을 방법이 없어 보였다. 아래층으로 내려가 주방에 있는 데스크톱 컴퓨터로 갔다. 이 컴퓨터는 병아리를 주문하거나 달걀 판매, 사료 구매 등의 농장 사업을 하는데 주로 사용하는 컴퓨터이다. 민감한 정보도 없고 숨길 만한 것도 없으며, 로그인 비밀번호조차 간단하다. 'BlackberryFarm431#.' 어떤 정보가 컴퓨터에 있든 난 숨기려 할 필요가 없다.

컴퓨터 홈 화면에는 흰머리 독수리와 부딪힌 후 슬프게도 세상을 떠난 나의 오래된 수탉 중 한 마리인 갤러헤드 경의 사진이 있었다. 조국을 상징하는 이 새는 또한 나의 선한 양 떼들의 골칫거리이기도 하다. 나의 보안 시스템은 모든 디바이스를 통해 접근할 수 있다. 지금 보안 시스템에 접근하기 위한 복잡한 숫자와 기호의 조합으로 이루어진 또 다른 패스워드를 입력해야 하는데 내 등 뒤에 두 명의 경찰관이 서있는 곤란한 상황이 발생했다. 나는 손가락을 전광석화처럼 움직여 패스워드를 타이핑하며 그들이 패스워드를 구별하지 못할 거라고 확신했다.

보안 시스템의 홈페이지가 나타났다. 화면에는 헛간뿐만 아니라 집의 다양한 지점에 설치된 카메라에서 전송된 16개의 화면이 떠 있었다.

"맙소사." 남자 경찰이 중얼거렸다. "이거 정말 멋진 장비네요." 그는 아마도 대부분의 사람들이 필요로 하고 관리 가능한 카메라 한 대만의 화면을 기대했던 것 같다. 하지만 그들은 모든 진입 지점에 설치된 4K 고화질 화면을 보고 있다.

"저는 6시 경에 집을 떠났어요." 내가 말했다. "그럼 시작해 보죠."

나는 오후 5시 50분으로 영상을 되감았다. 그때쯤은 이미 어두워진 상태라 적외선 카메라 모드로 전환이 된 상태였다. 오후 5시 58분 나는 현관문을 나섰다. 나는 현관문을 잠그고 현관 계단을 내려가 내 픽업트럭에 올라탔다.

"내가 말한 대로요. 차를 몰고 떠났어요." 트럭이 진입로를 빠져나가는 것을 보며 내가 말했다.

티보듀는 고개를 끄덕일 뿐 아무 말도 하지 않았다. 저 차 안에 내가 있었다는 걸 안 지금, 난 적어도 그녀의 용의자 명단에서 빠져나왔을 것이다. 영상은 6시 5분을 지나 계속된다. 6시 10분. 어떤 일도 일어나지 않는다.

"페덱스 직원이 몇 시에 신고를 했죠?" 내가 물었다.

"7시 36분요."

영상 속도를 두 배로 높였다. 여기 앉아서 아무 일도 일어나지 않는 화면을 보면서 한 시간을 더 허비하는 것은 의미가 없다. 적어도 오후 7시 5분이 될 때까지는 아무 일도 일어나지 않았다.

어두운 색의 SUV가 한 대 나타나고 자동차의 엔진 소리가 들려왔다. 차량의 헤드라이트는 꺼져 있고 후미등만 어둠 속에서 빛나고 있었다. 운전자가 전조등을 껐다는 의미는 우리 집에 감시카메라가 여러 대 있다는 것을 알고 있다는 의미이다. 또한 앞뒤 번호판 모두 카메라가 잘 식별하지 못하도록 주차를 했다. 차는 현관 앞에 멈춰 섰다. 자동차 문이 열리지만 실내등이 켜지지 않는 것으로 보아 그가 실내등을 켜지지 않음 상태로 조작해 두었을 것이다.

두 경찰이 내 뒤로 바짝 다가와서 인지 내 머리카락에 둘의 입김이 느껴질 정도였다. 차에서 내리는 한 명의 모습을 보고 나의 심장은 쿵쾅거리기 시작했다. 후드와 마스크. 올블랙의 헐렁한 옷차림과 볼품없는 몸매. 시중에서 가장 비싼 내 카메라도 그의 옷을 투과할 수는 없었다. 그 형체는 차의 뒤편으로 가서 트렁크를 열고 손을 뻗었다. 그 사람이 시체를 끌어내고 심지어 바닥에 내려 놓았을 때에도 어떤 소리도, 어떤 희미한 끙끙거림도 없었다. 흐느적거리는 시체를 옮기기 위해선 얼마나 많은 힘이 들어가는지 알고 있지만 이 사람은 그 일을 아주 쉽게 해내고 있다.

저 사람은 남자일 수밖에 없다.

지금 그는 말도 안 되는 행동을 보여주고 있다. 그는 몸을 숙이더니 시체를 굴려 등을 대고 눕게 한다. 왜 얼굴을 하늘로 향하게 하는 걸까? 그가 남긴 기념품을 더 자극적으로 보이게 하려고? 그는 아마 내가 이 시체를 발견하게 될 거라고 생각했을 것이다. 나는 집으로 차를 몰고 돌아올 것이고, 죽은 비앙카의 눈이 나를 똑바로 바라보길 바랐을 것이다. 그는 그 불쌍한 페덱스 배달 기사가 먼저 나타날 거라고는 예상하지 못했던 듯하다.

어쨌든, 이 깜짝선물은 나를 위한 것이었고, 나는 그 이유를 알지 못한다.

시신이 위치한 곳을 파악하고는 다시 자신의 차에 올라타 운전을 해서 카메라 시야에서 사라졌다. 그는 자신이 노출되지 않을 곳에 도달한 후에야 후드와 마스크를 벗었을 것이고, 그는 단지 평범한 SUV를 모는 평범한 남자로 돌아갔을 것이다.

"도대체, 저게 뭐죠?" 티보듀가 나를 바라보았다.

"나도 모르겠어요." 내가 말했다. 정말 모르겠다. 내가 아는 거라곤 이곳은 시체를 버리기로 결정할 임의의 어떤 장소로는 적합하지 않다는 것 뿐이다. 범인이 누구든 자신의 행동이 카메라에 찍힐 것이라고 알고 있기 때문에 자신의 신원을 확인할 단서를 숨기려 애썼을 것이다. "하지만 제가 진실을 말했다는 것은 증명된 셈이네요. 제가 말했듯이 6시 경에 집을 나섰어요. 그리고 확인이 필요하면 잉그리드와 로이드에게 물어볼 수 있어요. 벤 다이아몬드와 데클란 로즈에게 전화해도 돼요. 그들도 오늘 밤 북클럽에 있었으니까요. 제가 오늘 저녁 그들과 함께 했다는 걸 확인해 줄 거예요."

"네, 부인. 그분들과 얘기해 볼게요."

"이제, 이 영상 파일을 원하시겠죠?"

"주 경찰은 당연히 그럴 겁니다."

"그럼 제가 복사해 드릴게요."

그 두 경찰이 막 주방을 나서려고 할 때 티보듀가 멈춰서더니 나를 보았다. "여기가 안전하다고 느끼세요?"

"내 집에서요? 물론입니다."

"집 바로 밖에서 그런 일이 있었는데도요?"

"그 일이 저와 어떤 연관이 있으리라곤 전혀 상상이 안되는군요."

그녀는 잠시 나를 응시했다. 나는 이제야 그녀의 가슴에 달린 이름표를 읽을 수 있었다. '조 티보듀 경관.' 거침없고 정확한 질문과 상황 파악을 쉽게 하는 그녀의 모습에서 나와의 묘한 유사성이 느껴진다. 저 나이 때에 나도 나 자신에 대해 자신만만했지만 경험을 통해 과신의 위험성을 깨달아 갔다.

"왜 그 범인이 여기에 시체를 버렸다고 생각하세요?" 그녀가 물었다.

"나도 모르겠어요."

"그 차량을 알아보시겠어요?"

"어두운 색의 SUV잖아요. 이 마을 사람 절반은 아마 그런 차를 몰 거예요."

"이곳 퓨리티에 사신 지 얼마 되지 않으셨죠, 버드 부인?"

"2년 전에 이 농장을 구입했어요."

"그럼, 그전에는 어디에서 거주하셨나요?"

"제가 마지막으로 소유했던 집은 버지니아주 레스턴에 있었어요. 하지만 전 다양한 곳에서 거주했었어요."

"일 때문인가요?"

"네, 맞아요."

"어떤 종류의 직업이었을까요?"

"저는 수출입 담당자였어요. 관세 중개업체에서 일하며 외국 기업의 수출 물류를 대행하는 일을 했어요." 이 부분은 대부분의 사람들이 더는 듣고 싶지 않다는 표정으로 눈에 생기를 잃어버리게 되는 내 경력에서의 결정적 포인트이다. 하지만 그녀의 집중력은 더욱 날카로워 진다.

"퓨리티에 오시게 된 어떤 계기가 있었나요?"

"이름 그대로죠, 안 그래요? 나는 깨끗한 물과 깨끗한 공기를 원했어요. 숲속에서 산책도 할 수 있는 곳이고요. 왜 이런 걸 물어봐야 하는 거죠?"

"왜 이렇게 침착해 보이시는지 궁금하네요. 자신의 집 진입로에 시체가 누워있어도 동요하지 않기란 쉽지 않거든요. 대부분의 사람들은 기겁할 텐데 말이죠."

"이 나이에는, 경관님, 어떤 것에도 별로 겁먹을 게 없어요."

그녀의 입 한쪽이 가볍게 경련을 일으켰다. 그녀는 정교하게 세팅된 거짓말 탐지기를 가지고 있다. 그리고 그 감각은 내가 오늘은 그녀에게 온전한 이야기를 들려주지 않을 것이며, 오늘 밤 더 이상 나로부터 더 건질 것이 없다는 것을 말해주고 있다.

"주 경찰이 부인과 이야기를 나누게 될 거예요." 그녀가 말했다.

"아침까지는 오지 말아 달라고 전해주시겠어요. 지금 너무 늦었고 전 너무 피곤하군요."

나는 지쳐있었다. 하지만 경찰들이 집을 떠난 후 나는 침실로 올라가지 않았다. 대신 주방 창문을 통해 진입로에서 경찰들이 일을 수습하는 걸 지켜보았다. 티보듀 경관이 내가 오늘 밤 얼마나 많은 거짓말을 했는지 알고 있을까 궁금했다.

'그 일이 저와 어떤 연관이 있으리라곤 전혀 상상이 안되는 군요.'

오늘 밤 했던 거짓말 중 가장 큰 거짓말. 물론 이 일은 나와 관련이 있다. 단지, 집 앞에 놓여있는 시체로 나에게 전달하려는 메시지가 무엇인지를 모를 뿐이다. 겁을 주려는 것일까? 아니면 고양이가 죽은 쥐를 물어다 주는 것과 같은 일종의 선물인가? 나에게 그 사실을 알려주는 방법인가. '당신의 사소한 문제를 처리했습니다. 고맙긴요, 뭘.'

나는 알람을 설정해 두었다. 문이나 창문이 조금이라도 열리면 바로 알 수 있도록. 서재로 들어가니 마침 『이븐 바투타 여행기』가 책상에 놓여있었다. 이 책은 1300년대 모로코에서 중앙아시아를 거쳐 중국에 이르기까지의 한 청년의 여행에 대한 흥미진진한 이야기이다. 가볍게 읽기 위해 이 책을 선택한 결정은 단순한 우연이었을까, 아니면 뭔가의 전조였을까? 이 중세 여행기에 대해 독서 모임에서 토론하던 바로 그날 밤, 누군가가 애써 재건한 내 인생을 모두 불태워버리겠다고 위협하고 있는 것이다.

나는 책장으로 다가가 옆면에 있는 걸쇠를 들어 올렸다 놓았다. 책장의 밑부분이 옆으로 밀리며 조그마한 틈새를 만들었다. 이 영리한 목공품은 데클란이 목수로서 새로 터득한 기술 덕분에 가능했다. 은퇴는 결국엔 취미를 필요로 하기 마련이다. 틈새 공간 안에는 나의 비상 배낭이 보관되어 있다. 지난 수년 동안 나는 배낭 속을 기본에만 충실하도록 간소화해 왔다. 그렇다 하더라도 이 마을을 벗어나 어디에서 숨어 지내든 몇 주 정도는 아무 탈 없이 지낼 수 있도록 구성되어 있다. 여권, 신용카드, 여러 국가의 통화로 된 현금 다발, 그리고 몇 가지의 도구들. 내게 다시는 필요 없기를 바랐던 도구들.

인생은 놀라움으로 가득 차 있다.

가방을 꺼내 들고 침실로 향했다. 가방을 바로 내 옆에 두어야 겠다고 생각했다. 만약 내가 급히 도망가야 한다면 어둠 속에서 이 가방을 찾기 위해 허둥대고 싶지 않았다.

하지만 오늘 밤은 안전해야만 한다. 길에는 경찰들이 많고 나의 집에 너무 많은 관심이 집중되어 있다. 이번 만큼은 기꺼이 법 집행 기관의 서비스와 보호를 받아들이겠다. 그럼에도 나는 불을 끄기 전 협탁 위에 발터를 올려놓았다. 침실의 두꺼운 커튼도 밖에 있는 순찰차에서 나오는 빛을 차단하지 못했다.

휴대폰에서 문자 메시지 알림이 울렸다. 루터였다.

별일 없으신가요?

나는 답변을 작성했다.

내 집 앞에 죽은 여자의 시체가 있었어요.

오 주여!

경찰이 아마 다음에는 당신들과 대화하려고 할 겁니다.

우린 아무것도 보지 못했어요.

안타깝네요.

전화가 울렸다. 루터가 아닌 데클란 로즈의 전화였다. 나는 전화를 받았다.

"알리바이가 필요하다면서요?"

"경찰이 벌써 연락을 했나요?"

"5분 전에요. 조 티보듀라는 매력 넘치는 퓨리티 경찰관이 오늘 밤 북클럽에 왔었냐고 물어보더군요. 그래서 함께 있었다고 얘기했어요. 그 사실이 당신에게 알리바이를 제공하는 것이 맞겠죠?"

"아마 그럴 거예요."

"거기는 안전해요, 매기?"

"잘 모르겠어요." 커튼 사이로 번쩍이는 불빛을 바라보며 지금은 완벽하게 명확한 상황이란 없다는 생각이 들었다. 항상 시야를 흐리게 하고 진실을 가리는 무언가가 있기 마련이다. 침대 옆에 놓인 비상 배낭을 보면서 과거에는 내가 홀연히 어디론가 떠난다는 것이 얼마나 쉬웠던가 생각했다. 그곳이 도시이든 심지어는 조국이든. 하지만 지금은 이곳이 나의 집이고 이 삶을 구축하고 리듬을 갖추는데 2년이라는 세월이 걸렸다. 정착할 곳을 찾는 것도 이사하는 것도 이제는 지쳤다. 여기가 그곳이다. 여기가 나의 방황을 멈출 곳이다.

"바로 갈게요." 데클란이 말했다. "소파에서 자면 될 거예요."

"왜요?"

"말동무? 아니면 경비견 역할?"

나는 웃으며 말했다. "당신은 진정한 신사군요, 데클란. 하지만 집 앞에 경찰들이 너무 많아서 경비견은 필요 없을 것 같네요."

"그럼, 제가 필요하면 언제든 전화주세요. 무슨 일이든요."

"그럴게요."

나는 전화를 끊고 어둑한 침실에서 커튼 사이로 깜빡이는 불빛을 바라보았다. 다이애나 워드를 찾아달라고 부탁했던 여자가 죽은 채로 내 집 진입로에 누워있었다. 다이애나를 마지막으로 본 지가 16년, 내가 사랑했던 직업을 그만둔 지도 16년이 지났다. 그 세월들은 나에게 호의적이지 않았다. 거울을 보면 알 수 있다. 지금 다이애나는 어떤 모습일지 궁금하다.

나는 눈을 감고 머리가 희끗희끗해지고 피부가 쳐지기 시작한 나이 든 다이애나의 모습을 그려보았다. 그러다 갑자기 그녀의 이미지가 물 위에 반사되어 쉽게 사라지듯이 허물어지면서 다른 이미지가 피어오른다. 매일 밤 눈을 감으면 항상 보게 되는 얼굴, 그리고 항상 보게 될 얼굴.

대니의 얼굴.

5장

—

방콕, 24년 전

우리는 우연히 만났다. 적어도 우연한 만남인 것처럼은 보였다. 나는 천성적으로 겉으로 보이는 사람들의 순수한 동기에 회의적인 편이라, 평소라면 피했었을 그런 종류의 친근한 마주침이었다. 나의 인간에 대한 회의감은 진실이라곤 거의 찾아볼 수 없었던 아버지 밑에서 자라면서 만들어졌다. 아버지는 고객을 만난다면서 시내로 나가게 되면, 열에 아홉은 메인 스트리트에 있는 틴혼 바를 찾았다. 저녁이 되면 나는 그곳에서 술에 취해 소동을 벌이고 있는 아버지를 종종 마주하고는 했다. 열 번 중 한 번인 고객을 만나는 경우에는 그나마 진실을 말하게 된 것인데, 그것이 나를 항상 혼란스럽게 만들었다. 만약 아버지가 항상 거짓말만 했다면 적어도 삶에 있어서의 확실한 지침을 가질 수는 있었다. 더 나은 결과에 대한 가능성은 희망을 심어놓고 마음을 흔들어 놓다가 결국에는 실망으로 이르게 한다. 나는 마치 돌조각의 잔해더미에서 보석을 찾기 위해 끊임없이 바위를 두드리는 다이아몬드 광부와 같았다. 어딘가에선 보석을 찾을 수 있을 거라는 희망을 품고 그것을 찾기 위해 인생을 낭비하게 되는.

하지만 언제까지 그럴 수는 없는 것. 어느날 젠장, 하고는 짐을 싸서 떠나버려야 했다. 엄마가 몇 년 전 그랬던 것처럼. 그래서 나는 모든 것에 의문을 품는다. 그리고 그것이 내가 나의 일을 잘할 수 있게 만든 원동력이었다.

이날 오후, 나는 휴가 중이었고 얼큰한 국수가 먹고 싶었다. 휴가 중에는 모든 것이 다르게 느껴진다. 세상은 거의 자애롭다시피 해 보였고 사람들이 웃음을 지을 땐 진심이 담겨 보였다. 변명의 여지는 없지만 그날 오후 나의 부주의함을 설명할 수는 있다. 하늘은 우기의 폭우로 인해 활짝 열려 있었고 사람들은 왕랑 거리 가게들의 허술한 천막 아래에서 몸을 피하려 안간힘을 쓰고 있었다. 나는 천막 가장자리에서 겨우 몸을 피해 쭈그리고 있었고 청바지의 뒷부분이 비로 흠뻑 젖어 있었지만, 지칠 줄 모르는 방콕의 더위 속에서 반가운 휴식과도 같은 비였다. 이전 태국에서의 임무 때 발견한 특별한 노점 국수 한 그릇을 먹기 위해 호텔을 나와 강을 건너는 페리를 탔다. 동료들은 이미 귀국길에 올랐지만 나는 방콕을 좀 더 즐기기 위해 4일을 더 머물 계획이었다. 정부에서 대주는 돈으로 먹고 싶은 것을 먹고 자고 싶은 만큼 잘 수 있었다. 그리고 이날 오후 내가 먹고 싶었던 것은 매운 소고기 국수였다. 국숫집 주인은 스타아니스 향신료와 계피 향이 나는 김이 모락모락 피어오르는 국수 한 그릇을 나에게 건네주었다. 가격은 단 60밧. 2달러. 정부에 굳이 청구해야 할 필요성도 못 느끼는 금액.

　나는 하나밖에 없는 테이블로 국수를 옮기고 낮은 플라스틱 의자에 앉았다. 마치 어린애들 식탁에 앉아 있는 것 같았지만, 비를 피할 수 있는 횃대만큼 조그만 자리라도 차지했으니 운이 좋은 편이었다. 국수를 한 입 베어 물었을 때 내 뒤편에서 줄을 서서 기다리던 남자가 노점상 카트 앞에 선 것이 잠시 눈에 들어왔다. 그러다 그가 노점상 주인에게 묻는 소리를 들었다. "저 숙녀분은 뭘 주문했나요? 저도 같은 걸 주실 수 있나요?"

　고개를 들어보니 그는 내 그릇을 가리키고 있었다. 주인은 그가 무슨 말을 하는지 이해하지 못했다. 그는 거의 애원조로 다시 한번 물었다. 영국식 억양. 나는 악센트에 능숙하진 않지만 그의 억양이 고급스럽지는 않다는 것을 알 수 있었다. 나보다 젊어서인지 아니면 그가 풍기는 분위기 때문인지는 모르겠다. 눈을 크게 뜨고 열정적으로 모든 새로운 경험을 즐기는 사람. 그는 몇 달 동안 이발사를 만나보지 못했던지 덥수룩한 금발 머리를 하고 있었다. 그의 색이 바랜 파란색 백팩의 한쪽 끈은 테이프로 수선되어 있었고, 포켓에서는 접힌 태국 지도가 툭 튀어나와 있었다. 그는 카고 반바지와 하이킹 샌들을 신고 있었다. 그리고 그의 황갈색 피부는 열대 지방에 오래 머물다 왔다는 것을 말해주었다. 그의 티셔츠에는 태국어로 '멍청한 관광객'이라고 적혀있었다. 그가 무슨 뜻인지 알고 있을까?

　그는 60밧을 건네주고 그릇을 들고서 않을 자리를 찾았지만 빈자리가 보이지 않는 것 같았다. 잠시 그는 길을 잃은 듯 그릇을 들고 서 있었다. 비가 천막을 두드렸고 강물은 넘쳐 거리를 침수시키고 그의 샌들은 진흙탕에 빠졌다. 테이블에는 그가 발견하지 못한 빈 의자가 하나 있었다. 나는 고개를 숙이고 그가 없다는 듯이 계속 국수를 먹을 수도 있었다. 고민을 하는 동안 몇 초가 흘렀다.

"여기 앉으세요." 내가 그에게 제안했다.

빗소리가 너무 컸던지 내 목소리가 들리지 않은 듯했다.

"여보세요." 내가 외쳤다.

그가 고개를 돌려 빈 의자를 향해 손짓하는 나를 보았다. 그는 웃으며 테이블에 그릇을 놓고 엄청나게 긴 다리를 접어 의자에 앉았다.

"서서 먹기엔 모양새가 좀 그렇네요. 고맙습니다!"

"같은 국수를 주문하더군요." 내가 말했다.

"너무 맛있어 보여서 저도 따라 해야겠다고 생각했죠. 당신 행동이 무척 익숙해 보였거든요." 그는 몸을 구부려 국물을 한 모금 들이키고는 감탄을 했다. "오, 맙소사."

"정말 맛있지 않나요?"

그는 맛에 온 집중을 하고 있었다. "스타아니스. 시나몬. 양강. 생선 소스 그리고…" 그는 기침을 하더니 갑자기 얼굴이 빨갛게 달아올랐다. "고추."

"새눈고추. 가장 매운 고추는 아니지만 충분히 맵죠."

그는 고추를 먹느라 얼굴이 빨개졌지만, 내가 지켜본다는 자존심 때문인지 정말 매운맛을 즐기는 건지 얼굴의 화상에도 불구하고 계속 국수를 먹고 있었다. 나는 이해할 수 있다. 고통은 강력한 향신료이자 쾌락의 다른 얼굴이다. 누군가는 자신이 살아있다는 것을 상기하기 위해 고통을 갈망하는 경우도 있다.

"이 국물에는 제가 식별할 수 없는 다른 무언가가 있는 것 같아요." 그가 숟가락을 내려놓으며 말했다. "뭔가 저속하고 금속성…"

"쇠고기 피요."

그는 깜짝 놀라 나를 뚫어져라 바라보았고 나는 그의 눈이 선명한 녹색이라는 것을 알았다. 헝클어진 금발 갈기를 가진 그는 마치 잘못된 시대, 잘못된 대륙에서 길을 잃은 바이킹을 떠올리게 했다. "정말이에요?"

"물론이에요." 내가 그를 놀라게 해, 그가 혐오감을 느끼며 그릇을 멀리 밀어버리는 건 아닐지 궁금했다.

대신 그는 웃음을 지었다. "멋지네요. 이제야 색깔이 설명이 돼요. 이 진한 색." 그는 그릇을 입에 가져다 대고 남은 국물을 모두 비웠다. 나는 가장 원초적이고 부끄럼 없는 쾌락을 목격하고 있다.

그때 내 머릿속에 어떤 이미지가 떠올랐다. 우리 둘이 침대에 누워 팔다리가 서로 엉키고 우리의 몸이 땀으로 흠뻑 젖어 있는 형상이랄까.

"식사 때마다 매번 그 음식을 해체하려고 하나요?" 내가 물었다.

"좀 불편해 보이죠?"

"너무 분석적으로 보여서요. 혹시 화학자나 뭐 그런 직업을 가지고 있나 봐요?"

"사실은 의사예요. 국수 한 그릇이라도 해부하려는 걸 보면 제 천성인가 봐요."

"의사요?"

그가 나의 반응에 희미한 웃음을 짓는 것을 보니 내 목소리에서 회의감을 느낀 것이 분명했다. 눈가의 주름을 보니 생각한 만큼 젊지는 않은 것 같았고 내 나이 또래처럼 보였다. "그렇게 보이지 않는다는 거 잘 알고 있습니다."

"낡은 백팩이 나를 당황하게 해서요."

그는 테이프로 보수한 부분을 바라본다. "이 배낭은 나와 많은 일을 겪어와서 버리기에는 너무 정이 들어버렸어요. 5년 동안 6개의 난민 캠프에서 자선 활동을 하는 동안 늘 저와 함께 했거든요."

"어디에서요?"

"저는 주로 케냐와 수단에서 있었어요. 총상부터 말라리아까지 모든 것을 치료했었죠."

"그럼, 일 때문에 태국에 오신 건가요?"

"아뇨, 이번엔 관광객으로 왔죠. 몇 주 후면 런던으로 돌아가야 하는데 아시아를 여행할 기회가 없었거든요. 넥타이를 매야 하기 전에 내가 할 수 있는 한 최대한 많은 곳을 경험해 보고 싶어요."

"앞으로의 전망에 대해 별로 행복해하는 것 같지 않군요."

"네, 별로…. 하지만," 그는 한숨을 쉬었다. "이제는 생계를 꾸려야 할 때이니까요."

"왜죠?"

"이젠 누구도 저에게 물어보지 않는 질문이네요."

"그래도 답은 있겠죠?"

"엄마가 도움이 필요해요."

예상치 못한 답변이었다. "아주 착한 아들 같네요."

"지금 혼자 살고 계시는데 공과금을 내는 데도 어려움을 겪고 있어요." 그는 어깨를 으쓱했다. "이제 해야 할 일을 해야 하는 거죠. 하지만…" 그는 허브와 고추를 테이블에 잔뜩 쌓아놓은 상인들을 바라보았다. "배낭을 메고 다니던 시절이 그리울 거예요."

"혹시 그 티셔츠 방콕에서 우연히 집어 든 거였어요?"

그는 자신의 셔츠를 내려다보았다. "노점상에서 산 거예요."

"셔츠에 쓰여 있는 문구를 아무도 말해주지 않았나 봐요?"

"저에게 이걸 판 아주머니가 행복한 관광객이라는 뜻이라고 말해줬어요."

나는 결국 그에게 진실을 말하지 않기로 했다. 호텔 테라스에서 보던 시무룩한 표정의 관광객들과는 달리 그는 정말 행복한 관광객으로 보였기 때문이다. 끊임없이 불만을 품고 자신의 기준에 맞지 않는 사소한 것에 항상 짜증이 나 있는 사람들과는 달라 보였다.

"다음 여행지는 어디인가요?" 내가 물었다.

"모르겠어요. 돌아가기 전 3주간의 자유를 더 누려야 하는데, 어디로 가야 할지 알려주세요."

"제가 그 답을 잘 알고 있는지 확신이 서지 않네요."

"제가 보기엔 세계 곳곳을 누비는 분 같아 보이는데요. 여행객들이 아직 발견하지 못한 최고의 장소들 말이죠."

비는 그쳤지만 천막에서는 물이 계속 흘러내려 그의 바로 뒤 도로로 물방울이 튀고 있었다. 내가 알고 있는 비밀스러운 장소들이 모두 떠올랐다. 국가의 안보를 위해 벌어지고 있는 일들 때문에 내가 결코 말해줄 수 없는 장소들. 가슴 아린 아름다움과 끔찍한 역사가 깃든 곳들.

"치앙마이에 가보세요." 내가 말했다. "관광객들 대부분이 좋아하는 것 같아요."

"당신 생각은요?"

"예쁜 곳. 그렇게 덥지도 않고. 대부분의 음식도 마음에 들 거라 확신해요."

"휴가는 주로 어디로 가는 편이세요?"

"저는 한 번도 가보지 않은 곳을 가는 걸 선호해요."

"가령 어디……?"

나는 물컵을 들어 한 모금 마시고 그의 눈을 바라보았다. "마다가스카르."

그는 웃음을 터뜨렸다. "당신이 그렇게 말할 줄 알았어요! 모두들 마다가스카르가 꿈의 여행지라고 말하지만, 실제로 그곳에 가봤다는 사람을 본적은 없어요."

나 역시 웃음이 난다. 왜냐하면 그건 사실이니까. 항상 무언가가 방해가 되곤 했다. 또 다른 임무, 또 다른 위기. 모든 사람들의 버킷리스트에 있는 모두가 열망하는 곳.

"미국인이세요?" 그가 물었다.

"그곳에서 태어나고 자랐죠."

"일 때문에 여행을 많이 하는 것처럼 들리네요."

"직업상의 특권 중 하나죠."

"무슨 일을 하세요?"

나는 물을 한 모금 더 마시고 잠시 여유를 두고 마저 이야기를 이어갔다. "저는 유로파 글로벌 로지스틱의 수출입 담당자입니다."

"유로파? 목성의 위성 같은?"

"훌륭하네요. 대부분의 사람들은 그걸 모르죠."

"당신 회사는 주로 무슨 일을 하는 건가요?"

"우리는 관세 중개업체예요. 수출입 기업들을 위해 글로벌한 물류를 처리해요. 농기구부터 패션까지 모든 것을 취급하죠."

아마도 그는 이 이야기에 단 일도 관심이 없을 것이다. 이쯤 대화가 진행되면 대부분의 사람들은 눈이 희미해지고 질문을 멈추게 된다. 호기심이 많아 실제로 온라인에서 유로파 글로벌 로지스틱스를 검색해 본 사람들은 이 회사가 실제 근무하는 직원들이 있는 실체를 가진 진짜 회사라고 확신할 만한 상세하고 치밀하게 디자인된 멋진 웹사이트를 발견하게 된다. 그리고 그들은 나의 이름과 사진을 보게 될 것이다. '마거릿 포터, 섬유와 의류 분야 전문 수출입 담당자.'

"하는 일이 즐거우세요?" 그가 물었다.

"이 일은 나에게 세상을 볼 수 있는 기회를 제공하죠."

"그치만 그 일을 즐기시나요?"

"왜 저는 그 질문이 의심 가득하게 들리는 걸까요?"

"단지……" 그는 시장 가판대를 바라보았다. "노점상, 식료품, 장신구 판매자들. 이 사람들은 당신이 만지고 먹고 향을 맡을 수 있는 물건들을 팔아서 그들의 생계를 유지합니다. 그게 그저 정직하게 느껴져요."

"제 직업은 그렇지 않다?"

그가 얼굴을 찡그렸다. "죄송해요. 저는 기업이라는 세계와 관계를 맺는 경우가 거의 없어서 잘 몰랐……. 뭐, 그게 제 은행 계좌에 아무것도 없는 이유이기도 하지만요. 그리고 엄마가 계속해서 자선 활동은 이제 그만하라고 말씀하시는 이유이기도 하죠."

"언젠가는 다시 돌아갈 수 있을 거예요. 이 세상에서 변하지 않는 한 가지 사실이 있죠. 전쟁과 난민 캠프는 언제나 존재할 겁니다."

"맞아요. 너무도 잔인한 진실이죠."

우리는 잠시 대화를 멈췄다. 우리의 테이블은 시장의 소음과 번잡함 속에서 침울한 침묵의 섬이 되었다. 뜨거운 포장도로의 웅덩이에서 피어오르고 있는 수증기를 제외하면 비는 거의 잊혀지고 화창한 햇볕만이 내리쬐고 있었다.

그는 낮은 신음 소리를 내며 자신의 키 높이 만큼 다리를 뻗고 일어섰다. 이렇게 큰 남자가 이런 작은 의자에 오랫동안 쭈그리고 앉아 있었으니 상당히 불편했던 모양이다. "호텔로 돌아가 지도를 다시 살펴봐야 할 것 같아요." 그가 말했다.

"어디에서 묵으시나요?"

"저쪽으로 조금만 올라가면 나오는, 가족들이 운영하는 작은 호텔이 있어요. 깨끗하고 친절해요. 예산이 넉넉하지 않은 남성 혼자 쓰기에는 딱이죠." 그는 배낭을 챙겼다. "말동무가 되어줘서 고마웠습니다. 여행지에 대한 조언도 감사드려요. 정말 즐거웠습니다, 음⋯."

"매기, 매기라고 불러주세요."

"매기." 그는 손을 내밀어 악수를 청했다. 그것은 정말 구식 제스처지만 나는 그 순간 이 거친 바이킹 남자에게서 거부할 수 없는 매력을 느꼈다. "저는 대니 갤러거입니다. 혹시 런던에서 가시를 제거하거나 맹장을 꺼내야 할 일이 생기면 제가 도와드릴게요."

그가 떠나려고 돌아설 때 이걸 말해야 하나 말아야 하나 고민하고 있었다. 집으로 돌아가기 전 나에게는 나흘의 자유시간이 있다. 나는 지금 어떤 의무도 어떤 확고한 계획도 없는 휴가 중인데다가, 남자와 잠자리를 가져본 지도 너무 오랜 시간이 지났다. 그는 이미 발걸음을 옮겼고 내가 그를 막 불러세우려 하던 참에 그가 갑자기 걸음을 멈추고 뒤돌아섰다.

"나중에 같이 한잔할 수 있을까요?" 그가 물었다. 내가 바로 대답을 하지 않자 그는 얼굴을 붉혔다. "죄송해요, 제가 너무 앞서 갔죠? 그냥 당신과 함께 이야기를 나누는 게 정말 즐거워서요. 그리고…"

"네." 내가 대답했다.

✳

"런던에 가 본 적 있나요?" 대니가 물었다.

우리는 나의 호텔 방에 누워있었고, 미친 듯한 사랑놀이로 흘러내린 땀은 에어컨 환풍구에서 쉭쉭 거리며 나오고 있는 바람으로 인해 식어가고 있었다. 그의 호텔 아니면 나의 호텔이었고, 나는 저예산 호텔에는 매력을 못 느끼기 때문에 정부 보조금을 받는 우리 같은 사람들이 가장 즐겨 찾는 오리엔탈 호텔에 지금 우리 둘은 같이 있다. 내 개인 주머니 사정을 생각하면 무척 비싼 편이지만 미국 정부가 돈을 대준다면야 안될게 있나? 우리가 로비로 들어섰을 때 대니는 눈이 휘둥그레져서 고개를 뒤로 젖히고 화려한 천장을 바라보았다. 엘리베이터에서 내려 층별 관리인의 인사를 받았을 때도 대니는 여전히 입을 벌리고 있었지만, 내 방에 들어서자마자 나의 시선이 온통 그에게 쏠렸듯이 그의 시선도 나에게 쏠려있었다. 서로가 땀에 젖은 옷을 벗기고 키스를 하면서 침대로 향하는 동안 어떤 말도 없이 탄식과 헐떡임만이 들려왔다. 우리는 어떤 말도 필요하지 않았다. 우리의 몸은 무엇을 해야 할지 알고 있었고, 나는 내 귀를 통해 들려오는 거친 숨소리와 격앙된 포효 외에는 그가 하는 어떤 말도 듣지 못했다. 어찌 된 일인지 그는 나의 몸을 만져야 할 곳을 알고 있었고 내가 일로 채워나갔던, 애써 외면했던 나의 배고픔을 어떻게 채워야 하는지도 알고 있었다. 나에겐 항상 작성해야 할 보고서, 수련해야 할 재능, 개발해야 할 새로운 정보원이 있었다. 동료들과는 어울리지 않겠다고 다짐을 했다면, 어차피 모두 비호감 이지만, 우리는 즐거움을 찾을 수 있는 곳에서 그 즐거움을 거머쥐어야 한다.

그리고 나는 레스터에서 태어나 런던에서 교육받은 서른세 살의 대니 갤러거에게서 나 자신의 모습을 발견했다. 그는 실제로 나보다 몇 년 어리지만 다른 면에서도 역시 내가 더 나이 들었다는 점을 느낄 수 있었다. 아니면 아마도 내가 단지 좀 덜 순수하고, 선과 악, 친구와 적이 모호한 세상의 수많은 회색지대에 더 잘 적응해서일 수도 있다.

"가끔 런던에 갈 때가 있어요." 내가 말했다.

"다음에 올 때에 전화해 줄래요?"

"한동안은 갈 일이 없을 거예요. 그리고 그때쯤이면, 전화하는 게 아마 어색할지도 몰라요."

"왜 그렇죠?"

"당신은 날 기억조차 못할 지도 몰라요."

"난 당신을 꼭 기억할 거예요."

"아니면 다른 누군가를 만나게 되겠죠. 내가 런던에 나타나게 되면 내가 도대체 왜 그녀를 초대한 거지,라고 생각하게 될 거예요. 이런 일들은 보통 다 그런 식이죠."

"원래부터 그렇게 낙관주의자였어요?"

나는 웃으며 옆으로 몸을 돌려 그를 바라보았다. "이봐요, 우린 방콕에 있어요. 우린 욕망에 빠져 있고요. 그냥 즐기자구요."

"방콕에서 일어난 일은 반드시 방콕에만 머물러 있어야 하나요?"

"대니, 당신은 나를 거의 알지 못해요."

"관심이 부족해서는 아닌데요." 이제는 그가 옆으로 몸을 돌려 우리는 침대 위에서 서로 얼굴을 마주하고 누워있었다. "그럼 나에게 좀 더 말해줘요." 대니의 손이 내 허벅지 쪽으로 내려갔고 그의 손가락이 내 흉터에서 멈춰 섰다. "예를 들면, 이런 것은 어떻게 얻었는지 말이죠."

"별거 아니에요. 정말이에요. 대학 시절 술집에서 웨이트리스로 아르바이트를 했어요. 주먹다짐이 벌어지고 병이 깨졌죠. 날아오는 유리 파편에 맞았어요."

"술집에서 싸움요? 전혀 예상치 못한 전개인데요."

카라치에서 있었던 폭발 파편에 맞아 생긴 흉터라는 숨겨진 사실을 대니는 더 짐작도 하지 못할 것이다.

"그렇군요, 술집에서 일을 했다……."

"내가 가져본 직업 중에 최악은 아니었어요."

"아르바이트를 했던 그 술집은 어디에 있을까요?"

지금까지는 그와 세부적이고 구체적인 사항은 공유하는 것을 잘 피해 왔다. 적어도 잘 짜여지고 연습된 조작이 아닌 것은 공유하지 않고 있었다. 내가 다시는 볼 일이 없는 남자이기에 지금부터 굳이 진실을 말해야 할 이유는 없지만, 성관계 뒤의 친밀감이 여전히 우리를 감싸고 있어서인지 진실의 일부가 새어 나왔다.

"조지타운." 바에서 일한 적은 없지만 아무튼 내가 한동안 살았던 곳이다.

"워싱턴 DC 근처가 아닌가요?"

"맞아요."

"난 항상 백악관을 보고 싶었어요. 여행할 만한 가치가 있을까요?"

"전혀요."

그가 내 엉덩이를 쓰다듬었다. "당신을 만나게 된다면 여행의 가치는 충분하죠. 만약 런던에 오지 않는다면 우리는 다른 어딘가에서든 만날 수 있어요."

"그게 좋은 생각인지 모르겠네요."

그의 손이 움직임을 멈췄다. 그러고는 몸을 구르며 신음했다. "오, 맙소사. 결혼하셨군요, 그렇죠?"

줄을 잘라버리고 그를 바다에 던져버리는 것이 가장 쉬운 방법일 것이다. 가상의 남편은 다른 연인들에게 썼던 가장 편리한 변명이었지만, 이 방법은 그의 눈에 나를 지저분한 여자로 보이게 할 여지가 있었다. 갑자기, 대니가 나를 그런 식으로 보지 않는 것이 중요해 진 것 같은 느낌이었다. 그는 나에게 등을 돌리고 침대에 걸터앉았다. 창문을 통해 들어오는 도시의 불빛들이 그의 어깨에 내려앉아 그의 피부를 윤이나는 구리처럼 보이게 했다. 내가 그를 만지기 위해 손을 뻗는데도 그는 아무런 반응이 없었다.

"대니?"

"제 호텔로 돌아가야겠어요."

"나가서 저녁 먹어요. 내가 정말 맛있게 하는 식당을 알고…"

"왜죠?"

"왜 먹냐고요?"

"이게 당신에게는 아무런 의미가 없는 건가요, 그런 거예요?"

그는 낯선 침대에서 낯선 누군가와 땀을 뻘뻘 흘리며 서로를 더듬는 것에 어떤 의미가 있다고 생각하고 있었다. 그에게 미안하고 그가 안쓰럽게 여겨졌다. 그의 순진함과 다가올 피할 수 없고 고통스러운 자각에 대해서. 또한 그가 조금이라도 여기 더 오래 머물게 하고 싶다는 생각도 들었다.

"난 결혼하지 않았어요."

대니는 돌아서 나를 바라보았지만 그의 얼굴이 창문 빛에 역광이 되어 그의 표정을 읽을 수가 없었다. "사실이에요?"

"내가 왜 거짓말을 하겠어요?"

"당신이 우리가 다시 만나는 건 좋은 생각이 아니라고 말했을 때, 난 단지…"

"보통 이런 일들은 어떻게 점점 사그라드는지 알고 있기 때문에 그렇게 말한 거예요. 낯선 도시에서 누군가를 만나면 왠지 새롭고 흥미롭게 느껴지죠. 그러다 집으로 돌아오면 깨닫게 되는 거…"

"그 추억을 집으로 기념품처럼 가져가세요?"

"그렇게 되는 거죠." 삶의 지혜의 말들이 마치 체념처럼 들렸다. 사실은 그런 건지도 모른다. 나는 그런 일들이 대체로 어떻게 될지 알고 있다. 그리고 나는 이 일 또한 어떻게 될지 알고 있다. 그렇다고 해서 내가 기회를 얻었을 때 그 기쁨을 누리지 못한다는 뜻은 아니다.

"여기 머물러요." 내가 말했다. "나랑 같이 저녁 먹어요." 나는 그의 벌거벗은 등을 쓰다듬으며 등위의 소름과 함께 그의 근육의 굴곡을 느꼈다. "어차피 먹어야 하는 음식, 함께 먹는 게 어때요?"

"외로운 삶이겠군요." 그가 조용히 말했다.

나의 손이 그의 등에서 떨어졌다. 이건 내가 이 남자에게 기대했던 것이 아니다. 나는 뜨겁고 격렬한 섹스를 원했고 약간의 웃음을 바랄 뿐이었지, 그가 내 인생의 거울을 나에게 들이밀 거라고는 생각하지 못했다. 그는 그렇게 했고 나는 나를 보는 것을 좋아하지 않았다.

"외로울 수 있어요." 나는 인정했다. "그래서 더욱 당신이 여기 머물러줬으면 좋겠어요."

"저녁을 위해서."

"그리고 더. 당신이 원한다면."

그는 고개를 절레절레 흔들며 희미한 웃음을 내뱉었다. "물론
이죠. 왜 안 되겠어요?"

'왜 안 되겠어요?' 우리가 이 두 단어를 떠올리는 것은 이번이
마지막은 아닐 것이다.

그랬어야 했다.

6장
-
조

메인주 퓨리티, 현재

조는 메인주 경찰서 로버트 알폰드 형사와 같은 부류의 남자들을 익히 알고 있기에 그가 SUV에서 내리는 순간 그와의 관계가 호의적이지 않을 것임을 직감할 수 있었다. 사건 현장의 가장자리에 멈춰선 그의 얼굴이 경광등에 비쳤다. 패딩 점퍼로 인해 덩치 큰 그의 몸이 더 커 보였다. 그는 모자도 쓰지 않고 목도리도 두르지 않았다. 이런 추위에서 그가 그 상태로 얼마나 견딜지 조는 궁금했다. 그녀는 몇 발짝 떨어진 곳에서 손을 들어 인사를 건넸지만, 그는 그녀를 지나쳐 곧바로 그녀의 부하 경찰관에게 향했다. 좋아, 그렇다면, 이렇게 되는 거겠군. 조 티보듀, 투명 인간. 그는 물론 그녀를 보기는 했지만, 금발 머리 여자 따위는 중요치 않다고 여기고 그가 책임자로 추정하는 남자에게로 시선을 돌렸을 것이다.

그 경관은 즉시 알폰드 형사에게 그녀가 서있는 쪽을 가리켰

다. '고마워요, 마이크.'

"조 티보듀라고 합니다." 조가 그를 향해 다가가며 자신을 소개했다. "글렌 쿠니가 세상을 떠난 후 제가 서장 직무대행을 맡게 되었습니다."

"알폰드 형사입니다." 그가 말했다.

"네, 알아요. 경찰 아카데미에서 심문에 관한 강의에 참석했었어요." 그는 그 강의에서 마치 배의 선장처럼 자신만만한 모습으로 강의실 이곳저곳을 누비고 다녔다. 그녀는 시신 주변에 부착된 범죄 현장 테이프를 향해 고개를 까딱였다. "현장을 확보하고 집 수색을 실시하고 예비 조사를 마쳤습니다. 집주인은 혼자 사는 60세 여성입니다. 시신이 버려질 당시에 집주인은 현장에 없었습니다."

"그녀가 그렇게 말하던가요?"

"네, 그렇습니다."

"그리고 당신은 그것이 사실임을 확인했고요?"

"오늘 밤 그녀의 행방을 확인해 줄 수 있는 증인들을 인터뷰했고 제가 직접 확인했습니다."

"어떻게 확인했죠?"

"집을 둘러보시면 사방에 카메라가 설치되어 있는 것을 알 수 있습니다. 카메라 영상을 보니 시신이 버려지는 장면이 찍혀있더군요. 검은색 SUV, 남성 운전자입니다."

"티보듀 경관." 그가 말했다. "사망 사건에 대한 수사 프로토콜을 알고 계십니까?"

"네, 알고 있습니다."

"그럼 자신의 역할에 대해서도 이해하고 계십니까?"

"우선 법무부와 주 경찰 범죄수사대에 통지합니다. 다음으로 현장을 확보해서 보호하고, 현장 주변을 대략적으로 수색한 후 목격자로부터 관련 정보를 기록해 둡니다. 이 조치는 사망 사건 조사와 관련한 메인주 행정법 201조에 따른 것입니다."

그는 갑자기 말을 하기 시작한 개를 쳐다보듯이 잠깐 그녀를 쳐다보았다. 그래, 금발 머리 여자도 자신의 입은 가지고 있다고. 어쩌면 조는 주 정부 범죄수사대가 보기 전에 직접 감시카메라 영상을 보는 섣부른 행동을 했을지 모른다. 어쩌면 그녀는 범죄 현장 테이프를 예쁘게 줄쳐놓고 뒤로 물러서서 거물급 형사들이 오기를 기다렸어야 했지만, 조는 참을성 있는 여자가 아니었다. 그것들은 그녀가 해치워야 할 일들이었다.

알폰드 형사의 차 뒤에 또 다른 차가 멈춰 세워지고 새로운 두 개의 헤드라이트 불빛에 그들은 그곳을 돌아보았다. 검시관 와스 박사. 큰 덩치의 또 다른 남자가 차에서 내렸다. 메인주는 물과 비바람으로 큰 바위를 만들어 내듯이 덩치 큰 사람을 키우는 곳 같다. 하지만 균형 잡힌 몸매의 알폰드 형사와는 달리 와스 박사의 몸은 마치 볼링공을 연상케 했다. 그는 지금 경사진 진입로에서 뒤로 굴러떨어지지 않기 위해 중력에 맞서 싸우며 우리를 향해 다가오고 있었다.

"여이, 조 티보듀." 와스가 그녀를 향해 외쳤다.

"안녕하세요, 와스 박사님." 그들은 글렌 쿠니의 사고 조사 기간 동안 마지막으로 대화를 나눴는데, 그녀가 멘토의 죽음으로 여전히 충격에 빠져 있을 때 그는 아버지 같은 친절함으로 그녀를 대해주었다. 그때와 마찬가지로 지금도 시신이 근처에 놓여있고, 와스 박사는 여전히 사려깊은 마음으로 그녀에게 먼저 아는 척을 해주었다.

"그럼 이제 글렌의 일을 대신 하는 건가요?"

"노력 중이에요." 그녀는 한숨을 쉬었다. "서장님이 그리워요. 그는 좋은 분이었어요."

"그래, 그랬지. 지금까지 어떻게 지냈나? 글렌의 부츠를 신고 걷는 건 어때?"

"어려운 일들이 많죠……." '알폰드 형사 같은 머저리를 상대하는 거 같은?' "하지만 이제 익숙해졌어요."

"자넨 잘할 수 있을 거야." 와스는 알폰드에게로 시선을 돌렸다. "그래, 밥, 어떤지 한번 보지."

그들이 시신을 향해 걸어갈 때 조는 그들과 합류하고 싶었지만, 알폰드가 그녀를 쏘아보는 눈빛은 그녀가 그들만의 회합에 환영받지 못할 거라는 것을 분명히 했다. 그녀가 그에게 메인주 행정법을 인용해서 일까, 아니면 그녀가 그보다 10년은 더 어려서이기 때문일까, 아니면 여자라서? 알폰드는 마치 자신이 매기 버드를 조사하고 감시 영상을 보고 데클란 로즈에게 전화를 해서 버드의 행방을 확인했던 사람인 것처럼 와스 박사에게 그녀에게서 들은 정보를 반복하고 있었다. 마치 그가 범인과 마주할 위험을 감수하고 농가의 부엌이며 방이며 구석구석을 돌아다닌 사람처럼. 와스 박사는 이 모든 것이 그녀의 노력의 결실인 것은 알지 못한 채 고개를 끄덕이며 정보를 받아들이고 있었다.

이런 경우 글렌이라면 어떻게 했을까?

오, 그녀는 글렌 쿠니가 어떻게 할지 정확히 알고 있다. 메인주 법에 의하면 이 조사는 이제 알폰드의 쇼가 되었고, 그가 통제할수 없는 일에는 화를 낼 필요가 없기 때문에 진흙 묻은 코트를 털어내듯이 훌훌 털어내 버리고 그냥 자신의 길을 가버릴 것이다. 그녀에게 이제 할 일을 다 했으니 이동할 때라고 말하면서. 그래, 글렌이라면 그랬을 것이다.

그래서 그녀는 알폰드와 와스 박사를 남겨두고 자신의 차로 향했다. 차를 타기 전 멈춰서서 농가를 돌아보았다. 침실 창문은 어두웠고 커튼은 닫혀 있었지만, 여러 대의 보안 카메라로 판단컨대 매기 버드는 경계심이 많은 여자일 가능성이 있으므로 이순간 그녀가 우리를 지켜보고 있다 하더라도 조는 놀라지 않을 것이다. 파악하기 힘든 묘한 여자였다. 그녀가 진입로에 있던 시신에 대해 얼마나 무덤덤했는지 생각해 보았고, 혹시 단순히 순간 너무 충격을 받은 나머지 그녀의 진정한 반응이 늦어져서 그런 현상이 나온 건 아닌지 궁금했다. 아마도 내일이면 사건의 트라우마가 그녀를 덮칠 것이고 자신의 앞마당에서 살인 시체가 발견되면 대부분의 사람들이 느끼는 공포를 그녀도 느끼게 될 것이다.

아니면 그녀가 보여준 것처럼 진짜 동요가 없었던 것일 수도 있다.

조는 여전히 시신 위에서 웅크리고 앉아 상처를 살피고 있는 알폰드와 와스 박사를 힐긋 쳐다보았다. 조는 그들이 죽은 여자에게 집중하도록 두자고 생각했다. 자신은 생생히 살아있는 사람들에게 집중할 것이라고.

*

한 소녀와 소 한 마리가 눈 덮인 들판을 걸어가고 있었다. 아침 햇살에 눈을 가늘게 뜨고 바라보니 큰 소는 아니고 유순해 보이는 저지종 젖소였다. 하지만 소녀는 몸집이 작고 젖소는 적어도 300킬로그램은 넘어 보이는 데다가, 둘이 너무 가까이 붙어 있어 그 모습이 조를 긴장하게 만들었다. 그녀는 개나 뱀, 가파른 경사를 타고 비명을 내지르며 내려오는 스키는 무서워하지 않지만 그녀가 10살 때, 황소에게 쫓긴 경험이 있기 때문에 큰 가축에 대한 상당한 주의를 갖고 있다. 조는 헛간으로 향하는 소녀와 소를 조심스럽게 지켜보았다. 둘은 산책을 나온 친구처럼 누가 먼저랄 것도 없이 함께 걸어갔다. 소녀가 조에게 손을 흔들기 위해 멈췄을 때 소도 잘 훈련된 개처럼 같이 멈추었다.

조도 소녀에게 손을 흔들었다. 그녀는 루터 윤트의 손녀가 홈스쿨링을 받고 있다는 사실을 알고 있다. 그리고 그것이 오늘 아침 그 소녀가 교실에 앉아 있지 않고 소와 함께 밖에서 함께하는 이유일 것이다. 또한 그 소녀가 왜 조의 주의를 크게 끌지 못했는지도 설명할 수 있을 것이다. 정기적으로 서로 장난을 치다 나쁜 일에 빠지곤 하는 지역 고등학교 아이들과는 달리 유순한 친구와 함께하는 것은 소녀를 범죄의 세계로 이끌 가능성이 적기 때문이다. 조는 둘이 헛간으로 들어가 사라질 때까지 지켜보다가 루터 윤트의 통나무집으로 발길을 돌려 현관 계단에 올라섰다.

노크를 하고 잠시후 윤트가 문을 열었다. 조는 작은 체구의 여성이 아님에도 갑자기 수염을 기른 야생의 남자와 마주치자 흠칫 놀라게 되었다.

"윤트 씨? 저는 퓨리티 경찰관 조 티보듀입니다."

"옆집에서 일어난 일 때문인가요?"

"네, 그렇습니다."

"어젯밤 형사와 얘기했어요. 로버트 뭐시기라나…….."

"메인주 경찰서의 알폰드 형사일 겁니다. 그들이 조사 전반을 맡고 있습니다."

"옆집에서 보인 당신들의 그 불빛들을 보기 전까지는 무슨 일이 벌어진 줄도 모르고 있었다고 그에게 말해줬어요."

"이웃에 대해 몇 가지 물어보고 싶은 게 있어서요. 잠시 들어가도 될까요?"

잠시 멈칫하더니 결국 "그러시죠"라고 대답했다.

조는 이전에 윤트와 경찰 사이에 어떤 문제가 있었는지 알지 못했고, 경찰을 그의 집으로 들이는 것을 꺼리는 이유가 궁금했다. 집안은 특별히 수상한 점은 없었다. 대부분의 가구는 직접 만든 것으로 보였고, 달걀로 가득 찬 상자 더미를 보니 헛간에서 상당히 많은 닭을 키우는 것으로 추정되었다. 구석에는 오래된 버몬트 주물 장작 난로가 있었고 난로 위의 철주전자에서 끓어오르는 물은 바싹 마른 공기에 귀중한 습기 몇 가닥을 뿌리고 있었다. 천장에는 거미집이 지어져 있었고, 조는 고개를 들어 가느다란 실에 매달린 그곳의 거주자를 바라보았다. 이 집의 일상인 듯한 먼지와 어수선함으로 미루어 보건대, 루터는 거미에 대해 그다지 신경을 쓰지 않고 있을 거라고 생각했다. 그녀를 놀라게 한 유일한 항목은 책장에 놓여있는 것들이었다. 책장에는 과학과 농업 관련 책들이 빼곡히 꽂혀있었다. 작업복을 입은 헝클어진 이 남자에게는 눈에 보이는 것보다 더 많은 무언가가 있는 것 같았다.

그들은 테이블에 앉았다. 테이블에는 반쯤 비어있는 블랙커피 잔이 놓여있었다. 그녀도 커피 한잔이 간절했지만 그는 권하지 않았다. "당신의 이웃, 매기 버드를 알고 지낸 지 얼마나 되셨나요?" 조가 물었다.

"2년 전쯤 이사온 후로요. 릴리안 할머니의 블랙베리 농장을 샀죠. 릴리안은 정말 심술궂었죠. 특히 캘리의 염소가 그녀의 정원에 들어가면 정말 짜증을 많이 내곤 했어요. 하지만 매기는 정말 좋은 이웃이죠."

"어떻게요?"

"친절하고, 조용하고, 자기 일에만 신경을 쓰죠." 그리고 그의 눈빛은 이렇게 말하는 것 같았다. '당신과는 달리요.' 만약 매기 버드에게 어떤 범죄혐의가 있다고 하더라도 그것에 대해 말하지 않을 것 같다는 느낌을 받았다. "왜 매기에 관해 묻는 건가요?"

"어젯밤 그녀의 진입로에서 시체가 발견되었습니다."

"네, 알고 있어요. 누구의 진입로에든 버려졌을 수 있었을 겁니다."

"아무튼 그 시체는 그녀의 진입로에 있었죠. 그리고 그 일에 대한 그녀의 반응은 보통 사람들에게서 예상되는 반응과는 달랐어요."

"당신은 어떤 반응을 기대하셨습니까?"

"그녀는 이상하리만큼 그 일에 대해 차분함을 보였어요."

"매기는 원래 차분한 여성이에요. 어떤 일에도 흥분하는 걸 본

적이 없어요. 그게 매기죠."

윤트의 손녀가 집으로 들어오자 문이 쿵, 하고 닫혔다. "매기 뭐… 뭐라고요?" 소녀가 물었다.

"캘리, 이 분은 티보듀 경관님이셔."

"티보듀 서장 대행입니다." 조가 바로잡았다.

"매기에 관해 묻는 중이야."

"왜요?" 캘리가 물었다.

"그냥 일상적인 질문이야." 조가 대답했지만 윤트는 그렇게 믿지 않는다는 걸 소녀는 알고 있다. 조를 향해 찡그리고 있는 할아버지의 표정이 소녀에게 많은 것을 암시하고 있었다. 캘리는 얼룩이 묻은 헛간용 외투를 입고 진흙이 묻은 퇴비용 부츠를 신고 있었고, 머리에는 짚 몇 조각이 엮여 있었다. 이 나이의 소녀는 농장에서 일을 할 게 아니라 학교에 있어야 하기 때문에 조는 어쩌면 아동가족서비스국으로 이 상황에 대해 연락을 취해야 하는 거 아닌가 고민했다.

"아주머니에게 문제가 생겼나요?"

"오우, 아니란다." 루터가 대답했다.

'지금까지 내가 아는 한은.' 조가 생각했다.

"여우 때문인가요?" 캘리가 재차 물었다.

"무슨 여우?"

"그녀가 여우를 쏴서 그걸 우리에게 줬거든요." 루터가 대답했다. "여우가 그녀의 닭을 죽이고 있었어요. 캘리의 닭들도요. 완전히 합법적인 사살이죠."

"여우 때문에 온 게 아닙니다, 윤트 씨. 그냥 당신 이웃에 대해

96

서 알고 싶어서 그래요. 그녀에 대해 호의적으로 생각하시는 것 같군요."

"우리가 도움이 필요하면 그녀는 언제나 곁에서 기꺼이 협력해 주었죠. 하루는 캘리의 염소들이 우리 밖으로 나갔는데, 매기가 들판을 뛰어다니며 염소들을 잡아 주었죠. 그 광경을 보셨어야 해요. 정말 대단한 한편의 쇼였어요."

"그리고 아주머니는 저에게 책을 선물해요. 아주머니가 말해 주었던 것들은 제 마음을 넓혀줄 거예요." 소녀는 책장으로 가서 책을 한 권 꺼내 들고 조가 앉은 테이블 위에 올려놓았다. 세계지도 책이었다. "언젠가 어디로 여행할지 결정할 때 도움이 될 거라고 했어요. 파리에 가보고 싶다고 했더니 아주 좋은 선택이라고 했어요."

"오케이, 아주 좋은 이웃인 것 같구나." 조가 말했다. "그녀에 대해 알고 있는 다른 건 또 없니?"

침묵이 흘렀다. 윤트와 그의 손녀는 서로를 바라보며 마치 서로가 해답을 가지고 있을 것 같다는 표정을 지었다.

"그녀는 사격 실력이 뛰어납니다." 윤트가 말했다. "여우를 한 방에 쓰러뜨렸죠."

조는 이 말을 곰곰이 생각했다. 총을 다룰 줄 아는 60세의 여성이 메인주 시골에 있다는 것은 흔한 일이 아니다. 하지만 매기 버드가 최근에 이곳으로 이사를 왔고, 그래서 그녀가 다른 곳에서 총을 다루는 기술을 익혔으리라 생각해 볼 수도 있다. "당신도 타지에서 오셨죠, 윤트 씨?" 조가 말했다.

갑작스러운 화제의 전환으로 인해 윤트의 얼굴이 돌연 판독하기 어려운 표정으로 변해 버렸다. "맞아요."

"할아버지는 혼자의 힘으로 이 통나무집을 고쳤어요."

"어디에서 이사를 오셨나요?"

"보스턴이요." 캘리가 유쾌하게 대답했다. "할아버지는 MIT에서 교수였어요."

"여기로 이사 오기 전에 매기 버드를 알고 계셨나요?"

"몰랐어요. 그녀가 이사를 왔을 때 처음 그녀를 보았고 이보다 더 좋은 이웃은 없을 거라 생각했죠. 이 모든 질문이 뭘 의미하는지는 모르겠지만 그녀에 대해 나쁘게 말한 만한 것은 없습니다."

"저도 마찬가지예요." 캘리가 말했다.

조는 그와 손녀를 번갈아 보면서 지금쯤 포기를 하는 게 맞을 것 같다는 생각을 했다. 이웃의 나쁜 점을 알고 있다고 하더라도 그것을 경찰과 공유하지는 않을 것 같았다.

조는 밖으로 나와 진입로에 있는 차 옆에 서서 블랙베리 농장을 바라보았다. 매기 버드의 개인 도로에 심어진 단풍나무 가로수 때문에 시야가 부분적으로 가렸지만, 이곳에서 조는 그녀의 농가와 주차된 하얀색 SUV를 볼 수 있었다. 주 경찰 수사관들이 오전 내내 그곳에 머물렀지만 지금은 공식적인 경찰 차량들은 모두 떠난 상태이고 밝은 노란색 폴리스라인만이 눈 위에서 펄럭이고 있었다. 그렇다면 저 흰색 SUV는 누구의 소유일까?

조는 루터 윤트의 마당에서 차를 몰고 나와 블랙베리 농장으로 향하는 도로에 접어들었다. 조는 차량을 잠시 세운 뒤 그 차를 훑어보았다. 그 차량은 메인주 번호판을 달고 있었고 대부분의 차량이 모래투성이 도로로부터 먼지와 모래에 뒤덮이는 이 시기에 유난히 깨끗해 보였다. 두 사람이 진입로에 서 있었다. 조가 순찰차에서 내려 그 쪽으로 걸어가자 그들은 조에게 손을 흔들었다. 둘은 마치 점보 눈사람처럼 보이는 부풀어 오른 점퍼를 입고 있는 노부부였다.

"조안나 티보듀 서장님 맞죠?" 여자가 큰 소리로 말했다. "어젯밤에 전화로 얘기했었죠. 잉그리드와 로이드 슬로컴입니다. 매기가 저희 집에서 저녁 식사를 했었죠."

"여기가 범죄 현장이라는 건 아시죠?"

"물론이에요. 그래서 저희가 여기에 온 건데요."

"네?"

"범죄 현장 폴리스라인이 떨어졌길래 우리가 잠깐 현장을 봐도 된다고 생각했어요. 매기가 보안 영상을 공유해 줘서 몇 가지 세부 사항을 직접 확인해 보고 싶었어요."

"비교적 적은 양의 피 같은 거 말이죠." 로이드는 눈 속의 붉은 얼룩을 가리키며 말했다.

"이 자국들, 제가 생각하기에는 굿이어 타이어인 것 같아요. 사이트에 접속해서 구체적인 모델을 확인해 봐야겠어요." 잉그리드가 자국을 가리키며 말했다.

"그녀는 다른 곳에서 살해당했죠, 그렇죠?" 로이드가 말했다. "이후에 그녀의 시체가 이곳에 버려졌구요. 그녀의 사후경직 정도는 어땠죠?"

"맙소사." 조가 말했다. "두 분은 은퇴한 경찰이나 뭐 그런 건가요?"

"오, 아니요." 잉그리드가 말했다. "우린 그냥 아마추어예요. 열정적인 미스터리 팬이죠."

"범죄 현장이 오락거리라고 생각하세요?"

"절대 아니죠. 우리는 이 문제를 매우 심각하게 받아들이고 있어요. 매기는 우리의 친구이고, 자신의 진입로가 시신 유기 장소로 사용된 것에 대해 기분이 많이 상했을 거예요."

"그녀와 얘기를 나눠야겠어요."

"아, 지금 여기 없어요. 그녀와 데클란은 하버타운 호텔에서 관리인과 얘기 중이에요."

"하버타운? 어떻게 알아낸…"

"비앙카가 머물던 곳이죠? 기본이죠. 이 지역에서 일 년 중 이 시기에 문을 여는 숙박시설은 세 곳 밖에 없어요. 로이드가 하버타운 요리사를 알고 있어서 그녀에게 물어봤더니 비앙카가 그곳에 머물렀다고 하더라고요."

"이제 그 호텔은 꽤 괜찮은 조식을 제공하고 있어요." 로이드가 말했다. "여담이지만, 제가 구운 달걀 요리에 대한 레시피를 알려주고 나서였죠."

조는 성질을 죽이기 위해 심호흡을 했다. "그 호텔에서는 뭐 하는 거죠?"

"비앙카가 언제 어디서 납치됐는지 알아보려는 중이에요. 비앙카의 렌터카도 아직 찾지 못한 것 같아요. 그래서…"

"어떻게 그 사실을 알고 계시죠?"

"주 경찰이 오늘 아침 호텔 주차장을 샅샅이 뒤지는 것 같았는데 정작 어떤 차량도 견인해 가지 않았거든요. 아직도 못 찾았나요?"

조의 입이 굳어졌다. "저도 잘 모릅니다. 주 경찰이 이 사건을 맡았어요."

"오." 잉그리드가 동정 어린 표정으로 고개를 저었다. "마음이 상하셨겠네요."

조는 생각했다. '정말 가슴 아픈 것은 이 사람들이, 이 일반인들이 나만큼이나 많은 것을 알고 있는 것처럼 보인다는 사실이다. 이건 옳지 않아.'

정말 옳지 않은 것은 그녀 자신의 고향인 퓨리티에서 발생한 살인 사건의 수사에서 퓨리티 경찰 서장 직무대행인 그녀가 소외되고 있다는 사실이었다.

"여러분 이곳에서 나가주셨으면 합니다." 조가 말했다.

잉그리드는 턱을 치켜들었다. 조보다도 키도 크지 않고 머리도 거의 반백이지만, 그녀의 눈빛을 보면 그녀를 대수롭지 않게 여겨서는 안된다는 것만은 확실했다. "우리는 매기의 허락을 받았기 때문에 여기 있어도 상관없어요."

"여긴 범죄 현장이에요. 현장이 훼손될 수도 있습니다."

"그건 우리도 잘 압니다."

로이드는 아내의 어깨에 차분히 손을 올렸다. "잉그리드. 여보, 어차피 다 확인했잖아."

서로를 가늠하기 위해 두 여자는 잠시 서로 눈빛을 주고받았다. 그러고 나서 잉그리드가 짧게 고개를 끄덕였다. "갈게요. 만약 우리의 도움이 필요하면 연락하세요. 우리 번호는 이미 가지고 계실 테고요."

'도움이 필요하다면? 도대체 이들은 자신들이 뭐라고 생각하

는 걸까?'

조는 그들이 떠나기를 기다렸다가 차에 타고는 블랙베리 농장을 바라보았다. '당신과 당신 친구들은 수수께끼군요, 매기 버드.' 그녀의 진입로에서 시체가 발견됐다고 해서 그녀를 의심하는 것은 아니지만 현재의 모든 상황이 더 나은 표현을 찾을 필요 없이 '이상한' 상황이었다. 퓨리티 마을에 사소한 범죄는 종종 발생했지만 살인은 드문 일이었고, 보통은 동기가 분명하거나, 그녀가 이름을 들어보았거나, 때로는 평생을 알고 지낸 사람이 범인이었다. 어느 집에서 문제가 발생하고 있는지 안다는 것은 고향에서 경찰이 된 것의 장점이었다. 하지만 지난 몇 년간, 메인주 퓨리티 마을이 대도시의 고물가와 교통체증, 범죄로부터 피난처가 되어 줄 것이라 믿는 많은 외지인들이 이사를 오기 시작했고, 조는 아직 이런 이주민들을 완벽히 파악하지 못한 상태였다. 방금 슬로컴족과 나눈 식의, 공기를 혼탁케 하는 의심과 불신이 가득한 불편한 대화들이 향후 자주 발생하게 될 것이다.

새로 이사온 이주민들로 인해 마을은 너무 빠르게 변하고 있다. 조는 이런 변화가 괜찮은 것인지 확신할 수 없었고 그 변화를 멈출 수도 없었다. 하지만 또한 새로운 피의 수혈이 없으면 마을은 쪼그라들고 죽어가게 될 것이라는 것도 알고 있다. 그녀는 항상 해왔듯이 그저 눈을 크게 뜨고 땅에 귀를 기울여야 한다.

왜 이 진입로에 시체가 버려졌는지 누군가는 말해야 할 의무가 있다는 것을 알고 있다.

7장
-
다이애나

방콕, 현재

인터넷 카페의 컴퓨터 화면에서 그녀를 응시하고 있는 송장처럼 창백한 얼굴에는 20년 전에 알던 그 남자의 모습은 온데간데 없었다. 그의 극단적으로 변화된 모습에 그녀는 놀라움을 감출 수가 없었다. "개빈?" 그녀는 헤드셋 마이크에 대고 말했다.

화면 속의 시체가 체념한 듯한 한숨을 내쉬며 대답했다. "보다시피 세월은 나에게 호의적이지 않았어."

"우리 둘 다에게 친절하지 못했던 것 같은데요."

"나에게 자비로우려고 애쓰지 말아, 다이애나. 당신의 노력이 눈에 보여."

불행히도 그는 그녀에 대해 너무 잘 알고 있었다. 그녀는 업보라는 것이 단지 추상적인 개념만은 아니라는 것을 깨닫기 시작했다. 그녀는 붐비는 인터넷 카페를 흘끗 둘러보았다. 자정이 가까운 시간인데도 키보드를 두드리고 있는 관광객들이 어깨를 맞대고 카페에 꽉 들어차 있었다. 에어컨은 이들의 뜨거워진 몸을 감당하기 어려웠고 실내에는 땀과 코코넛 오일 냄새가 진동했다. 손님들은 각자의 화면에 집중하고 있었고 아무도 그녀의 대화에 귀를 기울이지 않았다.

"저…… 상황이 생겼어요." 그녀가 조용히 말했다.

"내가 해야 할 일이 뭐지?"

"도피처가 필요해요. 일을 해결할 때까지 몇 주 동안요."

"무슨 일이길래?"

"파리에서 두 남자가 침입했어요. 그들이 제 아파트에 나타났고 난 일단 그들을 제압해야 했어요. 몰타의 후폭풍일 수도 있어요. 그리고 만약 그렇다면 저만이 그들의 추적을 조심해야 하는 건 아니겠죠."

화면 속 개빈의 얼굴은 여전히 무표정했다. 오랫동안 포커페이스를 연습한 탓에 무표정한 얼굴이 영구적으로 굳어진 것일지도 모른다. 아니면 병 때문에 얼굴 근육이 움직이지 못하는 것일까? 그의 어깨 뒤로 산소통이 보였지만 뒤쪽 벽에 걸려있는 장식용 그림을 보면 병실은 아닌 것 같았다.

"정보국에서 몰타에 대해 묻고 있어." 그가 말했다.

"뭐에 대해? 언제요?"

"지난주에 연락이 왔어. 시라노 작전이 그들의 레이더망에 다시 포착된 것 같더군. 정보국은 몰타에서 일어난 일을 재검토하고 있고, 그 일이 어떻게 진행됐는지 내가 기억하고 있는 것이 있는지 묻더군."

"그렇게 오래전 일을 왜……?"

"그들이 뭔가 새로운 정보를 입수한 것 같아. 그들은 마찬가지로 당신에게도 연락을 할 거야."

'그들이 나를 찾을 수 있다면.' "매기와 얘기해 봤어요?" 그녀가 물었다.

"그래야겠지. 난 그녀에게 모든 스토리를 말해주지 않았어, 다이애나. 이제는 해야겠지. 그녀도 이제 모든 걸 알아야 할 때니까."

"이제 와서 무슨 소용이 있겠어요?"

"만약 몰타 건으로 당신이 추적당하고 있는 거라면, 우리 모두도 위험에 빠진 거야. 특히 누구보다도 매기. 누가 그들을 보냈는지 알아냈나?"

"모스크바일 거라고 추측했어요."

"글쎄, 다른 가능성을 고려해 봐야 할 거야."

그녀는 눈살을 찌푸렸다. "무슨 의미죠? 무슨 들은 말이 있는 거예요?"

"하드윅."

다이애나는 그들 뚫어져라 쳐다보았다. "그건 불가능해요."

"정보국은 그렇게 생각하지 않아."

그녀는 충격을 받은 듯 숨을 짧게 내뱉었다. 화면을 응시하고 키보드를 두드리는 여행객들로 가득 찬 실내를 둘러보았다. 그녀는 목소리를 낮췄다. "이 문제를 해결할 시간이 필요해요, 개빈. 그때까지 숨을 곳을 마련해 주면…"

"안 돼."

"못하는 거예요, 원하지 않는 거예요?"

"그건 다이애나가 선택해."

그의 냉정한 거절은 그녀가 예상한 것과는 달랐지만 그렇다고 놀랄만한 일도 아니었다. 몰타 이후 두 사람은 좋지 않은 관계로 헤어졌고, 그녀는 동료들에게 동료애를 불러일으키는 사람이 아니었기 때문이다. 물론 그럴 필요도 없었기는 하지만.

지금까지는.

"당신은 나의 도움이 필요 없어." 개빈이 말했다. "당신은 살아남은 자이니까. 그게 바로 당신이 잘하는 일이고."

"당신도 암살 명단에 오를 수 있어요."

"내 몸은 내가 지킬 수 있어, 고마워. 매기도 그럴 수 있을 거야. 난 믿어."

그녀의 눈은 화면을 보고 있지만, 자꾸 목덜미가 따끔거리는 것 같아 고개를 돌려 다른 손님들을 쳐다보게 되었다. 그때 다이애나는 갈색 머리에 너저분한 티셔츠, 갈색 카고 반바지를 입은 남자를 발견했다. 그녀의 시선에 대한 반응만 아니었다면 그는 방콕의 다른 서양인 관광객과 다를 바 없었을 것이다. 그는 즉시 마주친 시선을 거두고 다시 자신의 컴퓨터에 집중했다. 하룻밤을 함께 보낼 수 있는 매력적인 여성을 발견했기 때문일까, 아니면 그의 관심은 다른 이유에서 일까?

다이애나는 개빈을 바라보았다. "적어도 날 위해서 이것만은 알아봐 줘요. 왜 정보국이 몰타에 관해서 묻고 있는지."

"직접 물어보지 그래. 그냥 전화해 보면 되잖아."

"그게 안전할지 확신이 서질 않아요."

개빈의 눈에서 첫 번째 감정의 힌트가 깜빡였다. 놀라움. "정보국을 믿지 않는 건가?"

"파리에서의 사건 이후 전 아무도 믿지 않아요. 누군가가 나를 죽이려 하고 있고, 그게 시라노 작전과 관련이 있다면 우리의 이름이 유출됐다는 의미죠. 당신, 나, 매기."

다이애나는 옆을 흘겨보다가 카고 반바지 남자가 다시 그녀를 쳐다보는 것을 감지했다. 그녀는 지금 당장 처리해야 할 일이 생기게 되었다. "그만 끊어야겠어요." 그녀는 그렇게 말하며 로그아웃했다.

다이애나가 인터넷 카페에서 나온 몇 초 후 카고 반바지를 입은 남자가 그녀를 따라왔을 때 그녀는 별로 놀라지 않았다. 그녀는 여느 관광객들처럼 여유로운 발걸음으로 걸었지만, 가끔 멈춰서서 상점 안을 둘러보는 척하며 창문에 비친 주변 거리를 관찰했다. 그럴 때면 그 남자는 멈춰서서 그녀와의 거리를 유지하려는 것을 목격했다. 의심의 여지가 없는 미행.

이 지루한 게임을 끝낼 시간이다.

늦은 시간임에도 여전히 이 거리에는 목격자가 너무 많다. 그래서 그녀는 모퉁이를 돌아 한적한 골목길로 들어섰다.

물론 그도 함께했다.

골목에는 사람이 거의 없었고 그는 자신이 미행하고 있었다는 사실을 더는 숨길 수가 없게 되었다. 그는 이제 뻔뻔스럽게도 대놓고 그녀에게 시선을 고정하고 있었다. 그가 이런 일을 처음 해보는 것이거나, 그녀를 제압하는 것은 쉬운 일이라고 생각해서 굳이 주의를 기울이지 않거나일 것이다. 다이애나는 오른쪽 골목을 살펴보았다. 좁고 어두우며 상자들이 널브러져 있었다.

그녀는 그 골목으로 들어가 어느 건물 출입구에 몸을 숨겼다. 어둠 속에서 그녀는 발소리가 자신을 따라 다가오는 것을 기다렸다. 이제 너무 가까워져 바지에서 걸을 때 생기는 마찰음이 들릴 정도였다.

그는 그녀의 공격이 다가오는 것을 보지 못했다.

순식간에 그녀는 그의 뒤에 있었고, 그의 머리카락이 뒤로 당겨지며 목이 드러났고, 그녀의 칼이 그의 경동맥을 누르고 있었다. "당신 누구야?" 그녀가 말했다.

"난 그냥… 단지……."

"누구냐고!"

"데이브. 데이브 배럿." 그는 당황한 듯 가쁜 숨을 몰아쉬었다. "제발요, 전 그저 당신에게…"

"누가 보냈지?"

"아무도요!"

"정보국? 모스크바?"

"뭐라고요? 아니요, 난…"

"말해, 그렇지 않으면 네 얼굴을 개판으로 만들어 놓겠어."

당황한 그는 칼을 잡은 그녀의 손목을 잡고 비틀려고 했다. 하지만 그것은 너무 섣부르고 서투른 동작이었다. 결국 그의 행동은 그녀를 완전히 열받게 하는데 성공했고 그녀에게 선택의 여지를 없게 만들었다. 그녀의 본능이 작동했고, 그다음 일어난 일은 효율적이면서도 잔인했다. 그녀는 칼을 그의 가슴 쪽으로 내리고 흉골 아래로 칼날을 밀어 넣어 심장을 직접 겨냥했다. 갑작스러운 통증으로 그의 온 몸이 경련을 일으켰다. 칼날의 공격으로 그의 심장은 멈췄지만 몇 초 동안 의식이 남아있었다. 그는 자신이 죽어가고 있다는 것을 알고 있었다. 이 어두운 골목이 그가 마지막으로 보게 될 광경이라는 것도 알았다.

"누가 보냈지?" 그녀는 마지막으로 한 번 더 물었다.

"누구도……." 그는 힘겹게 속삭였다.

그의 머리는 천천히 뒤로 젖혔고, 그녀는 비틀거리는 그의 몸을 바닥에 떨구었다.

주위를 훑어보니 골목에는 어떤 목격자도 보이지 않았다. 그녀는 손전등을 켜고 재빨리 그의 시신을 수색했다. 그의 반바지 주머니에서 여권과 지갑 그리고 잔돈을 발견했지만 어떤 무기도 없었다. 심지어 주머니칼조차도 보이지 않았다. 여권을 열어보니 그의 이름은 미주리주 세인트루이스 출신의 23살 데이비드 배럿이었다.

그녀는 빌어먹을 관광객을 죽였다.

무고한 사람 한 명을 죽이면 열 명의 새로운 적이 생긴다고 나를 지도하던 교관들 중 한 명이 말했지만, 수년간의 현장 경험을 통해 그녀는 때때로는 어쩔 수 없는 상황이 생길 수 있다는 것을 배웠다. 그리고 이 남자는 완전히 결백한 것만은 아니다. 그는 강도나 섹스를 염두에 두고 그녀를 따라왔던 게 분명하다. 그저 흔하게 발견되는 일상의 포식자일 뿐이다.

"내 실수." 그녀는 중얼거렸다.

그녀는 그의 셔츠에 칼날을 닦고 그녀가 만진 모든 것, 지문이 남을 만한 모든 것을 모았다. 그리고는 그것들을 모두 강에 던져버릴 계획이었다. 그의 시신은 경찰이 잘못된 결론을 내릴 수밖에 없도록 그대로 골목에 내버려두었다.

그녀는 중앙 도로로 다시 나와 심야 음식 수레와 시끄러운 술집을 지나고 나서야 호흡이 안정되고 맥박이 정상으로 돌아왔다. 골목에서 일어난 그 사건은 불필요한 것이었지만 그녀에게 한가지 유용한 정보를 제공했다. 추격자들이 아직은 그녀의 위치를 모르고 있다는 것이다. 그녀를 죽이려는 누군가가 있었다면 그녀가 빌어먹을 관광객 데이브에게 정신이 팔려있는 동안 골목에서 그녀를 해치울 수 있었을 것이다.

현재로서는 안전했다.

다이애나는 또한 오늘 밤 그녀가 의심해 왔던 것에 대해 알게 되었는데, 개빈이 확인해 준 사실이었다. 정보국이 시라노 작전에 대한 파일을 다시 열어보고 있다는 것이다. 그들은 이 작전에 가장 깊숙이 관여했던 사람들에게 더 많은 정보를 얻기 위해 질문을 던지고 있다. 그녀는 아직 그 문서가 기밀 해제가 되지 않았다는 것을 알고 있다. 그 작전의 핵심 요원 중 한 명이었기 때문에 어떤 변경이 생겼다면 그녀에게 통보되도록 돼있기 때문이다. 정보국의 누군가가 명단을 유출한 것인가? 다른 세부 정보는 유출된 것이 없나? 개빈은 답을 모르고 있거나, 아니면 그녀에게 완전하게 털어놓지 않고 있거나 둘 중 하나이다.

앞으로 훨씬 더 많은 피해가 발생할 수 있으며, 결코 밝혀져서는 안될 운영상 세부 사항이 노출 될 수도 있다. 아무도 알지 못했던 비밀 사항. '무고한 사람 한 명을 죽이면 열 명의 새로운 적이 생긴다.' 그녀는 이미 충분한 적이 있다. 더 이상은 원치 않는다.

마침내 차오프라야강에 도착한 그녀는 관광객 데이비드의 여권과 지갑을 검은 물속으로 던져버리면서 생각했다. '여자를 잘못 스토킹하면 이런 일이 생기지.' 다이애나를 과소평가한 것이 그의 치명적 실수였다.

그가 처음이 아니었고 그가 마지막이 되지도 않을 것이다.

8장
-
조

메인주 퓨리티

조는 지금까지 딱 한 번 부검에 참관했는데 수년 전 경찰이 되기 위한 교육을 받을 때였다. 반에서 가장 키가 작았던 그녀는 까치발로 동급생의 어깨 너머로 겨우 참관했다. 그때 와스 박사가 복부를 절개해 시체의 내장 냄새를 내뿜었고, 조의 시야를 가리던 한 남학생이 갑자기 기절을 했고, 덕분에 조는 박사의 칼을 잘 볼 수 있게 되었다.

다른 수강생들은 해부학적 세부 사항에 집중했지만, 조는 대신 고인 자신과 그의 마지막 순간이 어땠을지에 대해 생각했다. 그 남자는 매우 나이 들었고, 얼굴과 팔에는 유서 깊은 나무의 갈색 이끼처럼 검버섯이 얼룩덜룩했다. 그는 요양원 침대에서 숨진 채 발견되었는데 전날 저녁에만 하더라도 활기찬 모습을 보였기 때문에 가족들은 큰 충격에 빠졌다. 지난 한 달간 같은 건물에 거주하던 다른 입소자 4명이 모두 갑작스럽게 세상을 떠났고, 이 시신의 가족들은 요양원에 뭔가 문제가 있을 거라고 주장했다.

아마도 간호사로 위장한 죽음의 천사가 인슐린 주사기로 무장한 채 병동을 순회하고 있었을 것이다. 실제로 그런 살인이 일어나지 않았었나?

그 남자를 내려다보며 조는 말년에 요양원으로 보내져 매일 똑같은 네 벽을 바라보며 하루하루를 보내는 것이 어떤 기분일지 궁금했다. 다시는 그런 경험을 할 수 없다는 것을 알면서도, 얼굴에 내리는 눈의 키스를 느끼고 발아래 낙엽의 바스락거리는 소리를 듣고 싶었을까? 그리고 마침, 심야에 그의 시련을 끝내기 위해 간호사가 주사기를 들고 나타난다. 자비로운 행동이었을까, 아니면 살인이었을까? 조는 알지 못했다. 하지만 시체 안치소는 수십 명의 학생이 내려다보는 가운데 밝은 조명 아래서 내장이 꺼내어지는 유쾌하지 못한 장소라는 것만은 확실히 알고 있었다.

내 얼굴의 안쓰러운 표정이 읽혔는지 와스 박사가 물었다. "괜찮아요?"

그가 그녀에게 말을 걸고 있다는 사실을 깨닫는 데 몇 초가 걸렸다. 테이블 너머의 그의 시선과 마주칠 때 반의 동료들이 이 대화를 지켜보고 있다는 것을 느꼈다. 그의 질문이 그녀를 향한 것은 그녀가 유일한 여자이고 은연중에 약한 존재라고 낙인을 찍기 위한 것이었을까? 그런 경우라면 그녀는 어깨를 으쓱하거나 심지어 웃음을 지어버리며 그런 생각의 싹을 잘라버려야 했다.

대신 그녀는 이렇게 말했다. "그는 힘든 삶을 살았습니다. 이런 식으로 돌아가셨다는 것을 생각하니 슬픕니다."

"왜 그가 힘든 삶을 살았다고 말하는 겁니까?"

그녀는 손가락으로 가리키며 말했다. "그는 검지 끝을 잃어버렸어요. 그리고 손에 난 흉터들이 보이시죠? 날카로운 도구를 다루는 일을 했을 겁니다. 제재소나 육류 가공 공장 같은 데서요."

와스 박사는 그녀의 말에 대답하지는 않았지만 마치 그녀의 얼굴을 기억해 두려는 듯 잠시 그녀를 유심히 바라보았다. 마치 이번이 이런 대화를 나누는 마지막이 아닐 거라는 걸 안다는 듯이.

몇 년 후, 길가에 쓰러져 있는 가여운 글렌 쿠니의 시신 앞에서 다시 만났을 때 그는 그녀의 이름을 기억해 냈다. 그리고 어제, 그녀가 부검에 참여할 수 있는지 물었을 때, 그녀가 공식적인 수사팀의 일원이 아니었음에도 그는 즉시 오케이라고 대답했다.

그들은 이제 시신의 이름을 알고 있다. 비앙카 미스코바. 적어도 그녀가 하버타운 호텔에 체크인할 때 사용한 이름이었고, 호텔 관리인이 그 여자의 콜로라도주 운전면허를 확인했을 때 가짜인지 의심할 만한 것은 아무것도 없었다고 말했다. 비앙카는 195달러의 숙박 요금을 마스터카드로 결제했는데, 비수기라는 점을 고려하면 터무니 없이 비싼 요금이라 생각했지만, 퓨리티를 방문하는 사람들에게는 겨울철 숙박시설에 대한 선택의 여지가 많지 않았다. 그녀가 체크아웃을 할 때는 사망 당일 정오 무렵이었고 방은 이전 상태대로 깨끗했다. 그녀가 다음에 어디로 갔는지, 누구를 만났는지는 현재 차량의 위치와 마찬가지로 미스터리로 남아있다. 시체 안치소의 문이 열리고 알폰드 형사가 방호복을 입고 들어왔다. 그가 몇 발짝 들어오지 않았을 때 마치 여자 화장실에 잘못 들어온 것처럼 멈칫하며 조를 보고는 얼굴을 찡그렸다.

"티보듀 서장에게 함께해 달라고 요청했습니다." 와스 박사가 그에게 말했다. "눈이 하나 더 생긴다고 해서 시체에 해가 되는 건 아니니까요."

알폰드는 테이블로 다가가면서 아무 말도 하지 않았다. 굳이 조에게 말을 걸 필요를 느끼지 못하는 듯했다. 조는 딱지를 끊고, 침입에 대응하고, 다투고 있는 배우사 사이에 끼여 중재를 하는 소도시의 경찰일 뿐이었다. 이 방에서 그녀는 단지 입을 꾹 다물고 거물들이 작업을 하는 걸 지켜보는 구경꾼에 불과했다.

그래서 조는 와스 박사가 덮개를 걷어내고 여자의 시신을 드러냈을 때 어떤 반응도 없이 차분히 지켜보았다. 그녀의 몸은 헬스클럽에서나 볼 수 있는 날씬한 엉덩이와 근육질의 허벅지를 가지고 있었고, 어떤 기준으로 보아도 훌륭한 신체의 표본이었다. 조는 이미 사건 현장에서 기괴하게 변형된 손가락과 골절된 손, 두개골에 난 총상을 눈여겨 보았었다. 하지만 시체 보관소 불빛의 눈부심은 이 끔찍한 장면을 그저 핏기 없는 플라스틱처럼 보이게 만들었다. 인공적인 느낌 그 자체였다. 그녀는 비앙카의 반쯤 열린 눈을 바라보며 요양원에서 숨진 그 노인에게 그랬던 것처럼 이 여자의 마지막 순간이 궁금해졌다. 몹시 고통스러웠을 것이며 숨통을 끊은 총알은 그녀의 손가락이 비틀어지고 관절이 갈라지는 고통을 끝내 줄 구원으로 다가왔을 것이다. 그녀의 비명이 들리지 않을 만큼 외딴곳에서 벌어졌을 가능성이 높다. 퓨리티의 수 마일에 걸친 시골길과 울창한 숲을 고려하면 범인이 그런 장소를 찾는 것쯤은 어렵지 않았을 것이다. 와스 박사는 갈비뼈를 조각내어 가슴뼈를 들어냈다. 그가 가슴에 손을 뻗어 심장과 폐를 꺼내는 동안, 조는 오히려 여자의 망가진 손을 계속 주시했다. 이건 형벌인가 심문인가?

'범인은 무엇을 노린 걸까? 범인은 그녀에게서 무슨 말을 들으려고 한 걸까?'

그때 벽면 인터폰이 울리는 소리에 그녀는 고개를 들었다.

"네, 말하세요!" 와스 박사가 인터폰을 향해 외쳤다.

그의 비서가 스피커 너머로 말했다. "주지사 사무실에서 전화가 걸려 왔습니다."

"나중에 다시 전화하겠다고 전해줘요. 부검 중이라고요."

"그것 때문에 전화했다고 합니다. 지금 부검을 멈추라고요."

"뭐라고?" 와스 박사는 장갑을 벗고 걸어가 수화기를 집어 들었다. "이게 다 무슨 소리죠?"

조는 와스 박사의 대화만을 들을 수 있을 뿐이었다.

"이제 막 두개골이 열리려고 하는데. …… 이건 말도 안 되죠. …… 왜 그런지 설명을 해주었나요?"

조는 알폰드를 바라보았다. 그도 그녀만큼이나 당황한 듯 보였다.

와스는 전화를 끊고 그들에게 돌아섰다. "오우, 참나 이보다 더할 수가. 시신을 다시 포장해서 이송할 준비를 하라는군요."

"이송? 어디로요?" 알폰드가 황당한 듯 말했다.

"보스턴. 다른 기관에서 이 시신을 통제하고 싶어 하는 것 같군요. 메인주의 볼품없는 병리학자가 이 일을 하는 걸 믿지 못하는 것 같아요."

"도대체 이게 무슨 경우죠?"

와스 박사는 대부분의 장기가 제거되어 속이 비어버린 시신을 바라보았다. 남은 거라곤 뼈와 근육의 껍데기뿐이었다. "나도 전혀 모르겠군요."

9장
-
매기

"할아버지가 이제 우리가 아주머니를 돌봐줘야 한다고 하셨어요." 오늘 오후 두 양계장에서 수거한 달걀 12판을 부엌에서 닦고 있을 때 캘리가 말했다. 갈색, 흰색, 아쿠아 블루 등이 뒤섞여 있었다. 우리는 오늘 우리의 달걀들을 한데 모았고, 내일 루터가 달걀 상자를 생협에 가져갈 것이다. 행주를 적셔 흙과 거름을 닦고 색상이 조화롭게 달걀을 정리하는 일은 평화롭고 선한 기운을 불러일으키는 작업이었다. 그런 불안한 사건이 벌어진 이후 내가 해야 했던 일은 바로 이것이었다. 오늘, 상황이 더 명확해진 것처럼 보이진 않는다. 우리는 비앙카가 하버타운 호텔에 투숙객으로 체크인을 했고, 어제 체크아웃을 하면서 데스크 직원에게 목격된 게 마지막이란 것만 알고 있다. 오늘 아침 주 경찰이 그녀가 묵던 방을 수색했을 때는 이미 청소부가 방을 청소한 상태였기 때문에 증거를 확보하기가 쉽지 않았을 것이다.

이 상황은 나의 감정을 흔들리게 하고 균형 감각을 무너뜨리고 있다. 그래서 나는 지금 루터의 부엌에서 아무 잡념 없이 달걀을 닦는 일에 기꺼이 동참하고 있다.

"할아버지가 아주머니께서 원하신다면 우리와 같이 머물러도 괜찮다고 하셨어요." 캘리가 말했다. "제 방에서 주무시면 돼요."

"그럼 넌 어디서 잠을 잘 거니?"

"다락방에서요."

나는 거미줄이 드리워진 겨우 기어다닐 만한 공간의 다락방을 떠올리며 웃음을 지었다. "오, 캘리! 내가 널 방에서 쫓아내고 저 위에서 자게 할 리가 없지."

"그렇게 나쁘지 않아요. 염소들이 새끼를 낳으려 할 때면 건초 더미에서 잠을 자곤 했어요." 캘리는 상자에 파란 달걀을 조심스럽게 담았다. "우리랑 같이 지냈으면 좋겠어요."

"왜?"

"재밌을 거예요. 마치 엄마가 있는 것처럼요."

나는 캘리가 달걀을 집어 들고 얼룩이 있는지 이리저리 살피는 모습을 지켜보았다. 가끔 캘리는 자신의 나이보다 더 성숙해 보이지만 지금 이 순간에는 자신의 나이보다 더 어려 보이고 훨씬 더 여리게 보였다. 이 아이를 보면 내가 알고 지냈던, 캘리 또래의 또 다른 한 소녀가 떠오른다. 똑같이 여리고 훨씬 더 궁핍했던 소녀. 그 소녀의 운명이 여전히 나의 양심을 짓누르고 있다.

"엄마를 기억하니?" 내가 캘리에게 물었다.

"조금요. 할아버지가 엄마가 돌아가셨을 때 전 겨우 3살이었다고 말씀해 주셨어요. 도시는 어린 여자애가 살만한 곳이 못 된다고 하셔서 우리는 여기로 이사왔어요."

"네 할아버지는 현명한 사람이구나."

"아주머니는 왜 여기로 이사왔어요?"

내가 예상치 못한 질문이었고 대답하고 싶지 않은 질문이었다. 정말 원하지 않는 질문이지만 어쨌든. "마침 은퇴할 때가 되었어. 친구를 만나러 메인주에 왔는데 마침 블랙베리 농장이 매물로 나오게 된 걸 알게 된 거야. 그리고 훌륭한 이웃들도 함께 매물로 나왔지." 내가 캘리의 포니테일을 장난스럽게 잡아당기자 아이는 킥킥대며 웃었다.

"할아버지는 릴리안 할머니가 항상 소리를 지르곤 해서 할머니를 별로 좋아하지 않으셨어요. 할아버지는 아주머니가 이사 와서 엄청 기뻐하셨어요."

"나도 마찬가지란다."

우리는 잠시 침묵을 지키며 달걀을 씻고 상자를 채우는데 집중했다.

"할아버지는 누구도 만나지 않아요." 캘리가 말했다. "제 말은… 어떤 여자도. 혹시 궁금해하실까 봐요."

나는 웃음을 억눌렀다. 이 소녀는 뻔뻔하다. 그래서 난 이 소녀를 사랑한다. "너희 할아버지는 너를 돌보느라 여유가 없단다, 애야."

문이 열리자 루터가 식료품이 가득 담긴 자루 두 개를 들고 집 안으로 쿵쾅거리며 들어왔다. 당근과 감자, 다진 고기를 내려놓으며 그가 말했다. "생협에서 보니를 우연히 만났어요. 그녀는 달걀이 다 팔렸다면서 언제 다시 달걀을 가져올 수 있냐고 묻더군요."

"지금 작업 중이에요, 할아버지." 캘리는 달걀 상자 하나를 닫고 대형 플라스틱 상자 속의 달걀 상자 더미에 추가했다. "적어도 12상자는 될 거예요. 84달러요."

"그 정도는 하루 만에 매진될 거야. 특히 매기의 파란색 달걀이 추가되면 더더욱." 그가 나를 바라보았다. "당신의 닭이 알을 좀 더 빨리 낳아야 해요."

"애들에게 얘기해 볼게요." 나는 웃으며 마지막 달걀 상자를 닫았다. "생협에 가져다줘서 고마워요, 루터."

"둘이 돈은 어떻게 나눌지 정했어?"

"그랬죠." 캘리가 말했다. 물론 그랬겠지. 내가 살인 사건에 온 정신이 팔리는 동안 저 소녀는 사업에 온 신경을 쓰고 있었다. 내 양계장에서 나오는 달걀의 가치는 대략 20달러 정도여서 큰돈이라고 볼 수 없지만, 나의 몫을 가지라고 하는 말로 캘리를 모욕해서는 안된다. 자선은 캘리가 고마워할 단어가 절대 아니다.

"집에 가봐야겠어요." 나는 벽걸이 옷걸이에서 코트를 꺼내며 말했다.

"같이 저녁 먹지 않을래요?" 캘리가 물었다.

좀 전에 '엄마가 있는 것처럼'이라는 아쉬움에 찬 말을 했던 캘리를 생각하니 오늘밤 그 역할을 대신해 주지 못하는 것에 대해 미안한 마음이 들었다. 다음에 기회가 있겠지.

"친구들이 집에 오기로 해서 요리를 해야 한단다. 하지만 네가 약속한 치킨과 만두는 여전히 기대하고 있어."

캘리가 해맑게 웃었다. "언제라고만 말해줘요. 아주머니를 위해 수탉 한 마리쯤은 잡을 생각이니까요."

*

"정보국이 비앙카가 요원이라는 사실을 인정하지 않을 것 같군요. 그 점이 신경 쓰여요." 벤이 말했다.

그와 데클란이 저녁 식사의 남은 음식이 아직 널려있는 테이블을 앞에 두고 앉아 있었다. 내가 위로가 필요할 때마다 의지하게 되는 음식인 양고기스튜를 그들에게 대접했다. 내가 채식주의자가 될 수 없는 이유 중의 하나가 바로 이 스튜를 너무 그리워할 것이기 때문이다. 우리 셋은 까베르네 한 병을 다 비웠고 두 번째 병을 마시고 있다. 난 다시 모든 잔에 술을 채웠다. 남자들과 어울려 술잔을 기울일 수 있다는 것이 나에게는 자부심이라면 자부심일 수 있다.

"24시간이 지났네요." 내가 말했다 "우리가 알고 있는 게 뭐죠?"

"주 경찰은 아직 그녀의 신원을 파악하지 못했어요." 데클란이 말했다.

데클란의 정보원은 믿을 만하다. 그의 인맥 활용 능력은 더할 나위가 없다. 그는 퓨리티에서 생활한 지 6년 만에 이미 주 경찰, 지역 소방서, 검시관 사무실에 친구를 만들어 두었다. 수확할 때까지 물을 주어 정원을 가꾸듯 정보제공자와의 관계를 구축하는 것은 우리가 모두 훈련받은 일이다. 그럼에도 데클란은 이 분야에서 진정한 마스터라고 할 수 있다. 아일랜드 스타일의 훌륭한 외모 때문일 수도 있고, 아니면 친구를 빨리 사귀는 것이 생존의 필수 요소인 기숙학교에서 어린 시절을 보낸 덕분일 수도 있을 것이다.

나는 벤에게 물었다. "정보국에 있는 소식통은 뭐라고 하던가요?"

그는 신중하게 와인을 한 모금 마시고 잔을 내려놓았다. "도통 말을 안 하더군요."

"왜 그렇죠?"

"이 자체가 무언가를 말해주는 겁니다. 그들이 해답을 찾을 수 있을 만큼 깊이 있게 접근하지 못했거나, 해답을 알고 있지만 나에게 진실을 공개할 자유가 없는 것일 수 있죠. 미스터리한 비앙카가 우리 쪽 사람이라면 아무도 인정하지 않을 겁니다."

위조 신분증을 가지고 다니고 데이터베이스에 지문이 조회되지 않는 여자. 비앙카에 대해 우리가 알고 있는 것이 무엇인지 곰곰이 생각하며 나는 침묵에 빠져들었다. 하루 반나절 전에 이 주방에 서서 다이애나 워드가 사라졌다고 말했던 여자.

난 그 당시에 다이애나에 대해서는 신경 쓰지 않았고 신경 쓸 가치도 느끼지 못했다. 그녀가 마주치는 불행이 어떠한 것이든 아마도 매일 그녀의 바로 등 뒤에서 따라다니고 있었을 것이다.

하지만 이제 비앙카는 죽었고, 나는 살인 사건에 휘말렸으며, 이 모든 일이 다이애나와 관련이 있을 것 같다는 생각이 들기 시작했다. 항상 그렇듯이……

"비앙카의 신분증에 대해 말해주세요." 내가 말했다.

"비앙카 미스코바라는 이름으로 발행된 콜로라도 운전면허증이었어요." 데클란이 말했다. "나이는 33세. 검은 머리, 갈색 눈, 170센티미터에 60킬로그램. 어느 정도 맞는 거 같나요?"

"네."

"위조한 면허증이에요."

"얼마나 잘 위조한 거죠?"

"우리 쪽 사람들이 찍어내는 그 어떤 것보다도 훌륭하죠."

"그래서 그녀는 우리의 일원일 수도 있겠군요."

"다른 팀에서 뛰었을 수도 있죠. 가령 러시아해외정보국 같은." 러시아해외정보국. 그들은 슬리퍼(다른 나라로 이민을 가서 다른 이름으로 일반적인 생활을 하면서 몇 년간 지내다가 정부나 기업의 영향력 있는 직책에 올라간 후 스파이로 일하기 시작하는 사람-옮긴이)를 침입시키고 뛰어난 위조 문서를 제공하는 데 있어서는 확실히 최고라고 할 수 있다.

"그럼 누가 그녀를 죽였죠?" 내가 물었다. "그들인 가요, 우린 가요?"

나의 질문은 침묵으로 돌아왔다. 벤이나 데클란 모두 대답이 없었다. 나 역시도 적어도 납득할 만한 해답은 가지고 있지 않다.

데클란이 말했다. "매기, 비앙카가 당신을 찾아온 이유에 대해 더 자세히 알아야겠어요. 비앙카가 당신의 전 동료를 찾고 있었다고 했잖아요."

"그리고 전 그녀를 도울 수 없다고 했죠. 그 동료를 본 지가 몇 년이 지났는데, 지금 그녀가 어디 있는지 전혀 몰라요."

"몇 년이죠?"

"16년."

"그때가 당신이 정보국을 떠났을 때 아닌가요?"

나는 고개를 끄덕였다. "그리고 제가 사임한 이유 중 하나가 바로 그녀죠."

"이유들 중 하나라고요?"

"주된 이유예요."

"그 동료는 누구죠?" 벤이 물었다. "아직 그 동료의 이름을 말한 적이 없잖아요."

나는 바로 대답하지 않았다. 대신 빈 스튜 그릇을 집어 싱크대로 옮겼다. 그곳에서 나는 그들을 등지고 서서 부엌 창문에 비친 내 모습을 바라보았다. 밖은 어둡고 루터의 집에서 나오는 희미한 불빛을 제외하면 풍경은 온통 검은색이다. 이 부지의 고립감과 프라이버시의 장점 때문에 이곳을 고르긴 했지만 단점도 명확하다. 나는 늘 이곳에서는 홀로이다. 단지 한 여자와 그녀의 닭들 뿐.

나는 두 남자에게 돌아서서 말했다. "그녀의 이름은 다이애나 워드입니다."

그녀의 이름이 그들에게 생소하거나 아니면 그들이 속마음을 감추는 데 너무 능숙해서 이거나 둘 중 하나겠지만, 아마도 그들은 다이애나를 몰랐을 가능성이 높다. 우리는 예전 사람들이고 다이애나는 우리가 현장에서 첫 임무를 맡았을 땐 아직 중학생이었을 테니까. 또한 데클란은 동유럽에서, 벤은 중동에서 임무를 맡아 나오는 다른 계열에서 일했기 때문일 수도 있다. 그들은 아마 다이애나를 본 적도 없을 것이다.

"그런데 지금은 실종된 상태인가요?" 벤이 말했다.

"비앙카가 다이애나를 찾는데 제 도움을 요청했어요. 저는 다이애나가 어디에 있는지 모른다고 했죠."

"그건 사실인가요?"

나는 두 남자를 번갈아 쳐다보았다. "저를 못 믿는 건가요?"

벤이 웃으며 물었다. "우리가 서로 알고 지낸 지 얼마나 됐죠, 매기?"

"38년? 훈련소에서부터였죠."

"제가 아내를 알았던 기간보다 더 오랜 시간이에요. 에블린은 죽는 순간에도 저에 대해 여전히 모르는 게 많았어요. 내가 말하지 않은 것들. 내가 거짓말한 것들."

"나는 거짓말을 하는 게 아니에요."

"하지만 우리에게 전체적인 이야기를 알려주지도 않았죠."

"공유라는 건 우리 직업의 특성상 맞지 않죠."

"지금 일을 하고 있는 건 아니잖아요. 당신은 지금 친구들과 함께 있는 거예요. 만약 숨기는 게 있다면 우린 도와주기가 힘들 거예요."

나는 테이블로 돌아와 자리에 앉았다. 우리 셋은 서로 오랫동안 알고 지냈다. 38년 전, 대학을 갓 졸업하고 취업했을 때 나는 우리 셋 중에서 막내였지만 나 자신에 대해 확신하고 있었다. 너무나 확신했다. 나는 알코올 중독 아버지와 함께 농장에서 살인적인 대출금을 안고 살면서, 서투른 솜씨지만 낡은 트랙터를 몰고 양을 기르며 자라났으니까. 나는 대학 면접에서 허풍과 헛소리를 해가며 겨우 뉴멕시코를 탈출할 수 있었고, 내 주변 사람들에겐 나름 훌륭해 보였던 조지타운 대학교에 전액 장학금을 받고 입학할 수 있었다. 최고 수준의 SAT 점수로도 그들의 무리에서 눈에 띄기란 쉽지 않았지만, 나는 나에게 특별한 무언가가 있다고 믿고 있었다. 어떤 상황에서도 슬기롭게 헤쳐나갈 수 있는 생존 능력.

하지만 CIA 훈련 캠프는 내 머릿속에서 그런 생각을 떨쳐버렸다. 내가 모든 항목을 어떻게든 충족해서 합격했겠지만, 나의 동료들 또한 그랬을 테고 모두들 자신이 특별하다고 생각했고, 만약 그렇지 못했다면 합격하지도 못했을 것이다. 그래서 나는 훈련소 이후 더 이상 내가 특별하다는 환상에 사로잡히지 않았다.

"사실 저는 다이애나가 어디 있는지 정말 몰라요." 내가 말했다. "그리고 솔직히 말해서 다이애나의 생사는 전혀 신경 쓰이지 않아요."

"약간의 쓴맛이 느껴지는데, 맞나요?" 데클란이 말했다.

"네, 맞을 거예요."

"그녀가 당신에게 무슨 짓을 한 거죠?"

나는 다이애나가 나의 경력을 망치는 부싯깃에 어떻게 불을 붙였는지 설명할 단어를 찾기 위해 잠시 멈칫했다. 나의 인생을.

"그녀는 저를 배신자로 만들었어요." 내가 말했다.

진실은 훨씬 더 복잡하지만 거울의 세계에 살게 되면 진실은 항상 왜곡되기 마련이다. 너무 자주 우리는, 우리의 관점을 곱씹게 하는 양심을 찌르는 사실과 모든 불편한 작은 조각들은 무시하는 반면, 우리가 보고자 하는 것만을 선택한다. 우리는 명확한 것을 열망한다. 그래서 우리는 스스로에게 거짓말을 한다.

그리고 나는 지난 16년 동안 다이애나 워드가 나를 망쳤다고 스스로에게 말했지만, 사실은 내가 나 스스로를 망친 것이었다.

10장
−

24년 전

'왜 안 되겠어?'가 내가 대니 갤러거를 만난 지 6개월 후에 조금이라도 더 싼 런던행 비행기편을 찾았던 이유였다. '왜 안 되겠어?'가 공항으로 가는 택시를 탈 때, 내 여행 가방을 챙길 때 들었던 생각이다. 휴가 기간 나흘 내내 같이 지냈던 방콕에서 이후 나는 대니 갤러거를 본 적이 없었다. 우리는 함께 사원을 둘러보고 길거리 음식으로 배를 채우고 롱테일 보트를 타고 클롱강을 떠다녔다. 그리고 물론 다시는 이 사람을 볼 수 없을 거라고 생각할 때만 가능한 거침없는 본능적인 섹스를 했다.

그럼에도 야간비행기까지 타고 런던에 가는 것은 6개월 동안 내내 그에 대한 생각을 멈출 수 없었기 때문이다. 그가 보낸 모든 엽서가 내 마음속에 그를 생생하게 재현했다. 치앙마이에서 보낸 코끼리 엽서, 씨엠립에서 보낸 사원에서의 일출 엽서, 쿠알라룸푸르에서 보낸 원숭이 동굴 엽서에는 어떤 새로운 음식을 맛보았는지, 어떤 새롭고 놀라운 것을 보았는지에 대해 간결한 메시지로 담겨 있었다. 엽서들을 읽으면서 세상을 전쟁터가 아닌 행복한 놀이터로 바라보던 시절이 그리워졌다. 그 후 런던에서 런던 탑과 왕의 보석들, 런던 브리지 등 관광 명소 사진이 담긴 엽서가 도착하기 시작했다. 이메일의 시대임에도 불구하고 그는 우스꽝스럽다고 여겨지는 관습인 엽서 보내기를 계속했고, 몇 주에 한 번씩 나의 우편함에선 또 다른 엽서를 발견하곤 했다.

그런데 한 달이 지났는데도 아무것도 도착하지 않았다. 그때쯤 나는 깨달았다. 나는 그 의식에 집착하게 되었다는 것을. 이후에도 계속 나는 빈 우편함을 확인하고 또 확인하면서 우리 사이가 끝났다는 뜻인 건지, 다른 누군가를 만난 건지, 우리 사이에서의 일방적인 관계에 지친 건지 궁금해했다. 만약 그것도 아니면, 오, 제발 그런 일이 아니길 바라지만 그에게 무슨 일이 생긴 건 아닌지…….

우리가 태국에서 헤어지던 날 그가 나에게 주었던 이메일 주소를 꺼내 들었다. 그에게 연락할 생각이 없었던 나였지만, 8주 동안의 긴 침묵은 마침내 나의 결심을 깨지게 만들었다.

몇 주 후에 회사일로 런던에 갈 거예요. 같이 저녁 먹을래요?

나는 보내기 버튼을 클릭했다. 나는 그가 자신의 이메일 목록을 훑는 모습을 상상했다. 그는 나의 메일 제목을 보고 왜 몇 달이나 지난 이제야 그에게 연락을 취하는지 궁금해할 것이다. 그가 이메일을 열어볼까, 아니면 그냥 지나칠 것인가?

노트북을 닫으려는 순간 받은 편지함에 그의 이메일이 도착하는 소리가 울렸다.

그리고 3주 후, 나는 대서양 상공을 비행하고 있다. 평소에는 난기류가 심한 날씨에도 비행기에서 잠을 잘 자는 편이었지만, 이번 비행에선 지금 실수하고 있는 건가 싶은 마음에 화들짝 놀라 잠에서 깨곤 했다. 그를 보게 되었는데 따스한 빛으로 빛나는 추억의 연인이 아닌, 누런 이에 대머리가 되어가는 머리카락을 가진 다른 대니를 보게 될 까봐. 나는 방콕에서 대니의 사진을 찍지 않았고 대니 또한 나의 사진을 찍지 않았다. 우리 둘 모두 틀림없이 실망하게 되어있다.

이제 주사위는 던져졌다. 운명에 맡겨야 한다. 호텔에 체크인을 하고 샤워를 한 후, 침대에 쓰러졌지만 다가올 밤을 생각하니 잠이 오질 않았다. 나는 오늘 밤 8시, 레스토랑에서 그를 만나기로 했다. 중립 지대. 우리의 재회를 위해 내가 주장한 것이다. 그가 내 호텔에 나타나거나 내가 그의 아파트 현관문을 두드리거나 하는 것은 원하지 않는다. 왜냐하면 두 장소는 우아한 탈출을 원할 때 어려움을 제공할 것이기 때문이다. 나는 총격전이든 로맨틱한 저녁 식사든 항상 계획된 탈출 경로를 지니고 있었으며, 그런 면에서 레스토랑은 안전한 접선 장소인 셈이다. 나는 이미 변명거리를 만들어 놓았다. '미안해요. 여기서 며칠만 머물 예정이라 다시 만날 시간이 없을 것 같아요.'

대니는 메이페어에 있는 빌라드라는 레스토랑을 예약했다. 생소한 레스토랑이지만 비 온 뒤의 버섯처럼 우후죽순으로 레스토랑이 생기는 런던에 마지막으로 온 지가 1년 반이 지났기 때문일 거라 생각했다. 온라인에서 메뉴와 가격을 잠깐 살펴보니 청바지와 재킷을 입는 식당은 아니었다. '준비되어 있어야 한다'라는 보이스카우트의 모토를 넘어서는 정신으로 혹시 몰라서 가져오게 된 드레스와 구두를 이곳은 공식적으로 요청하고 있다.

오후 6시 30분, 나는 침대에서 나와 파란색 실크 소재의 저녁 식사용 전투복의 지퍼를 올리며 옷을 갈아입었다. 나의 구두는 자갈이 깔린 거리라도 잘 뛸 수 있도록 굽이 적당한 높이인 5센티미터이지만, 조각처럼 우아한 디자인을 자랑한다. 아무리 정성껏 화장을 해도 눈 밑의 그림자와 피곤한 기색은 감추기가 어려웠다. 어쩔 수 없지, 재앙이 오든 말든 이제 가야 한다.

나는 이 도시의 밤을 즐기려는 사람들과 함께 벤트 가든에서 그린 파크까지 가는 지하철을 탔다. 창문에 비친 내 모습에 비해 여기 승객들은 젊어 보였다. 나는 이제 겨우 서른여섯이지만 평생에 걸쳐 벌어질 법한 불행한 이야기들을 모두 수집해 두었다. 오늘 밤에 나의 수집함에 한 가지 더 추가할 수 있을지 궁금해진다. '개구리로 밝혀진 왕자를 만나기 위해 런던까지 날아온 이야기.'

그린 파크에서 내려 주빌리 라인으로 향하는 승객들의 대열에 합류했다. 플랫폼에서 미니스커트를 입은 여학생들과 축구클럽 로고가 새겨진 재킷을 입은 남학생들이 다음 2차를 갈망하며 지하철을 기다리는 모습을 보았다. 나는 지금 술은 일절 입에 대지 않고 있다. 나는 작전 전에는 절대 술을 마시지 않는다. 뭐 이런 거라고 볼 수 있다.

'작전명 대니'

저녁 식사와 어쩌면 섹스 정도. 그다음엔?

나는 어떻게 사라지는지 잘 알고 있다. 나의 전문 분야니까.

주빌리 노선을 타고 본드 스트리트까지는 짧은 거리이다. 역에서 내려 밖으로 나오자 축제의 소음과 불빛이 펼쳐진다. 그저 평소 런던의 토요일 저녁이지만 잠이 부족한 상태인 나로서는 너무 시끄럽고 북적거리는 느낌이었다.

'발라드'의 간판이 너무 절제되어 디자인 된 탓인지 거의 모르고 지나칠 뻔했다. 창문도 없었을뿐더러, 금색에 가까운 색으로 칠해진 목재를 사용한 벽에는 이곳이 무엇을 하는 곳인지 알리는 그 어떤 것도 존재하지 않았다. 정문은 요새에나 어울릴 법한 육중함을 자랑하고 광택이 나는 니켈로 장식되어 있었다. 그 문을 열자 내가 마치 성을 습격하는 듯한 기분이 들었다.

번잡한 거리에서 조용하고 우아한 보호막으로 들어섰다. 완벽한 피부와 페이지보이 스타일의 단발머리를 한 여성 지배인이 마술처럼 나타나 나를 맞이했다. 그녀의 어깨너머로 하얀 식탁보와 반짝이는 유리잔과 그릇, 그리고 아름다운 사람들이 있는 식당이 보였다. 청바지는 어디에도 보이지 않았다.

"대니 갤러거 이름으로 예약했습니다." 내가 지배인에게 말했다.

이런 한정된 손님에게만 허락되는 고급 레스토랑에서는 어떤 테이블이 누구를 위해 예약되었는지 안다는 듯이 지배인은 예약 명단을 확인하지도 않은 채 나에게 말했다. "갤러거 박사님이 아직 도착하지 않았습니다. 박사님이 전화하셔서 늦을 것 같다고 했습니다. 제가 먼저 테이블로 안내해 드리겠습니다."

나는 그녀를 따라 테이블이 들어 찬 식당으로 들어갔고, 지배인은 주방 근처의 두 석 테이블로 나를 안내했다. 식당에서 가장 좋은 자리는 아니었지만 다른 식사하는 사람들을 볼 수 있는 유리한 위치였고, 어쨌든 이런 위치는 내가 본능적으로 찾게 되는 자리이다. 주문하지도 않은 샴페인 한 잔이 테이블로 전달되었다. 이곳에선 나이 든 남성이 20살은 어려 보이는 여성과 함께 식사를 하고, 누구도 언성을 높이거나 메뉴판의 가격을 흘끗 훔쳐보거나 하지 않는다. 나는 샴페인을 홀짝이며 시계를 보았다.

대니가 10분을 늦고 있다.

나의 마음은 최악의 상황으로 향하고 있었다. 그는 사고를 당했다. 그는 강도를 당했다. 그가 이 자리에 겁을 먹었고 나는 계산서를 집어들 것이다. 최악의 상황을 예상하는 직업이 나를 비관주의자로 만들었고, 고상하고 우아한 식당에 앉아 샴페인이 나에게 기분 좋은 취함을 주고 있음에도 나는 불안하고 꺼림칙함을 느꼈다.

대니가 레스토랑에 들어오기 전까지는.

북적이는 방콕 거리의 플라스틱 테이블에 앉아 국수를 먹던 남루한 대니가 아니었다. 깔끔하게 다듬은 머리에 빳빳한 옥스퍼드 셔츠와 정장 재킷을 입은 대니는 낡은 배낭 대신 가죽으로 만든 의사 가방을 어깨에 걸치고 있었다. 대니는 몸을 기울여 내 뺨에 수줍은 뽀뽀를 하고는 맞은편 의자에 앉았다. 방콕에서 4일간의 뜨거운 밤에도 불구하고 우리는 지금 서로를 낯설어하고 있다. 이 새로운 버전에 적응하기 위해 내 머릿속에 있는 그의 이미지를 다시 조정해야 했지만 그의 모든 변화들은 단순히 표면상의 변화에 불과했다. 그가 지금은 정장에 넥타이를 매고 있지만 그의 미소는 내가 기억하는 그대로이기 때문이다.

나는 대니에게 가까이 기울이며 속삭였다. "맙소사, 대니. 이 식당은 정말… 저녁값은 당신이 내야 할 것 같은데…"

"팔, 다리, 그리고 한 달 치 월급이죠. 나도 알아요. 하지만 당신이 여기 있고 나는 그걸 축하하고 싶어요." 그는 실내를 둘러보았다. "나도 처음 와보는 거예요. 여기 테이블 예약하는 건 거의 불가능하다고 들었어요."

"그런데 어떻게 해냈어요?"

"이 식당에서 접시를 닦는 사람 중 한 명이 제 환자거든요. 그가 저를 예약자 명단에 끼워 넣어 주었어요." 대니의 목소리가 속삭이듯 낮아졌다. "자 이제, 우리가 진짜 이곳에 속해 있다고 행세해 봅시다."

마치 두 명의 부랑자가 의상을 갖춰 입고 가면무도회를 하는 것처럼 느껴져서 웃음이 날 수밖에 없었다. 대니는 내가 어른이 되기를 강요당하기 전의 더 젊고 더 자유로웠던 내 모습을 느끼게 해주었다. 세상의 모든 어두운 곳에 눈을 뜨기 전이었던 시절.

"정장을 입었네요. 상상도 못했어요." 내가 말했다.

"방콕 이후 저를 전혀 떠올리지 않았을까 봐 걱정했어요."

"어떻게 그럴 수가 있겠어요? 그 많은 엽서들."

그는 얼굴을 찡그리며 말했다. "너무 많았죠?"

"아니요, 너무 유쾌하고 즐거웠어요. 이젠 아무도 엽서라는 것을 보내지 않잖아요. 두 달가까이 엽서가 오지 않았을 때, 내가 그

엽서를 그리워하고 있구나,라고 깨달았어요."

"내 소식을 듣는 것에 지겨워할 것 같아서 그랬어요." 그가 나를 똑바로 쳐다보았다. 그의 녹색 눈동자는 반짝이는 촛불의 불빛을 머금고 있었다. "우리가 다시 만날 계획이 있었던 것도 아니었고요. 그래서 이메일을 받았을 때 깜짝 놀랐어요."

"저도 마찬가지였어요." 나는 인정할 수밖에 없었다.

웨이터가 샴페인 한 잔과 함께 메뉴판을 가져왔다. 대니가 샴페인 한 모금을 마시자 그의 입술이 물기에 반짝거렸다. 내 가슴에 닿았던 그의 입술, 나의 엉덩이를 움켜쥐었던 그의 부드러운 손이 갑자기 생생하게 기억이 났다. 이미지의 홍수에 흔들리면서 나는 메뉴판을 열었다. 가격은 표시되어 있지 않았고, 나는 테이블 너머 대니를 걱정스러운 눈빛으로 쳐다보았다.

"가격은 어디 있나요?"

"내가 이걸 감당하지 못할까 봐 걱정하는 거죠?"

"우리 분별 있게 행동하자구요. 더치페이를 하는 게 어때요?"

"진정해요. 지금은 안정된 직장이 있어요. 할부로 결제하면 될 거예요."

나는 웃으며 자리를 고쳐 앉았다. 나는 보통 대부분의 남자들과 만취할 때까지 마실 수 있지만, 오늘 밤은 시차 적응과 공복으로 인해 샴페인 한 잔이 강력한 펀치를 선사하고, 알코올이 내 혈류 속에서 거품을 일으키는 것만 같았다. 속삭이는 식당, 리넨 식탁보 등 모든 것이 흐릿하게 보였다. 그리고 대니도. 방콕에서 햇볕에 그을리고 헝클어진 대니가 아니라 깔끔하고 똑같이 유혹적인 버전의 대니. 나는 대화를 이어가기 위해 노력하면서 꺼져가는 불에 기름을 붓듯 샴페인 한 모금을 더 마셨다.

"새 직장에 대해 말해줘요." 내가 말했다.

"적응하는 중이에요."

"뭔가 짜릿함은 느껴지지 않네요."

그는 어깨를 으쓱했다. "가장 기본적인 처방들뿐이죠. 하지만 정규적인 근무시간이 있고 버젓한 월급도 받고 있죠."

"그리고 총상이나 말라리아를 치료할 필요도 없죠. 그리워요?"

"뭔가에 도전한다는 게 그리워요. 위기 상황에서 최소한의 의료기구로 무언가를 해낸다는 것. 하지만 어머니는 제가 돌아와서 기뻐하셨어요. 아버지가 돌아가신 후 어머니가 얼마나 힘들어하셨는지 몰랐어요. 집에 돌아왔어야 했죠." 그는 나를 향해 미소를 지었다. "어머니는 당신을 만나기를 고대하고 계세요."

나는 잔을 입에 대고 잠시 멈췄다. 그의 엄마. 이건 내가 원했던 그림이 아니다. "제 얘길 했어요?"

"그래야 하지 않나요?"

"아직은 당신의 엄마를 만나야 하는 단계는 아닌데요."

"어머니는 무섭거나 뭐 그런 거 아니에요, 약속해요. 글쎄요, 어쩌면 조금은." 그는 말을 잠시 멈췄다. "하지만 연쇄살인마나 뭐 그런 건 아니에요."

지금 그는 몇 달 동안이나 웃어본 적 없던 나를 웃게 만들고 있다. 나는 대니에게 너무 집중한 나머지 와인잔이 바닥에 깨지고 한 여자가 비명을 지르기 전까지 식당의 반대편에서 벌어지고 있던 소동을 알아차리지 못했다. 우리 모두 고개를 돌렸다.

한 남자가 꾸부정한 자세로 양손으로 자신의 목을 움켜쥐고 있었다. 멀리에서도 숨을 쉬기 위해 미친 듯이 몸부림치는 그의 얼굴에서의 공포가 느껴졌다. 순식간에 대니는 의자를 박차고 일어나 식당을 가로질러 급히 그에게로 다가갔다. 다른 사람들이 놀라서 쳐다만 보고 있는 사이 대니는 그 괴로운 남자의 뒤에 기대어 그의 허리에 팔을 감았다. 어떤 망설임이나 어떤 서투름도 없이 자세를 바로잡고 곧바로 그 남자의 복부를 그의 손으로 들어 올렸다. 세 번. 다섯 번. 그가 워낙 세게 잡아당겨서인지 의자가 들썩였다.

그 남자가 흐느적거리며 맥이 빠지기 시작했다.

대니는 남자의 등을 드럼 치듯이 두드린 다음, 허리를 잡고 복부를 들어올리기를 반복했다. 다시 또다시.

남자의 고개가 앞으로 기울어졌다.

대니는 의식을 잃은 남자를 의자에서 끌어내려 바닥에 내려놓았다. "매기!" 그가 소리쳤다. "가방 좀 갖다줘요!"

나는 의자 등에 걸려있던 그의 가방을 잡아채서 각자의 의자에 앉아 얼어붙은 청중들을 지나 식당을 가로질러 뛰어갔다. 대니가 의료기구를 찾기 위해 가방을 뒤지는 동안 의식을 잃은 남자의 얼굴에서 눈을 뗄 수가 없었다. 60대 중반의 은발에 불룩한 목을 가진 이 남자는 평생을 호화로운 음식을 즐기며 살아왔을 텐데 이 한방에 목숨을 잃게 될 수도 있었다. 정교하게 재단된 재킷을 보니 그는 발라드 같은 레스토랑을 운영할 수 있을 정도의 부유한 집안으로 보이지만, 그의 부는 자신을 구하지 못하고 있다. 그는 산소가 부족하고 가슴도 움직이지 않았다. 경동맥의 맥박을 확인하려고 무릎을 꿇었다. 맥박은 아직 살아있지만 불규칙했다.

나의 뒤에 있던 한 여성이 외쳤다. "지금 뭐 하는 거예요!"

대니는 의료 가방에서 메스를 꺼내는 중이었다.

나는 그가 지금 무슨 짓을 하려는지 알고 있다. 앰뷸런스가 제때 도착하지 못할 것이 뻔한 이 순간에 그에게는 선택의 여지가 없었다. 나는 테이블에서 리넨 냅킨을 가져와 그 남자의 목에 대고 피를 받아낼 준비를 했다. 별일 없다면 윤상갑상연골절개술은 간단한 수술이 될 수 있지만, 자칫 운이 없다면 재앙이 닥칠 수도 있는 수술이다. 진흙탕의 들판에서 한 남자가 포탄 파편이 목으로 들어가는 바람에 나는 이 수술을 우연히 한 번 본 적이 있었다. 그것은 그의 목숨을 구하기 위한 최후의 수단이었다. 하지만 결국은, 한 번도 이런 수술을 해본 적이 없던 겁에 질린 동료의 흔들리는 메스로 인해 경동맥을 잘못 찔러 피가 터져 나왔다.

하지만 대니는 자신이 무얼 해야 할지를 알고 있었다. 그는 재빨리 바른 지점을 찾아냈고 그곳에 메스를 대고 윤상갑상막을 절개했다.

뒤에 있던 여자가 다시 외쳤다. "당신 지금 목을 베고 있어요!"

나는 상처에서 흘러내리는 피를 흡수하면서 목 부위를 냅킨 뭉치로 눌렀다. 이제 기도가 열리고 절개 부분으로 쉭쉭 거리며 공기가 통하지만, 이 남성은 목이 워낙 두꺼워 숨을 들이마시면 연조직이 상처 위로 무너지며 절개 부분의 상처를 봉쇄하게 된다. 상처를 계속 열어둬야 한다.

식당 직원 한 명이 눈을 크게 뜨고 옆에서 지켜보고 있었다. 나는 벌떡 일어서서 그의 주머니에서 볼펜을 낚아챘다. 순식간에 볼펜을 해체하고 속이 빈 볼펜의 껍데기를 대니에게 건넸다.

그는 놀란 표정으로 나를 쳐다보다가 펜을 상처 부위로 밀어 넣어 공기를 통하도록 했다. 공기가 드나들기 시작하자 그 남자의 입술은 푸른색에서 점차 분홍빛으로 바뀌기 시작했다. 그제서야 레스토랑을 향해 다가오고 있는 구급차의 울부짖는 소리가 들려왔다.

의료진이 그 남자를 식당에서 끌어낼 때쯤, 그는 팔을 움직이기 시작하며 혼란스러움에 주위를 둘러보기 시작했다. 그는 살아있다. 떨리는 마음으로 대니와 나는 테이블로 돌아왔다. 대니의 셔츠에 피가 묻어 있는 것을 보고 나를 내려다보자, 나 역시 실크드레스에 피가 묻어 있는 것을 발견했다. 냉정함을 잃지 않고 일을 해결하던 그는 만약 일이 잘못되었다면 무슨 일이 그에게 닥쳤을지 생각이 난 듯, 지금은 흥분으로 인한 미세한 떨림을 감추지 못했다. 그의 메스가 잘못된 곳을 갈랐다면 지금쯤 식당 안은 피범벅이 되었을 것이다. 우리는 한마디도 하지 못한 채 그저 멍하니 침묵을 지키고 있었다. 식당에 남아있는 모든 손님들도 침묵 속으로 빠져들었고, 그 남자가 쓰러졌던 테이블의 손님들은 식사를 포기한 채 사라지고 텅 비어있었다.

대니가 조용히 물었다. "어떻게 알았어요?"

"뭘 말이죠?"

"무얼 해야 할지, 뭐가 필요할지. 냅킨. 펜으로 만든 캐뉼러." 그는 얼굴을 찌푸린 채 말했다. "전에도 해본 적이 있는 것 같은데요."

동료의 목숨을 구하기 위해 진흙탕 위에서 무릎을 꿇었던 그날이 생각났다. 동료의 목을 자르던 순간, 그리고 동맥혈이 힘차게 뿜어져 나오던 순간, 죽어가던 동료의 눈빛이 흐릿해지던 순간.

"그 장면을 한 번 본 적이 있어요." 내가 말했다.

"어디서요?"

"텔레비전에서요. 의학 드라마였을 거예요."

"텔레비전?"

"네."

그는 이 말을 믿어야 할지 말아야 할지 결정할 수 없다는 듯이 나를 쳐다보았다. 그가 지금 나를 믿지 못한다면, 그는 이후에도 나에 대해 또 다른 의심을 품게 될 수도 있다. 맞은편에 앉은 여자의 겉모습은 단지 환영에 불과하다는 것을 깨닫기까지 얼마나 많은 의심을 품게 될 것인가?

"갤러거 박사님?"

우리는 고개를 들어 우리 테이블 옆에 서있는 직원을 바라보았다. 문득 든 생각은 피 묻은 우리 옷 때문에 우리를 식당 밖으로 쫓아내려는 것이 아닐까 하는 것이었다. 대신 그 직원은 대니 앞에 명함 한 장을 뒤집어 놓았다.

"손님 중 한 명이 오늘 밤 두 분의 식사 비용을 대신하고 싶다고 하십니다. 와인을 포함해 원하는 것은 무엇이든 자유롭게 주문하라고 하시더군요."

"진심이세요?" 대니가 놀란 표정으로 직원을 바라보았다. "어느 테이블에 계신 분이죠?"

"명함에 있는 번호로 내일 전화를 주시면 개인적으로 얘기를 하고 싶다고 하십니다. 맛있는 식사를 즐기시기 바랍니다. 그리고 고맙습니다." 그는 나에게도 고개를 숙였다. "두 분 모두에게요."

어떤 후원자가 우리에게 이런 관대함을 베풀었는지 궁금해 식당 안을 둘러보았지만, 누구도 우리를 쳐다보지 않고 있었다. 그 사람이 누군지 간에, 당분간은 익명으로 남기로 한 모양이다.

"명함에는 뭐라고 적혀있나요?" 내가 물었다.

대니는 무표정하게 명함을 바라보았고 이내 나에게 명함을 건네주었다.

앞면에는 '갈렌 메디컬 컨시어지'와 전화번호가 적혀있었다. 뒤집어보니 누군가가 짧은 메시지를 적어놓은 것이 보였다.

'우리는 의사를 구하는 중입니다. 얘기 좀 합시다.'

"전화할 건가요?" 내가 명함을 돌려주며 물었다.

"아마도요. 고려해 봐야겠어요." 그는 명함을 주머니 속에 집어넣었다. "하지만 오늘 밤은 우리에 대해서만 집중하고 싶네요. 그리고…"

"그리고?"

그는 나를 뚫어져라 바라보았다. "그리고 다음에 무슨 일이 벌어질지……."

11장

—

현재

데클란이 자리에서 일어나 나의 보물들을 보관하는 캐비닛을 열었다. 동네 식료품점에서 매일 사 먹는 싱글 몰트 스카치가 아닌 귀한 녀석들이다. 내가 그것들을 어디에 숨겨두고 있는지 알 정도로 우리 집에 자주 드나들었던 그는 이내 30년산 롱몬 한 병을 꺼내 들었다. 데클란은 테이블 위에 놓인 빈 와인 병을 옆으로 밀어내고 위스키를 쿵 하고 내려놓으며 우리의 대화가 진지해질 것임을 알렸다. 데클란은 위스키를 석 잔에 붓고 한 잔을 내 쪽으로 밀어 넣으며 결연한 표정을 지으며 입술을 굳게 다물었다. 나는 바로 잔에 손을 대지 않고 벤과 데클란이 각자의 잔을 들어 첫 모금을 마시는 모습을 지켜보았다. 좋은 위스키에 대한 취향은 인생 느지막이 터득한 취미이다. 그들이 아무리 나의 친한 친구라 하더라도 다른 사람들의 목구멍으로 나의 귀한 은닉물이 넘어가는 것을 보는 건 약 오르는 일이다.

"그래서 그가 메디컬 컨시어지의 일을 맡았나요?" 벤이 물었다.

"거절하기 힘든 매력적인 제안이었어요. 월급이나 혜택 면에서. 런던에서 가장 좋은 위치의 회사 소유 아파트도 포함해서였죠. 무엇보다도 그의 어머니는 모기지 상환을 위해 그의 도움이 절실했고, 그가 그 제안을 받아들임으로 해서 어머니의 말년을 편안하게 해드릴 수 있었어요. 그래서 그는 그 제안을 받아들였어요. 어쩔 수 없는 선택이었죠."

"'어쩔 수 없는 선택'이라는 말이 왠지……."

"갈렌 클리닉이 그에게 상징하는 바 때문이죠. 거긴 소수의 특권층만을 위한 곳이었어요. 다른 모든 사람들이 이용해야 하는 의료 시스템에서 벗어나 그들만의 의료 서비스를 제공받을 수 있을 만큼 부유한 사람들을 위한 곳이에요. 손가락만 까딱하면 의사가 마술처럼 나타나 그들에게 필요한 약과 치료를 처방하죠."

"나라도 가입하고 싶네요." 벤이 말했다.

"갈렌이 청구하는 금액 때문에 불가능할 거예요." 나는 마침내 잔을 들고 한 모금을 마셨다. 혀끝에서 느껴지는 따끔함과 함께 런던에서의 기억이 떠올랐다. 대니와 함께 롱몬을 처음 맛보았을 때의 기억.

"그래서 갈렌으로 출근을 하게 됐어요. 그게 다이애나 워드와 어떻게 연결이 되나요?" 데클란이 말했다.

"그래서 다이애나가 우리 삶에 들어오게 되었죠. 대니가 다이애나의 관심권에 들어가게 된 거예요. 갈렌 클리닉이 다이애나와 대니를 연결한 셈이에요. 그래서 모든 일들이 엉망이 된 거죠."

"이제 다이애나 워드에 대해 말해주세요. 그녀가 어떻게, 어디에서 등장하게 되는 거죠?"

나는 위스키를 마신 혀가 얼얼한 상태에서 잔을 내려놓았다.
"이스탄불. 모든 게 이스탄불에서 시작됐죠."

12장

-

이스탄불, 18년 전

누군가가 나를 지켜보고 있다. 호기심 많은 길거리 아이들이든 열심히 카펫을 파는 사람이든, 아니면 아마 터키의 국가 정보 기관인 MIT라고도 알려진 '밀리 이스티바라트 테스킬라티'의 요원이든, 나를 요주의 인물로 간주할 이유는 없음에도 누군가가 항상 나를 지켜보고 있다. 나는 탁심 광장 근처에 있는 사무실로 걸어서 출퇴근하는 단지 평범한 미국인 직장인일 뿐이다. 여전히 그들이 지켜보고 있다고 추정해야 하기 때문에 이스탄불에 있는 아파트에서 깨는 매일 아침마다 나는 또 다른 하루의 숨바꼭질에 대비한 정신적 준비를 해야 한다. 아파트에 도청 장치가 되었다거나 전화가 도청되고 있다고 생각하지는 않지만 마치 그런 것처럼 행동해야 한다.

골목 건너 커피숍을 운영하는 아주머니가 나의 일거수일투족을 감시하는 것 같지만, 그저 바쁘게 사는 이웃일 뿐일 수도 있다.

아니면 MIT에서 돈을 받고 나를 감시하는 건가? 터기 정보기관은 모든 외국인을 감시의 대상으로 놓기 때문에, 아파트에서 나와 번화한 탁심 광장을 걸을 때면, 누군가 나를 미행할 가능성을 염두에 두고 나는 최대한 편안한, 심지어 지루해 보이기까지 하는 표정을 짓기 위해 최선을 다한다.

오늘 아침 나는 걸으면서 거짓이 아닌 진짜 하품을 했다. 시내에서 밤늦게까지 술집을 배회하며 새로운 친구들과 술을 마시고 수다를 떤 결과이다. 밤이 되면 나는 사회적으로 인싸가 된다. 낮에는 그저 일주일에 5일 동안 일하는 일벌일 뿐이다. 나는 '유로파 글로벌 로지스틱스'가 있는 4층짜리 오래된 건물에 도착해 두 층을 삐걱거리는 나무 계단으로 올라 사무실에 도착했다. 문에 걸린 플래카드는 특별히 인상적이지 않도록 절제되어 디자인되었다. 그 플래카드는 '우리는 당신의 비즈니스를 원하지 않습니다'라는 메시지를 전달하고 있고, 방문자가 사무실로 들어오기 위해선 비밀번호를 입력해야 하는 보안 키패드가 있어 그들의 방문을 더욱더 단념시키게 만든다.

6자리 번호를 입력하고 안으로 들어갔다.

프런트 오피스에는 두 개의 책상이 놓여있는데, 책상에 놓인 것들이 수출입 물류를 전문으로 하는 국제 기업의 전초기지처럼 보이게 만든다. 한 책상에는 미국 세관 양식, ISF 서류, 트럭과 배의 운송 관련 청구서, 그리고 전 세계 거래처의 규정에 관한 서적들로 덮여있다. '마거릿 포터'라는 내 명찰이 붙어 있는 두 번째 책상에는 태국산 광택 실크, 벨기에산 양단, 터키산의 매우 정밀한 직물 등 다양한 색상의 원단 견본이 높이 쌓여 있었다. 내 책상 뒤에는 뉴욕으로 향하는 이스탄불 디자이너들의 샘플 드레스가 가득한 의류 선반이 있다. 나는 섬유와 패션에 중점을 두고 있고 실제로 수출입 비즈니스맨들 사이에 던져져도 그럭저럭 일을 성사시킬 수 있을 만큼 이 분야에 대해 잘 알고 있다.

나는 프런트 오피스를 지나 안쪽의 또 다른 문으로 가서 비밀번호를 입력하고 유로파 글로벌 로지스틱스의 실제 업무가 이루어지는 방으로 들어갔다. 커피포트 전원을 켜고 자리에 앉아 미국 영사관에서 보안 링크를 통해 보내온 본부로부터의 최신 전보를 읽었다. 지난 24시간 동안 현지에서 획기적인 변화는 없었지만, 동료인 개빈과 나는 개발하려는 정보원, 접근하고 싶은 정보 소스 등 여러 버너 위에서 끓고 있는 다양한 작전이 본부의 승인이 나기를 기다리고 있다. 나는 그 작전을 제안하는 이유를 나열한 보고서를 작성하고, 작업을 시작하기 전에 추가적인 배경 정보를 요청했다.

옆 사무실에 책상이 있는 개빈이 도착하는 소리가 들렸다. 그는 평소처럼 허공에 대고 인사를 한 후 커피포트로 갔을 것이다. 우리는 각자의 사무실에서 책상에 앉아 보고서와 전보를 작성하며 각자의 할 일을 하고 있다. 개빈은 농업 장비의 글로벌 판매를 관리하기 때문에 터키와 시리아 국경을 따라 있는 시골 지역을 방문하는 경우도 있었다. 나도 가끔은 표면적으론 섬유 및 카펫 공장을 방문하기 위해 그와 함께 여행을 할 때도 있었다. 개빈은 나보다 15년 연상인데, 갚아야 할 막대한 모기지와 사립대에 다니는 두 자녀의 등록금에서 자유로워질 현장 근무 30년 후의 은퇴를 간절히 원하고 있다. 우리는 이스탄불에서 3년 6개월을 함께 근무했지만 큰 불화나 문제를 겪지 않았고 평소에도 서로의 신경을 거슬리게 하지 않으려 노력했다.

우리들의 일에서 보자면 이는 꿈의 파트너십이라고 할 수 있다.

이스탄불의 떠오르는 디자이너들이 참가하는 오늘 밤 패션쇼에 대해 최신 정보를 확인한다. 언론인, 바이어, 수출업자, 그리고 이스탄불에서 가장 매력적인 여성들이 참여할 계획이다. 나 또한 참석할 예정이다. 나와 같은 가짜 직업을 가진 누군가도 그곳에 나타날 것으로 예상된다.

다음으로 3일간 떠날 짧은 휴가를 위해 항공권 예약을 확인했다. 시간이 있을 때마다 대니를 만나러 런던으로 가는데 대니를 볼 생각만으로도 기분이 좋아졌다. 자주 만나지 못하는 상황이지만 결과적으로 6년이 지난 지금도 우리는 서로를 그리워한다. 서로의 부재가 마음을 더 애틋하게 만드는 건 사실이다. 또한 우리의 밤을 더 뜨겁게 하는 것도 부정할 수 없다. 어쨌든 우리에게, 아니면 나에게 잘 맞는 방식이다. 오랜 시간을 함께하게 되면 우리 사이의 너무 많은 정직함을 요구할 것이고 나는 그런 공약을 할 준비가 되지 않았다. 내가 그에게 줄 수 있는 건 런던, 파리 또는 리스본에서 가끔 회합하는 것이고 그 후 각자의 삶으로 돌아가는 것인데, 그것만으로도 지금은 충분히 바쁜 나날이다.

"오늘 밤 준비는 됐나?"

어느새 내 책상 앞에서 커피를 마시며 서있는 개빈을 올려다보았다. 그는 오늘 아침 매우 피곤해 보인다. 그의 갈색 머리는 민들레 솜털처럼 솟아 있고 눈 밑의 지방은 평소보다 더 두드러져 보였다. 돈 문제가 그를 짓누르는 것 같아 안쓰럽다. 태국의 강가에서 맥주를 마시는 은퇴 생활을 꿈꿔야 할 텐데 아직도 전장에서 싸워야 한다는 사실이 안타깝다.

"오늘 밤 사람들이 꼭 들어찰 거라고 들었어요." 내가 말했다. "8명의 디자이너와 라이브 밴드, 칵테일이 제공 됩니다. 멋진 공연이 될 거예요."

"그리고 다른 공연은?" 더 이상 말할 필요가 없다. 우리 둘 모두 그가 무슨 말을 하는지 알고 있다.

나는 고개를 끄덕였다. "그것도 역시 성공적일 거라 믿어요."

✳

나는 재즈 팬은 아니지만, 밴드에 보내는 열렬한 박수를 보면 터기 사람들은 재즈를 굉장히 좋아하는 것 같다. 행사장의 모든 좌석이 꼭 차고 뒤쪽에는 수십 명이 더 서 있는 걸로 보아 오늘 행사는 정말 만원인 것 같았다. 내가 이 인파가 반가운 이유는 오늘 밤 이 행사의 성공이 나에게 어떤 이해관계가 있어서가 아니라 행사장 인파가 곧 문밖으로 한꺼번에 쏟아져 나와 거리를 가득 메울 것이고, 그 인파의 물결은 특정인의 얼굴을 식별하게 하는데 어려움을 줄 것이기 때문이다. 모든 사람들이 일어서서 통로를 통해 시끄럽게 빠져나가는 동안 나는 그들과는 다른 방향, 무대 뒤 계단으로 향했다. 이미 이 건물의 평면도를 파악하고 있는 나는 그 계단을 따라 복도로 올라가 모델들이 옷을 갈아입고 화장을 고치는 대기실을 지나쳤다. 복도 끝에는 모델 전용 화장실이 있었다. 안으로 들어가 청바지와 짙은 재킷으로 갈아입고 머리에는 스카프를 묶었다. 그리고 무대 출입구를 통해 골목으로 빠져나왔다.

극장 앞 거리에서 흩어지는 청중들의 웅성대는 소리가 들려왔다. 극장 메인 출입구의 반대 방향으로 향하다 모퉁이를 돌아 도로에 접어들었다. 그리고 스카프로 머리를 가려 친구들과의 저녁 외출을 마치고 집으로 향하는 평범한 터키 여성인 것처럼 보이게 했다. 가벼운 변장일 뿐이지만 나를 미행하려는 사람이 있다면 그들을 따돌리기에 충분할 것이다. 나는 뒷골목과 좁은 도로들을 여기저기 지나 미리 들어 두었던 장소에서 정체 모를 검은색 도요타 세단 한 대를 발견했다.

운전석에 앉아 아무도 없는지 주위를 훑어본 후 차를 몰고 출발했다. MIT가 나의 움직임을 예상하고 차량으로 나를 따라오지 않는 한 나는 안전하겠지만, 그래도 평소처럼 예방적 조처로써의 움직임을 계속했다. 우회전을 하며 뒤에 전조등이 있는지 확인했다. 다시 우회전. 다시 확인. 그렇게 여기저기를 돌면서 오늘 밤 약속 장소를 향해 점점 다가갔다. 약속 장소에 도착했을 땐, 입구의 그늘에서 기다리고 있는 그 사람이 탈 수 있을 정도로만 잠깐 멈추고 곧 다시 출발했다.

"오는 동안 무슨 문제라도 있었나요?" 나는 도쿠에게 물었다.

"아니요."

"MIT가 미행하지 않은 게 확실해요?"

"오는 동안 아무도 보지 못했어요."

"시간이 얼마나 있죠?"

"당신이 날 필요로 하는 만큼요. 오늘 밤은 보드카 한 병을 제외하고는 다른 약속은 없거든요." 술은 도쿠가 선택한 동반자이다.

　나는 그에게서 편안함을 느끼기 때문에 조금은 긴장을 풀어도 괜찮겠다고 생각했지만, 그의 입에서 술 냄새가 감지되자 다시 긴장감이 돌기 시작했다. 그는 이미 오늘 밤의 술잔치를 시작했다. 이건 좋지 않다.

　"급히 공유해야 할 내용이 있나요?" 내가 물었다. 나의 시선은 다시 백미러로 향했다. 특이할 만한 것은 없었다.

　"리더십에 분열이 생겼습니다." 그가 말했다. "무라트는 카프카스 에미레이트에 질렸어요. 그는 그들이 쓸모없다고 생각해 고국으로 돌아가 싸움을 계속하고 싶어 해요. 그는 무기를 가지고 갈 겁니다."

　"자세한 정보가 있나요? 언제, 어떤 경로로 체첸으로 들어가요?"

　"14일. 조지아를 통해 산으로 들어가는 일반적인 경로입니다."

　"그 무기들은 어디서 구한 거죠?"

　"2주 전에 튀니스에서 배를 통해 도착했습니다."

　"누가 비용을 지불한 건가요?"

　"소문에 의하면 런던을 통해 지원을 받았다고 하는데, 진짜 출처가 어디인지는 누가 알겠어요? 돈은 물과 달라요. 오르막을 타기도 하니까요. 너무 많은 돈을 가진 사람으로부터 더 많은 돈을 가진 사람으로 흘러가곤 하죠." 그가 쓴 웃음을 지었다. "나 같은 사람에게는 절대로 안 흘러오죠."

　도쿠는 자신의 '슬픈 쾌락'을 위해서만이 아니라, 최근 이스탄불로 도망 온 미망인 여동생과 그녀의 6살 딸을 부양하기 위해서도 돈이 절실히 필요하다. 도쿠에게는 위험한 친구들이 있다. 그래서 그의 여동생과 조카는 안전을 위해 도쿠와 서로 떨어져 살고 있었다. 이스탄불의 많은 다른 난민들처럼, 그들은 절박한 상황 속에 비좁고 무너져가는 아파트에서 다른 난민들과 함께 살고 있다.

"어떤 무기들이 있었나요?" 내가 물었다.

"부품이 빠진 일반적인 그런 쓰레기가 아닙니다. 글쎄, 휴대용 방공미사일도 있어요. FIM-92 스팅어, 러시아산 이글라. 집속탄과 백린탄. 수백만 달러의 가치가 있어요."

냉전 종식 이후 수많은 중고 무기가 암시장에 풀렸다. 무라트와 함께 체첸으로 향하게 될 무기도 바로 그것들이다. 무기를 거래하는 딜러들에겐 무기의 최종 목적지는 중요하지 않으며 수익만 있다면 바주카포든 애들 우유든 뭐든 팔아 넘길 것이다.

"저만 이 사실을 알고 있는 게 아닙니다. 러시아도 분명히 알고 있을 텐데 이 상황을 좋게 보진 않아요. 그들은 저항 세력을 약화시키기 위해 우리를 에미레이트와 대립시키고 있어요." 그는 한숨을 쉬며 체념 섞인 목소리로 말했다. "무라트가 살아서 체첸에 도착할 것 같지 않아요. 그리고 그의 무기들은 새로운 가격에 새로운 주인을 찾을 겁니다. 아마도 남미가 아닐까 해요."

그의 목소리에 담긴 슬픔은 얼마나 이 모든 갈등들이 절망적인지, 그의 세계가 얼마나 절망적으로 변할지를 상징적으로 보여준다. 도쿠는 무라트의 죽음을 원하지 않지만, 장기적인 관점에서 보면 그 어떤 것도 중요치 않다는 걸 알기 때문에 지금 그는 무라트를 배신하고 있다. 어쨌든 무라트는 운이 다했고 도쿠는 그의 피할 수 없는 운명에서 이득이라도 보는 것이 낫다.

나는 차를 세우고 주차를 했다. 한적한 동네라 사방이 훤히 내다보였다. 나는 가로등 불빛에 비친 도쿠의 얼굴을 자세히 살펴보았다. 그는 만날 때마다 점점 더 방탕해 보이고, 얼굴은 더 살이 찌고, 그의 눈은 더 부풀어 오르는 것 같다. 나는 그가 이스탄불을 사랑한다는 것을 알고 있다. 그는 나에게 기회 있을 때마다 반복해서 말했었다. 그는 비록 러시아가 자신의 고향 체첸에서 했던 짓들을 증오함에도, 이곳에서의 그의 삶과 술을 포기하고 러시아와 싸우기 위해 산으로 돌아갈 만큼 충분히 그들을 미워하지는 않았다.

나는 달러 더미를 건네고 그가 돈을 세는 모습을 지켜보았다. 그래서 그는 여동생과 조카를 부양하고 온갖 즐거움을 누릴 수 있는 이 도시에 머물기 위해 돈이 필요하며, 이를 위해 몇 가지 비밀을 기꺼이 내뱉을 의향이 있었다. 하지만 그는 지금까지 우리가 의심하지 않을 만한 중요한 정보를 제공하지는 않았다. 체첸 에미레이트 전사들 사이에 분열이 있다는 것은 진작 감지하고 있었다. 그들 중 몇은 국경을 넘어 시리아에 있는 ISIS와 함께 싸우고자 했고, 일부는 러시아와의 싸움에만 집중하기로 했다. 도쿠가 우리에게 제공한 것은 단지 우리가 알던 것의 확인에 불과했다. 나는 그에게 아직 더 중요한 것을 요구하지 않고 있었다. 도쿠가 더 깊이 파고들어 더 많은 세부 사항을 알아내도록 독려해야 한다. 이 일은 위험하고, 우리 둘 다 이 일이 신사적인 게임이 될 거라고 착각하지는 않는다. 도쿠는 위험한 사람들과 어울리고 있고, 그들과 겨루는 사람들은 더욱 더 위험하다.

그와는 정보 거래를 하는 사이일 뿐이었지만, 안쓰러운 생각이 들었고 인간적으로 좋아하게 되었다. 그가 체첸 전쟁을 피해 도망친 진짜 이유는 그는 전사가 아니라 상처받은 영혼이기 때문이라고 생각했다. 도쿠는 두들겨 맞은 개의 눈빛을 지니고 있다. 우리가 시선이 마주칠 때면, 그는 나를 너무 오래 바라보고 있으면 마치 내가 막대로 한 대 내려칠 거라고 생각하는지 내 눈을 오래 붙잡지 못하고 시선을 돌리곤 했다. 도쿠는 불쌍하고 신념도 없지만 위험하지는 않다. 궁지에 몰리지 않는다면.

"세부적인 날짜들을 알아봐 줘요." 내가 그에게 말했다. "그가 산을 통과할 때의 구체적인 경로도요. 그리고 무기를 구입한 돈의 출처도 함께요. 런던을 통해 들어온 것 같다고 하셨잖아요."

"우리에게는 협력자들이 있어요, 아시죠?"

"네, 알아요." 체첸에서 무슬림에게 벌어지고 있는 일에 분노하는 사람들. 아니면 단지 자신의 이익을 위해 분쟁을 지속시키는 데 관심이 있는 것일 수도 있다. 전쟁 속에는 기회가 있기 마련이다.

그는 돈 세는 것을 마무리했다. 우리가 합의한 금액에 만족한 듯 그는 돈을 주머니 속에 넣었다. "한 가지 더 부탁하고 싶은 것이 있어요."

그래, 이제 돈으로는 충분하지 않다. 이런 관계들이 보통 이런 식이다. 정보원이 만족을 하지 못하거나, 그들의 가족들이 더 많은 것을 원하거나, 아니면 운명이 다가오는 것을 느끼기 시작했거나.

"만약 저에게 무슨 일이 생기면 여동생 아즈마와 조카를 돌봐

주세요." 그가 조용히 말했다.

등골이 오싹해지면서 그를 바라보았다. 뭔가 안 좋은 예감이 들었던 걸까? 그가 나에게 하지 않은 어떤 말이 있는 것일까? 차 안의 어둠 속에서 그의 표정을 읽을 수 없는 채 그는 정면을 응시하고 있었다. "왜 나에게 이런 부탁을 하는 거죠?"

"그들을 돌봐줄 수 있어요? 약속해 줘요."

"네, 물론이에요. 그럴게요. 하지만 조심만 한다면 당신에게는 아무 일도 일어나지 않을 거예요."

그는 부드러운 웃음을 지었다. "당신도 그런 건 믿지 않잖아요."

거리를 둘러보았지만 아무도 보이지 않았다. 여기에 도쿠를 내려주면 안전할 것이다. "집으로 가세요, 도쿠. 아침이면 모든 게 나아 보일 거예요."

"여기 말고 클럽으로 데려다주세요."

"거기에 데려다 줄 수 없어요. 보는 눈이 너무 많을 거예요."

"그럼 클럽에서 몇 블록 떨어진 곳에 세워주세요. 아무도 우릴 못 볼 거예요."

"늦었어요. 이제 자야 할 시간이에요."

"자야 할 시간은 맞죠." 그는 현금이 들어있는 주머니를 두드렸다. "하지만 누군가에겐 정말 술이 필요할 수도 있어요."

나는 마음에 들지 않았지만 그를 말릴 수도 없었다. 그는 나에게 보스포루스 해협을 바라보고 있는 유명한 술집이자 현재 이스탄불에 사는 수천 명의 체첸인들이 모이는 장소로 그를 데려다 달라고 요구한다. 그는 이틀에 한 번꼴로 그 클럽에서 밤을 새우는 것 같고, 오늘은 받은 돈의 절반 만큼의 술을 마실 것이다.

클럽에서 몇 블록 떨어진 곳에 차를 세웠다. "여기까지가 제가 해줄 수 있는 거리예요."

"남은 거리를 걸어야 한다고요?"

"걷기에 좋은 밤이에요. 운동도 좀 해야 하지 않겠어요?"

그는 한숨을 쉬며 밖으로 나갔다. 그는 보스포루스 해협 쪽으로 향하면서 내 차를 힐끗조차도 쳐다보지 않았다. 다시 한번, 우리는 현금 봉투와 그가 나를 만나고자 신호를 보낼 때 사용하는 스타벅스 기프트 카드로만 묶인 낯선 사람이 되었다. 나는 메모장을 꺼냈다. 잊어버리기 전에 나는 재빨리 그가 방금 무라트와 스팅어, 이글라에 대해 한 말을 메모해 두었다. 자정이 가까웠고 나는 피곤했다. 나는 여전히 요약본을 작성해서 전보로 보내야 하는 임무가 남아있지만 잠시 차 안에 앉아 도쿠가 말한 내용을 곱씹어보았다. 더 많은 무기가 체첸으로 향하고 있다. 그것은 이 세상에 더 많은 미망인과 고아가 발생한다는 것을 뜻한다. 이미 사방에 어떤 이유에 의해서든 충분히 많은 과부와 고아가 존재하고 있다.

나는 시동을 걸고 불과 몇 분 전 도쿠가 걸었던 방향인 보스포루스 해협을 향해 차를 몰았다. 해변 근처의 교차로에 다다랐을 때 검은색 BMW가 굉음을 내면서 지나갔다. 그 차는 도쿠가 가려는 클럽의 방향으로 달리고 있었다. 그 순간, 무슨 일인가가 일어날 것임을 직감했다. 도쿠와 관련된 일.

저 멀리서 여자의 비명 소리가 들렸다.

도쿠에게 달려가 도움을 주고 싶다는 생각과 눈에 띄지 않게 멀리 떨어져 있어야 한다는 의무감 사이에서 갈등하며 잠시 얼어붙었다. 나는 모퉁이를 돌았다. 두 블록 거리, 클럽 앞 도로에 사람들이 모여들기 시작했다. 더 많은 사람들이 비명을 지르고 있었다. 천천히 클럽을 향해 차를 몰고 가면서 군중을 살폈다. 나는 단지 무슨 일이 일어났는지 보고 싶어 하는 호기심 많은 유랑객일 뿐이다. 조금 전 지나갔던 BMW는 어디에도 보이지 않았다. 순식간에 벌어진 일이었고 그들은 사라졌다. 두 명의 남자가 휴대폰에 소리를 지르고 미친 듯이 손짓을 하며 도움을 요청하고 있었다. 내 차가 지나갈 때, 아마도 더 많은 피를 보게 하려고 여기로 왔는지 걱정을 하면서 몇몇이 고개를 돌려 내 차를 바라보았지만, 운전석에는 검은 머리 스카프를 두른 여성만이 보였고 그들은 다시 고개를 돌렸다. 이래선 안 되는 일이었다. 이 모든 시선에 나를 노출하면 안 되지만, 도쿠가 살아있는지 확인해야만 한다.

그는 무사하지 않았다.

그는 바닥에 등을 대고 누워 다리를 벌리고 있었고 인도에는 검은 피가 흐르고 있었다. 군중에 가려 그의 얼굴이 보이지 않았지만 손목에 찬 가짜 롤렉스 시계를 보고 그가 맞다는 것을 알 수 있었다. 그는 자신의 인생에서 많은 부분들처럼, 그 시계도 위조라는 것을 알면서도 아끼고 자랑스러워했다. 우리 모두는 자신이 아닌 무언가인 척하고 있으며, 몇몇은 그것을 더 잘해 내기도 한다.

그의 죽음에 대한 더 이상의 증거는 필요치 않았다. 인도에 흘린 피의 양으로 보아 그의 부상은 치명적일 거라는 것을 쉽게 추

측할 수 있었다. 나는 천천히 운전을 하며 그곳을 지나갔다. 그리
고 계속 운전을 했다.

'만약 저에게 무슨 일이 생기면 여동생 아즈마와 조카를 돌봐
주세요.'

그의 여동생.

다음 표적은 그녀일 수 있다. 그에 대한 어떤 정보도 없지만 직
감으로 알 수 있다. 도쿠의 여동생의 죽음은 미래의 잠재적 밀고
자들에게 심판을 받게 될 사람이 당신 자신만이 아닐 수도 있다
는 강력한 경고가 될 수 있기 때문이다.

아즈마의 아파트는 차로 30분 거리에 있는 이스탄불에서 가
장 가난한 동네 중 하나인 가지 마할레시에 있었다. 나는 아즈마
를 만난 적도 없고 적어도 도쿠가 말하길 그녀도 나를 알지 못한
다고 했다. 이제 나는 끊임없이 으르렁대는 이스탄불의 교통체증
을 헤쳐나가며 무슨 말을 해야 할지, 얼마나 많은 정보를 말해줘
야 할지 고민하고 있었다. 그녀를 직접 대면하는 것은 실수라는
걸 알지만 다른 대책을 준비할 시간이 많지 않았다. 일단 아즈마
와 그녀의 딸을 건물 밖으로, 이 나라 밖으로 내보낸 다음, 그러고
나서 뭘 해야 할지 생각해 볼 수 있을 것이다. 개빈은 나의 행동
에 매우 실망할 것이고, 본부에서도 역시 나의 행동에 대한 처분
이 내려질 것이다. 그래도 내 머릿속에는 여전히 도쿠의 목소리
가 들려왔다. '약속해 줘요.'

그는 알고 있었다. 어떻게든 자신이 죽게 될 거라는 걸.

'그들을 밖으로 꺼내줘요. 그들을 밖으로 내보내 줘요.'

나는 그녀가 영어를 얼마나 잘할지, 터키어를 얼마나 잘할지

모른다. 당신의 오빠가 죽었고 이제 당신들은 도망쳐야 한다는 걸 내가 잘 설명할 수 있을까? 그냥 경찰에 익명으로 제보해서 그 여자가 위험에 처했다고 전화할까도 고려했지만, 그렇다면 내가 대답할 수 없는 질문을 받게 되는 곤경에 처할 것이다. 결국 제대로 된 답변이 돌아오지 않으면 경찰은 아마 나의 제보를 무시할 것이다.

내가 직접 해야 한다. 나는 그에게 약속했다.

불타는 붉은 빛을 발견했을 때 나는 아직 세 블록이 떨어진 곳에 있었다. '아니, 그럴 리가 없어. 제발, 다른 건물이기를…….'

그러다 모퉁이를 돌아 그녀가 사는 건물의 도로로 접어들자마자 차를 급히 멈춰 세웠다. 여동생 아즈마의 아파트 건물이 불길에 휩싸여 하늘을 할퀴고 있었다. 도쿠는 아즈마가 6층에 살고 있는데 엘리베이터가 제대로 작동을 하지 않아 식료품을 들고 6층까지 올라가야 하는 경우가 대부분이라고 했다. 나는 고개를 들어 위를 올려다보며 층수를 세었고, 6층에 시선이 다다랐을 때 그곳의 불길에서는 그 누구도 살아남을 수 없다는 사실을 깨닫게 됐다.

만약 불길이 시작되었을 때 그들이 살아있었기라도 했다면 말이다.

한 경찰관이 나에게 차를 빼라고 소리쳤다. 나는 터키어로 "무슨 일이에요? 사람들은 구출됐나요?"라고 물었다.

경찰관은 고개를 흔들며 나에게 손짓을 했다. 멀리서 이제야 사이렌 소리가 들려왔다. 소방차는 아무것도 할 수 없는 상황에 너무 늦게 도착했다. 내가 너무 늦게 도착한 것처럼.

경찰관이 계속 나에게 이동해 줄 것을 명령했다. 나는 선택의 여지가 없었기에 계속 운전을 하며 그 곳을 지나쳐 갔다. 다시 한 번, 나는 죽은 자들을 남겨두고 떠나야 했다.

13장

—

　"당신이 의심했던 대로군." 개빈이 나에게 탄도 보고서를 건넸다. 도쿠가 살해된 지 이틀이 지나서야 이 탄도 보고서가 터키 정보기관에서 유출되었다. 나는 도쿠의 시신에서 수습된 총알 두 발의 세부 사항을 눈여겨 보았다. 두 탄환 모두 표준 AK-47 탄환으로 보이며, 검시관의 보고서에 따르면 두 탄환 모두 치명상을 입힌 것으로 판명되었다. 현장에는 이 특별한 무기에서 나온 것이 아닌 어떤 것도 발견되지 않았다.

　"총소리를 못 들었나?" 개빈이 물었다.

　"듣지 못했어요."

　"확실해?"

　"빠른 속도로 차가 지나가는 것을 보았고 잠시 후 비명이 들렸지만 총소리는 없었어요. 일반 AK-47 총에서 발사되었다면 모든 사람들이 들을 수 있을 만큼 큰 소리였을 겁니다." 나는 보고서에서 고개를 들었다. "그들은 그로자를 사용했어요. 즉 범인은 호흡이 고르지 않은 상태에서 총을 발사했을 가능성이 큽니다."

"젠장." 개빈은 의자에 기대어 눈을 비비고 있다. 나는 그의 책상 앞에 서있었다. 밖은 이스탄불의 교통이 그 어느 때보다 혼잡을 빚고 있지만, 이 사무실 안의 우리는 보호막에 둘러싸여 있고, 우리 둘이서 조용히 그 위기에 대처하고 있다. 그로자는 공개된 시장에서 쉽게 구할 수 있는 무기가 아니다. 튤라 무기 공장의 특수 설계팀에 의해 개발된 이 무기는 더블 배럴 데링거 타입의 총으로 소음과 화염이 없이 총알을 발사하는 게 가능하다. 즉, 그 총은 조용히 사살한다. 그래서 암살 도구로 사용하기에 적합하며 러시아 특수부대를 위해 특별히 제작되었다. 그로자의 치명적인 결과를 본 것은 이번이 처음은 아니었다. 작년에만 해도 이스탄불에서 두 명의 체첸인이 살해되었는데, 모두 러시아에 의한 것으로 짐작된다.

"저희는 미행당하지 않았어요." 내가 말했다.

"픽업 지점에 아무도 없었던 것이 확실해? 거기서부터 당신을 미행한 것 아니었을까?"

"아니요, 개빈. 범인은 애초에 클럽에서 그를 기다리고 있었을 거예요. 폭음, 그게 그의 약점이었으니까요. 그리고 그 클럽. 그는 그 빌어먹을 클럽에서 벗어날 수 없었어요. 조만간 그는 그들의 총알받이가 될 운명이었죠."

"그리고 당신이 본 차는?"

"범인의 도주용 차량이었을 겁니다. 범인은 클럽 밖에서 도쿠가 나타나기를 감시하고 있었을 겁니다. 도쿠가 나타나자 운전자에게 자기를 태우라는 신호를 보내고 나서 총으로 그를 죽인 뒤, 도착한 차를 타고 떠났을 겁니다. 군중들 중에서 누군가 도쿠가 바닥에 쓰러져 피를 흘리는 것을 발견했을 때는 이미 그들은 몇 블록 떨어진 곳에 있었을 거예요."

"누군가 살해 현장에서 당신을 알아챘을 가능성은?"

"절대 아닙니다. 나는 그냥 지나쳐서 계속 운전했어요."그날 밤의 기억을 더듬으며 나는 단호하게 말했다. 개빈에게 의심의 여지나 우리가 알지 못하는 어떤 진실에 대한 여지도 남겨두지 않기 위해서. 나는 도쿠를 픽업했던 거리를 떠올려 보았다. 그가 내 차에 올라탈 때 누군가 지켜보고 있었을까? 우리가 떠나려고 할 때 우리를 뒤쫓기 위해 다른 차가 준비되어 있었을까? 내가 미로 같은 뒷골목을 헤쳐 나가는 동안 그 누구도 보이지 않았는데 어떤 차가 우리를 쫓아 왔을 수 있었을까?

아니, 나는 그런 일이 일어나도록 내버려둘 만큼 부주의하지 않다. 나의 실수가 아닐 거라고 확신할 수 있다. 다만 우리가 만난 날 밤에 일어난 일이고, 내가 그를 내려준 곳에서 불과 몇 블록 떨어진 곳에서 살해당했기 때문에 왠지 내 책임이 있는 것 같은 느낌이 드는 것이다. 그가 클럽에 가겠다고 고집을 부렸을 때 강력하게 제지하지 않았기 때문에 벌어진 일이다. 안된다고 강력하게 말했어야 했다. 다른 곳 어딘가에 그를 내려놨어야 했다. 그러나 이런 뒤늦은 깨달음이 도쿠는 스스로 선택할 수 있는 성인이고, 그는 그의 선택을 했고, 나는 그의 행동을 바꿀 힘이 없었다는 사실을 달라지게 하지는 않는다. 우리의 관계는 둘 모두 서로에게서 무언가를 필요로 하는 그런 사이일 뿐이었다. 나는 정보가, 그는 돈이 필요했다. 그것은 우정이 아니라 서로의 필요가 우리를 하나로 묶어준 것이었다.

하지만 그는 나쁜 사람이 아닌 단지 나약한 사람이었을 뿐이다. 때문에 나는 진심으로 그의 죽음을 애도했다. 이제 우리는 체첸 저항군 터키 지부 내부에 제대로 된 정보원을 확보하지 못한 상태가 되었다. 그리고 그나마 남은 후보들은 러시아군에 의해 하나씩 제거되고 있다.

"런던으로 떠나기 전에 전보를 작성하겠습니다." 내가 개빈에게 말했다.

"본부가 이 일을 좋게 받아들일 리는 없을 거야. 어쨌든, 이 사건을…… 뭐랄까 좀 더 나은 상황처럼 보이게 꾸며서 보고하는 게 나을 것 같아. 어설퍼 보이지 않게, 매기."

개빈이 진짜 하고 싶은 말은 이 일은 실패로 돌아갔고, 그것은 온전히 나만의 책임이라는 것이다. 개빈은 비록 이스탄불의 최고 책임자이긴 하지만, 그는 모든 책임에서 자신이 무죄임을 선언하고 발뺌을 하기를 원하는 것을 나는 비난할 수 없다. 그는 납부해야 할 청구서와 대학에 보내야 할 아이들이 있고, 그러기 위해선 그의 연금을 보호해야 한다.

구명보트에서 내쳐진 기분으로 내 책상에 돌아왔다. 좋아, 그럼. 적어도 개빈은 내가 가능한 가장 좋은 방향으로 전보를 작성하도록 양해하고 있다. 암살의 위험은 이스탄불에 살고 있는 모든 체첸 저항군에게 도사리고 있다. 러시아가 도쿠를 죽인 건 순전히 그들 사이의 문제일 뿐이다.

나는 그의 부재를 슬퍼했다. 또한 그의 여동생과 조카의 죽음을 애도했다. 그들은 이 모든 일의 무고한 피해자였으며 끊임없는 분쟁의 소용돌이 속에서 부수적인 희생자였다.

*

다음 날 아침 런던으로 가는 비행기에서 아즈마와 그녀의 어린 딸이 떠올랐다. 이스탄불 시체 안치소에 누워 있는 그들의 불에 탄 시신은 수시로 나타나 나를 괴롭히는 너무도 많은 또 다른 희생자와 아이들의 환영처럼 나의 기억 속에 새겨졌다. 적과 싸우기 위해선 적의 수법을 알아야 하고, 그들과 같은 인식을 가져야 그나마 그들에게 맞설 수 있었다. 하지만 그런 인식들이 나를 마모시키고 세상을 바라보는 나의 시각을 오염시켰다. 터키항공 기내를 둘러보았다. 와인을 마시는 승객들이 보이는 대신 로커비에서 만신창이가 된 시체들이 떠올랐다. 대니의 아파트로 택시를 타고 가면서 런던의 거리를 바라보는데 그로즈니의 수많은 폭탄에 의한 분화구들이 떠오른다.

한때는 그 모든 것을 떨쳐버릴 수도 있었지만 지금은 다시 그 악몽들이 나를 따라다니고 있다.

그의 아파트에 도착한 시간은 아직 대니의 근무 시간이었기 때문에 나는 비밀번호를 누르고 혼자 아파트로 들어갔다. 이제 막 이사를 온 이 아파트엔 화강암으로 된 조리대가 반짝이고 있었고, 거실 창은 건물의 정원을 조망하고 있었다. 나는 여전히 페인트 냄새가 나고 있는 집안을 감탄하며 둘러보았다. 이곳은 대니가 사는 곳이라고 느껴지지 않았다. 나이츠브리지의 상류층 거주 지역인 이곳은 확실히 펍과 카레식당이 즐비했던 활기찬 거리의 브릭스턴에 있던 이전의 아파트 느낌과는 전혀 달랐다.

거실 벽에 액자가 걸려 있었다. 한 장은 바르셀로나에서 사랑에 빠진 한 쌍의 여행객 모습의 나와 대니이다. 다른 한 장은 3년 전 뇌졸중으로 돌아가신 대니의 어머니 사진이다. 나는 줄리아 갤러거를 잘 알진 못했지만, 짧은 만남을 통해 그녀는 내가 자신의 아들에게 적합한 여성이라고 판단했던 것 같다. "넌 아들이 나에게 말해준 유일한 여성이란다." 대니의 어머니는 나에게 말했다. "내가 생각하기엔 네가 아들을 행복하게 만들어줄 유일한 사람 같구나." 어머니는 우리의 만남에 축복을 내려주었지만 그것이 거짓에 근거를 두었다는 걸 모르셨다. 어머니에게 내 자신에 대해 한 말 중 사실이 거의 없다는 것을 알면 뭐라고 하실까……. 미안하고 생각하기도 싫다.

대리석으로 마감된 욕실에서 세면도구를 풀고 옷을 벗고 샤워를 했다. 거울에 비친 모습을 보니, 비행 후의 피곤함으로 지쳐 보이는 게 신경 쓰였다. 세월의 흐름은 막을 수 없는 듯 눈썹 주변에 깊어져 가는 주름과 관자놀이 근처의 흰머리가 눈에 띄었다. 25살 때만 하더라도 이런 얼굴을 보게 될 거라고 생각하지 못했다. 나는 주름이 생기기 전 '작전 중 사망'이라는 낭만적 상상을 했지만, 42살이라는 나이를 구석구석까지 확인하며 지금까지 오고 있다. 치열하게 산다는 것이 일찍 죽는다는 것을 의미하지만은 않았다. 때로는 그 힘든 세월이 자신의 얼굴에 고스란히 드러난다는 의미일 뿐일 수도 있다.

어쩌면 지금이 변화를 위한 적절한 때일 수 있다. CIA를 떠나 대니의 세계로 들어갈 수도 있다. 인정하고 싶진 않지만 도쿠의 암살은 나의 마음을 흔들어 놓고 있다. 왜냐하면 내가 도쿠와 마지막으로 대화를 나눴던 사람일 것이고, 가장 좋아하는 클럽 앞에서 죽어가던 그가 자꾸 생각나기 때문이다. 나는 단지 그 전쟁에 지엽적으로 관여되어 있지만 그 전쟁의 전투원 중의 한 명인 건 사실이다.

"매기? 어디 있어?" 대니가 도착했다.

나는 수건 하나 걸치지 않은 알몸으로 욕실 밖으로 나갔다. 그는 웃으며 날 끌어당겨 들어 올렸다. 서로의 품에 안긴 지 4개월이 지났지만 시간이 전혀 흐르지 않은 것 같았고, 흩어져 있던 퍼즐 조각들이 다시 맞물리듯 우리의 몸은 서로에게 밀착했다. 서로에게 충실해야 한다는 약속을 한 적은 없지만 우리가 만난 이후의 시간 동안 다른 그 누구에게도 끌려본 적이 없었다. 4개월의 굶주림 끝에 나는 그를 삼킬 준비가 되었다.

"나 보고 싶었어?" 그가 속삭였다.

"넌 상상도 못할 만큼."

"맞아, 그럴 거야."

우리는 침실로 가는 동안 키스를 나누며 옷을 벗었다. 나는 욕망의 안갯속에서 그의 셔츠가 바닥에 떨어지고, 그가 바지를 걷어차고 비틀거리며 침대로 걸어가는 것을 지켜보았다. 그의 머리카락에 흰 가닥들이 생기기 시작했지만 여전히 내가 방콕에서 만났던 대니이고 삶에 대한 굶주림과 나에 대한 굶주림을 잃지 않은 그 사람이었다. 그의 침대에 올라탔을 땐 충분히 흥분한 상태였기 때문에 몇 번의 밀어붙임만으로도 나는 이미 절벽 아래로 떨어질 준비가 되어있었다.

　울부짖음과 함께 나는 절벽 밑으로 떨어졌다. 박동이 느려지고 숨이 깊어지는 것을 느꼈다. '내 사랑 대니, 얼마나 보고 싶었다구.'

　우리는 서로를 감싸안고 퇴근길 교통 체증 소리를 들으며 방 안에 그림자가 드리우는 것을 지켜보았다. 이스탄불로 다시 돌아가기 전까지 우리가 함께할 날과 밤을 세어보다가 어느새 기쁨이 흐릿해졌다. 우리의 이런 일시적인 재회는 항상 기쁨과 슬픔의 시소게임 같았다. 이번에는 슬픔이 더 깊게 느껴진다. 이번에는 떠나고 싶지가 않았다.

　"나는 먼저 저녁을 먹으러 갈 계획이었어." 그가 말했다. "제대로 로맨틱한 방식으로 당신을 침대에 눕히려고. 그런데 당신이 거부할 수 없는 모습으로 욕실에서 나타나는 바람에 내 모든 계획을 망쳐버렸어. 이 음란한 계집."

　"난 예측 가능한 사람이 되고 싶지 않아."

　"백만 년 동안은 안돼." 잠시 멈췄다가 좀 더 부드럽게 그가 말했다. "나는 항상 당신이 그리워, 매기. 언제쯤 이걸 그만둘 수 있을까?"

　"사랑 나누기를?"

　"아니, 아니. 이건 아무리 봐도 말도 안 되는 일이야. 나는 여기 있고, 당신은 이스탄불이나 아니면 당신이 일하게 될 어디든 있을 거고. 왜 당신과 함께 있으려면 항상 지옥 같은 히스로 공항을 거쳐야 하는 거지?"

　"내 직업이…"

"런던에도 일자리는 있어."

"미국인을 위한 많은 불필요한 요식 절차들도 함께."

"우리가 결혼하게 되면 아무 문제도 되지 않을 거야."

나는 그대로 있었다. 우리는 결혼이라는 주제를 화제에 올린 적이 없었다. 지난 6년 동안 우리는 영원한 정착에 대한 어떤 생각도 없이, 함께할 다음 휴가, 다음 모험 이외에는 어떤 고려도 하지 않고 우리의 삶을 곡예하듯 살아왔다. "대니 갤러거, 나에게 청혼하는 거야?"

그는 웃었다. "누구도 흉내 낼 수 없을 만큼 서투른 내 방식대로는… 맞아, 그래. 당신이 듣고 싶어 하는 말이 아니라는 것을 알지만 어쩔 수 없이 해야 할 말이야."

"왜 어쩔 수 없는 거야?"

"당신이 떠나버리는 게 싫으니까. 아침에 당신 없이 깨어나는 게 싫으니까. 그리고 우리의 남은 삶도 이렇게 흘러갈 거라고 생각하는 게 싫으니까."

나는 머리를 강타당한 듯한 멍한 느낌으로 아무 말을 하지 못했다. 고통스러울 정도의 긴 침묵 후에 그는 내가 의도치 않게 그에게 입힌 모든 상처들로부터 자신을 보호하려는 듯 일어나 등을 돌리고 침대에 걸터앉았다. 나는 그에게 손을 뻗어 그를 만졌고 그의 근육은 나의 접촉에 긴장한 듯 경직되었다.

"미안해." 내가 속삭였다. "그렇게 힘들어하는 줄 정말 몰랐어."

"그럼 당신은 그러지 않았어?" 그가 나를 바라보았다. "서로를 보지 못하고 몇 달씩 지내는 게 당신은 힘들지 않았어? 다른 커플들이 가진 게 우리에겐 없어도 괜찮은 거야? 함께 사는 집, 고양이와 함께하기 적당한 집 말이야. 어쩌면 아이도 함께."

"오~ 대니."

"아냐, 괜찮아. 당신이 원하는 게 아니라는 거 알아."

"난 그런 말 한 적이 없는데."

"그럴 필요 없어. 이해해." 대니는 일어나 옷을 입기 시작했다. 어둠이 깊어지는 가운데 그의 하얀 셔츠가 유령처럼 펄럭였다. "당신은 당신의 직업을 사랑해. 당신은 당신을 끌어내릴 닻을 원치 않아. 하지만 매기, 나는 닻을 원해. 나의 엄마와 아빠가 그랬던 것처럼 내 인생을 다른 누군가와 연결하고 싶어. 그들의 삶을 함께 지켜보았다면 내가 무슨 말을 하고 있는지 알 수 있었을 텐데. 부모님은 부자도 아니었고 항상 빚을 떠안고 살았지만, 하지만…… 그들에겐 서로가 있었어." 대니는 셔츠의 단추를 모두 채우고 어깨를 축 늘어뜨린 채 침대에 다시 앉았다. "더는 못 버티겠어, 매기. 지금 이대로의 상황으로는."

거리의 웃음소리가 희미하게 들려오지만, 고통스러운 정적에 휩싸인 우리에게는 터무니 없고 거슬리는 소리로 다가왔다.

"내가 정말 그 사람이라고 생각해, 대니?" 내가 물었다.

"그래."

"하지만 당신은 나를 거의 모르잖아. 우리는 일 년에 몇 번밖에 만나지 않았어."

"그럼 같이 살아가면서 서로를 알아 가면 되지. 당신이 런던으로 오든 내가 이스탄불로 이사를 가든."

"갈렌에서의 일을 그만두겠다고?"

"난 어디서든 의사를 할 수 있어. 모두 똑같은 환자야."

"날 위해 모든 걸 포기하겠다고? 월급도 이 아파트도?"

"매기, 난 난민 치료 텐트에서 살았어도 정말 행복했어. 이 아파트는 내 것이 아니야. 갈렌의 것이지. 난 이 아파트를 그리워하지 않을 거야. 그리고 자기들이 코만 훌쩍거려도 내가 뛰어갈 거라고 생각하는 거만한 얼간이들을 그리워할 일도 없을 거고. 우리가 함께할 수 있을 거라면 나는 기꺼이 그 일을 그만둘 거야."

그의 목소리에서 괴로움을 들을 수 있었다. 내가 일에 지친 것처럼 그도 일에 지친 것 같았다. 이 얼마나 멋진 한 쌍인가, 스스로가 가둔 상자 안에서 벗어나기를 열망하고 있는. 그의 아내로 이 아파트에 정착하는 것을 생각해 보았다. 크든 작든 살면서 해야만 했던 모든 기만을 멈추고 한 번쯤은 진실한 삶으로써의 대니 갤러거의 아내. 나는 대영박물관을 하루 종일 맘껏 둘러보거나 누가 쫓아오는지 신경 쓰지 않고 템스강의 강변을 거니는 내 모습을 상상해 보았다.

그가 한숨을 내쉬었다. "미친 생각이었어. 내가 당신을 너무 밀어붙…"

"그래, 좋아."

그는 고개를 돌려 나를 쳐다보았다. "뭐?"

"런던으로 이사 올 테니 같이 살자. 결혼하자고."

그리고 그렇게 합의를 이루었다. 즉흥적인 결정처럼 보이지만 사실은 그렇지 않았다. 이제 나는 한계의 절정에 와있다. 도쿠의 암살. 거울에 비친 나 자신의 피곤한 얼굴. 세상의 거대한 계획에서 내 임무가 별다른 차이를 만들지 못한다는 슬픈 사실을 받아들인 것. 전쟁은 여전히 일어나고, 전쟁 속의 삶들은 여전히 무너지고 있으며, 정보원을 통해 수집한 모든 정보의 잡동사니들, 내가 쓴 모든 전보들은 단순히 정부라는 기계로 투입되어 잘근잘근 씹혀 퇴비로 만들어질 뿐이다. 마치 도쿠의 시신처럼. 내가 만들어 가야 했던 거짓 인간관계와는 달리 대니는 진짜이다. 우리가 공유하고 있는 것은 진짜이다.

"진심이야?" 그가 물었다. "정말?"

"그럼, 정말, 정말, 정말로."

그는 두 팔로 나를 감싸안고 긴 포옹을 했다. 나의 뺨에 닿는 그의 눈물이 느껴졌고 나 역시 행복의 눈물을 흘렸다. 정말 오랫동안 해보지 못했던 것들이다.

여기가 내가 속한 곳이야. 대니와 함께.

＊

일주일 후 이스탄불로 돌아가는 비행기에 탑승할 때쯤에는 이미 사직서를 머릿속에 작성해 두었다. 사임은 단순히 사직서 한 장을 본부에 보내는 것으로 끝날 만큼 간단치 않다. 지난 3년간 이스탄불에서 키워온 모든 정보원에 관한 보고와 인수인계가 이루어져야 한다. 지난 달은 내가 CIA에 입사한 지 21주년이 되는 달이었기 때문에 55세가 되면 연금을 수령할 수 있게 된다. 이 시기는 많은 공무원들이 퇴직을 하고 인생의 다음 단계를 시작하기로 결정할 합리적인 시기이다. 나의 새로운 삶은 런던에서 의사의 아내로 사는 것이다.

공항에서 아파트로 가는 택시를 타면서 벌써부터 마음속으로 이스탄불과 작별 인사를 하고 있었다. 그동안 많은 도시에서 작별을 고했지만 이번 작별은 특별히 더 씁쓸하면서도 달콤하다. 그들의 역동적인 에너지, 유서 깊은 역사, 친절함, 나는 이 모든 것들을 가진 이스탄불을 사랑했다. 하지만 대니를 위해, 무언가 더 나은 것을 위해 이곳을 떠나는 것이므로 씁쓸함보다는 달콤함이 더 크게 느껴졌다. 휴가 때 대니를 데리고 꼭 다시 방문하리라 다짐했다. 나는 그를 내가 가장 좋아하는 식당인 이스티클랄 거리의 코프타로 데려갈 것이다. 그리고 달콤한 라키 두 잔을 주문하고 고소한 이스칸데르와 피데, 부드러운 양고기 꼬치를 맛보는 대니를 지켜볼 것이다.

택시가 건물 앞에 나를 내려주었을 때는 거의 자정에 가까웠다. 길 건너 커피숍은 불이 모두 꺼져있고 호들갑을 떨던 아주머니는 어디에도 보이지 않았다. 한 주 동안 도시를 떠나 있었던 탓에 그녀의 스케줄도 역시 뒤엉켰을 것이고, 이번 만큼은 등 뒤의 늙은 숙녀의 눈길을 느끼지 않고 건물로 들어갈 수 있게 되었다. 계단은 어두웠고, 1층에서 스위치를 누르자 2층으로 올라갈 수 있을 만큼만 계단에 불이 켜졌다. 2층에 올라 막 열쇠를 꽂으려고 할 때, 계단 타이머 스위치의 불빛이 꺼져버렸고 나는 어둠 속에 서있게 되었다. 절전이라는 헛소리는 집어치우라지, 나는 미국식 전력 소비를 즐기는 사람인가 보다. 겨우 열쇠를 꽂고 문을 열어 여행 가방을 끌고 아파트 안으로 들어가 벽면 스위치를 더듬다가 순간 얼어붙어 버렸다.

뭔가 잘못되었다.

너무 어두워서 가구의 실루엣조차 식별이 되지 않았지만 왠지 모르게 혼자가 아니라는 느낌이 들었다. 낯선 샴푸 향이 났고 희미하게 내쉬는 숨소리가 느껴졌다. 누군가가 내 아파트에 있다. 미친 듯이 어둠 속을 응시해 보지만 누구도 볼 수 없었다. 단, 그 냄새와 소리만을 느낄 뿐이다.

"놀랄 필요 없어, 매기." 익숙한 목소리가 들렸다. "우리뿐이야."

"개빈? 대체 여기서 뭐 하는 거죠?"

"우리가 당신과 얘기하는 게 들키면 안돼."

'우리?' 마침내 벽면 스위치를 찾아 불을 켰더니 안락의자에 앉아 있는 개빈을 발견할 수 있었다. 책장 옆에 서있는 금발의 여자와는 달리 그는 몸이 뻣뻣해 보이고 마음이 편치 않은 상태로 보였다. 그녀는 20대 후반 정도로 보였고 검은색 터틀넥은 백금색 머리와 대조를 이루었다. 한 번도 본 적이 없는 여성인데, 초대도 받지 않고 당당히 서있는 모습이 벌써부터 마음에 들지 않았다. 마치 내가 해부해야 할 표본인 양 쳐다보는 시선도 날 불편하게 했다.

개빈을 향해 말했다. "저 여자는 대체 뭐죠?"

"매기, 예상치 못한 일이라는 거 알아. 이런 식으로 연락을 취하는 게 미안하지만 혹시 당신이 감시당하고 있는지 알 수 없어서."

"제 아파트에 침입한 거라고요. 정말 간 떨어질 뻔했어요."

"어쩔 수 없었어요." 그 여자가 말했다. "아무도 제가 이스탄불에 있는 걸 몰라야 해요." 그녀는 침착하게 내게 다가왔다. 그녀는 적어도 나보다 10년은 어렸지만 상황을 통제하는 사람처럼, 조용하지만 자신감 있게 움직였다. 그리고 그것이 나를 불안하게 만들었다. 내가 이 상황을 통제하는 사람이 아니라는 의미이다.

"다시 묻겠습니다. 당신은 누구죠?" 내가 말했다.

"다이애나 워드."

"실명? 아니면 가명?"

"별로 중요하지 않아요. 이건 나에 관한 일이 아니니까요. 당신에 관한 일이에요."

나는 개빈을 바라보았다. "당신은 무슨 말인지 알고 있어요?"

그가 한숨을 쉬었다. "불행히도, 그래."

"대니 갤러거에 대해 말해주세요." 다이애나가 말했다.

갑작스런 주제 전환으로 나의 시선은 재빠르게 다시 그녀를 향했다. "뭐라고?"

"대니 갤러거. 당신이 정기적으로 런던에 방문해서 만나는 남자 말입니다. 지난 6년 동안 반복적으로 만났던 남자. 바르셀로나, 로마, 파리 등등 여러 곳에서요."

"본부에서는 대니에 대해 모두 알고 있어요. 그를 만나기 시작했을 때 본부에 알렸어요." 그것은 우리가 연애를 시작할 때면 해야 할 절차였다. 함정은 어디에나 있으며, 잘못된 사람과 사랑에 빠지게 되면 정보원과 작전 모두를 위험에 빠지게 한다. "내가 그를 만나는 것에 대해 본부는 어떤 반대 견해도 없었어요. 그리고 나도 역시 개인적으로 그의 신원을 조회했고요. 그는 자신이 말했던 그 사람 그대로였어요."

"네, 그는 레스터에서 태어났죠. 지금은 두 분 모두 고인이 되신, 술집 주인 프랭크 갤러거와 그의 아내 줄리아 사이에서 외동 아들로 태어났죠. 구호단체인 크라이시스 인터내셔널에서 의사로 5년간 활동했고 지금은 런던에서 일하고 있고요. 겉으로 보기에는 그는 완벽히 결백한 것처럼 보여요. 그렇기 때문에 본부에서도 아무런 위험 신호를 보내지 않았던 겁니다."

"그런데 왜 지금 그 사람에 대해서 물어보는 거죠?"

"러시아의 암살로 추정되는 당신의 정보원 도쿠의 죽음 때문입니다."

"네, 저도 역시 그렇게 예상했습니다."

"당신은 그의 담당관이었어요. 그가 살해되었을 때 당신은 그와 100미터 이내에 있었습니다. 그래서 우리는 당신이 약한 고리가 아닌가 궁금해지기 시작했습니다. 그래서 본부에서는 저에게 당신이 누군가와 관계를 맺고 있는지 좀 더 자세히 살펴봐 달라고 지시했어요."

"잠깐만요. 제가 지금 러시아를 위해 일한다는 혐의를 제기하려는 건가요?"

"반드시 당신일 필요는 없죠. 가령 당신과 가까운 사이의 누군가일 수도."

"대니?" 나는 피식 웃었다. "정말, 잘못짚어도 한참을 잘못짚었네요. 당신은 대니가 누군지 전혀 모르시네요."

그녀는 내 눈을 똑바로 바라보았다. "당신은요?"

14장
-

　잠시, 정말 잠시 동안 그 짧은 한마디가 나를 흔들었다. 그러다 내가 사랑하게 된 남자, 남은 평생을 같이할 남자를 생각하니 내 발밑의 땅을 단단히 딛고 맘을 굳건히 하게 되었다. "그의 이름이 대니 갤러거이고, 레스터에서 그가 말한 부모님 사이에서 태어난 것도 확인했고요. 그럼 내가 놓친 게 뭐죠?"

　"그가 하는 일입니다."

　"대니는 의사입니다. 나 역시 확인 했고요. 나는 그가 환자를 치료하는 모습을 직접 목격했어요. 식당에서 한 남자의 생명을 구했어요, 실제로요."

　"그럼, 그의 환자에 대해 얘기해 보죠."

　그녀의 목소리가 불길하게 들렸다. 여기서 모든 것이 무너질 것만 같았다. 내 시야에서 벗어나 있던 진실이 도사리고 있을지도 모른다.

그녀는 커피 테이블 위에 노트북을 올려놓고 화면에 나와 있는 사진을 보여주려 노트북을 내 쪽으로 돌렸다. 검은색 넥타이를 매고 비슷한 스타일의 옷으로 잘 차려입은 사람들과 함께 서 있는 대니의 사진이었다. 대니의 옆에는 깊게 파인 붉은색 드레스를 입은 짙은 눈동자의 미인이 서 있었다. 그녀는 환한 웃음을 머금고 대니를 바라보고 있었다. 대니의 반대편에선 50대의 두 남성이 샴페인 잔을 들고 있었다. 누구도 카메라를 의식하지 않았다. 그것은 이 사진은 포즈를 취한 사진이 아니라 사진에 찍힌 그들이 촬영되고 있다는 사실을 모르고 있다는 의미이다.

"이 사진은 7개월 전에 찍은 것입니다." 다이애나가 말했다. "스위스 로잔에서 있었던 개인 리셉션에서 찍힌 겁니다. 이 사람이 대니 갤러거 맞죠?"

"네." 목이 너무 말라 침조차 삼킬 수 없이 중얼거렸다. "이 사람들은 누구죠?" 나는 그렇게 물었지만 내가 정말 알고 싶은 것은 '저 여자는 누구인가?'였다.

"오른쪽의 키 큰 남자는 52세 영국인 필립 하드윅입니다. 검은 머리의 여성은 그의 정부인 실비아 모레티, 26세 이탈리아 사람."

대니가 아닌 다른 남자의 여자군. 하느님 감사합니다, 대니가 아니라서. 그 정보를 듣고 너무 안도한 나머지 다이애나가 다음에 한 말의 충격이 즉시 다가오지 않았다.

"그리고 저 덩치 큰 남자가 사이먼 포토예프입니다. 익숙한 이름일 겁니다."

나는 다이애나를 바라보았다. "포토예프?"

"약 20억 달러의 재산이 있다고 알려졌지만, 많은 재산이 외국

은행 계좌에 숨겨져 있기 때문에 우리는 그가 얼마나 많은 돈을 가졌는지 정확히 알지는 못합니다."

모든 게 말이 안되기 시작했다. 왜 그녀가 나에게 이런 말을 하는 건지. 러시아가 도쿠를 죽였고, 그 사건 7개월 전에는 대니가 러시아 유력 정치인과 샴페인을 마시고 있었다. 어떤 연관도 없으리라 확신하지만 이것이 정보국에는 어떻게 보일지는 알고 있다.

"갤러거 박사는 당신이 이스탄불에서 어떤 일을 하는지 알고 있나요?"

"유로파에서 수출입 담당자로 일한다고 말했죠."

"그는 당신 일의 본질을 알고 있나요?"

"아뇨."

"당신의 정보원에 대해 어떤 정보라도 말한 적이 있나요? 도쿠라는 이름을 언급한 적이나?"

"아니라고요. 젠장, 내가 그렇게 멍청해 보여요?"

"그런데 여기 이렇게 당신 남자 친구가 러시아 유력 정치인과 어울리고 있어요. 그가 이런 얘기를 한 적이 있었나요?"

"그는 일 때문에 스위스에 다녀왔다고 말한 적이 있어요. 가끔은 환자가 여행할 때 동행해 달라는 요청을 받기도 합니다."

"그가 그 환자에 대해 어떤 말을 하던가요?"

"어떤 것도요. 그는 신중한 사람이에요. 그가 일하는 병원은 환자의 개인 정보에 대해 엄격해요."

"그 병원이 갈렌 메디컬 컨시어지를 말하는 건가요?"

"네, 돈만 있으면 런던 최고의 의료 서비스를 24시간 어디서든 이용할 수 있죠. 약간의 추가 비용을 내면, 전 세계 어디든 출장이

나 여행에 동행해 주기도 합니다."

"꽤 괜찮은 직업처럼 보이네요."

"고객들은 최고를 요구하고 그에 대한 대가를 지급합니다."

"동반 여행을 하는 경우, 고객들이 정말로 의사가 필요하기 때문인가요?"

나는 개빈을 바라보다 다시 다이애나를 바라보았다. "무슨 뜻이죠?"

"어쩌면 방콕에서 갤러거 박사와의 첫 만남은 우연이 아닐 수도 있지 않았을까요? 어쩌면 당신은 전리품일지도 몰라요."

지금까지는 두 발로 서서 들을 수 있었다. 하지만 지금 촛불 두 개가 녹아내리는 것처럼 두 다리가 흔들리며 소파에 주저앉게 되었다. 만약 내가 대니에게 속고 있었다면 내 임무의 판단에 어떤 영향을 미쳤을까? 내가 또 다른 실수를 저지르진 않았을까? 나는 미친 듯이 우리가 처음 만났던 방콕의 뜨거웠던 날로 기억을 되돌렸다. 왕랑 푸드 마켓, 우리가 앉았던 작은 플라스틱 의자. 우리의 첫 만남 이후 서로를 갈구하는 커플로 지냈던 런던, 스페인, 포르투갈 시절은 빨리 감기로 넘긴다. 가장 최근에 그를 만났을 때로. 내가 과연 적에게 도움이 될 만한 말을 그에게 한 적이 있었나? 내가 다루고 있던 정보원이나 내가 참여한 작전에 대한 어떤 힌트라도 흘린 적은 없었는가?

아니, 난 그렇게 부주의하지 않다. 나는 대니를 안다. 나는 온 마음과 영혼을 다해 그를 아주 잘 알고 있다.

나는 그녀의 시선을 정면으로 마주했다. "대니는 정확히 보이는 그대로입니다. 러시아 정보원이 아니라구요. 그는 의사이고 매우 좋은 사람입니다. 러시아가 그를 고용할 이유도 없어요."

"그가 낚을 수 있는 누군가 때문이죠."

"나를 뜻하는 건가요?"

"고려해 볼 만한 선택지입니다."

"제가 그들에게 노출된 건가요?"

다이애나는 잠시 나를 바라보다가 어깨를 으쓱했다. "우리가 알기로는 당신의 위장은 아직 온전하고, 유로파가 노출되었다는 징후도 없어요. 그들이 당신이 우리 쪽 사람이라는 사실을 알았다면 진작 죽였을 겁니다. 아니면 당신을 전향시키려 했거나요."

"아직은 두 가지 모두 나에게 일어난 일은 아니군요."

다이애나는 내가 거짓말을 하는 건 아닌지 눈치를 살피는 것 같았다. 내가 이미 전향했을 수도 있다. 어쩌면 난 이미 배신자일지도 모른다. 내 눈에서 진실을 읽을 수 있기를 바라며 다이애나를 쳐다보았다.

"내가 모스크바를 위해 일한다고 생각했다면 당신은 여기 오지 않았겠죠. 이런 얘기도 전혀 할 필요가 없을 테고." 내가 말했다.

감지할 수 없을 정도의 작은 끄덕임을 보이는 개빈을 그녀가 바라보았다. 그리고 다시 나를 바라볼 때 입가에 희미한 미소가 번졌다. 이번 방문의 진짜 목적이 곧 드러날 거라는 일종의 경고일까.

"대니 갤러거와의 관계는 우리에게 소중한 기회를 열어줍니다." 그녀는 말했다. "그가 의사라는 사실 덕분에 우리가 정보를 필요로 하는 사람들과 가까이 지낼 수 있어요. 저 사람부터 시작하죠."

다이애나는 노트북 속의 사진을 가리켰다.

"포토예프?"

"아니요, 필립 하드윅."

나는 눈살을 찌푸렸다. "당신이 말했잖아요, 그는 영국인이라고."

"맞아요. 하지만 그는 많은 러시아 유력 정치인들의 친구이기도 합니다. 그들은 매년 수억 파운드의 자금을 러시아 밖으로 빼내야 합니다. 하드윅은 그들이 그 자금을 영국 자산으로 전환되도록 돕고 있어요. 레스토랑, 호텔, 고층 빌딩. 이것들은 영국 이름처럼 보이는 해외 기업이나 컨소시엄에 의해 소유되고 있지만, 실은 러시아인이 소유하고 통제합니다. 그리고 하드윅처럼 기계에 기름칠해 주는 사람들은 한몫 단단히 챙겨 자기 주머니를 두둑이 채우죠."

"런던의 빨래방이군."

다이애나는 고개를 끄덕였다. "이런 종류의 부패는 최고위층까지 이어져 있기 때문에 우리가 손댈 수가 없어요. 너무 많은 돈과 권력자들이 연루되어 있습니다. 영국 당국은 이를 차단할 수도 없고, 차단하려 하지도 않을 겁니다. 그리고 하드윅을 무너뜨리려 했던 사람들은…" 그녀는 고개를 저으며 다시 말을 이었다. "그들에게 좋은 결과로 이어지지 않았어요."

"그들에게 무슨 일이 일어난 거죠?"

다이애나가 노트북에 타이핑을 하자 새로운 사진 한 장이 나타났다. 단조롭지만 유쾌해 보이는 얼굴을 한 맞춤 정장을 차려 입은 중년의 남성 사진이었다. 그는 딱 은행원처럼 보이는 은행원이었다.

"런던 은행의 프레드릭 웨스트필드." 개빈이 말했다. "다이애나가 나에게 짧게 이번 건에 대해 브리핑해 줬어. 5개월 전, 웨스트필드의 시신이 세인트 알반스에서 발견됐어. 불에 탄 자신의 차 재규어에서. 양손과 발은 죽기 전에 분쇄되었고 폐에는 연기가 가득했지. 부검 결과, 그는 고문을 당했지만 차에 불이 났을 때는 여전히 살아있었던 것이 분명해 보여. 당국은 그의 죽음을 단순 사고사로 결론내렸어. 놀랍고도 놀랍지."

다이애나는 정장 차림의 또 다른 수려한 외모의 남성이 찍힌 다음 사진을 클릭했다. "HSBC의 콜린 채프먼." 개빈이 말했다. "10층의 사무실에서 추락, 자살로 결론." 키보드를 한 번 더 클릭하자 실크 스카프를 곱게 묶은 마흔 정도 여성의 미소 띤 사진이 이어졌다. "안젤라 맥폴, 하드윅의 조직에서 일하는 회계사. 머리에 총알 두 발을 맞고 집에서 숨진 채 발견됐다. 경찰은 미수에 그친 강도 사건이라고 했지만 도난당한 건 아무것도 없었어. 이세 사람의 공통점이 뭔 줄 알아? 필립 하드윅의 재정 관련 내부 정보를 알고 있다는 공통점이지. 그리고 그들은 영국 정보기관과 그 정보를 공유하고 있었어."

다이애나가 키보드를 클릭하자 마지막 사진이 나타났다. 이번에는 하드윅이 강렬한 눈빛으로 카메라를 응시하고 있었다. 포즈를 취한 사진이었다. 사진일 뿐이었는데도 화면을 통해 그가 나를 바라보고 있는 것만 같은 느낌이 들었다.

"이 사람이 바로 우리가 상대해야 할 사람입니다." 이번엔 다이애나가 설명했다. "하드윅은 이 모든 암살을 직접 지시했을 것이고, 우리가 평가하는 그의 성격으로 미루어 보면, 그는 그저 이 모든 것이 사업 활동의 일부라고 생각하고 있을 겁니다."

"그 평가에 대해 좀 더 자세히 말해줘요." 내가 말했다.

"보고서 전문을 보실 수 있을 거예요. 한마디로 공격성과 나르시시즘에서 최고 점수를 받았다고 정리할 수 있겠네요. 높은 지능과 연결되어 매우 위험한 인물입니다. 이튼에서의 학교생활기록부를 보면 선생님들조차 겁을 먹었을 정도의 무자비한 면모를 드러내죠. 다른 누군가가 어떤 희생을 치르든, 그는 자신이 원하는 것이 있으면 반드시 가지려 하는 사람으로서 통제가 필요해 보입니다."

나는 하드윅의 사진을 계속 바라보고 있었다. 지금으로썬 그의 명령으로 살해당한 사람은 세 명이라고 알고 있다. 우리가 모르는 사람은 얼마나 더 있을까?

"이 모든 것에 대한 우리의 지분은 뭐죠?" 내가 물었다. "영국이 직접 나서서 해결하지 않는데 왜 우리가 나서야 하는 거죠?"

"세탁된 루블화가 식당이나 부동산 외에 더 많은 것을 사들이고 있기 때문입니다. 그중 많은 돈이 가장 수익성이 높은 사업에 투자되고 있죠."

"무기." 내가 말했다.

다이애나는 고개를 끄덕였다. 우리 둘 모두 전쟁도 사업이라는 사실을 알고 있다. 또한 다른 사업처럼 탄탄하고 지속적인 공급망이 필요하다는 것도 알고 있다.

"이게 대니와 무슨 관계가 있는 거죠? 그는 많은 돈을 벌고 싶어 하는 사람이 아니에요. 그는 단지 의사일 뿐입니다."

"바로 그 부분에서 우리가 기회를 포착한 겁니다. 필립 하드윅은 어렸을 때부터 발작 장애를 앓고 있었다는 사실을 알아냈어요. 발작이 잘 조절되지 않아서 그는 런던을 떠나야 할 상황이면 항상 의사와 동행합니다. 갤러거 박사는 여러 번 그와 동행했기 때문에 하드윅과는 매우 친밀한 관계를 맺고 있죠. 그리고 당신은 갤러거 박사와 친밀한 관계를 맺고 있고요. 우리가 바랄 수 있는 최고의 상황입니다."

"대니를 이용하길 바라는 건가요?" 나는 고개를 저었다. "나에게 너무 무리한 요구를 하는 거 아닌가요."

"이와 관련한 얘기가 없었다면, 그와 어떤 계획을 갖고 있었죠?"

"그와 결혼하기로 했어요."

"우리는 당신들이 계획을 바꾸라고 요청하는 게 아니에요. 그저 그와 함께 있을 때 눈과 귀를 열어달라는 것입니다. 필립 하드윅과 그의 주변 정치인들에 대해 알게 되는 정보가 있으면 우리에게 전달해 주세요. 이 정도면 무리한 부탁은 아닌 것 같아요. 배신도 아니고요. 선량한 미국인으로서 당신의 역할을 기대하는 겁니다."

"당신들이 원하는 것을 내가 주게 되면 그럼 어떻게 되는 거죠?"

"남편과 함께 석양 속을 거닐며 행복하게 살게 되겠죠. 그는 아무것도 모르고 당신 혼자만 간직하게 된다면요. 세상을 좀 더 안전한 곳으로 만들 수 있을 거예요."

"그게 다예요?"

"네, 그것뿐이에요. 하드윅이 누구와 관계를 맺고 있는지, 돈의 출처는 어디인지. 그리고 가능하다면 갈렌의 다른 환자에 대해서도 알아봐 주세요. 그들 중에 러시아 정치인들이 몇 명 있을 겁니다. 그들의 이름, 건강 상태, 우리가 이용할 수 있는 아킬레스건이 될 수 있는 모든 것들을 찾아주세요."

"병원 데이터베이스에 침투하려면 대니의 도움이 필요할 거예요."

"안 돼요. 그는 알면 안 돼요. 누구도 알아선 안 됩니다. 이건 우리들만 아는 비밀입니다."

개빈을 바라보니 그가 고개를 끄덕였다. "그렇게 해야 해."

"본부는요? 그들도 이 계획을 알고 있을 거 아니에요?"

"몇몇만 알고 있어요." 다이애나가 대답했다.

나는 얼굴을 찡그렸다. "본부도 못 믿는다는 건가요?"

다이애나와 개빈이 서로 눈빛을 교환했다. "그게 더 현명한 방법일지도 몰라요." 다이애나가 말했다. "분명 영국 정보기관을 끌어들이려 할 거예요. 그런 위험을 감수할 수는 없어요."

"영국을 믿지 못하는군요."

"생각해 봐요, 매기. 두 명의 은행원과 한 명의 회계사가 죽었어요. 영국 정보기관의 누군가가 그들을 노출시켰을지 알 수 없어요. 이 일은 조용히 처리해야 해요." 그녀는 잠시 멈추었다 말을 이었다. "당신의 목숨이 달려 있을지도 몰라요."

15장

—

현재

롱몬이 이제 사라져간다. 벤과 데클란 그리고 나는 병을 모두
비웠고, 언제 다시 이걸 구매할 수 있을지 모르겠다. 나는 잔을 들
고 남은 몇 방울을 소중히 음미했다. 마지막이라서 더 달콤하게
느껴진다.

"맙소사, 매기." 벤이 말했다. "왜 전에는 이런 말을 안 했어
요?"

"아직 기밀 사항이에요. 말할 수 있는 내용이 아니에요." 나는
빈 잔을 내려놓았는데, 테이블에 부딪히는 쿵 하는 소리가 컸던
지 벤과 데클란이 움찔했다. "이 얘기는 하고 싶지 않았어요." 내
가 부드럽게 덧붙였다. 위스키를 잔뜩 마셨음에도 이 작은 마을
에 무언가 알 수 없는 변화가 찾아오리라는 불안으로 모두들 긴
장하고 있었다. 뭔가 사악한 것이 나의 옛 삶에서부터 여기까지
따라왔다. 우리의 안식처를 위협하는 무언가.

"다이애나는 제 충성심에 의문을 제기하며 작전에 참여하도록 설득했어요. 그녀는 방콕에서 대니를 만난 것이 우연이 아닐지도 모른다는 의심을 품게 만들었어요. 러시아는 대니를 이용해 날 끌어들이려 했을 거고, 그들은 절 포섭할 수 있을 거라 생각한 거죠. 다이애나의 눈에는 제가 다른 쪽을 위해 일할 수도 있다고 생각했던 거예요. 사랑의 함정에 빠진 사람들이 흔히들 하는 실수죠."

나는 벤과 데클란의 표정을 보면서 내 말을 믿고 있는지의 단서를 찾아보았다. 수십 년 전, 우리 셋은 훈련소에서 서로 인연을 맺었고, 몇 개월, 심지어 몇 년을 보지 못했어도 나는 여전히 이들을 나의 가장 친한 친구로 여겼다. 외국의 술집이나 레스토랑에서 오랜만에 만나 우리가 세상을 바꿀 수도 있다고 믿었던 옛 시절의 이야기들을 주로 나누곤 했다. 하지만 우리가 나누지 않았던, 나누지 못했던 이야기들은 다양한 작전의 세부 사항들이었다. 우리에겐 누구와도 공유할 수 없는 삶의 비밀스러운 구석이 항상 존재했다. 배신도 분명 그 비밀들 중 하나일 수 있다.

벤이 코웃음을 쳤다. "당신이 배신할 거라는 바로 그 생각이 너무 터무니없지." 그는 데클란을 바라보다가 다시 나를 바라보았다. "우리가 서로를 믿지 못한다면 누구를 믿어야 하죠?"

"듣기 좋은 말이긴 하지만, 벤, 당신이 더 잘 알잖아요. 우리 모두 알고 있죠. 우린 서로를 믿으면 안 돼요. 우린 그럴 여유가 없죠. 우리의 일에선 아니에요. 나 자신도 믿지 못하는 데요. 내가 만약 가짜 연애에 빠져든 거라면 그것이 나의 판단력에 어떤 영향을 미쳤을까요? 내 판단력이 흐려져 적을 알아보지 못해, 내가 어떤 실수를 저질렀을지, 누군가의 생명을 잃게 하지는 않았을지 모르잖아요?" 나는 자리에서 벌떡 일어나 빈 잔을 싱크대에 옮겼다. 나는 그곳에 서서 어둠을 응시했다. 나는 항상 어둠 속을 살피며 집 근처에 적이 숨어있은 건 아닌지 탐색하곤 한다. "다이애나는 내가 내 자신에게 의문을 품게 만들었어요. 그게 그녀가 살았든 죽었든 신경 쓰고 싶지 않은 이유예요. 잘못된 모든 일들은 그녀로부터 시작된 거였으니까요."

데클란이 침착하게 말했다. "제가 보기엔 다이애나는 자신이 할 일을 한 것 같아요, 매기. 당신이 연루된 남자에 대해 경고한 거였죠."

"사랑에 빠졌었어요." 내가 말했다.

"빠졌다고요?" 데클란이 되물었다.

"네." 나는 고개를 돌려 테이블에 있는 두 남자를 바라보았다. 나는 이 정보를 이들과 공유했던 적이 없다. 그들은 내가 16년 전 CIA를 떠났다는 것, 데클란이 메인주에서 함께하자고 손을 내밀기 전까지 몇 년 동안 황야를 헤매며 뿌리를 내릴 곳을 찾고 있었다는 것만 알고 있다. 나도 그들과 마찬가지로 편집된 기억, 한 번도 공유하지 못한 기억이 있다는 것을 깨달았다. "저는 대니 갤러거를 사랑했어요. 그리고 다이애나는 이스탄불의 제 아파트에서 그는 단순한 저의 연인을 넘어 또한 기회일 수 있다고 말했죠. 저는 선택을 해야 했어요. 나의 조국이냐, 적을 위해 활동할지도 모르는 한 남자이냐. 그 임무는 그를 이용하고 그의 신뢰를 배신할 것을 요구하는 거였죠. 다이애나는 충성스러운 미국인이라면 무엇을 해야 할지를 알 거라고 했어요. 그래서 선택했죠. 고통스러웠지만 나는 해야 할 일을 한 겁니다."

"그를 떠났어요?" 데클란이 물었다.

"아뇨. 그와 결혼했어요."

둘은 침묵 속에서 나를 응시했다. 나는 그들을 쳐다볼 수가 없어 창문으로 다시 돌아섰다. 하지만 레이저처럼 뜨거운 시선이 내 등을 찌르는 것을 느낄 수 있었다. 그들은 나의 가장 오랜 친구들인데, 내가 결혼했다는 사실도, 한 침대에서 같이 자던 남자가 여전히 나를 유령처럼 따라다니고 있다는 사실도 몰랐다. 대니는 내가 지금도 반려자가 없고, 심지어 연인도 없는 유일한 이유이다. 내 마음속에서 대니는 여전히 나의 남편이고 앞으로도 그럴 것이기 때문이다.

"그다음엔 어떻게 됐죠?" 데클란이 물었다.

나는 대답하지 않았다. 그저 부엌 너머의 어둠을 계속 쳐다볼 뿐이었다.

"매기?" 데클란은 내가 느끼지 못할 만큼 조용히 내 뒤로 다가와 그의 손을 내 어깨에 올렸다. 그는 육체적 접촉으로 친밀감을 표현하는 사람이 아니었기에 그의 손길은 나를 깜짝 놀라게 했다. 오랜 우정에도 불구하고, 이 순간이 데클란과 내가 나눈 가장 친밀한 접촉이었으며, 이것이 대니의 손길, 대니의 포옹에 대한 기억을 되살려주었다.

나는 데클란 때문이 아닌 너무 고통스러운 기억 때문에 주춤거렸다. "피곤하네요. 괜찮으시다면 전 이제 자러 가야겠어요."

"물론이죠." 벤이 말하며 자리에서 일어났다. "아침에 확인차 들를게요. 데클란, 가자고."

그들이 밖으로 나가자 바로 문을 잠그고 보안 시스템을 가동하고서, 거실에 서서 그들이 떠나는 자동차 소리를 들었다. 그리고 부엌에서의 냉장고 소리, 거실의 시계 소리 등 익숙한 집안의 소음들을 듣고 있었다. 나의 요새는 안전하다. 내 생각으로는.

언제나처럼 혼자서 침실로 올라갔다.

하지만 난 혼자가 아니었다. 항상 대니가 함께하고 있다. 그는 언제나 나와 함께 있다.

나는 플란넬 셔츠를 벗어 옷장에 걸어두었다. 옷장에는 단 두 벌의 드레스만 걸려 있는데 몇 달 동안 입을 기회가 없었다. 그중 작은 장미가 수놓아진 리넨 소재의 드레스를 만져보았다. 그리고 옷을 만지다 문득, 전 세계를 이사 다니다가 결국은 잃어버린 어떤 옷이 떠올랐다. 내가 대니 갤러거 부인이 되는 날 입었던 그 드레스.

16장

–

런던, 17년 전

대니와 나는 11월의 시원하고 상쾌한 날 결혼식을 올렸다. 나는 꽃 왕관과 작은 장미 꽃봉오리가 새겨진 종아리 길이의 드레스를 입고, 드레스와 어울리는 빨간 장미꽃 다발을 들고 있었다. 대니는 화려하고 거창한 결혼식을 원하지 않았고, 나는 최대한 주위의 시선을 덜 받고 싶었기에 둘 모두 작은 결혼식에 동의했다. 그래서 우리는 에식스의 작은 시골 여관의 뒤뜰에서 결혼식을 올리기로 했다.

대니의 들러리는 아프리카에서 우물을 파는 자선 단체에서 물류를 담당하는 얼빠지고 쾌활한 평범한 대학 시절 친구인 조지였다. 그가 만약 내가 CIA에서 일하고 있다는 사실을 알게 되면 나를 경멸하게 될 지도 모르는 지나치게 동정심이 많은 이상주의자였다. 나의 들러리는 조지타운 대학부터 친구라고 알린 조시였다. 사실 그녀는 신분 위장 요원으로 정보국에서 일하고 있으며 이 역할을 맡기 위해 비행기를 타고 여기까지 날아왔다. 그녀는 나의 어린 시절, 나의 가족, 그리고 대학 시절에 대해 철저히 브리핑을 받았고 누구든지 그녀의 과거를 파헤치려는 노력을 하게 된다면 결과는 조지타운 졸업생이라는 사실일 것이다.

나는 대니에게 나의 친구들 대부분은 해외에 나가 있기 때문에 참석하기가 어려울 것이라고 말했고, 그래서 나머지 참석자들은 모두 대니의 손님들이었다. 그들 중 다수는 갈렌 메디컬 컨시어지 동료들이며, 그들의 외국어 실력은 갈렌의 고객층이 국제적이라는 사실을 대변했다. 간호사들 중에는 러시아어와 우크라이나어에 능한 나탈리아, 아랍어에 능통한 아미나, 프랑스어를 유창하게 구사하는 헬렌 등이 있었다. 또한 리즈 박사와 챈드 박사 그리고 사무실 매니저인 로티 메이슨도 참석했는데, 그녀는 몇 주 안에 불행한 사고를 당하기로 그녀도 모르게 예정되어 있었다. 생명에 지장이 있는 사고는 아닐 거라고 다이애나가 말했지만, 불쌍한 로티는 한 달 가량 일을 할 수 없을 정도의 심각한 사고를 당하고 그녀의 공백을 메꾸어야 할 상황이 벌어질 예정이다.

물론 내가 직접 나설 것이다.

나는 여기 있는 모든 사람을 알고 있고, 그들도 나를 알고 있다고 생각할 것이다. 내 이름은 매기이고 대니가 방콕에서 만나 몇 년 동안 사랑했던 여자이다. 그리고 대니가 발라드 레스토랑에서 목이 막힌 남자의 목을 열었을 때 곁에 함께 있던 여자이고, 볼펜을 캐뉼러로 개량해 건네줄 만큼 재빠른 판단력을 가진 여자였다.

물론, 모두들 이 이야기에 감탄했다.

결혼식 하객은 아니지만 다이애나와 개빈은 여관에 묵고 있는 미국인 관광객으로 위장해 근처에 머물게 되었다. 다이애나는 갈색 가발을 쓰고 개빈은 멋진 수염을 기른 채 한 테이블에서 식사를 하고 있는데 거의 알아볼 수 없을 정도였다. 호기심 많은 두 미국인이 여관 뒤뜰에서 열리는 결혼식을 즐기고 있을 뿐이다. 그들은 필립 하드윅을 보길 원했지만 그는 결혼식장에는 나타나지 않았다. 대신, 하드윅은 직접 결혼식 만찬을 주최하고 그 비용을 낼 것이며, 하드윅 조직이 소유한 레스토랑 중 한 곳에서 열릴 예정이었다. 대니는 지나친 호의라며 거절하고 싶어 했지만, 그의 선물을 거절하는 것은 그를 모욕하는 일이 될 수도 있다는 나의 설득에 받아들이기로 하였다.

그리고 마침내 하드윅을 만날 수 있는 기회를 얻게 된 것이다.

레스토랑은 나이츠브리지에 있는 '라 메르'이다. 오늘 저녁은 일반 손님을 받지 않고 우리의 결혼식 파티만을 위해 예약되었다. 오후 7시 35분, 환호성과 들어 올린 샴페인 잔이 대니와 갤러거 부인이 된 나를 맞이했다. 이 만찬은 이곳에 참석한 모든 사람들은 진짜라고 믿고 있는 한 편의 연극 같았다. 나와 가짜 들러리인 조시만 빼고. 조시는 꾸며낸 우리의 대학 시절의 이야기로 다른 손님들을 즐겁게 해주고 있었다. 대니와 그의 친구 및 동료들은 자신들이 과연 누구를 자신들만의 집단에 초대했는지 전혀 알지 못하고 있다. 나는 샴페인을 한 모금 마시고 가짜 미소를 지으며 필립 하드윅이 도착하기를 기다리며 문을 지켜보고 있었다.

7시 55분, 문이 열리자 이 연극의 이유인 그가 걸어 들어왔다. 나는 하드윅의 서류를 읽고 수십 장의 사진을 보았지만, 그의 자연적인 매력에 끌리는 것을 막지는 못했다. 키가 크고 표범처럼 강인한 체격에 쉰두 살의 나이에도 여전히 풍성한 머리를 자랑했다. 하지만 무엇보다도 나의 시선을 사로잡은 건 그의 눈빛이었다. 바다 얼음처럼 차가운 푸른 빛을 띤 그의 눈동자는 나의 손을 잡고 미소를 지을 때에도 어떤 따스함도 느껴지지 않았다.

"드디어 만나 뵙게 돼서 반가워요, 매기. 대니는 운이 좋은 청년이군요."

"저도 뵙게 돼서 반갑습니다, 하드윅 씨. 놀랍고도 멋진 오늘 만찬에 대해 감사드립니다." 나는 깔끔한 리넨과 반짝이는 유리잔으로 세팅된 테이블들을 둘러보며 말했다. "정말 너그러우세요."

"최고는 최고로 대접받아야 마땅하지요." 그는 대니를 향해 미소를 지었지만 그것은 비즈니스맨다운 쿨한 미소였다. 하드윅에게 이 저녁은 단순히 그저 업무적인 거래에 불과했다. 그는 서류에 묘사된 대로 대가를 기대하지 않고는 어떤 것도 하지 않는 사람이고, 그가 바라고자 하는 것은 돈을 주고 살 수 있는 최고의 의료 서비스이다.

나는 하드윅에게서 시선을 떼고 그와 함께 들어온 근사한 여성에게 집중했다. 로잔에서의 사진으로 그녀를 알아볼 수 있었다. 그녀는 하드윅의 정부인 실비아 모레티로, 직접 대면해 보니 지중해 태생 특유의 뚜렷한 이목구비와 검정 실크처럼 광택 있는 머리카락으로 훨씬 인상적인 모습이었다. 몸에 딱 달라붙는 드레스는 그녀의 모든 곡선을 강조하고 있었다. 하드윅은 그녀의 엉덩이에 무심히 손을 올려 놓음으로써 그녀가 자신의 소유물임을 알리고 있다. 입술은 미소를 짓고 있는 반면 그녀의 눈은 완전한 중립을 지키고 있는 터라 그녀의 아름다운 얼굴에서 만족 또는 불만족을 읽어내기가 쉽지 않았다.

하드윅은 동행한 건장한 두 남자를 향해 짜증 섞인 표정을 지었다. 그들은 경호원이었고, 한 경호원은 누군가 오기를 기다리듯 문을 계속 쳐다보고 있었다.

그리고 마침내 그녀가 등장했다.

하드윅의 딸 벨라는 이제 겨우 15살이지만 그녀는 자신의 지루함을 유출하는 방법을 알고 있었다. 벨라의 언짢은 얼굴 빛은 이곳에 있고 싶지 않다는 사실을 증명하고 있었고, 문 바로 앞에서 서성이고 있는 건 언제든 탈출의 구실을 노리고 있다는 증거이다. 실비아와 달리 벨라는 미인형은 아니었으며, 그녀의 얼굴을 개선하기 위한 어떤 노력도 기울인 듯 보이지 않았다. 벨라의 머리카락은 푸들처럼 얼굴 주위에 흩날리고, 어깨는 꾸부정했으며, 디자이너 드레스를 입었음에도 옷과 조화를 이루지 못했다.

"벨라." 하드윅이 잔소리를 했다. "이리 와서 갤러거 박사님의 새 신부에게 인사해야지."

벨라는 내 쪽으로 다가와 머뭇거리며 손을 내밀었다. 벨라의 눈은 수족관 안에서 나를 바라보는 물고기처럼 옅은 녹색에 속눈썹이 없는 눈이었다. 벨라에게 나는 그저 아버지가 사업상 만나는 지인일 뿐이었다. 하드윅의 서류에 따르면 벨라는 8년 전 이혼한 전 부인 카밀라 린지의 외동딸이다. 카밀라는 현재 폴로에 빠진 그녀의 두 번째 남편 안토니오와 함께 아르헨티나에 살고 있는데 '대단한 사교계의 미인'으로 알려져 있다. 그런 유전자를 딸에게 물려주지 못한 것이 얼마나 안타까울지. 벨라는 분명 엄마와 비교되는 고통을 받고 있을 것이다. 서류에 의하면 벨라는 브라이턴에 있는 여자 기숙사학교에 다니고 있는데, 그녀의 태도로 보아 이번 주말을 아버지와 함께 보내는 것보다는 다른 어딘가에 있기를 더 선호하는 것 같았다.

문이 잠기는 소리가 육중하게 들려왔다. 경호원들이 식당 문을 잠그고 일반인들의 출입을 차단했다. 그리고 입구 근처에 자리를 잡고 그들의 승인이 없이는 아무도 밖으로 나가지 못하도록 경계를 하고 있었다. 우리는 하드윅의 강박적 통제 욕구에 저녁 내내 갇혀 지내는 신세가 된 셈이다. 오늘 밤 벨라의 표정이 불행해 보이는 것은 당연할 것이다. 아버지와 함께 있을 때면 항상 자신이 죄수처럼 느껴질 테니까.

나 또한 그렇게 느껴졌다.

오늘 밤은 나의 결혼 만찬으로 추측되지만, 고급 도자기와 와인잔이 놓인 테이블에서 대니 옆에 앉으니 모든 것이 나의 손을 떠난 것처럼 느껴진다. 유니폼을 입은 종업원들이 도멘 샹송 샤르도네 병을 들고 주방에서 나와 테이블을 돌며 잔을 채웠다. 한 종업원이 벨라의 잔에 다다르자 잠시 멈춰 서서 하드윅을 망설이는 눈빛으로 쳐다보았다.

"어서요, 아빠. 엄마가 허락했어요." 벨라가 말했다.

"네 엄마는 지금 여기 없어."

"엄마와 함께 있을 때 와인을 마시도록 허락했었잖아요."

하드윅이 얼굴을 찡그리며 말했다. "좋아, 반 잔만. 그게 다야."

종업원이 잔을 따른 다음 경호팀이 앉은 곳으로 이동했다.

"그들에겐 안 돼요." 하드윅이 말했다. "그들은 근무 중입니다."

불쌍한 경비병들.

하드윅이 잔을 들었다. "신랑과 신부를 위해 건배!" 그는 벨라와 실비아 사이에 앉았고 나는 그의 바로 맞은편에 앉아있었다. 나는 그의 시선을 피할 수 없는 신세가 되었다. 나는 그에 관한 서류를 읽었고, 그가 무슨 짓을 했는지, 그가 어떤 사람인지 알고 있다. 내 운명은 그가 내가 누군지 모른다는 것에 달려있다.

손님들도 잔을 들어 올렸고 대니는 내 무릎을 다정하게 껴안았다. 나는 미소를 지으며 와인을 한 모금 마셨다. 훌륭한 와인임에 틀림없지만 목구멍이 막힌 듯한 느낌 때문에 맛을 거의 음미하지 못했다. 가짜 들러리 조시가 웃으며 자신의 역할을 받아들이고 있다. 리즈 박사가 와인을 마시며 감탄한다. 난 '테이블 앞에 앉아있는 무기력한 소녀'라는 그림 안에 갇힌 느낌이었다.

"두 분은 방콕에서 만났다고 들었어요." 하드윅이 나를 너무 강렬한 눈빛으로 쳐다보는 바람에 직원이 랍스터를 접시에 얹고 있는 것을 거의 알아차리지 못할 지경이었다.

"매기는 당시 숙련된 여행객이라서 어느 음식 수레에서 어떤 음식을 먹어야 할지 잘 알고 있었어요." 대니가 나를 보며 웃음을 지었다. "저는 어리숙하게 시장 거리를 헤매고 있었죠. 저는 매기가 먹고 있는 것을 보고 같은 걸로 주문한 후 그녀의 테이블에 앉았어요. 그리고 첫눈에 반했죠."

"정말 행운의 우연이군요." 하드윅이 말했다. "적절한 장소와 적절한 타이밍이죠. 어떻게 방콕은 그렇게 잘 알게 되었죠, 매기?"

맥박이 빨라지는 것이 느껴졌다. "일 때문에 가끔 그곳에 가곤 했어요."

"패션 관련 수출입업을 한다고 들었어요. 이스탄불을 주요 근거지로 하는 것 같더군요."

그가 나에 대해 알고 있는 것은 또 무엇일까? 테이블에 있는 조시를 흘깃 쳐다보았다. 그녀는 갑자기 정신을 바짝 차리는 것 같았다. 하드윅이 나의 정체를 알게 된다면 조시도 가짜라는 것이 들통날 테고, 그러면 우리 둘은 위태로운 상황에 처하게 될 것이다.

"패션업을 한다고요?" 벨라가 처음으로 나에게 관심을 보이며 물었다. "디자이너예요?"

"아니, 하지만 많은 디자이너와 같이 일을 했어." 벨라에게서 시선을 거두고 테이블을 둘러보며 말했다. "전 디자이너들이 만든 옷을 전 세계로 수출하는 것을 돕고 있어요. 이 곳에 있는 아름다운 드레스들도 포함해서요. 아, 원단도요!"

"세상에, 나도 그런 직업을 갖고 싶어요."

"네가 입고 있는 드레스는 이탈리아산 같구나, 벨라?" 나는 다시 벨라를 바라보며 물었다.

벨라의 눈이 커졌다. "그걸 어떻게 알아요?"

사실은 그녀 아버지의 정부가 이탈리아인이라는 사실에 근거한 추측이었다. 그리고 비록 벨라의 몸매에는 어울리지 않더라도 정말 이쁜 드레스임에는 틀림없다. 패션 이야기에 지루함을 느낀 하드윅은 직원에게 손을 흔들며 비어 있는 잔을 가리켰다. 고맙게도 벨라는 잠재적 위험이 내재되어 있던 대화에 제때 끼어

들었다.

애피타이저로 잔뜩 부풀어 오른 버섯 수플레가 다음 와인인 도멘 르로이 피노 누아와 함께 등장했다. 종업원이 하드윅의 잔에 와인을 따랐다. 그는 잔을 한번 돌리고 향을 맡은 다음 한 모금 마셨다. "좋아"라는 말 한마디에 종업원은 테이블을 돌며 잔을 채웠다. 다시 한번 벨라의 잔 앞에서 멈추었다.

"그 정도면 충분해." 하드윅이 말했다.

"아빠!"

"벌써 반 잔이나 마셨어."

"반 잔도 안됐어요. 엄마는…"

"엄마가 어떻게 생각하든 상관없어."

벨라는 냉정하고 무표정한 얼굴의 실비아를 바라보았다. "나는 그녀가 어떻게 견디는지 모르겠어요."

"너가 말하는 그녀의 이름은 실비아야."

벨라는 자리에서 일어섰다. "솔직히 아빠도 모든 사람들의 이름을 바로 외울 수 있는 건 아니잖아요?" 그렇게 말하고는 벨라는 화장실로 성큼성큼 걸어갔다.

긴 침묵이 흘렀다. 실비아는 침착하게 와인을 한 모금 마시고 말했다. "아이는 엄마를 그리워하고 있어요. 아르헨티나로 돌아가게 해줘야 해요."

"카밀라가 벨라를 다시 원할 거라 생각해?" 그는 콧방귀를 뀌더니 불편하게도 다시 나에게 집중했다. "소란이 있었네요. 미안해요. 15살짜리 애가 있으면 항상 소란이 있기 마련이죠. 당신에 대해 더 듣고 싶군요, 매기. 전 세계를 누비던 화려한 경력을 버리고 갤러거 부인이 된 미국인에 관해서요."

대니가 내 팔을 감싸안았다. "물론 진정한 사랑이죠."

하드윅이 눈썹을 치켜들었다. 그는 진정한 사랑을 믿지 않는 것 같았다. 아니면 거래가 아닌 모든 것을 믿지 않던지. "그럼 이제 런던에선 무얼 하실 건가요? 여가를 즐기는 귀부인이 되실 건가요?"

대니가 그 생각에 웃음을 터뜨렸다. "전 이 숙녀분이 여유를 즐기는 걸 본 적이 없어요."

"그럼 새로운 직장을 찾으실 건가요? 특별한 특기 같은 게 있나요?"

나는 그 질문에서 함정이 감지되는 걸 느꼈다. 그는 나에 대한 정보가 흘러나오길 기다리고 있는 것만 같았다.

"우선, 매기는 훌륭한 의료 보조원이 될 소질이 있어요." 대니가 말했다. "그녀가 위급상황에서 대처하는 능력을 직접 보았죠."

"오, 맞아요. 발라드에서 목이 막힌 남자에 대한 얘기들 들었어요. 볼펜에 대해서도. 매우 현명한 대처더군요. 피를 보는 게 신경 쓰이거나 그런 거 없어요?"

"전 뉴멕시코의 양 떼 농장에서 자랐습니다. 양들은 항상 포식자의 공격감이 되곤 하죠." 나는 남편을 바라보았다. "차트 정리하는 일이라도 대니와 함께 클리닉에서 일하면 좋을 것 같아요."

"그래요? 차트 정리하는 것 만으로 만족이 될까요?" 하드윅의 시선이 나의 뇌 속으로 촉수를 뻗어 모든 비밀을 탐색하는 것 같았다. 나는 의자에 고정되어 그의 해부에 노출된 기분이 들었다.

식당 직원이 메인 코스와 함께 등장했다. 테이블에서 잠시 떠나기에 딱 좋은 타이밍이다.

"잠깐 실례합니다." 나는 의자에서 일어났다.

나는 여자 화장실로 가서 잠시 소변을 보며 평정심을 되찾기 위해 노력했다. 나는 이전에도 테러리스트들의 눈을 정면으로 마주쳐 본적이 있고 그들의 피비린내 나는 작업의 결과를 목격한 적도 있지만, 테이블을 사이에 두고 하드웍을 마주한 지금처럼 정신적인 위협을 느껴 본 적은 없었다. 재규어 안에서 산 채로 불에 탄 은행가가 생각났다. 침실에서 총에 맞아 죽은 회계사도 생각이 났다. 그들은 누군가의 배신 때문에 살해를 당했다. 그들이 정보원이라는 내부 정보를 가진 누군가로 인해.

다이애나의 의견이 맞았다. 우리는 영국과 어떤 것도 공유할 수가 없다. 일단 내가 살아남으려면 이 작전은 우리끼리만 알고 있는 것이 안전할 것이다.

이제 테이블로 돌아가서 그를 마주할 시간이다.

화장실의 문을 열고 밖으로 나오자 달가닥 소리와 함께 파란색 알약이 옆 칸에서 굴러떨어지며 밖으로 나왔다. "이런, 망할."

나는 약을 집어 들었다. 약은 동그란 모양으로 나비 문양이 새겨있었다. 옆 칸 문이 열리고 벨라가 튀어나왔다. 벨라의 시선은 내 손에 쥐어진 알약으로 향했다.

"아무것도 아니에요. 신경을 안정시키기 위한 처방전일 뿐이에요."

나는 벨라가 들고 있는 약병을 바라보았다. 거기에는 약 6개 정도의 알약이 더 들어있었는데 약병으로 보아 분명 처방받은 약이 아니었다. 벨라는 약을 되찾으려고 손을 뻗었지만 나는 벨라에게 약을 돌려주지 않았다. "더럽잖아."

"괜찮아요."

"화장실 바닥에 떨어졌잖아. 정말 그러고 싶…"

"제발요."

내가 마침내 약을 건네자 벨라는 오줌과 대변을 보는 공간의 미생물에 대해선 전혀 신경 쓰지 않는 듯 알약을 약병에 집어넣었다.

"아무에게도 말하지 않을게." 내가 벨라에게 말했다.

벨라는 그 말을 믿지 않았다. 벨라의 굳어지는 입술과 문을 바라보는 긴장된 눈빛에서 그것을 충분히 알 수 있었다. "우리 아버지는…"

"통제광이지."

"눈치채셨어요?"

"모르기가 더 어렵겠는데. 미리 정해진 메뉴. 보안 요원들이 우리를 식당에 가둬버렸잖아."

"아, 그놈들." 벨라는 가소롭다는 듯 말했다. "그들은 키이스와 빅터예요. 멍청이들이죠. 제가 몰래 집을 나갈 때마다 전혀 눈치도 못 채요."

십대들. 그들은 항상 우리 주변을 맴돌고 있다.

"벨라, 널 곤란하게 하고 싶지 않아. 하지만 약은 조심해야 해." 나는 약병을 향해 고갯짓을 했다. "그거 몰리야?"

"어떻게 알아요?"

"그냥 알아. 꽤 심각한 부작용이 있는 것으로 알고 있어."

"이 약은 저를 행복하게 해줘요. 현실은 그렇지 않다는 걸 알면서도 약을 먹으면 모든 것이 괜찮다고 느끼게 해줘요."

나는 손을 뻗어 벨라의 팔을 만졌다. 벨라의 불행은 마치 그녀의 몸안에서 타오르는 용광로인 듯, 열병을 앓는 것처럼 몸이 뜨겁게 느껴졌다. "벨라, 나도 형편없는 아빠가 있었기 때문에 이해할 수 있어. 하지만 너도 내가 그랬듯이 좀 더 자라면 벗어날 수 있을 거야."

벨라는 미소를 살짝 짓고는 약병을 가방에 넣고 지퍼를 닫았다. "정말 아무한테도 말 안 할 거죠?"

"내 모든 걸 걸고 약속할게."

"갤러거 박사님에게도요? 박사님이 알게 되면 아빠에게 말해야 한다는 생각을 할지도 몰라요."

"대니에게도 말 안 할 거야." 나는 손을 들어 올렸다. "스카우트의 명예를 걸고."

벨라는 그 문구에 약간 당황한 표정이었지만 이내 자신의 비밀이 나에게만 간직된다면 자신은 안전할 것이라는 걸 이해한 듯했다. "갤러거 박사는 좋은 사람이에요. 그 분과 결혼하게 된 것 축하해요." 벨라는 그렇게 말하고는 화장실을 나섰다.

벨라와 내가 함께 시간을 보냈고 뭔가 연결되었을 거라는 추측을 낳지 않게 하도록 나는 천천히 손을 씻고 말리며 시간을 보냈다. 이제 나는 필립 하드윅과 그의 가족에 대해 조금은 가까이 다가간 셈이다. 하드윅의 딸이 그를 원망한다는 사실도 알게 되었다. 또한 하드윅이 생각하는 것 만큼 자신의 딸이 잘 통제되고 있지 않다는 것도 알게 되었다.

이 사실은 유용한 쓰임새가 있을 것이다.

17장

—

나는 적과 함께 자고 있다. 내가 살아남기 위해선 그렇게 생각해야만 한다.

하지만 터키 해안의 작은 바닷가 호텔에서 함께 침대에 누워 있으면 대니가 적처럼 느껴지지 않는다. 다른 신혼부부들은 스페인이나 이탈리아로 떠날지 모르지만, 우리는 아름다운 해안 마을인 구무슬루크에서 일주일을 보내고 있다. 외국인 관광객이 많지 않은 곳이라 우리는 이곳을 신혼여행지로 선택했다. 우리는 황량한 고대 유적지를 여기저기 둘러보고, 청록색 맑은 물에서 수영을 하고, 터키 와인으로 씻어낸 후 그릴에 구운 도미구이를 즐겼다. 이곳에선 우리는 우리가 허용하는 한 홀로일 수 있었다.

옆으로 돌아누워 잠든 남편을 바라보았다. 블라인드 사이로 아침 햇살이 들어와 남편의 벌거벗은 가슴을 금빛으로 물들였다. 예산이 넉넉하지 않은 커플이 선택할 수 있는 수수한 호텔이다.

시트는 거친 면으로 되어있고 바닥의 타일 일부는 깨졌지만 주인은 친절하고 창문은 바다를 향해 있었다. 우리는 이곳 대신 페라팰리스 호텔이나 대리석 바닥에 제복을 입은 직원과 24시간 마사지가 있는 보드룸의 고급 리조트에 묵을 수도 있었지만, 내가 보여주고 싶었던 터키는 바로 이곳이었다.

오늘 아침 그의 검게 그을린 어깨와 새로 생긴 주근깨를 바라보며 그와 함께 하고 있다는 현실감을 느끼지만, 나의 비밀 임무에 부주의하다면 하드윅에게 들킬 위험은 상존한다. 가장 친밀함을 느끼는 순간에도 항상 경계심을 늦추지 않고 벽에도 귀가 있다는 듯 행동해야 한다.

대니가 눈을 깜빡이며 나를 향해 미소를 지었다. "언제 일어났어?"

"진작부터. 당신을 그냥 바라보고 있는 게 좋아서."

"나 또 코 골았지?"

"응. 그래도 귀여운 수준이야. 고양이가 가르랑거리는 소리 정도?" 나는 그의 가슴과 복부를 쓰다듬었다. 대니는 지금도 우리가 처음 만났던 날들처럼 날씬한 편이지만, 7년이라는 세월이 우리에게 흔적을 남겼음을 부인할 수는 없었다. 머리에는 흰 머리카락이 새로 나고 있었고 얼굴에는 더 깊은 주름이 새겨지고 있다. 죽음이 우리를 갈라놓을 때까지 함께 하자고 맹세했지만 과연 우리가 함께 늙어 갈 수 있을까? 우리가 그런 기회를 가질 수 있을까?

"배고프지 않아?" 내가 물었다.

"항상 그렇지." 그는 팔로 갑작스레 내 몸을 잡고 침대에 눕혔다. "하지만 아침 식사는 잠시 미뤄둬야겠는데."

∗

웨이터는 테라스 가장자리, 바다와 가장 가까운 테이블로 우리를 안내했다. 터키인들은 낭만주의에 젖은 사람들이고 우리의 웨이터는 우리가 신혼부부라는 사실을 알고 친절한 삼촌마냥 야단을 떨었다. 대니가 왕성한 식욕을 자랑한다는 것을 안 웨이터는 올리브와 페타 치즈, 꿀을 아침 식사용 쟁반에 추가해 주었다. 늦은 아침이어서인지 테라스의 절반은 비어 있었다. 우리 옆 테이블 역시 비어 있지만, 혹시 누가 우리 이야길 엿듣는지 지난 5일 동안 나의 레이더에 포착된 얼굴이 있는지 자동적으로 주위를 훑어보게 된다. 신혼여행 중이라도 우리는 둘만이 아니라고 생각해야 한다. 하드윅의 부하든 우리 쪽 사람이든 누군가가 우리의 움직임을 주시하고 있을 수도 있고 심지어는 우리의 대화를 도청할 수도 있다. 매일 아침 대니가 샤워를 하는 동안 나는 호텔 방을 샅샅이 뒤지며 도청 장치를 찾곤 했다. 지금까지는 아무것도 찾지 못했지만 그렇다고 완전히 안심할 수는 없다.

테라스를 둘러보니 이틀 전에 도착한 영국인 노부부, 세 자녀를 둔 터키인 가족, 네덜란드 신혼부부 한 쌍이 보였다. 진짜 신혼여행객. 손을 잡고 테이블 너머로 키스를 나누는 그들의 모습을 보면 부러움이 밀려온다. 결혼에 어떤 숨겨진 동기도 없는 진실한 결합. 다이애나의 방문이 모든 것을 바꿔놓기 전까지는 나와 대니가 갈망했던 바로 그것이었다.

남편에게 다시 초점을 맞추니 그는 나를 열심히 바라보고 있었고 그 모습이 나를 불안하게 만들었다.

"자기야, 무슨 생각 하는 거야?" 내가 물었다.

"우리는 일주일 더 예약을 했어야 해. 아니 한 달. 아니 1년 내내 여기서 지낼 걸 그랬어. 여기서 정말 행복하게 잘 살 수 있을 것 같아."

"지루해하지 않을까?"

"이런 천국에서?" 대니는 바다를 바라보았다. "가끔은 우리는 지금까지의 익숙한 삶을 벗어 던져 버려야 한다고 생각해, 매기. 배낭을 챙겨 모든 걸 버리고 떠나는 거야. 당신과 나 둘이. 세계의 시민이 되는 거지. 우리가 일할 수 있는 곳, 우리를 필요로 하는 어디든에서 일하는 거지. 조지가 작은 마을에서 우물을 파는 것처럼 인류를 위해 정말 좋은 일을 할 수 있을 거야."

"자선 활동으로 다시 돌아가겠다는 거야?"

"왜 안돼? 이번엔 우리 둘이 함께잖아." 그는 나를 순수한 열망으로 가득 찬 눈으로 바라보았다. 그는 갇혀있다고 느끼는 직장에서 진정으로 벗어나기를 원했고 나도 기꺼이 동참하기를 바란다는 것을 나는 느낄 수 있었다. 그렇지만 순식간에 이성이 그를 다시 지배하는 것 같았고 충동은 사라졌다. 그는 한숨을 쉬고 고개를 저었다. "하지만 그건 모든 사람들의 판타지일 뿐이지, 안 그래? 도망치는 거."

"어디로부터 도망친다는 거야, 대니?"

"아무것도 아니야. 그냥 횡설수설한 거야."

"아니, 정말. 뭐가 당신을 신경 쓰이게 하는지 말해줘."

그는 정박장에서 흔들리는 어선들을 바라보았다. "갈렌에서 하고 있는 일은 내가 상상했던 것과는 전혀 달라. 참호 속에서 생명을 살리는 대신 특권층에게 약이나 나눠주는 일만 하고 있거든. 잠에서 깨어나게 하는 약, 잠을 들게 하는 약, 그들을 행복하게 만들어주는 약을 나눠주고 있지."

"환자들을 다루기가 정말 힘든가 보지?"

"일부는, 아니 대부분은 그래. 그들의 충만한 은행 계좌가 그렇게 만드는 것 같아."

"하드윅 같은 사람처럼?"

하드윅의 이름이 언급되자 그의 시선이 다시 나를 향했다. "설마 그 사람한테 반한 거야, 아니지?"

"딸에게 말하는 방식이 맘에 들지 않았어. 그가 행복감을 주는 약을 복용하고 있다면 효과가 없는 게 분명해."

"하드윅에 관한 거라면, 그는 내가 주는 약이 정말 필요한 사람이야."

"무슨 병인데?"

"간질. 어릴 적 입은 머리 부상의 후유증이야. 밤낮을 가리지 않고 언제든 엄청난 발작으로 인해 쓰러질 수 있어. 신경과 전문의와 함께 다양한 약물의 용량을 조절하고 있지만 지금도 여전히 가끔씩 발작을 일으키곤 해. 그래서 발작이 멈추지 않을 때 도움을 줄 사람으로 여행을 하거나 출장을 갈 때 의사를 동반하는 거지."

"그래서 다음 달에 키프로스에 당신을 데려가는 거군."

"차라리 클리닉에 있는 게 나아."

"개인 제트기를 타고 최고급 호텔에서 묵는데도?"

"그래봤자 일이잖아, 매기. 난 집에서 당신과 머무는 게 더 좋아. 이제 그 사람 얘기는 그만하자." 대니는 냅킨을 내려놓았다. "드라이브하면서 멋진 해변을 찾아보자."

우리는 스노클링 장비와 점심을 챙겨 해변으로 향했다. 비포장도로를 따라 반도의 끝자락으로 내려가면 아무도 보이지 않는 작은 만이 나온다. 잡목과 가시덤불을 헤치며 물가를 향해 걸어가면서 이곳은 누구든 쉽게 사라져도 눈치채기 힘들 곳이라는 생각이 문득 떠올랐다. 아무런 목격자도 없이 새 신부를 버려버릴 수 있는 곳. 내가 얼마나 세상을 뒤틀리게 바라보고 있으면 이런 생각까지 들지? 내가 사랑하는 사람이 또한 내가 경계해야 할 사람이라니.

비치백과 수건을 바닥에 내려놓고 수영복으로 갈아입었다. 이곳의 모래는 자갈처럼 거칠어서 나는 조심스럽게 걸으며 물가로 다가갔다. 물에 들어가기 전 스노클링 장비를 착용했다. 대니가 먼저 물속으로 뛰어들었고 나는 그가 수정처럼 맑은 물속을 헤엄치는 모습을 잠시 지켜보았다.

나도 물로 뛰어들었고 그를 향해 헤엄쳤다. 내가 그에게 거의 다다랐을 때, 그는 물 밖으로 튀어 올랐다.

"매기, 아래 좀 봐!"

"뭐가 있길래."

"해봐, 보게 될 거야." 대니는 스노클을 다시 입에 물고 잠수를 했다.

나도 따라 잠수를 했다.

이곳은 수심이 300센티미터도 되지 않아서 몇 번의 발차기만으로 해저에 도달할 수 있었다. 그는 색바랜 산호가 즐비한 곳을 가리켰다. 오래전에 죽은 고대의 그것 안에 박혀있는 암포라(고대에 쓰이던 특이한 형식의 용기-옮긴이). 수천 년 전 배에서 떨어진 것이라고 상상을 해보았다. 버려졌거나 누군가 부주의로 떨어뜨렸거나. 수 세기가 지나고 육지에선 도시가 생성되고 멸망을 거듭하는 사이 수중에서는 산호가 끈질기게도 살아남아 이 낡은 고대의 쓰레기를 부여잡고 있었다.

대니가 나의 어깨를 만지며 그것을 발견한 것에 흥분한 듯 웃고 있었다. 우리는 다시 수면으로 올라와 몸을 흔들며 스노클을 뺐다.

"정말 대단한데!"

"매기…"

"저 아래에 또 뭐가 있을까?"

"사랑해."

나는 웃으며 말했다. "그래서 나랑 결혼한 거 아니었어?"

"우리가 이 순간을 기억했으면 좋겠어. 이 순간을 영원히. 서로 약속하자."

아무도 우리의 소리를 들을 수 없는 우리만의 공간. 오직 들리는 소리라곤 우리에게 부딪히는 물보라 소리뿐. 진실을 말해야 할 때가 있다면 바로 지금이다. 그에게 진실하게 반응하지 못할 때마다 내가 간직한 비밀 때문에 죄책감은 커져만 갔다. 솔직해지고 싶지만 누구도 믿지 못하는 나의 천성 때문에 쉽지가 않았다. 그리고 어린 시절부터 그렇게 하면 반드시 대가를 치르게 된다는 것을 배웠다.

대니가 해안을 바라보았다. 다른 커플이 막 도착해 해변에 담요를 깔고 있었다. 우리는 더 이상 홀로가 아니었다. 진실을 말해야 할 순간이 지나가 버렸다.

"점심 먹자." 나는 그렇게 말하고 해변으로 헤엄을 쳤다.

18장

—

현재

구보타 RTV를 몰고 들판을 가로질렀다. 뒤에 실어놓은 양동이에서 물이 출렁거리는 소리를 들으며 터키 해변에서 보냈던 신혼여행을 떠올렸다. 오늘 아침 기온은 영하 10도라서 몇 시간 후면 튀었던 물이 얇은 얼음층을 형성할 것이다. 수영복과 샌들을 신고 해변에서 햇볕을 쬔 지가 정말 오래인 것 같다. 나는 수영복 대신 스웨터와 코트 그리고 부츠를 신고 있다. 울타리 밖에 차를 주차하고 태양열 전기 울타리의 전류를 차단했다. 나는 울타리 안으로 사료와 물통을 옮겨왔다. 농장 일은 대부분 고된 일이지만, 양동이에 가득 찬 물의 출렁거림과 자루에서 쏟아지는 사료의 소리가 들리는 매일의 반복되는 리듬은 나를 차분히 진정시켜 주는 역할을 한다. 바쁘게 지내다 보면 잊고 지내던 일들을 떠올릴 시간이 거의 없지만, 오늘 아침에는 그 기억을 지울 수가 없었다. 물통에 물을 붓는데 물보라가 튀면서 에게해에서 수영하던 장면이 떠올랐다. 사료를 부을 때 터키 해변의 거친 모래를 떠올리며, 난 어느새 대니와 함께 그곳에 가 있었다.

나는 닭장을 열고 닭들을 풀어주었다. 수탉이 먼저 뛰어나오더니 비탈길을 내려오면서 댄서처럼 머리를 흔들고 있다. "좋은 아침, 아가씨들." 뒤이어 암탉들이 꼬꼬댁거리며 사료통을 향해 허둥대며 달려가고 있었다. 오늘 아침은 죽은 암탉이 없어 다행이었다. 여우를 죽인 날 이후로 아직 한 마리도 잃지 않았지만 다른 포식자가 나타나서 그 자리를 차지하는 건 시간문제일 것 같다. 항상 그렇듯이.

닭들이 먹이와 신선한 물에 정신이 팔려있는 동안 나는 둥지에서 알을 재빨리 훔쳤다. 오늘 아침에는 시장에 내놓을만한 가치가 있는 알이 별로 많지가 않았다. 그래도 파란색과 옥색, 갈색과 흰색이 뒤섞인 예쁜 부활절 바구니는 만들 만큼이었다. 달걀 바구니를 차에 싣고 두 번째 양동이에 손을 뻗었다. 오후가 되면 물통의 물이 얼어붙어 다시 물을 채우러 와야 한다.

내가 양동이의 손잡이를 잡고 차에서 끌어내리려고 할 때 두 가지 일이 거의 동시에 일어났다. 양동이가 급격히 흔들리고 엄청난 소리가 들판 전체에 울려 퍼졌다. 바지와 부츠에 물이 튀었다. 양동이의 서로 반대편 구멍에서 두 개의 물줄기가 흘러나오고 있었다. 나의 머리가 이 모든 상황을 한꺼번에 처리하느라 시간이 느리게 흘러가는 것 같았다. 점점 이 의미를 깨달아 가면서.

또 다른 소총 소리가 들리자마자 나는 땅바닥에 몸을 던졌고, 차가운 눈이 내 뺨에 닿았다. 눈이 재킷에 스며들쯤 두 발의 총알이 차에 박혔다. 도대체 총알이 어디서 날아오는 거지? 정신없이 들판을 훑어보니 범인은 왼쪽 숲속에 있는 게 분명했다.

나는 차의 조수석 쪽으로 구르면서 차량이 나와 총격범 사이에 놓이게 했다. 앞 유리가 산산조각이 나고 파편이 눈 위로 쏟아졌다. 이제 이 총알은 자신이 무엇을 향해 쏘고 있는지 모르는 얼뜨기 사냥꾼이 쏜 총알이 아니라는 것이 분명해졌다. 총격범은 정확히 나를 조준하고 있었다.

내 소총은 아직 차 안에 있다.

나는 쭈그리고 앉아 조수석 문을 살짝 열었다.

총알이 타이어 하나를 관통했다. 공기가 쉿 하고 빠지며 타이어가 가라앉았다.

나는 조수석으로 기어올라 좌석 뒤에 있는 소총을 집어 들고 차 밖으로 다시 굴러 나왔다. 조준경으로 나무들을 스캔하자 움직임을 포착했다. 위장복을 입은 사람의 형상이었다.

나는 총알 한 발을 발사했다. 딱 한발. 내 소총에는 총알이 세 발밖에 남아있지 않았다. 나를 향해 총을 쏘는 사람은 나보다 확실히 우세한 화력을 구사하지만, 이제 나도 무장을 했다는 사실을 아는 한 내가 무기력하게 쓰러지지는 않을 것이라는 건 알고 있을 것이다.

숲을 훑어보니 위장복을 입은 남자는 숲속으로 사라졌다. 그가 아직도 숲속 어딘가에 숨어 내가 엄폐물에서 나타나기를 기다리는 걸까? 차에 타려고 한다면 다시 나를 노출하는 셈이 될 것이다. 어차피 타이어가 펑크 나서 운행도 불가능하다. 조준경으로 숲속을 여기저기 수색했다. '어디 있어? 어디 있냐고!' 들판을 가로질러 바람이 휘몰아치고 젖은 바지가 얼기 시작했다. 언제까지 웅크리고 있을 수는 없지만, 그렇다고 황량한 눈밭을 그냥 가로질러 뛰어갈 수도 없는 노릇이었다.

희미하게 차의 엔진소리가 다가오는 것이 들렸다. 고개를 돌려보니 차 한 대가 나를 향해 달려오고 있었다. 루터의 차다. 루터가 나에게 다가오고 있었지만 나는 여전히 소총을 숲을 향해 조준하고 있었고, 웅크리고 있던 자세에서 일어나기가 두려웠다.

루터가 차가운 공기 속에서 쌕쌕거리는 숨소리를 내며 차에서 내렸다. "무슨 일이에요, 매기? 이 모든 총소리는 또 뭐고?"

"나도 몰라요! 엎드려요!"

"캘리가 경찰서에 전화 중이에요. 경찰이 아마…"

"엎드리라고요!"

"뭐라고요, 이 무릎으로? 난 한번 쓰러지면 다시 못 일어나요." 그는 잠시 멈칫하며 총알이 박힌 내 차를 바라보았다. "젠장, 이건 멍청한 사냥꾼 짓이 아니군요."

"맞아요. 누군진 몰라도 그는 지금 사슴을 사냥하는 게 아니에요."

루터는 어떤 총알이든 다 받아들일 만큼의 점보 사이즈의 과녁이 된 채 여전히 숲속을 바라보며 서있었다. "도대체 누가 당신을 죽이려 하는 거죠, 매기?"

"나도 몰라요."

하지만 이유는 알 것 같았다.

＊

캘리가 경찰서에 연락한 것은 유감이었다. 내 식탁에 앉아 불편한 질문을 쏟아내던 티보듀 서장 대행을 다시 한번 상대해야 하기 때문이다.

그녀의 금발 머리는 팽팽하게 뒤로 묶어 두어 얼굴의 날카로운 각이 강조되었고, 아침 햇살에 의해 전에는 미처 인지하지 못했던 새로운 디테일이 드러났다. 뺨에 흩어져 있는 주근깨와 윗입술의 가느다란 흉터. 2월임에도 건강하게 태워진 피부를 보면 야외 활동을 즐기는 여성임을 알 수 있었다. 마치 나 자신의 젊은 버전을 상대하는 것 같은 느낌이 들어 다루기 힘든 상대로 느껴지게 만들었다. 내가 그녀의 나이쯤에는 말도 안 되는 헛소리를 듣게 되면 바로 알아 차릴 수 있었는데, 그녀도 마찬가지였다.

"누군가 방금 당신을 죽이려고 했어요. 그런데 정말 누군지 전혀 감도 안 잡히나요?" 티보듀가 의심의 눈초리로 물었다.

"얼굴을 전혀 못 봤어요. 그저 본 거라곤…"

"위장복을 입은 형상 말이죠."

"네."

"남자인가요, 여자인가요? 그건 말해줄 수 있어요?"

"남자예요."

"어떻게 알죠?"

"체격요. 그리고 움직이는 몸짓하고."

"그리고 이 남자는 숲속을 헤치고 당신을 쏘려고 여기까지 온 거군요."

"내 사유지에는 사슴도 있어요."

"사유지 내 사냥 금지라는 표지판을 확인했습니다."

"모든 사람들이 '사냥 금지'라는 말을 따르는 건 아니니까요."

"정말 단순히 사냥꾼이었다고 생각하세요?"

"제가 시력이 나빠서요."

그녀의 입이 굳어졌다. 조 티보듀는 유머를 좋아하지 않음이 분명하다. "부인의 이웃인 윤트 씨와 얘기했어요. 당신 차에 총알 구멍이 여러 개가 있었고 앞 유리가 산산조각이 났다고 하더군요. 윤트 씨와 그의 손녀는 적어도 열 발, 어쩌면 그 이상의 총성을 들었다고 합니다. 그리고 당신이 차 뒤에서 움츠리고 있는 것을 발견했고요."

"저는 움츠리고 있지 않았어요. 몸을 숨기고 총알이 어디에서 날아오는지 파악하려고 노력했을 뿐입니다."

"그 상황에서도 상당히 침착하시군요, 부인."

"저도 그랬다고 생각이 드네요."

"전에도 이런 상황에 처한 적이 있었나요?"

그 질문이 나를 당황하게 만들었다. 대답하고 싶지 않은 질문이었다. "저는 양떼 목장에서 자랐어요." 나는 결국 말하고 말았다. "저는 총에 익숙한 편입니다. 언제 고개를 숙여야 하는지도 알고 있어요."

"이 총격이 당신 집 진입로에서 죽은 여성과 어떤 관련이 있다고 보십니까?"

"모르겠어요."

"누가 부인을 죽이려고 하는 걸까요?"

"나도 모르겠어요."

"부인은 모르는 게 굉장히 많군요."

"누구에게든 해당하는 말일 수 있죠."

"부인이 돕지 않으면 나도 도울 수가 없어요. 이제 대답을 들어야겠어요, 버드 부인. 누군가로부터 숨고 있는 건가요? 무언가로부터 도망치고 있는 건가요?"

'우리는 모두 항상 무언가로부터 도망치고 있지.' 내 마음속에 이런 생각이 들었지만 또다시 경솔한 대답을 하게 되면 티보듀 경관이 가만있을 것 같지 않아서 나는 고개만 흔들 뿐이었다.

티보듀는 나의 부엌을 둘러보았다. 나는 아직 아침 설거지를 하지 않았고, 그녀는 가스레인지 위의 기름기가 남은 프라이팬, 커피잔, 토스트 부스러기와 달걀프라이의 노란 얼룩이 남은 접시 등을 바라보았다. "지난번에 여기 왔을 때 보안 시스템을 봤어요. 감시 카메라와 동작 센서요. 이런 작은 마을에 부인과 같은 시스템을 갖춘 집은 없어요."

"그것들이 저를 안전하다고 느끼게 하거든요."

"왜 여기가 안전하지 않다고 느끼는 거죠?" 티보듀가 나를 똑바로 쳐다보는데, 나는 이 여자가 절대 포기하지 않을 거라는 걸 알 수 있었다. 그녀는 계속해서 파헤칠 것이다. 그녀는 나에 대한 진실을 결코 알 수 없겠지만, 아무튼 나에게는 영원한 골칫거리가 될 게 뻔했다.

이때 현관문을 두드리는 반가운 소리가 들렸다. 데클란이 "이봐요, 매기?"라고 부르며 부엌으로 들어오는 소리가 들렸다. "괜찮아요?"

"지금은 조사 중입니다." 티보듀가 말했다.

"네, 경찰을 통해서 총격 사건에 대해 들었습니다."

"로즈 씨, 괜찮으시다면…"

"누구였어요? 인상착의는? 차량은요?"

"전 마저 이 조사를 끝내고 싶습니다."

데클란이 나를 바라보았다. "어디서 일이 벌어진 거요?"

"내 닭장 근처에서요."

데클란은 몸을 돌려 다시 문 쪽으로 향했다.

티보듀가 "로즈 씨!"라고 소리쳤지만 그는 무시하고 밖으로 걸어 나갔다. 마침 차를 주차한 벤 다이아몬드와 합류를 했다. 주방 창문 너머로 두 사람이 들판을 바라보며 의논을 하는 모습이 보였다. 그들은 함께 눈을 밟기 시작했다.

"오, 맙소사. 현장을 오염시키겠어요." 티보듀가 신음소리를 냈다. 그녀는 의자에서 튀어 올라 벽걸이에서 코트를 집어 들었다. "도대체 자기들이 누구라고 생각하는 거야?"

'당신은 아마 상상도 못할 겁니다.' 나도 외투를 걸치고 그녀를 따라 문밖으로 나섰다.

데클란과 벤은 이미 우리보다 훨씬 앞서서 들판을 가로지르고 있었다. 그들은 눈밭에 새로운 자국을 남기지 않아야 한다는 사실을 잘 알고 있으며, 그래서 루터가 나를 집으로 데려왔을 때 루터의 차가 남긴 타이어 자국을 그대로 따라가고 있었다.

"저기요." 티보듀가 그들이 남긴 발자국을 따라가며 소리쳤다. "신사분들!"

그들은 계속 걷기만 했다.

"귀가 먹었나……." 그녀가 중얼거렸다.

"그들은 임무 수행 중이에요." 내가 말했다. "이봐요, 그들은 바보가 아니에요. 그들은 현장을 오염시키지 않아요."

"저들은 지금 자신들이 무엇을 하고 있는지 몰라요!"

"경관님이 생각하는 것보다 더 많은 것을 알고 있어요."

"도대체 저들은 누굽니까?"

"그들에게 물어보는 게 나을 것 같군요."

만신창이가 된 내 차에 가까이 갔을 때 둘은 쓰러진 물통 옆에 쪼그리고 앉아 두 개의 총알구멍을 살펴보고 있었다.

데클란이 우리를 올려다보았다. "308이야."

"그걸 어떻게 아세요?" 티보듀가 물었다.

"탄도학이 제 취미거든요." 그는 자리에서 일어났다. "매기, 당신이 이 총알을 맞았다면 아주 큰 상처를 입었을 거요. 정말 다행이지."

"완전히 운이 좋았죠. 내가 막 몸을 비틀 때 그가 쏜 거죠."

"저쪽에서 날아온 건가요?" 벤이 나무를 바라보며 물었다.

"네, 소총의 조준경으로 봤어요. 저 너도밤나무 근처일 거예요."

벤과 데클란이 그 나무를 향해 걷기 시작했다. 티보듀는 그들을 막으려는 시도를 포기한 듯했다. 한숨을 쉬며 두 남자를 따라가고 있다.

총격범이 남긴 발자국을 찾는 데는 그리 오랜 시간이 걸리지 않았다.

"사이즈는 260에서 265 정도이고 비브람 밑창인 것 같군요." 티보듀가 사진을 찍기 위해 휴대폰을 꺼내며 말했다. 범인은 여러 개의 흔적을 남겼지만, 이 흔적이 불어오는 바람이나 나뭇가지에 오염되지 않은 가장 선명한 증거 자료가 될 것이다. 우리는 티보듀가 사진을 찍고 탄피를 수집하는 등 경찰의 임무를 수행하는 것을 지켜보고 있었다. 나는 벤과 데클란의 발자국을 흘깃 쳐다보았는데 두 사람의 발자국이 범인의 발자국 보다는 적어도 10은 더 커 보였다. 나는 그들을 잘 알고 있고 그들을 신뢰하지만, 나에겐 떨쳐버릴 수 없는 몇 가지 습관이 있다. 그중 하나가 내 주변 사람들의 진정성에 의심을 품는 것이고 사랑하는 사람이라고 해도 예외는 아니라는 것이다. 아니, 특히 사랑하는 사람에게는 더욱.

"여기서 닭장이 훤히 보이는군요."벤이 나무 사이로 들판을 바라보았다. "총을 쏜 사람은 자신이 조준하고 있는 것을 확실히 알 수 있었을 겁니다."

"그리고 표적은 사슴이 아니었겠죠."티보듀가 나를 바라보았다. "바로 당신이었을 겁니다."그녀는 나의 반응을 기다리고 있었다. 내가 아무 말도 없이 닭장만 쳐다보고 있는 것에 그녀는 분명 실망할 것이다. 나는 내가 표적이었다는 것을 알고 있고 내 머릿속은 이미 다음에 해야 할 일들로 가득 차 있다. 눈밭을 헤치고 있는 암탉들을 슬프게 바라보았다. 농장을 개선하기 위해 계획했던 사항들이 떠올랐다. 물이 얼지 않도록 할 태양열 온수기. 두 번째 이동식 닭장. 새로 주문한 병아리들을 위한 전열 램프. 블랙베리 농장에서 나는 어느 정도의 평화와 심지어는 행복을 찾기도 했다.

이제 이 모든 것들이 나에게서 멀어지고 있다.

입김이 흰 구름처럼 소용돌이치고 부츠 사이로 한기가 스며드는 것이 느껴졌다. 평소 추위를 잘 타지 않는 편인 벤도 주머니에서 니트 모자를 꺼내 빡빡 깎은 머리 위로 눌러썼다. 모자에는 하버드 로고가 새겨져 있는데, 벤은 하버드를 다니지도 않았고 하버드 출신에 대해 좋은 이미지를 가지고 있지도 않다는 점에서 나는 묘한 느낌을 받았다.

"어디를 통해서 여기까지 왔는지 한번 알아봅시다." 벤은 그렇게 말하며 숲속 깊은 곳으로 향했다.

도망가는 총격범의 발자국을 따라가는 그를 우리도 뒤따라갔다. 범인이 숲속으로 들어올 때와 나갈 때의 길이 같은 것 같았다. 아무도 말을 하지 않았지만 눈 위를 걷는 사각거리는 소리, 나뭇가지와 낙엽을 밟는 날카로운 소리 등 우리들의 요란스러운 하이킹은 계속되었다. 데클란과 벤, 나 모두는 나이에 비해 건강한 편이지만 차가운 공기를 마시면 가슴이 답답해지고 발목의 오래된 골절 부위도 아파 온다. 벤과 데클란도 예전의 부상이 다시 수면 위로 올라오고 있는 건 아닌지 궁금하지만, 그렇다 하더라도 그들은 절대 인정하려 들지 않을 것이다. 우리는 우리의 장비가 녹슬기 시작했다는 사실을 인정하지 않으려는 세 명의 늙은 군인들이었다.

마침내 숲에서 나와 내 땅과 이웃의 땅을 가르는 비포장도로로 나왔다. 티보듀는 몸을 숙여 차량이 주차되어 있던 타이어 자국을 살펴보고 사진을 찍었다. 하지만 매일 수십 대의 다른 차들이 지나다니는 비포장도로의 타이어 자국이 차량의 신원을 확인하는 데 어떤 도움이 될지 의문이었다. 이 도로에는 감시 카메라나 차량이 오고 가는 것을 목격할 만한 목격자도 없다. 나는 숲속은 항상 안전하다고 느꼈지만, 오늘의 공격은 세상에 안전한 곳은 어디든 있다는 믿음을 흔들리게 했다.

티보듀는 젊음이 주는 민첩함이 부러울 정도로 우아한 움직임으로 다시 일어섰다. "바로 착수하겠습니다."

"저는 더 이상 할 말이 없습니다."

"좀 더 말씀해 주시면 도움이 될 것 같은데요, 버드 부인."

"내가 알고 있는 건 모두 말했어요."

티보듀는 이 말을 믿지 않았지만 지금은 나에게서 진실을 끌어내려는 시도를 포기했다. 무전기에서 소리가 나자 그녀는 무전기를 허리춤에서 꺼내 말을 하기 위해 고개를 돌렸다.

"매기, 이제는 상황이 달라졌어요." 데클란이 조용히 말했다.

나는 한숨을 쉬었다. "나도 알아요."

"이제는 이곳에서 잠시 벗어날 때인 것 같아요."

"그래야겠죠." 나는 숲을 향해 돌아섰다. 내가 이제는 버려야 할 집을 향해. "하지만 그 전에 해야 할 일이 있어요."

＊

"우리 헛간 옆으로 부인의 닭장을 옮겼어요." 루터가 커피를 한 잔 따라주었다. "그러면 캘리가 부인의 닭들을 돌보는 게 더 쉬워질 거예요. 하지만 그 무리를 어떻게 분리해 놓을 수 있을지 아직 확신하지 못하겠어요."

"그냥 합치는 게 나을지 몰라요." 나는 캘리를 바라보았다. "어차피 캘리가 키우게 될 거니까요."

"스프레이 페인트 같은 걸로 표시해 둘 수 있어요." 캘리가 제안했다.

"그럴 필요 없어. 이제 걔들은 네 거야, 캘리."

캘리는 미간을 찌푸렸다. "더 이상 닭을 키우고 싶지 않으신 거예요?"

"그렇지 않아. 난 나의 딸들을 사랑하지. 하지만 이제 나는 이 마을을 떠나야 할 것 같아. 나의 아이들이 좋은 집을 가졌으면 해." 나는 캘리에게 미소를 지었다. "너의 집이 딱일 것 같은데."

"돌아오실 때까지 돌보는 건 문제 없어요. 돌아오실 때 아주머니 닭들을 우리가 분류할 수 있을 거예요."

"문제는 내가 언제 돌아올지 모른다는 사실이야." 루터의 쓴 커피잔을 들고 주방 창문으로 걸어가니 내 트럭 뒤에 주차한 자신의 볼보 승용차에 데클란이 앉아 있는 모습이 보였다. 그는 나를 무방비 상태로 놓여있지 않도록 계속 지켜보고 있었다. 데클란은 창문 너머로 나를 보고는 안심했다는 듯 고개를 끄덕였다. 내가 필요로 하는 한, 데클란은 내 곁에 있을 거라는 걸 잘 알고 있다. 나는 단풍나무들 너머에 있는 나의 농가를 바라보았다. 30분 전에 현관문을 잠그면서 그 순간이 내 집을 보는 마지막일 거라는 생각이 들었다. 지난 2년간 쌓아온 나의 삶, 나의 농장을 포기하지 못해 머뭇거리며, 지금 나는 루터의 부엌에서 오랫동안 머물며 떠나지 못하고 있다. 지금 나의 삶은 과거의 유령들에 의해 위협받고 있다.

"블랙베리 농장은요?" 루터가 물었다. "우리가 뭘 하면 되는 거죠? 잠시 자리를 비우는 거라면 제가 파이프를 차단해서 물을 닫아 놓을게요."

"이미 했어요. 그냥 그대로 두면 될 거예요." 나는 혼란스런 표정이지만 현명해 보이는 눈으로 나를 바라보고 있는 캘리를 쳐다보았다. 내가 갑작스럽게 집을 떠나야 하는 이유를 알려주지 않았어도 캘리는 뭔가 일이 크게 잘못되어 가고 있다는 것을 알고 있는 듯했다. 문득 나를 믿고 따랐던 또 다른 10대 소녀가 생각났다. 나는 그 소녀를 지키는데 실패했고 소녀에게 일어났던 일은 유령처럼 나를 따라다니고 있다.

캘리에게는 그런 일이 벌어지지 않도록 할 것이다.

"우리 집에 가까이 오지 않도록 해야 해, 알겠지?" 내가 캘리에게 말했다. "집안에 들어가지 않는 건 물론이고 근처에도 가지 말아야 해."

"하지만 큰 알로에 베라는 어떻게 해요? 물을 줘야 할 텐데요."

"그냥 둬."

"할아버지가 이리로 옮기면 되지 않을까요?"

"너무 무거워서 안 될 거야."

"그럼 말라 죽게 될 텐데요."

"괜찮아."

캘리는 나의 대답에 충격을 받은 듯했다. 캘리는 할아버지와 나를 번갈아 바라보다 어른들이 사는 세상에 당황한 듯한 표정을 지었다.

"얘야." 나는 테이블에 마주 앉아 있는 캘리를 보며 말했다. "돌아오면 새로운 식물을 다시 키우면 된단다."

"다시 돌아오실 거죠, 그렇죠?"

"나도 그 무엇보다도 그걸 원해, 캘리. 하지만 지금 당장은 네가 나에게 약속해 줘야 해, 내 집에서 항상 멀리 떨어져 있겠다고. 어떤 경우가……." 나는 문장을 어떻게 끝내야 할지 몰라 잠시 멈칫했다. 무슨 경우? 누군가 부비트랩을 설치한 경우? 누군가 폭탄을 설치하거나 불을 지를 경우? 캘리가 만약 집안에 갇혀 있다고 생각하니 견딜 수가 없었다. 나에겐 자식이 없는데 캘리는 내가 아는 한 나와 가장 가까운 아이이다. 다른 엄마들처럼 나도 캘리의 안전을 지키기 위해서는 무슨 일이든 할 것이다.

"전화해도 돼요?"

"전화를 받지 못하는 경우가 생길 수도 있어."

"어디 가시는 거예요? 그냥 말해주시면 안 돼요?"

"그러고 싶지만 아직은… 잘 모르겠구나."

캘리는 할아버지를 바라보다가 다시 나를 쳐다보며 해답을 찾으려 애타게 우리의 표정을 관찰하고 있었다. 갑자기 캘리가 나를 안아주려고 달려들었을 때 나는 깜짝 놀랐다. 캘리의 머리카락에서 달콤한 건초와 장작불 냄새가 났고, 나에게 안긴 캘리를 감싸고 있는데 갑자기 눈에서 눈물이 쏟아지는 것이 느껴졌다. 이런 감정은 내가 느끼고 싶어 하지 않는 감정이었고 오랫동안 피해 왔던 감정이었다. 그런데 지금 이렇게 순진한 한 소녀가 나에게 아기처럼 딱 달라붙어 있다.

이제 떠날 시간이다. 지금 당장.

내가 캘리를 떼어 놓으려 하는데 워낙 꽉 붙잡고 있어서인지 마치 내 피부를 벗겨내는 것 같은 기분이 들었다. "숙제해야지, 캘리." 이 말밖에 할 말이 없었다. 다른 작별의 인사를 했다간 울음이 왈칵 터질 것만 같아 나는 문밖으로 재빨리 나와버렸다.

루터는 밖으로 따라 나와 현관문을 닫으며 말했다. "내가 관여할 일이 아닌 것 같아서 질문하기가 조심스럽지만, 매기. 하지만 당신이 무엇을 피해 도망치고 있는지 말해준다면 도움이 될 것 같아요."

"그게 바로 제가 알아내야 할 것이에요."

"경찰로부터인가요? 당신이 한 무언가 때문에?"

"아니요, 경찰은 아니에요."

"그렇군요." 루터는 그 대답에 안도한 것인지 아닌지 표정에서 드러나지 않았다. 아마도 법의 추적을 받는 것보다 훨씬 더 무서운 어떤 가능성이 있다는 것을 알고 있기 때문일 것이다. "그럼 누가?"

"몇 년 전에 한 남자와 관계를 맺게 되었어요."

"서로 사귀었다는 얘긴가요?"

"네. 그러다 그가 어떤 사람들과 관계를 맺고 있는지를 알아버리게 된 거죠."

"범죄자들?"

"그렇게 불러도 무방해요."

"그래서 당신이 도망가는 사람은 누굽니까? 그 남자?"

어떤 설명보다도 납득이 가는 변명이다. 그리고 어떤 면에서는 사실이기도 했다. 나는 끊임없이 대니로부터 도망치고 있었다. 아니면 그에 대한 기억으로부터.

"음, 이제야 적어도 우리가 무엇을 상대하고 있는지는 알겠군요." 루터가 말했다.

"루터, 당신은 누구도 상대하고 있지 않아요. 이건 제 문제예요. 그리고 제가 잘 처리할 수 있어요."

"어떻게요?"

"도와줄 수 있는 몇 명의 친구가 있어요." 나는 계단을 내려가 트럭으로 향했다. 언제나 나의 보호자가 되어주는 데클란이 차 안에서 나를 지켜보고 있었다.

루터가 큰 소리로 외치는 소리가 들렸다. "우린 그럼 친구가 아닙니까? 캘리와 나?"

나는 트럭 옆에서 잠시 멈춰서서 그를 돌아보았다. "아니, 우린 친구 맞아요. 그게 당신과 캘리가 나에게서 떨어져 있어야 하는 이유이고요. 전 캘리와 당신 모두가 안전했으면 좋겠어요."

"그가 그렇게 위험한가요? 당신이 도망치는 그 남자?"

방콕의 작은 플라스틱 테이블 건너에서 나를 바라보며 웃던 대니의 모습이 떠올랐다. 터키 해변에서 나란히 누워 함께 웃던 모습. 대니가 나에게 치즈샌드위치를 만들어 주며 스토브 앞에서 노래를 부르던 모습. "네, 맞아요. 그는 위험해요."

19장

—

런던, 16년 전

나는 대영박물관 17호실 벤치에 앉아 리키아의 왕 아르비나스의 무덤을 바라보고 있었다. 한때 이 무덤은 도시 국가였던 잔토스에 있었는데, 영국의 고고학자에 의해 이곳 런던으로 통째로 옮겨졌다. 이 무덤은 제국의 약탈품의 또 하나의 예이자, 영원한 제국은 없다는 것을 일깨워주기도 했다. 나는 터키를 그리워하고 있었다. 이 대리석 기념물이 나를 따뜻한 바닷물과 눈부신 햇살, 달콤하게 익은 과일이 열린 나무가 있는 리키아의 해변으로 데려가 주었다. 이곳 런던은 비가 내리는 오후이고 6월이 다 되어가는데도 습기가 뼛속 깊이 스며들어 따뜻함을 느낄 수가 없다. 무덤에 새겨진 전투에 임하는 군인들을 바라보며 아르비나스 시대 이후 인류는 거의 변하지 않았다는 사실을 깨달았다. 우리는 여전히 끝없는 분쟁과 전쟁을 반복하고 있고, 이제는 우리 모두를 파멸시킬 수 있을 만큼 강력한 무기들을 가지고 있다.

다이애나가 들어오는 것을 보지는 못했지만 느낌으로 알 수 있었다. 나의 안테나는 공기 흐름의 변화를 포착했고 잠시 후 우리는 벤치에 나란히 앉아 있었다. 잠시 동안 우리는 말하지 않고 서로 쳐다보지도 않았다. 그리스 신화에 나오는 바다의 요정에 나의 온 신경을 집중했다.

"만나기에 흥미로운 장소군요." 다이애나가 마침내 말을 꺼냈다.

나는 접힌 신문을 그녀에게 슬쩍 밀어 넣었다. 그 신문 안에는 며칠 전 갈렌 클리닉 컴퓨터에서 다운로드한 하드윅의 의료 기록이 담긴 플래시 드라이브가 숨겨져 있었다. 다이애나가 나에게 신문을 다시 돌려주었을 땐 드라이브는 이미 그녀의 주머니에 들어가 있었다.

"그래, 어떤가요?" 다이애나가 물었다.

"유전적인 고혈압과 함께 26세에 입은 심각한 두부 손상으로 심각한 발작 장애가 있어요. 그리고 수술이 필요한 경막하 혈종도 갖고 있습니다."

"어떻게 다친 거죠?"

"부모님의 람보르기니를 돌담에 들이받았대요."

"오, 부자들의 비애군요."

"신경과 전문의가 지속적으로 약물을 조정하고 있지만 여전히 대발작을 일으키곤 한다는 군요."

"얼마나 자주죠?"

"마지막 발작은 3개월 전 하드윅 타워에 있는 자신의 사무실에서요. 발작 시간은 불과 1~2분에 불과했지만 발작이 멈추지 않는 간질 상태의 위험이 항상 존재합니다. 긴급한 의학적 개입이 필요하겠죠. 그래서 런던을 벗어나기만 하면 의사를 대동해야 한다고 고집을 하죠. 안전 담요인 셈이죠. 그는 또한 단기 기억력에도 문제가 생기기 시작한 것 같아요. 이것 역시 머리 부상과 관련이 있을 수 있어요."

"기억력이 어느 정도 나쁜가요?"

"하드윅은 이름과 숫자를 기억하는 데 어려움을 겪고 있어요. 대니에게 이것에 대해 상의할 정도로 걱정을 하고 있는 것 같더군요."

시끄러운 학생들이 선생님과 함께 17번 방에 들어서자 다이애나는 침묵을 지켰고, 학생들의 목소리는 대리석 표면을 통해 더욱 커져갔다. 혼돈이 실내를 뒤덮은 가운데 다이애나와 나는 새겨진 조각들을 보며 숨겨진 의미를 찾는 듯, 앞에 놓인 아르비나스의 무덤을 응시했다.

"저기 좀 봐요, 그리스 신전이에요!"

"저 신들은 하늘 위에서 싸우고 있는 건가요, 커밍스 선생님?"

"글쎄. 자, 다음 전시실로 이동할까?"

"저, 배고파요!"

아이들은 요정 동상이나 죽은 왕의 기념비에 감명받지 않았다. 더 흥미로운 것을 보고 싶어 한다. 이집트 미라는 어디 있죠, 커밍스 선생님? 점심 먹을 시간 아닌가요?

사면초가에 몰린 커밍스 선생님은 결국 부하들을 이끌고 다음 전시실로 이동했지만 아이들의 목소리는 옆 전시실까지 계속 울려 퍼지고 있었다.

"하드윅이 언제쯤 다시 남편을 부를까요?"

"3주 후. 하드윅은 자신의 별장인 매닝 하우스에서 주말 연회를 주최할 겁니다. 하드윅이나 손님 중 의료의 도움이 필요할 경우를 대비해 대니도 참석할 예정이에요."

"손님들 명단을 알 수 있어요?"

"하드윅의 사업 동료들과 그들의 아내들이 참석할 것이라고 들었어요. 그는 몇 달에 한 번씩 이런 휴양지 파티를 주최하죠. 말을 타고 사격을 하는 영국 신사들 모임 같은 거죠. 술도 엄청 마셔댈 거고요."

"혀가 많이 느슨해지겠군요."

"운이 좋다면요."

"당신도 대니와 함께 할 건가요?"

"이번엔 저도 초대를 했더군요. 이유는 확실히 모르겠지만."

다이애나는 잠시 생각하더니 주머니에서 종이를 꺼냈다. 그리고는 나에게 그 종이를 밀어 건넸다. "잘 봐 보세요."

종이에 적힌 내용을 힐끗 살펴보았다. '헴아르기네이트.' "이게 뭐죠?"

"약 이름이에요. 최근에 이 약을 투여받은 갈렌 환자가 있는지 알아봐 주세요."

"이 약은 어디에 쓰이는 약이죠?"

"급성 간헐성 포르피린증. 종종 심한 복통을 일으키는 희귀 대사성 질환이에요. 이 약의 정기적인 복용으로 예방이 가능하죠. 이 약은 유리병에 보관돼요. 병원에 재고가 있는지 확인해 보세요."

나는 고개를 끄덕이고 종이를 주머니에 집어넣었다. 이 정보를 얻으려면 병원 컴퓨터에 들어가야 하는데, 그리 어렵지는 않을 것이다. 병원 직원들은 이제 나를 알고 있다. 나는 갤러거 박사의 아내로, 가끔 차와 함께 먹을 케이크를 가져다주기도 한다. 그러면서 가끔 서류 정리를 돕기도 하며, 이제는 시스템 암호도 알고 있다.

"왜 이 정보가 필요한 건가요? 누구에 대해 알고 싶은 거죠?"

"시라노."

나는 고개를 돌려 다이애나를 응시했다. 시라노는 CIA가 수년간 추적해 온 러시아 잠복 요원의 암호명이기 때문에 나에겐 익숙한 이름이었다. CIA는 그가 현재 어떤 이름을 사용하는지 알지 못하지만, 그가 로스토프에서 태어났고 러시아의 해외정보국에서 훈련받았으며 다른 신분으로 위장해 서방으로 파견되었다는 정보를 수집했다. 그가 존재한다는 사실의 첫 번째 단서는 8년 전 감청된 통신에 의해서였다. 그때 '시라노'라는 코드네임이 언급되었다. 우리는 그가 어떻게 생겼는지, 어떤 직업을 가졌는지 알지 못했지만, 러시아 정보국의 통신에서 시라노라는 이름이 반복적으로 등장했으며, 이 통신에서 현직 국회의원 두 명의 이름이 언급되었다는 사실을 알고 있다. 다른 해외공작원들처럼 시라노는 러시아의 이익을 위해 권력층에 침투하여 그들에게 영향을 미치는 임무를 맡고 있는 것으로 보였다.

"그에 관한 새로운 정보가 입수된 건가요?" 내가 물었다.

"그의 책임자가 보낸 메시지를 입수했는데 그의 부인에 관한 내용이었어요. 그 여성은 이 약을 정기적으로 복용해야 한다는 사실이 그 메시지에 나와 있더군요."

"그리고 그녀가 갈렌의 환자라고 생각하는 거고요?"

"우리도 잘 몰라요. 그 약을 주기적으로 복용하는 누구든 찾아 보기 위해 넓은 그물망을 던져보는 것 뿐이에요. 국제적인 고객 층을 확보하고 있는 갈렌은 이런 고객을 유치할 가능성도 있는 거죠."

17호실 방문객에 의해 또다시 우리의 대화는 방해를 받았다. 이번엔 30대 커플이었다. 청바지에 나이키를 신은 것으로 보아 미국인인 것 같았다. 그리스 신화의 바다 요정들은 그들의 관심 역시도 끌지 못한 것 같았고, 그들은 곧 다른 전시실로 이동했다.

"매닝 하우스에서 열리는 연회 말이에요. 참석할 손님에 대해 좀 더 자세히 알아봐 주세요."

"그럴게요."

"우리는 그날 도로를 주시하며 누가 나타날지 확인해 보겠습니다. 그리고 그날 게스트 명단에 우리의 귀가 되어줄 다른 누군가를 올려보도록 하겠습니다."

"정보원을 더요?" 나는 눈살이 찌푸려졌다. "뭣 때문에요? 누구죠?"

"모르는 게 더 안전합니다. 두 사람 모두를 위해서요."

"하드윅의 인맥에 이미 우리 정보원이 심어져 있다는 건가요?"

다이애나는 대답을 하지 않고 앞에 놓인 조각상만 쳐다볼 뿐이었다. 나는 다이애나를 위해 나의 안정된 삶을 버렸지만 그녀는 이 중요한 정보를 공유하지 않고 있었다. 다이애나가 나를 믿지 않는다는 사실이 내가 과연 그녀를 얼마나 신뢰할 수 있는가에 대한 의문을 낳았다.

나는 갑작스레 벤치에서 일어났다. "연회에 다른 사람을 심어 놓을 거라면 저는 필요 없을 것 같군요."

"우리는 모두가 필요합니다. 언제든 정보원을 잃을 가능성이 있기 때문에 우리는 여러 층을 만들어 두어야 합니다. 우리가 지금 어떤 사람들을 상대하고 있는지 아시잖아요. 그들이 어떤 짓이든 할 수 있다는 것도 알고 있고요. 벌써 잊은 건가요?"

"잊었냐고요?" 나는 다이애나와 대면하기 위해 돌아섰다. 전시실 안에는 아무도 없었고 내가 분노에 찬 속삭임으로 반격할 때 들을 귀도 없었다. "도쿠가 이스탄불에서 피를 흘리며 죽어갈 때 당신은 거기 없었잖아요. 그들이 도쿠의 여동생과 그녀의 딸을 인간 횃불처럼 불태워 버릴 때에도 당신은 거기 없었죠. 오, 정말… 난 우리가 어떤 인간들을 상대하고 있는지 그 누구보다 정확히 알고 있어요."

"그럼 제가 왜 우리 정보원을 공개할 수 없는지 잘 알겠군요. 그의 안전 그리고 당신들의 안전을 위해섭니다."

서로를 배신할 수 없도록 분리해 두어야 한다. 우리는 서로 단절된 상태로 각자 혼자 알아서 일해야 한다. 분명 합당한 말이지만 일을 하면서 항상 고립되어 있다는 기분이 들기도 했다. 다이애나가 정보원을 언급할 때 '그'라고 했으니 남자라는 사실은 안 셈이다. 그는 나에 대해선 어느 정도 알고 있는 것일까? 강제로 입을 열어야 할 상황이 되면 나를 위험에 빠뜨릴 만큼 알고 있을까? 적진의 뒤에서 몰래 함께 일하는 동지에 대해 아는 것에는 이런 위험이 상존한다. 배신은 언제나 가능하니까.

박물관을 나설 때면 주변으로 몰려드는 관광객들이 있음에도 불구하고 항상 노출된 듯한 고통스런 기분을 느꼈다. 이곳은 언제나 테니스화를 신고 배낭을 멘 미국인, 셀카봉을 든 일본인 등 여행객들로 만원이다. 이 군중들 속에서 난 익명으로 존재하지만 안전하다는 느낌을 받지 못했다.

전화벨이 울렸다. 화면에 발신자 정보가 뜨진 않았지만 상대의 목소리를 듣자마자 누군지 알아챌 수 있었다. "하드윅 씨가 당신을 만나고 싶어 합니다." 하드윅 보안팀의 키이스였다.

나는 계단 아래에서 멈춰 정신없이 군중들을 둘러보았다. 미행당한 건가? 다이애나를 만나러 온 것을 그들이 알고 있나?

"하드윅 씨가 절 만나려는 이유가 있나요?" 나는 목소리에 침착함을 유지하려고 노력했다.

"그냥 사적인 대화를 원하는 것 같은데요?"

"약속은 언제쯤 일까요?"

"지금입니다. 하드윅 타워의 사무실에서요. 28층입니다."

이 약속의 모든 가능성 있는 이유를 생각해 보았다. 내가 누구를 위해 일하는지 알아챈 건가? 난 함정에 빠진 걸까?

"죄송하지만 무슨 일로 만나고 싶어 하는지 알고 싶습니다."

"사무실에서 하드윅 씨가 말씀드릴 겁니다."

∗

런던 사우스워크 지역에 있는 하드윅 타워는 30층 높이로 템스강을 내려다보고 있다. 런던으로 이사를 온 후, 타워 안에 있는 레스토랑에서 대니와 한 번 식사를 했었고, 칵테일파티에도 초대를 받았었다. 그리고 강변을 산책하면서 여러 번 지나치기도 했지만, 하드윅 조직의 본부가 위치한 28층에는 방문할 기회가 전혀 없었다. 28층은 전용 엘리베이터로만 접근이 가능하고 엘리베이터를 이용하기 위해선 먼저 보안 데스크에 등록을 하고 경비원의 수색을 허락해야 하며, 그다음으로 금속 탐지기를 통과해야 한다. 이건 단순히 영화에서 나오는 장면을 흉내 낸 것이 아니었다. 하드윅은 신변의 위협을 진심으로 걱정하고 있고 결혼식 만찬에서 그의 보안팀이 우리를 식당에 가두었을 때 그 사실을 알 수 있었다.

혼자 엘리베이터를 타고 28층까지 올라가는 동안 나는 문에 비친 내 모습을 바라보았다. 나의 얼굴에서 긴장을 볼 수 있었고 가슴이 두근거리는 것을 느낄 수 있었다. '정신 차려야 해. 진정하라고.' 그에게 나의 두려움을 드러낼 수 없다. 나는 단지 대니의 미국인 아내일 뿐인데 무슨 대화를 할 게 있다는 거지? 나의 마음 상태는 당혹스러움과 호기심을 동시에 가져야 한다. 그것이 순진한 매기 갤러거가 지금 느껴야 할 감정이고 하드윅이 내 얼굴에서 느껴야 할 감정이었다.

도착 벨이 울렸다.

숨을 고르고 밖으로 나오니 키이스가 책상 앞에 서 있었다. 그는 나를 기다리고 있었다.

"가방요." 키이스가 말했다. "가방을 검색해야 합니다." 그는 여전히 재수 없는 캐릭터였다.

"아래에서 이미 경비원이 검색했어요."

"하드윅 씨의 규칙입니다."

나는 가방을 책상 위에 올려놓고 그가 내용물을 뒤적이는 것을 지켜보았다.

"휴대폰은 여기 두고 가셔야 합니다."

"네? 뭐라고요?"

"돌아가실 때 돌려받으실 겁니다." 그는 상자 하나를 내밀었다. "그냥 일상적인 규칙일 뿐입니다."

보안이 철저한 교도소라면 그럴지도. 나는 전원을 끄고 조심스럽게 휴대폰을 상자에 넣었다. 그제서야 키이스는 인터폰 버튼을 눌렀다.

"갤러거 부인이 도착했습니다." 그가 인터폰에 대고 말했다.

잠시 후 문이 열리고 하드윅이 선 채로 나를 바라보고 있었다. "들어와요, 매기."

내가 사무실에 들어서자 그가 문을 닫고 잠그는 소리가 뒤에서 들려왔다. 점점 끔찍한 실수를 저지르고 있는 것이 아닌가 생각이 들었지만 흔들리는 모습을 보여줄 수는 없었다. 대신 나는 천장에서 바닥까지 내려오는 통유리창을 통해 인상적인 템스강의 풍경을 바라보았다.

"세상에, 매일 이 풍경을 볼 수 있는 건가요?"

"저 경치는 절대 질리지 않죠." 그는 자작나무 책상 앞에 놓인 의자를 향해 손짓을 했다. "앉으시죠."

그가 자신의 의자에 앉자 창문을 통해 역광을 받게 되었다. 나는 그의 얼굴에 있는 미세한 표정들을 읽을 수 없는 반면, 그는 나의 모든 표정들을 자세히 볼 수 있게 되었다. "부인에 대해 조사를 조금 해보았는데요." 그가 말했다.

"저에 대해서요?" 나는 웃으며 말했다. "왜 저에 대해서 조사를 했는지 모르겠네요." 그의 감시 아래에서 나의 맥박이 빨라졌다. 하드윅과 그의 부하들만이 내가 여기 있다는 사실을 알고 있다는 생각이 번뜩 들었다. 문이 잠겼다는 사실도 생각이 났다. 런던에서 조차도 한 사람이 흔적도 없이 사라져 버리는 게 얼마나 쉬운지 생각해 보게 된다.

"저는 제 주변 사람들에 대해 알아보는 걸 좋아합니다. 그 사람이 어떤 사람인지 어떻게 나의 인맥에 들어올 수 있었는지 등에 대해서요."

"글쎄요, 너무 쉬웠는데요. 대니와 결혼했으니까요."

"그래요, 방콕에서 우연히 만났었죠. 당시 관세 중개회사에서 일하고 있었죠." 그는 책상 위의 서류 더미를 흘끗 보았다. "유로파라고 불리는 회사였죠."

그는 나의 신원조회를 했다. 얼마나 깊게 조사한 거지? "저는 패션 분야를 전문으로 하는 수출입 담당자였어요. 이국풍의 원단들을 취급했죠."

"멋진 일인 것 같네요."

"그것의 한가운데에서 바라보면 화려해 보이는 직업은 없어요." '첩보 활동을 포함해서.' "하지만 여행은 원 없이 다녔죠."

"그리고 당신은 결혼을 위해 경력을 포기했어요." 그는 한쪽 눈썹을 치켜들고 나를 바라보았다. "정말 원해서 인가요?"

우리는 지금 위험한 다음 라운드를 향해 가고 있지만 애써 웃

음을 지을 수는 있었다. "하드윅 씨도 알고 있을 거예요. 진정한
사랑."

"아뇨, 전 잘 몰라요."

"진정한 사랑이란 걸 믿지 않으세요?"

"난 이혼한 사람이에요. 무슨 생각을 하는 거요?"

"실비아는 아름다운 여성이라고 생각해요."

이제 그가 어깨를 으쓱할 차례이다. "네, 그런 것 같네요."

실비아를 아는 모든 사람에게 명백한 사실을 그는 부정하지는
못했지만, 그의 무시하는 듯한 어조는 그것이 그에게는 얼마나
하찮은 건지를 잘 보여주고 있었다. 실비아는 첫 번째 정부도 아
니었고 마지막 정부도 아닐 것이다.

"정말 사랑 때문이었나요?" 하드윅이 물었다.

"그렇지 않다면 제가 왜 그와 결혼을 했겠어요?"

"그게 유일한 이유인가요?"

또 한 번 깜빡이는 빨간불. 조심하지 않으면 함정에 빠질 수 있
다. 심장 박동이 한 단계 더 빨라지고 있다. 그는 긴 시간 동안 나
를 연구한 것 같았고 나의 운명은 칼날 위에서 뒤뚱거리며 균형
을 잡고 있었다. "저는 진정 남편을 사랑해요, 하드윅 씨. 그리고
이제는 런던 생활이 좋아지고 있고요."

"이스탄불이 그립지 않나요? 당신 직업도?"

"물론 월급이 그립긴 하죠. 수입원이 없이 다른 사람에게 의존
하고 있다는 사실이 마음을 조금 불편하게 한다는 건 인정합니
다. 저처럼 가난하게 자란 사람에게는 돈이 매우 중요합니다."

그의 눈빛에서 이해의 한 조각을 발견했다. 돈은 그가 이해할

수 있고 감사해하는 무언가이니까. 이 건물의 금박을 입힌 로비와 대리석 기둥, 화려한 통유리는 존경과 관심을 달라는 외침이다. 하드윅은 자신이 돈이 많다는 것을 사람들에게 알리고 싶어한다. 그래, 우리는 서로를 이해하고 있다.

"이게 다 무슨 일인지 물어봐도 될까요? 마치 면접을 보는 것 같다는 느낌이 들기 시작하네요."

"질문이 많은 게 제 천성이죠."

"당신의 주치의가 실수를 해서 엉뚱한 여자와 결혼한 건 아닌가 궁금하신가요?"

"아니요. 제가 걱정하고 있는 건 제 딸입니다."

"벨라?"

"그 애는 감수성이 예민한 소녀예요. 환경에 영향을 받기 쉽고 누구를 믿어야 하는지를 잘 모르는 순진한 아이죠." 그는 의자를 뒤로 깊숙이 기대고 마치 내가 살짝 엿보고 싶은 퍼즐 상자라도 되는 양 나를 주시했다. "부인이 내 딸에게 좋은 영향을 미칠 수 있는 사람인지 알고 싶어요."

"저는 그렇다고 생각하고 싶네요."

"내 딸 곁에 있으려면 그래야 할 거요. 언젠가는 딸이 왕국의 열쇠를 쥐게 될 텐데, 그러기 전에 딸에게 먼저 왕국을 유지할 수 있는 감각을 길러줘야 해요. 내가 도와주고 싶지만, 난 그 애의 아빠일 뿐이더군요. 하지만 당신은…… 음… 애가 당신을 좋아하더군요. 언제 또 당신과 당신 남편을 저녁에 초대할 건지 계속 물어봐요. 주말에 놀러 와주면 좋겠다고도 하고."

"이유를 모르겠네요." 하지만 난 알고 있다. 그 약 때문이겠지.

나는 벨라를 배신하지 않았고 10대의 눈에는 그것을 동맹의 의미로 받아들였다. 대니와 나는 하드윅 타워에서 열린 칵테일파티에 두 번이나 초대를 받았었는데, 그때마다 벨라는 저녁 내내 내 곁에 머물렀다. "제가 패션 업계에서 일했기 때문일지도 모르겠네요. 벨라가 패션에 관심이 많은 것 같아요."

"난 잘 몰라요. 그저 청구서를 내밀면 돈이나 대주는 거죠."

"패션에 대한 조언을 원한다면 기꺼이 응해줄게요. 아니면 같이 쇼핑을 할 수도 있어요."

"저기, 부인이 벨라를 즐겁게 해주고 문제를 일으키지 않게만 해주시면 좋을 것 같은데……. 실비아와 저는 너무 바빠서 그 애를 돌보기가 쉽지 않아요. 그리고 벨라가 손님들 앞에서 삐치는 모습을 보이거나 우리를 창피 주게 하면 안되니까요."

"언제쯤 벨라와 시간을 보내면 되는 거죠?"

"3주 후에 매닝 하우스에서 연회가 있어요. 어차피 남편분도 오실 거고."

"벨라의 친구 역할 같은걸 바라시는 건가요?"

"아." 그는 이제야 이해했다는 듯이 말했다. "일정한 보상이 필요하겠군요?"

"아니요. 제가 정확히 어떤 역할을 해주길 바라는지 알고 싶을 뿐입니다."

"제 딸이 즐겁도록, 손님들 앞에서 예의 바르게 행동하도록. 이걸 원하는 겁니다."

"그 애는 십대예요."

"그게 바로 문제예요. 할 수 있을 것 같나요?"

나는 그의 제안을 고민해 보는 시늉을 했다. 내가 너무 바라는 듯한 모습을 보이면 안된다. 누가 과연 십대와 씨름하고 싶어 할까? "한번 해볼게요."

하드윅은 수표책을 꺼내 들었다. "얼마를 원하십니까?"

"돈은 필요 없을 것 같군요."

"나를 위해 일을 하려면 보상을 받아야 해요."

"이번 건은 아닌 것 같아요. 난 벨라가 좋아요. 벨라의 친구가 된다는 이유로 돈을 받는 건 정중히 사양할게요."

그는 마치 나에게서 자신이 놓친 점은 없었나 확인하려는 듯 나를 위아래로 훑어보았다. 그에게는 말이 안 되는 일이었고, 난 그냥 그가 주는 돈을 받았어야 하는 건가, 하는 의문이 들었다. 마침내 그는 어깨를 으쓱하더니 수표책을 다시 책상에 올려놓았다.

"편하실 대로 하세요. 하지만 전 분명히 제안했어요."

*

대니는 그날 저녁 거의 8시가 되어 퇴근했다. 나는 이미 저녁 식사를 마친 상태였고 대니를 위해 연어와 감자를 준비해 두었다. 소파에 앉아 위스키 한 잔을 홀짝이고 있는데 문이 열리고 닫히는 소리가 들렸다. 그는 비누와 소독약 냄새와 함께 피곤한 기색을 보이며 거실로 들어와 내 옆에 쓰러지듯 기댔다.

"이봐요, 청년." 내가 놀리듯 말했다.

"맙소사, 정말 대단한 하루였어. 노로바이러스가 발생하는 바람에 모든 고객들이 구토하고 난리도 아니었다니까. 네 번의 내

방 전화를 받았다는 사실은 내가 다음 차례일 가능성이 높다는 뜻이기도 해."

나는 일어나서 위스키를 잔에 따랐다. "너무 걱정하지 마. 한 잔할래?"

"좋지. 내일이 휴일이면 좋겠어."

나는 그에게 위스키를 건넸다. "불쌍하기도 해라. 저녁 차려줄게. 아, 그리고 당신이 가고 싶은 어디든 말해, 내가 티켓을 예약해 놓을게."

"어디든 좋아, 당신과 함께라면." 대니는 나를 그의 옆으로 끌어당겨 앉혔다. "오늘 어디 있었어?"

"동네 근처 여기저기." 정오에 대영박물관 17호실에 앉아 다이애나에게 브리핑을 하고 있었지. 그는 전혀 알 수 없는.

"전화 했었는데."

"언제?"

"점심시간 이후쯤. 저녁 기다리지 말고 먼저 먹으라고 말하려 했는데 휴대폰이 꺼져 있는 것 같더라고."

나는 다른 변명거리를 찾으려다 확증할 수 있는 설명을 선택했다. "필립 하드윅 씨를 만났어."

나는 그의 팔 근육이 내 어깨를 조이는 것을 느꼈다. "뭐? 어떻게 그런 일이……."

"사무실로 와달라는 연락을 받았지."

"왜?"

"얘기 좀 하자는 거였어."

"무슨 대화?"

"그의 딸, 벨라. 벨라는 10대들이 흔히 저지르는 문제들을 일으키고 있지. 자신의 딸을 자제시키는 걸 도와달라는 거야. 매닝 하우스에 있는 동안 딸을 즐겁게 해달라는 부탁이었어."

대니는 위스키 한 모금을 마셨다. "그것 뿐이야? 딸 문제 때문에?"

"응."

"그래서 하기로 했어?"

"그냥 여자애와 친구가 되어주는 것뿐이야. 나에게 돈을 주겠다고도 했지만 거절했어."

"정말 그 문제에 참여하고 싶은 거야, 매기?" 그가 조용히 말했다.

"적어도 난 당신과 함께 있을 거야. 시골집에서의 주말이라, 즐겁겠는데 뭘. 그리고 벨라를 내가 감당할 수 없는 것도 아니야."

그는 한숨을 쉬며 머리를 손으로 쓸어 넘겼다. "이 사람들은 결코 쉽지 않은 사람들이라는 걸 알아야 해. 그의 초대를 받는 손님들은 우리와는 다른 세계에서 온 사람들이야. 그들에게 우리는 그저 가사도우미일 뿐이야."

"내가 재미없어할 거라고 생각하는구나."

"우리에겐 그건 파티가 아니야. 나는 그들의 감기나 다친 발목 따위를 돌봐주러 가는 것뿐이야."

"그리고 나는 베이비시터가 되는 거고."

"그래, 그렇게 들리네. 그나저나 그 여자애 너무 버릇 없는 것 같던데."

"이제 열다섯이야. 그 나이대 애들은 다 악동들인 거 몰라? 나 역시도 그랬고."

그가 웃었다. "그건 확실한 것 같네."

빈 잔을 채워주기 위해 위스키 병을 가지러 일어났다. 내가 소파로 다시 돌아왔을 때 대니는 허공을 응시하고 있었다. 나는 그의 옆에 자리를 잡았다.

"우리가 처음 만났던 날을 생각해 봤어. 우리 모두 이 나라 저 나라를 돌아다녔던 것이 얼마나 대단했던지 기억해." 대니가 말했다.

"우리는 지금보다 더 어렸고 더 가난했지."

"그래, 하지만 더 자유로웠지."

"나는 직업을 가지고 있었다고."

"당신이 사랑했던 일. '세상이 모두 집인 여자가 있구나'라는 생각을 했던 게 기억나. 그런데 지금은 이 아파트에 갇혀, 내 옆에서 술을 따르고 있네."

"당신과 함께 있잖아, 여보. 여기가 내가 있고 싶은 곳이야."

"정말 그래?" 그의 반문이 너무 부드러워서 말이라기 보다는 머릿속 생각이 튀어나온 것만 같았다. 정말 그렇게 말할 의도가 아니었는데 의심이 흘러나오는 것을 막을 수 없었던 것처럼.

"왜 그래? 무슨 문제 있어?"

"예전으로 돌아가고 싶어. 갈렌에 참여하기로 하기 전으로. 돈이 나를 빨아들이기 전으로." 그는 숨을 골랐다. "이 모든 걸 모두 던져버리면 어떨까?" 그는 잔을 내려놓고 나를 바라보았다. "비행기를 타고 남미로 훌쩍 떠나는 건 어때? 아니면 인도? 아니면 그냥 가고 싶다고 느끼는 아무 곳이나?"

그는 진심이었다. 다이애나와 하드윅 그리고 총알과 폭탄으로 피폐해진 어렴풋한 환영의 사람들을 잊어버릴 수 있는 곳, 세상 밖으로 함께 나가는 우리의 이 매력적인 비전, 그의 환상으로 나도 오직 빠져들고 싶다. 하지만 난 그 환영들 때문에 도망칠 수 없다. 난 남아서 싸워야 한다.

"불쌍한 자기, 피곤해서 그런가 봐. 밤에 푹 자두면 아침에는 모든 게 달라져 보일 거야."

그는 대답하지 않았지만 그의 눈에서 흥분이 사라지는 것을 보았다. 내가 무언가 희망적인 것을 죽인 것만 같았고, 우리에게 있을지도 모를 어떤 기회를 파괴한 것 같기도 하지만, 난 해야만 한다. 의무라는 것이 요구하기 때문에. 무고한 희생자들이 요구하기 때문에.

"그냥 조심하라고, 알았지?" 그가 말했다. "하드윅 주변은 조심해야 해. 그의 사람들 주변도 마찬가지야."

"왜 그런 거지?"

"난 그들을 믿지 않아." 그는 내 눈을 똑바로 바라보았다. "그리고 당신도 그래야 해."

20장

—

이미 하드윅의 시골 별장은 사진과 위성으로 찍은 이미지로 본 적이 있어 어느 정도 예상은 했지만, 매닝 하우스를 처음 접한 순간 여전히 놀라움을 금치 못했다. 대니와 나는 먼저 경비실에 들러 명단에서 우리의 이름을 확인한 다음 웅장한 플라타너스가 늘어선 도로를 따라 차를 몰고 들어갔다. 저 멀리 인공 호수를 넘어 우뚝 서있는 저택이 어렴풋이 보이기 시작했다. 사진은 붉은 벽돌 외관에 비치는 햇빛의 황홀한 광채나 집 주위를 둘러싼 치마인 듯한 에메랄드빛 진녹색의 잔디밭을 제대로 포착하지 못했다. 점점 다가가자 마구간, 차고, 화려한 정원, 그리고 정원 안의 묘하게 생긴 장식용 건물이 보였다. 이 자코비안 저택은 원래 한 백작이 소유했던 것이라고 알고 있다. 수 세기 후, 영국의 적국과 거래해 돈을 번 어떤 사람이 자신의 시골집을 차지하고 있다는 사실을 알게 된다면 그 백작은 무슨 기분이 들지 궁금했다.

"맙소사, 대니. 이건 별장이 아니라 성이잖아."

"겨울에는 춥고 바람도 많이 들어와. 창문은 덜컹거리고 목욕물 데우는 데는 하세월이야."

"이번 주말에는 정말 팔아버릴 수 있는 거지?"

"숙소가 어디든 우리는 잘 지낼 수 있어. 안 그래, 매기?"

대니가 현관 앞에 차를 세우고 런던으로부터의 긴 여정에 지친 몸을 이끌고 차 밖으로 나섰다. 대니가 차에서 우리의 가방을 꺼내 가져오는 동안 집을 올려다 보는데 창문 너머로 우리를 내려다보는 얼굴이 보였다. 실비아.

현관문이 열리고 하드윅의 경호원이 나타나 우리를 맞이했다. "갤러거 박사님. 갤러거 부인."

"키이스." 대니가 말했다.

"두 분은 모브 룸에서 묵게 되실 겁니다. 두 층 올라가서 동쪽 끝에 있는…"

"어디 있는지 알아요."

대니는 평소에는 누구에게도 그렇게 통명스럽게 말하지 않는다. 그가 여기서 주말을 보낸다는 것이 얼마나 행복하지 않은 일인지 보여준다. 대니와 나는 우리 짐을 들고 집 안으로 들어서서 웅장한 계단을 올라갔다. 계단을 따라 올라가며 제국의 옷을 차려입은 부인들과 말을 타고 있는 신사들의 초상화를 지나쳤다. 하지만 그들은 하드윅의 조상일 리가 없을 것이다. 하드윅 가문의 재산은 2차 세계대전 당시 그의 할아버지가 무기 산업에 투자해 축적한 2대에 걸친 재산이었다.

전쟁은 하드윅 가문에게는 기회이자 반가운 일이다.

2층에 도착하자 카펫이 깔린 복도를 따라 색깔별로 지정된 문에 손님들의 이름이 새겨진 황동색 명패가 달린 침실들이 늘어서 있었다. 우리는 복도를 따라 걸으며 침실들을 지나갔다. 앰버룸, 사파이어 룸, 로즈 룸. 사람들에게 친화적인 단순한 레드 룸이나 블루 룸 따위의 침실은 없었다. 복도 끝으로 걸어가면 집의 날개로 이어지는 문간이 나타난다. 여기에는 하인들을 위한 훨씬 더 좁은 두 번째 계단이 있다. 그 계단을 올라가는데 제복을 입은 하녀 한 명이 새 침구류를 잔뜩 들고 계단을 내려오고 있었다. 이 계단을 오르면 3층으로 올라서게 되고 우리가 잠을 잘 방이 나오게 된다.

모브 룸은 방 이름처럼 정말 커튼, 침대보, 벽지까지 연보라색이었다. 비좁을 거라는 예상과 달리 가정 주치의가 쓰기에는 충분히 편안한 크기였다. 반사적으로 방안을 둘러보며 감시 카메라를 찾아보았지만 어떤 것도 발견하지 못했다. 모니터링할 만큼 우리는 중요하지 않았다.

창문 너머로 텃밭과 공원을 바라볼 수 있었다. 조각상들이 늘어진 길에는 자갈이 깔려있고 숲속에는 여러 갈래의 산책로가 있었다.

그리고 숨을 수 있는 장소도.

대니가 여행 가방을 풀고 이브닝 재킷과 넥타이, 구두를 꺼냈다. 대니가 옷장에 재킷을 걸 때 나는 그의 뒤로 다가가 허리를 감싸안았다.

"적어도 주말 동안은 함께 지낼 수 있잖아." 내가 낮은 소리로 말했다.

"여기서 내 임무가 얼마나 하찮은지 알게 될 거야."

"당신은 생명을 구하는 사람이야, 대니. 그건 하찮은 일이 아니야."

"이번 주말에 내가 한 생명을 구할 수 있는 유일한 방법은 날아가는 원반 과녁을 놓친 누군가가 다른 사람을 쏘는 거야."

"흥미진진하겠는걸."

그는 몸을 돌려 나를 껴안았다. "당신과 함께 집에 머무는 것만큼 흥미롭지 않아. 대신 우리는 여기서 피 묻은 돈을 가진 영국 신사인 척하는 사람들 곁에 머물러야 해. 그들은 원반 과녁을 쏘고, 엄청나게 먹고 마셔댈 거고, 그러고 나서는 나에게 숙취와 소화불량을 호소할 거야."

"여기 다들 모인 이유가 그것밖에 없는 거야? 즐겁게 놀고 취하려고?"

"오, 물론 그들과 그들의 아내는 즐거운 시간을 가질 거지만, 보통은 비즈니스에 관한 이야기도 하지. 거래, 인맥 등."

"어떤 종류의 비즈니스야?"

"차라리 모르는 게 나을 거 같아서 일부러 신경을 쓰지 않으려고 해." 그가 옷장을 닫았다. "당신도 그렇게 해야 해."

∗

수다스러운 요리사에 따르면 오늘 저녁 식사에는 34명이 참석할 예정이라고 한다. 의사와 마찬가지로 주방의 직원들은 고객의 가정에 대한 세세한 정보를 알고 있기 때문에 내가 가장 먼저 찾아가는 곳 중 하나가 주방이었다. 내가 주방에서 일한 적이 있다고 말하며 오늘 저녁 메뉴가 무엇인지 궁금하다고 했다. 그러면서 손님 명단에 채식주의자 세 명, 조개류 알레르기 한 명, 글루텐 프리 식단을 원하는 사람 두 명이 포함되어 있다는 사실을 알게 되었다. 주말 연회의 만석을 채우기 위해선 여러 상자의 와인, 치즈 덩어리들, 다양한 부위의 쇠고기와 햄, 뿔닭과 메추라기 등이 필요하다는 것도 알게 되었다. 주방 직원들은 새벽부터 빵과 페이스트리를 굽는 것을 시작으로 마지막 냄비를 씻어내는 자정까지 계속 일을 해야 한다.

그리고 다음 날 아침, 모든 것이 다시 반복된다.

그 요리사는 하드윅의 런던 집에서도 요리를 하기 때문에 하드윅이 전통적인 고기와 감자 요리를 좋아하고, 실비아는 이탈리아 사람임에도 파스타를 먹지 않으며, 벨라는 최근 고기를 먹는 것은 참을 수 없을 정도로 잔인한 일이라고 선언했다는 사실을 말해줄 수 있었다. "어디 한번 보세요. 그 어리석은 소녀가 다시 마음을 바꿔 다음 주부턴 로스트비프만 찾게 될 테니까요." 요리사는 그렇게 빈정대며 가족이 몇 시에 아침을 먹는지, 하드윅이 밤이면 안초비 토스트를 간식으로 자주 먹고 토마토는 질색한다는 사실들을 계속 읊어댔다. 이 정보는 그다지 유용해 보이지는 않았지만 정보는 정보이니까.

언제나 요리사와의 대화는 유용한 정보에 접근하는 지름길이다.

주방을 둘러본 후 정원으로 가서 라벤더와 로즈메리, 회양목 울타리 사이로 난 자갈길을 거닐었다. 돌로 만든 벤치에 앉아 차들이 서고 새로운 손님이 내리는 것을 지켜보았다. 검은색 리무진에서 엄청나게 뚱뚱한 남자가 등장했다. 그는 곧 심장마비를 일으킬 것만 같아 결국에는 대니의 인명 구조 기술이 필요할지도 모르겠다. 뒤뚱거리며 정문으로 향하는 남자를 지켜보고 있는데 뒤에서 목소리가 들려왔다.

"아줌마가 여기 온 진짜 이유를 알아요."

고개를 돌려보니 정원 길을 따라 벨라가 다가오는 것이 보였다. 이번에도 벨라는 허브 정원의 차분한 회색과 보라색 사이에서 거의 네온사인에 가까운 눈에 거슬리는 진분홍색 옷을 입고 걸어오고 있었다. 벨라는 오후의 더위에 얼굴이 상기되었고 뺨은 촉촉한 분홍색으로 물들어 있었다. 벤치 옆에 앉은 소녀의 윗입술 솜털에 땀이 반짝이는 것이 보였다.

"사람들이 아줌마에 대해 하는 얘길 들었어요." 벨라가 말했다.

"누가 내 얘기를 하는 거지?"

"아빠와 얼간이 빅터요. 난 아줌마의 비밀을 알아요." 벨라는 마치 내일 비가 올 거라는 예보를 알려주듯이 자연스럽게 말했다.

또 다른 리무진이 서고 중년의 부부가 내렸다. 다시 한번 키이스가 달려 나와 그들을 맞이했다. 하드윅의 집행자 키이스와 빅터. 나는 자연스레 하드윅 주변에서 불행한 최후를 맞이한 사람들을 떠올리게 되었다. 살아있는 사람이 있는 채로 불에 탄 재규어. 창문 밖으로 밀려나거나 머리에 총알이 박힌 사람들. 필립 하드윅을 건드린다면 반드시 대가를 치러야 한다.

'침착하자. 너무 심각히 생각하지 말자.'

"도대체 왜 나에 대해 얘기를 하는 거지?"

"빅터는 아줌마에 대해 좀 더 알고 싶어 해요. 아줌마를 주변에 두는 것이 위험하지는 않은지 계속 물어봤어요."

"위험?" 나는 웃었다. "말도 안 되는 소리."

"정말 미친 거죠. 실비아는 그를 싫어해요. 그가 자신의 가슴을 늘 쳐다본다고 말해요."

당연하겠지. 실비아의 가슴은 정말 예쁘거든.

새로 도착한 부부는 집안으로 사라지고 운전사는 마당에 다른 차들과 함께 리무진을 주차했다. 지금까지 12대의 차량이 도착했고, 이 모든 차량은 매닝 하우스로 이어지는 도로를 감시하는 카메라에 포착되었을 것이다. 다이애나의 정보원도 지금 이 저택에 도착해 있는지 궁금했다. 그가 누구인지, 급히 이곳을 빠져나가야 할 때 그에게 도움을 청할 수 있을지 궁금했다.

"그럼 내가 가졌다고 추측되는 비밀이 과연 뭘까?" 나는 벨라에게 미소를 띄며 물었다.

"나 때문에 여기 온 거죠?"

"내가?"

"나를 돌봐주라고 아빠가 돈을 주고 여기로 부른 거잖아요."

모든 긴장이 한 번에 녹아내리는 것 같았다. 이건 나에 관한 것이 아니라 벨라에 관한 것이다. 당연히 그렇다. 십대들은 항상 세상이 자기중심으로 돌아간다고 생각한다.

"난 절대 돈을 요구한 적이 없어."

"하지만 아줌만 저를 돌봐야 하잖아요. 그렇지 않아요?"

나는 소녀의 눈을 바라보았다. "그래, 나에게 너를 지켜봐 달라고 부탁하긴 했지만 그렇다고 내가 그것에 동의한 것은 아니야."

"그럼 무엇에 동의해서 여기에 온 거예요?"

"나는 남편과 주말을 보내기 위해 여기 온 거야. 나는 확실히 돈을 받은 것도 아니고, 네가 무엇을 해야 한다, 하지 말아야 한다 잔소리를 하러 온 것도 아니야." 나는 잠시 말을 멈추고 잘못된 부분만을 강조하고 있는 벨라에게 어울리지 않는 드레스를 바라보았다. "하지만 친절한 조언은 해주고 싶네. 분홍색 옷은 이제 그만, 벨라. 정말이지, 빨간 머리를 가진 너라면 옷장에서 당장 그색을 추방해 버려야 해."

벨라는 자신의 드레스를 내려보다가 얼굴을 찡그린 채 나를 보았다. "전에는 누구도 나에게 이런 말을 해준 적이 없었어요."

한숨이 나왔다. "아마도 지금 내가 너를 화나게 한 거겠지?"

"그래도 아줌마는 나에게 진실을 말해줬잖아요."

"난 항상 그러려고 노력해." '거짓말을 할 필요가 없을 때는.'

"오, 젠장." 벨라가 벤치에서 일어났다.

"어디 가는 거니?"

"이 멍청한 걸 뜯어내 버려서 쓰레기통에 처박아버리려고요."

"비싼 드레스 같은데. 자선 단체에 기부하는 게 어떨까? 좋은 일에 쓰면 좋잖아."

"네, 알았어요." 벨라는 집을 향해 몇 발짝을 걷다 다시 돌아왔다. "음… 제 방으로 같이 올라갈래요?"

"응 괜찮아. 근데 무슨 일로?"

"나에게 분홍색 옷을 입지 말라고 한 사람은 아줌마뿐이에요. 내 옷장을 뒤져보고 무엇을 보관하고 무엇을 버려야 할지 말해줘요. 괜찮다면 말이에요."

나는 벨라의 속눈썹이 없는 눈을 바라보며, 무관심한 아버지와 화려한 외모로 벨라의 부족함만을 두드러지게 할 뿐인 그의 정부와 함께 큰 집에 갇혀있는 벨라의 모습이 어떨지 생각해 보았다. 똑같이, 벨라가 기숙학교에서 견뎌야 했을 것들도 상상해보았다. 부유하고 완벽한 머릿결과 날씬한 엉덩이를 가진 소녀들과 어깨를 겨루기 위해 분투하는 모습을.

"그래, 옷장을 한번 보고 싶구나."

집으로 같이 걸어가는 데 벨라가 말했다. "우리 아빠에게 그 약에 대해 말하지 않았죠?"

"물론 아니지."

"어쩜 사람들은 그렇게 금세 아빠에게 저를 일러바치는지. 키이스, 빅터, 실비아, 가정부들까지요."

"난 네게 절대 그런 짓 안 할 거야. 걱정 마."

"그럼, 고마워요."

침묵의 가치를 이해하는 면에서 연대감을 구축한 두 공모자는 잠시 서로를 존중하는 의미로 바라보았다.

"난 비밀을 지키는 방법을 알아, 벨라." 내가 말했다.

그러자 소녀는 은밀한 미소를 지으며 말했다. "나도 그래요."

＊

벨라의 호화로운 침실은 에메랄드그린으로 칠해져 있고 왕관 몰딩과 기둥은 황금색이며 캐노피가 달린 침대 위에는 풍성한 벨벳 커튼이 걸려 있었다. 하드윅이 열망하는 왕족에게나 어울리는 방이지만, 분봉 색 옷을 입고 땀에 젖은 옷장 앞의 이 소녀는 공주처럼 보이지는 않았다.

"다 쓰레기죠?" 벨라는 그렇게 말하며 드레스 두벌을 더 꺼내 침대 위에 쌓여 있는 버려진 옷 더미에 던져 넣었다. "내가 무슨 생각을 했던 거지?"

"이것들은 절대 쓰레기가 아니야, 벨라." 나는 침대 위에 쌓인 옷 중 하나를 집어 들었다. 이탈리아 디자이너가 만든 실크 소재의 정교함이 돋보이는 드레스였다. 분명 비싼 옷이긴 했지만 몸에 딱 달라붙게 입어야 하는 옷이었다. "자신에게 어울리는 스타일의 옷을 찾는 게 중요해."

"그건 나를 숨기라는 의미죠?"

"당연히 숨고 싶지 않을 거야. 넌 당당히 자신을 드러내도 돼."

"엄마는 그렇게 말하지 않았어요." 벨라는 분홍색과 주황색 사이에 줄무늬가 들어간 드레스를 더미에 던졌다. 아주 좋은 선택이라고 말해주고 싶었다. "내가 엄마를 부끄럽게 한 것 같아요."

"오, 벨라. 그건 사실이 아닐 거야."

"아줌마는 저의 엄마를 만나지 못해서 그럴 거예요. 엄마는 완벽해요. 항상 완벽했죠."

벨라는 나를 등지고 서 있었기 때문에 표정을 볼 수가 없었지만 벨라의 목소리에서 느낄 수 있었다. 잔인한 패션업계가 벨라와 같은 소녀에게 굴욕을 주려고 디자인한 듯한 옷들로 가득 찬 옷장을 바라보며 벨라의 어깨가 움츠러드는 것을 보았다. 손을 뻗어 저 소녀를 어루만지고 위로해 주고 싶지만, 그건 다시 복귀

할 수 없는 감정적 선을 넘는 것처럼 느껴졌다. 나는 벨라의 친구가 되려고 여기 온 게 아니라는 걸 상기해야 한다. 나는 저 소녀를 이용해 어떤 이로움을 얻기 위함이고 그런 다음 여길 떠나면 된다. 우리의 유대감을 더 깊어지게 할 이유가 없었다.

창밖으로 진입로를 따라 레인지로버 한 대가 달려와 현관 앞에 멈춰 서는 것이 보였다. 엄청난 양의 짐을 들고 온 젊은 부부가 내리고 키이스가 집 밖으로 나와 그들을 맞이했다.

벨라는 창가에 서있는 내 옆으로 왔다. "난 이런 주말이 정말 싫어요." 벨라가 손님들을 내려다보며 말했다. "이 모든 사람들이 아빠에게 아부하는 거예요. 나를 좋아해 주는 척하면서 말이죠."

"왜 그들은 널 좋아하지 않는다고 생각해? 난 좋아하는데."

"그나마 아줌마가 있어서 견딜 수 있어요. 그렇지 않았다면 차라리 학교에서 주말을 보내는 게 나았을 거예요."

"아버지와 이런 얘기를 나눠 본 적 있니?"

"이 사람들을 만나기 위해 제가 여기와야 한데요. 그들의 이름을 익히고 그들이 하는 일을 파악해야 한다고요."

"언젠가 네가 아버지 사업을 물려받아야 하기 때문이지."

"마치 내가 원했던 것처럼." 벨라가 나를 바라보았다. "난 아줌마가 하는 일을 하고 싶어요. 패션일요."

나는 미소를 지었다. "네가 원하는 일이 있다면 그걸 해야지. 너의 인생이지 아빠의 인생이 아니니까."

"아뇨, 그렇지 않아요." 벨라는 창문 밖을 바라보았다. "아빠가 자신의 일을 믿고 물려줄 수 있는 유일한 사람이 저래요. 그거에 대해 뭐라고 말해야 돼요?"

"아니라고 말할 수 있어야지."

벨라는 고개를 저었다. "아빠를 몰라서 하는 말이에요."

하지만 나는 하드윅을 잘 알지, 네가 모르는 것들에 대해서. 너를 경악하게 만들 만한 것들도 알고 있지. 나는 벨라에게 외치고 싶다. 도망쳐! 벨라. 그의 독이 널 감염시키기 전에 빨리, 멀리 도망쳐, 벨라. 하지만 난 이런 말들을 해줄 수가 없다. 난 벨라를 구해줄 수 없다. 내가 할 수 있는 거라곤 거미가 먹이를 낚아채는 것을 지켜보는 냉철한 곤충학자처럼 그저 물러서서 관찰하는 것뿐이었다.

모든 이들의 먹잇감인 그 소녀를 쳐다볼 수가 없었다. 대신 옷장으로 가서 훑어보다가 검은색 칵테일 드레스를 발견했다. 가슴이 파인 나팔 모양의 실크 소재 드레스였다.

"이거, 오늘 밤에 이걸 입어." 벨라에게 돌아서서 말했다.

"엄마가 사준 거예요."

"그렇다면 너의 엄마는 예리한 안목을 가지셨구나."

벨라는 드레스를 들고 얼굴을 찡그렸다. "검은색인데……."

나는 웃으며 말했다. "너한테 잘 어울릴 거야. 날 믿어."

✳

그날 저녁, 나는 파티장의 구석 자리에 서서 차가운 로제 와인을 마시고 있었는데 벨라가 모임에 참여하기 위해 걸어 나오는 모습이 보였다. 벨라는 어떤 체형에도 잘 어울리는 색상인 검은색 칵테일 드레스를 입고 파티장으로 나와, 누가 미처 제지하기도 전에 화이트 와인 한 잔을 집어 들었다. 벨라는 군중 속으로 들어가지 못한 채 마치 자석에 의해 밀려나듯 주위를 서성이다 호화로운 식사가 차려진 뷔페 테이블에서 당근과 아스파라거스를 접시에 반쯤 담더니 내가 있는 곳으로 이동했다. 오는 도중 커다란 고기 덩어리가 놓여있는 곳에 다다르자 갑자기 걸음을 멈추고 따뜻하게 데워지고 있은 육즙이 흐르는 갈비구이를 바라보았다.

"아기 소의 반 정도 되는 크기네요." 그녀가 말했다.

"애버딘앵거스 소고기입니다, 아가씨." 웨이터가 말했다. "최고급이죠. 한 조각 드시겠어요?"

"오, 아니요. 난 채식주의자예요." 코에 주름을 잡으며 계속 걷던 그녀는 파티장 가장자리에 있는 나와 합류했다.

"그 드레스 정말 잘 어울리네요." 내가 말했다.

"어떻게 그런 피 묻은 고기를 먹을 수가 있어요?"

"언제부터 채식주의자가 됐지?"

"한참 전쯤일걸요."

하지만 작년 내 결혼식 만찬에서 벨라가 비프웰링턴을 먹어치우던 모습이 기억났다. 십 대 소녀 선서의 신뢰성이란.

"갤러거 박사님은 어디 계세요?" 벨라가 군중을 둘러보며 물었다.

"위층 어딘가에 있을 거야. 손님 중 한 명이 정원에서 벌에 쏘였나 봐. 약간 흥분 상태에 있는 것 같아. 네가 여기 와줘서 다행이야. 이 파티에는 아는 사람이 없거든."

벨라는 당근 스틱을 블루 치즈에 푹 담갔다. "예전과 거의 같은 사람들이에요. 아빠가 전에도 데려온 적이 있거든요."

"저 사람들을 알아?"

"대부분요. 아빠는 계속 그들의 이름을 반복해 주면서 저들을 기억해야 한다고 저에게 말씀하세요." 벨라는 당근을 아삭 씹은 다음 남아있는 당근으로 대화하고 있는 두 남자를 가리켰다. "저 남자는 데미안 카울리예요. 도이체방크의 대출 담당자예요. 다른 한 사람은 벨라루스 출신의 올레그이고요. 그는 전 세계에 호텔을 소유하고 있고, 작년에 런던에 있는 자신의 호텔에서 제 생일 파티를 열어줄 정도로 친절해요."

"올레그의 성은 뭐지?"

"아, 기억이 안 나요. 뭔가 슬라브 쪽인 것 같았어요. 그는 꽤 멋져요. 제 생일에 샴페인도 마시게 해줬어요."

정말 십대들은 이 부분을 굉장히 중요시 여기는 것 같았다.

나는 올레그와 데미안이 고개를 기울이며 조용히 대화하는 모습을 지켜보았다. 돈이 세탁소를 만났다. 벨라가 아빠의 동료들에 대해 많은 것을 알고 있다는 것이 인상적이었다. 하드윅이 벨라에게 많은 것을 가르쳐주고 있는 게 분명했다. 벨라는 자신이 아버지의 일에 무관심하다고 주장할지는 모르지만 관심을 기울이고 있는 것은 명백해 보였다.

파티장 건너편에 한 여성이 술에 취해 큰 소리로 웃고 있었다. "저 여자는 누구지?" 내가 물었다.

"오, 저 여자." 벨라는 코웃음을 쳤다. "지난번 연회에선 사람들이 보는 데서 잔디밭에 토를 했어요. 정말 역겨웠어요. 왜 저 여자와 결혼생활을 유지하는지 모르겠어요."

"남편이 누군데?"

"샌디 쇼어햄. 의원이에요." 벨라는 그녀의 팔을 두드리며 진정시키려 애쓰는 안경 쓴 남자를 가리켰다. 나도 그 이름을 들어서 알고 있다. 유력한 보수당 하원의원이라는 매우 눈에 띄는 위치에 있음에도 불구하고 너무 무색무취해서 쉽게 간과될 수 있는 유형의 사람이다.

실비아가 반짝이는 검은 머리를 늘어뜨리고 자신의 몸매를 과시하는 딱 달라붙는 드레스를 입고 우리 앞을 지나갔다. 몇몇 남자들이 그녀를 힐끗 쳐다보지만 그녀는 마취된 듯한 멍한 표정으로 그들의 시선을 의식하지도 못하는 듯했다. 저렇게 날씬한 몸매를 유지하는 원동력인지 오늘 저녁에 실비아가 무언가를 먹는 모습은 아직 보지 못했다.

"오, 젠장. 제 잔 좀 받아줘요. 어서요!"

"뭐?"

"아빠예요." 벨라는 재빨리 나에게 와인잔을 내밀었고, 나는 하드윅이 우리 쪽을 바라보는 순간 얼떨결에 와인잔을 받아 들었다. 그는 우리 둘을 보고는 뚱한 표정을 했고 벨라는 아빠에게 천진난만한 미소를 지어 보였다. 네, 베이비시터가 여기서 제 일을 잘 하고 있습니다. 그는 고개를 끄덕이고는 다른 손님들과 어울리기 위해 돌아섰다.

벨라는 다시 잔을 집어 들고는 남은 와인을 꿀꺽 삼켜버렸다.

샌디 쇼어햄의 아내는 하이힐을 신고 흔들거리며 고개를 뒤로 젖힌 채 더 큰 소리로 웃고 있었다. 모든 파티에 한 명쯤은 있는 손님, 모두가 고개를 절레절레 흔들게 만드는 손님, 다음 날 아침

부끄러움으로 잠에서 깨어나게 될 손님. 남편이 은행가, 정치인들과 동맹을 맺을 수 있도록, 즐거워야 할 저녁 시간에 이리저리 끌려다녀야 하는 그녀가 불쌍하게 느껴지기도 하지만, 이것이 합법이든 불법이든 비즈니스가 진행되는 방식이다. 하드윅은 모든 가용한 부품을 한데 모을 뿐이다.

나는 하드윅이 손님들 사이를 돌며 박수를 치고 그들의 말을 경청하며 아내들에게 열심히 미소 짓는 모습을 지켜보았다. 그의 주변엔 벨라가 그토록 싫어하는 빅터가 항상 서성이고 있었다. 뻔뻔스럽게도 실비아의 가슴을 쳐다보는 남자. 빅터가 내 쪽을 바라보았다. 그가 나에 대해 캐묻고 있다는 것을 알고 있어서인지 그의 시선이 날 불안하게 만들어서 나는 돌아섰다.

그때 내 뒤에 서있던 한 남자가 눈에 들어왔다. 그는 검은 머리에 부엉이 안경을 쓰고 마치 최근에 급격히 살이 빠진 듯 어깨가 축 늘어진 재킷을 입고 있었다. 잠시 우리의 시선은 서로에게 고정되었고 그는 곧 다른 곳으로 걸어갔다. 그가 파티장 계단을 내려가 잔디밭으로 걸어가는 것을 지켜보았다.

"저 남자는 누구지?" 내가 벨라에게 물었다. "저기 잔디 위를 걷는 사람."

벨라는 어깨를 으쓱했다. "그냥 아빠의 돈 관리인 중 한 명일 뿐이에요. 여기서 몇 번밖에 못 봤어요."

"저 사람 이름 아니?"

"스티븐인가 뭔가. 아빠가 알려준 사람들을 다 기억할 수는 없어요. 오, 디저트 왔네."

벨라는 뷔페 테이블로 돌아갔지만 나는 잔디밭을 가로지르는 그 남자를 계속 주시했다. 그는 최대한 눈에 띄지 않으려는 듯 고개를 숙이고 손을 주머니에 넣은 채 움츠리고 있었다. 그가 건물 모퉁이를 돌아 사라지자 빅터와 하드윅도 계단을 내려가 그를 따라갔다.

뭔가 기묘한 일이 벌어지는 듯하다.

나는 마시던 음료를 내려놓고 사람들의 가장자리를 돌아다니며 하드윅과 빅터를 주시했다. 계단 앞에서 잠시 멈춰서서 누가 나를 보고 있지는 않는지 주위를 둘러보았지만, 의사의 아내가 무얼 하고 있는지는 누구도 신경 쓰지 않았다.

나는 계단을 내려가 잔디밭에 발을 디뎠다. 빅터와 하드윅은 서두르지 않으면서도 목적지를 염두에 둔 듯 건물의 동쪽을 향해 천천히 걷고 있었다. 나는 그저 경내를 산책하는 손님처럼 그들의 뒤를 따라갔다. 건물 동쪽 끝부분에 다다랐을 때, 나는 라일락 덤불 그늘에 멈춰 섰다.

하드윅과 빅터는 안마당을 가로질러 마구간을 향해 걸어가고 있었다.

"매기?"

나는 대니를 보기 위해 고개를 돌렸다. 라일락 덤불의 그늘에 가려 우리는 서로의 표정을 읽을 수 없었다. 우리는 그림자 속에서 만나는 얼굴 없는 실루엣이었다. 어쩌면 우리는 항상 그랬을지도 몰랐다.

"여기 바깥에서 뭐 하는 거야?" 대니가 물었다.

"어, 음, 차에서 뭐 좀 꺼내려고." 나는 차들이 주차되어 있는 안마당을 가리키며 말했다.

"내가 가져다줄게. 필요한 게 뭔데?"

"책. 뒷좌석에 두고 내린 것 같아."

"내가 한번 찾아볼게. 파티는 어때?"

"좋아."

"벨라가 말은 잘 들어?"

"와인 한 잔을 몰래 마신 것 빼고는. 벌에 쏘인 환자는 어때?"

대니는 한숨을 쉬더니 침실 창문을 바라보았다. "왜. 그 여자가 팔을 절단이라도 해야 할까 봐 걱정돼? 내가 가서 책 가져올게. 파티장에서 다시 봐."

그는 우리 차를 향해 걸어가지만 책은 찾지 못할 것이다. 내 남편에게 거짓말 하나를 더 추가한 셈이었다.

그리고 더 많은 거짓말이 추가될 것이다.

＊

새벽 3시가 조금 지난 시각, 나는 대니가 침대에서 잠들어 있는 사이 조용히 옷을 입고 방을 나섰다. 나는 몇 시간 동안 깨어 있으면서 집안이 조용해지기를, 마지막 설거지 소리가 들리기를, 파이프에서 마지막 물소리가 나기를 기다렸다. 나는 희미한 조명이 켜진 하인들의 계단을 내려갔다. 몇 시간 후면, 주방 직원들이 다시 출근해서 아침 식사를 준비하겠지만, 어둠과 새벽 사이, 가정에서라면 잠이 가장 깊게 들어있을 시간대라 나는 계단에서 아무도 마주치지 않았다.

주방의 불은 꺼져 있고 스테인리스 표면만이 어둠 속에서 희미하게 빛날 뿐이었다. 나는 어둠 속을 감으로 걸어가며 대형 냉장고와 싱크대, 조리대를 지나 바깥으로 나와 주방 정원으로 들어갔다.

드디어 마구간의 내부를 살펴볼 수 있는 기회다. 어젯밤에 하드윅과 빅터 그리고 안경 쓴 남자가 사라진 곳. 하드윅과 빅터는 파티에서 떠난 후 한 시간가량 돌아오지 않았다.

라벤더와 로즈메리 향이 가득한 정원 길을 따라 건물 앞쪽에 도착했다. 침실이 모여있는 위층 창문들은 모두 불이 꺼져 있었다. 파티에선 와인과 위스키가 한 양동이쯤은 퍼부어졌을 것이고, 오늘 아침 숙취로 인해 토마토 주스와 아스피린에 대한 필사적인 요구가 있을 것이지만 지금은 모든 것이 고요했다.

나는 안마당을 걸으며 주차된 차들 사이로 들어가 마구간으로 향했다. 마구간 안은 불이 꺼져 있었고, 문을 열고 들어가면 말은 보이지 않지만 말의 냄새는 맡을 수가 있었다. 그리고 말들의 소리도 들을 수가 있었다. 발굽 밟는 소리. 반갑다는 듯 인사하는 울음소리.

손전등을 켜자 나를 쳐다보는 밝은 눈동자 하나가 불빛에 비쳤다. 어젯밤 그들은 여기에서 뭘 하고 있었을까? 단지 말을 구경하러 온 건 아닐 것이다. 손전등으로 짚이 깔린 바닥을 앞뒤로 비춰보았다. 내가 뭘 찾고 있는지는 모르겠지만, 뭔가가 나타난다면 나는 알아볼 수 있을 것이다. 문서의 한 조각이든, DNA가 덤으로 묻은 담배꽁초든. 여기서 무슨 일이 벌어지고 있었는지 알 수 있는 뭔가의 단서라도 찾아야 할 것이다.

먼저, 마구간 관리인 사무실로 들어갔다. 그곳엔 책상 하나와

의자 두 개가 있었고 벽에는 잘생긴 말들의 사진이 걸려 있었다. 책상을 뒤져보고 서랍에 있던 장부를 샅샅이 살펴보았다. 하지만 모든 것들은 말과 관련된 자료들이었다. 수의사와 편자 공장의 청구서, 사료 배달 기록 등이었다. 혹시 이런 것들도 돈세탁의 일부가 아닐까, 러시아의 돈이 말에게 쓰이고 있다는 말도 안 되는 생각이 잠깐 머릿속을 스쳐 갔다. 말을 소유한다는 건 형편없는 투자임이 분명하고 끝이 없는 구덩이에 다시는 만질 수 없는 돈을 쏟아붓는 것과 마찬가지이다.

의자에 손전등을 비추자 먼지가 쌓인 것이 보였다. 꽤 오랫동안 아무도 앉지 않았음이 분명하다. 그들은 이 사무실에 들어오지 않았던 것이다.

나는 다시 마구간으로 나가 대여섯 마리 말의 경계하는 시선을 받으며 천천히 지나갔다. 말들은 나의 늦은 밤의 침입에 대해 불편해했고 불안한 쿵쿵거리는 소리와 신경질적인 울음소리를 내고 있었다. 그들은 그렇게 오랫동안 여기서 무엇을 하고 있었지? 왜 이곳에 온 걸까?

그러다 마구간 끝자락에서 짚이 깔린 바닥에 무언가를 끌고 간 흔적인 듯 긁힌 자국이 발견되었다. 그 자국은 마지막 칸으로 이어졌다.

비어있는 칸의 문을 열고 불빛을 비추었다. 깔짚에 놓여있던 안경에 불빛이 반사되었다. 하지만 나를 숨죽이게 하는 것은 안경이 아니었다. 안경 옆에 놓여있는 손. 바닥을 할퀸 듯한 손가락은 핏기가 없었다.

불빛은 손을 따라 팔, 어깨, 얼굴로 이어졌다. 나는 너무 놀라

움직이지도 못하고 숨도 쉬지 못한 채, 쓰러진 남자를 보고 있었다. 그날 저녁 보았던 얼굴이었다. 치열한 몸싸움의 과정이 있었던지 안경은 벗겨져 있었다. 나는 그의 튀어나온 혀를 보았고 눈에 소량의 출혈을 인지하고선 그가 어떻게 죽었는지 짐작을 했다. 나는 그의 옆에 웅크리고 앉아 목에 불빛을 비추었다. 그의 목을 감쌌을 끈이 남긴 멍 자국이 보였다. 이것은 전문가의 작품이었다.

'당신은 누구죠? 왜 하드윅이 당신을 죽인 거죠?'

밖에서 가까이 다가오고 있는 남자들의 목소리가 들렸다.

나는 벌떡 일어나 죽은 남자가 있던 마구간의 칸에서 나와 문을 급히 잠갔다. 나는 정신없이 숨을 곳을 찾았다.

목소리는 더욱 커졌다. 남자들은 마구간의 유일한 출입문을 통해 안으로 들어오려 하고 있다.

나는 옆 칸의 문을 열고 안으로 들어가 문을 닫았다. 바로 옆에 말 한 마리가 서 있었는데 나의 갑작스런 침입에 겁을 먹은 것 같았다. 말은 발로 바닥을 치고 우는 소리를 냈다.

마구간 불이 켜졌다.

나는 마구간을 떠날 수 없었고, 이 칸에서 불안에 떠는 말과 함께 갇혀, 구석에 쪼그리고 앉아 최대한 몸을 작게 만들고 있었다.

남자들이 가까이 다가오자 키이스와 빅터의 목소리임을 알 수 있었다.

"저 말은 왜 저렇게 겁에 질린 거지?" 빅터가 말했다.

"다른 뭐가 있나? 아마 저 시체 냄새 때문일 거야."

이제 세 번째 목소리가 들렸고, 그 목소리는 나를 더욱 구석으로 움츠러들게 했다. "그냥 여기서 빨리 내보내." 하드윅이 명령했다.

바퀴가 삐걱거리는 소리가 들렸다. 그들은 시신을 옮기기 위해 카트를 가져왔다. 그들도 나처럼 모두가 조용해질 때, 그들이 무슨 짓을 하려는지를 아무도 볼 수 없을 때를 기다린 것이다.

말이 다시 코를 쿵쿵거리며 맹렬하게 벽을 발로 찾고 나는 부딪히지 않기 위해 더욱 구석에 몸을 움츠렸다. 마지막 칸의 문이 삐걱하고 열리는 소리가 들렸다. 바로 옆 칸이어서 빅터와 키이스가 시체를 들어 올려 카트에 넣는 소리가 선명히 들렸다.

"안경!" 하드윅이 조용히 외쳤다. "안경도 챙겨."

가쁜 숨소리. 짚에서 발을 질질 끄는 소리.

말이 또 발차기를 했다. 말의 울음소리가 너무 커서 마치 비명처럼 들렸다.

"너 왜 그래, 응?" 그렇게 말하며 빅터가 말을 쓰다듬으려고 칸막이 너머로 팔을 뻗을 때 난 살짝 고개를 들었다. 그가 고개만 숙이면 날 볼 수 있는 위치였다.

"그 이빨은 아마 뼈까지 물어뜯을 수 있을 거야." 하드윅이 말했다. "가까이 가지 않는 게 좋을 거야."

빅터의 팔이 사라졌다. "그럼 왜 이 말을 데리고 있는 거죠?"

"그 놈은 나는 물지 않거든." 하드윅이 웃으며 말했다. "지금 그 놈은 무슨 일이 벌어지고 있는지 알고 있는 거야."

카트가 삐걱거리며 떠났지만 나는 구석에 그대로 웅크리고 앉아 있었다. 밖에서 두 대의 차에 시동이 걸리는 소리가 나고, 이내 자갈밭에 타이어가 굴러가는 소리가 들리더니 곧 자동차의 엔진

소리가 멀어져 갔다. 이제 빠져나가야 할 타이밍이지만 마구간의 조명이 여전히 켜져 있었다. 단순히 잊어버린 걸까, 아니면 다시 돌아오려고 하는 걸까?

나는 서서히 일어서기 시작했다. 그러다 정지.

누군가 휘파람을 불고 있었다. 하드윅이었다. 왜 여기 남아있는 거지? 왜 아직 건물을 떠나지 않은 거지? '그는 알고 있다. 뭔가가 이상한 느낌이 있다는 것을.'

휘파람 소리가 내 쪽으로 다가왔다. 멜로디는 '스코틀랜드 더 브레이브'로 아주 경쾌하고 기운찼다. 두려움이 엄습했다. 점점 더 가까이 다가올수록 근육이 조여오고 죽기 살기로 싸우기 위해 나의 다리는 튀어 오를 준비를 하고 있었다. 선제공격은 재빨라야 한다. 목에 펀치를 날리고 눈에 잽을 날려야 한다. 이미 손은 주먹을 쥐고 있었다.

휘파람이 멈추었다.

말을 찰싹 때리는 소리와 그에 화답하는 말의 울음이 들렸다. "여기 괜찮은 소녀가 한 마리 있었네." 그는 말을 쓰다듬기 위해 마구간의 중간쯤 칸에 멈춰 섰다. 그는 아무렇지 않게 적에게 죽음을 베풀 듯이, 마치 자비심 많은 주인인 것처럼 무심히 말에게 애정을 베풀고 있었다.

휘파람 소리가 다시 시작되었지만 이번엔 후퇴를 하고 있었다. '스코틀랜드 더 브레이브'가 멀어지자 나는 떨리는 숨을 내쉬었다. 마구간 불이 꺼졌다. 발걸음 소리가 자갈밭을 가로질렀다.

어둠 속에서 나는 하드윅이 침실로 돌아갈 만큼 충분히 오랜 시간을 기다렸다. 그래도 안전한지 확신이 서지 않았지만 그렇다고 밤새도록 여기 있을 순 없다. 곧 주방 직원들이 깨어 아침을 준비해야 할 시간이다. 내가 집 밖에 나와 있다는 사실을 누군가가 알기 전에 방으로 돌아가야 한다. 칸에서 빠져나와 마구간 건물을 나오자 가슴이 쿵쾅쿵쾅 뛰고 있었다. 안마당에 차 두 대가 떠나고 빈 자리가 보였다. 그 중 한 대는 의심할 여지가 없이 죽은 사람의 자동차일 것이다. 아침에 가사 도우미에게 그가 떠났다는 사실을 설명하기 수월하도록. '그는 한밤중에 전화를 받고 급히 떠나야 했어요. 저녁 식사 손님 한 명이 줄었네요.'

나는 살금살금 걸으며 나무의 그늘로 숨어들었다. 새벽의 공기는 쌀쌀했지만 나는 땀을 흘리며 떨고 있었다. 어딘가에서 시체가 실린 차가 처리될 것이지만 필립 하드윅은 아무렇지도 않게 침대에서 잠들어 있을 것이다. 몇 시간 후면, 여명이 밝아오고 하늘이 환해지며 매닝 하우스가 깨어난다. 아침 식사가 제공되고 손님들은 정원을 산책하거나 원반 사격을 할 것이다. 다른 손님들이 그렇듯 나 또한 그들에게 아무런 일도 없었다는 듯 합류해야 한다. 그들에게는 멋진 날이 될 것이다.

완벽하게 멋진 날이.

21장
-

"그는 우리 식구였어요." 다이애나가 말했다.

우리는 더 이상 공공장소에서 함께 있는 모습을 노출하는 위험을 감수할 수 없었기 때문에 적의 감시가 불가능한 안전 가옥으로 와 있었다. 미행을 당하지 않기 위해 지하철을 두 번 타고 조리 기구 상점과 담배 가게를 지나 전자제품 상점을 둘러보는 등 여기저기를 떠돌아 마침내 이곳에 도착했다. 대영박물관에서의 대화는 이제 더 이상 없다.

나는 창가에 서서 분주한 거리를 내려다보았다. 거리에는 쇼핑을 하거나 점심을 먹을 곳을 찾는 사람들로 북적이는 평범한 평일 낮의 모습이었다. 하지만 방음 된 이 방안에는 우리의 주위를 맴도는 위험한 기류에 어쩔 줄 모르고 우왕좌왕하는 두 사람의 모습만이 보였다.

"그 사람은 누구였죠?" 내가 물었다.

"그의 이름은 스티븐 모스였어요. 그는 UGB에서 특별 감사 책임자였죠. 1년 동안 하드윅의 계좌에서 의심스러운 거래가 들어오고 나가는 것을 포착했지만, 그의 상급자들은 이 정보에 대해 아무런 조처를 하지 않았어요. 그는 상사의 무반응에 좌절감을 느꼈고, 우리가 접근했을 때 그는 우리와 함께 일하기로 동의했어요."

"대가를 받고 있었나요?"

"아뇨. 그는 대가 같은 건 바라지 않았어요."

그럼 그는 대가 없이 원칙에 입각한 가장 신뢰할 수 있는 최고의 정보원이었던 것이다. 그리고 우리는 그런 사람들을 잃을 때마다 비극적인 느낌을 가질 수밖에 없다.

나는 다이애나의 노트북 화면에 있는 스티븐 모스의 사진을 보았다. 매닝 하우스에서 본 남자는 약간 더 말랐지만 이 남자는 확실히 그 남자가 맞았다. 병에 걸린 걸까? 아니면 언제 자신을 휘감을지도 모르는 불길에 너무 가까이 다가서고 있다는 스트레스 때문이었던 걸까?

"오늘 아침 리즈 공항 주차장에서 그의 사브가 버려진 채 발견됐어요." 다이애나가 말했다.

"모스 씨는 차에 있었나요?"

"그의 시신은 아직 발견되지 않았어요. 말할 필요도 없이 이건 너무 큰 손실이에요. 스티븐 모스는 하드윅에 대한 매우 중요한 재무 정보들을 제공했고, 돈이 어느 계좌에서 들어오고 어디로 빠져나가는지 추적하는 데 도움을 주었죠. 이제 우리는 그의 재무 정보에 대해 깜깜이가 돼버린 거죠."

팔의 털이 곤두서는 느낌이었다. 두려움의 전율. 나는 아직도

'스코틀랜드 더 브레이브' 휘파람 소리가 들리는 악몽에 시달리고 있다. "만약 그들이 스티븐 모스를 고문했다면 내 이름을 이야기했을 수도 있지 않을까요?"

"그는 당신의 이름을 몰라요. 그래서 우리가 서로의 신분을 숨긴 거죠."

"그런데 그들은 그를 알고 있었잖아요."

"하지만 그들은 당신에 대해선 알지 못해요."

"어떻게 확신할 수 있죠."

"이렇게 살아 있잖아요."

"누가 그를 밀고한 걸까요?"

다이애나는 고개를 저었다. "UGB의 누군가겠죠. 모스가 하드윅의 계좌를 조사하는 걸 아는 사람."

"영국의 범죄수사국에 첩자가 있는 건 아닐까요? 아니면 다른 기관에라도?"

"그런 문제가 있을 수는 있어요." 다이애나는 그럴 가능성을 인정했다. "런던에는 너무 많은 돈이 떠돌아다니고 있고, 기관에서 일하는 누군가가 매수됐을 가능성을 부인할 수는 없어요. 그렇지 않았다면 매기 당신과 내가 이 혼란에 휘말리지 않았겠죠."

나는 테이블 앞에 앉았다. 거리는 많은 차량으로 붐비지만 방음 된 창문과 벽이 모든 소음을 차단했다. 우리는 찻주전자와 찻잔이 놓인 테이블에 서로를 마주하고 앉았다. 런던에서 몇 달을 살다 보니, 지금 정말 마시고 싶은 건 진하디진한 블랙커피임에도 '애프터눈 티' 의식에 굴복할 수밖에 없었다.

"이 임무에서 이제 빠지고 싶어요."

"뭐라고요?" 다이애나의 턱이 일그러졌다. "왜죠?"

"한 명의 중요한 정보원을 잃었는데 그가 어떻게 노출됐는지 조차도 모르고 있잖아요."

"매기, 당신의 심정은 이해해요. 두려운 마음은 이해하지만…"

"네, 두려워요. 대니 말이에요. 그는 이 일에 대해 아무것도 몰라요. 그들이 저를 의심하거나 추적하게 된다면 대니에게도 마찬가지일 거예요. 나는 스스로가 선택한 일이지만 대니는 그렇지 않아요. 그를 다치게 하고 싶지도 않고요. 게다가 대니에게 거짓말을 하는 건 나를 더 힘들게 만들어요. 나의 진짜 모습도 모르는 남자와 함께 같은 이불을 덮고 잔다는 건 고통이에요."

"그게 이 직업의 본질입니다. 알잖아요."

"그리고 난 할 만큼은 했어요. 당신들이 원하는 건 모두 했잖아요."

"아직은 아니에요. 모든 건 아니라는 말입니다."

"하드윅의 의료 기록이 있잖아요. 그의 접질린 부위, 하물며 점이 어디에 있는지 조차도 알고 있어요. 그게 바로 당신이 내게 부탁한 거였죠."

"하지만 이제 우리는 스티븐 모스를 잃었어요. 우리는 하드윅의 재무 상태를 볼 수 있는 눈과 귀를 잃었단 말입니다."

"전 은행원이 아니에요. 그런 정보는 알지 못해요."

"당신은 그의 딸과 관계가 있잖아요."

"걘 열다섯이에요. 아무것도 모른다고요."

"그 아인 당신을 좋아해요. 당신이 그의 가족들과 가까워지는 데 도움을 줄 수 있을 거라는 얘기죠."

"다시 말하지만, 그 앤 열다섯 살이에요."

"그 사실은 그 아이의 신뢰를 얻는 게 더 쉬울 거라는 얘기가 되는 거죠."

우스꽝스러운 분홍색 드레스를 입은 볼품없는 몸매를 가진, 관심에 목말라 있는 벨라의 모습이 떠올랐다. 그런 불쌍한 십 대 소녀들은 얼마나 쉽게 조작당하고 이용당할지 생각해 보았다. 그리고 그런 일을 저지른다는 것이 얼마나 잘못된 것인지도.

"당신은 더 이상 제가 필요하지 않아요." 내가 말했다. "하드윅을 잡고 싶다면 당신들은 지금 당장 그렇게 할 수 있어요. 모스의 살인에 대해 경찰에 알리면 그들은 조사를 시작할 겁니다. 마구간에 법의학적인 증거가 있을 거예요."

"아직 시체도 발견되지 않았잖아요. 따라서 그곳에서 살인이 있었다는 걸 증명할 방법은 없어요."

"만약 시신이 발견된다면…"

"설사 그렇다고 해도, 그가 살해된 장소와 시간을 증언할 수 있는 목격자는 당신인데, 신분을 노출하고 증언할 의향이 있으세요?"

나는 스티븐 모스를 생각했다. 목에 줄이 감기고 교수형에 처해질 때 얼마나 미친 듯이 여기저기를 할퀴었을지. 그리고 또 생각했다. 하드윅이 내가 누구를 위해 일해왔는지를 알면 내게 무슨 짓을 하게 될지. 나는 한숨을 내쉬었다. "아뇨."

"저도 그렇게 생각하지 않아요. 어쨌든, 우리가 좇고 있는 건 하드윅이 아니에요. 그는 훨씬 더 큰 금융 기계의 톱니바퀴에 불과해요. 우린 누가 모스크바를 대신해서 그 기계를 전체적으로 조종하고 있는지를 알아야 해요. 우리는 시라노를 원합니다."

　파악하기 어려운 러시아 잠복 요원. 이 남성의 신원은 여전히 미스터리이며, 8년이 지난 지금까지도 겨우 그에 대한 단편적인 정보밖에 없으며, 그 정보의 대부분은 그의 상관이나 담당자가 보내는 메시지를 가로채서 수집한 것이다. 우리는 현재 그가 급성 간헐성 포르피린증을 앓고 있고, 헴아르기네이트라는 약물을 정기적으로 주입해야 하는 아내가 있다는 것을 알게 되었다. 다이애나가 그런 환자가 갈렌의 의사에게 치료를 받았는지 물어봤었지만, 내가 알아본 바로는 그런 기록은 존재하지 않았다.

　"주말의 매닝 하우스 게스트 명단을 보냈어요. 그중 한 명이 시라노일 겁니다. 거기서부터 시작해 보는 게 어떨까요." 내가 제안했다.

　"그렇지 않을 겁니다. 비밀 정보망에 의해 최근 입수된 모스크바와의 통신 내용에 의하면 시라노는 외국에 있는 것으로 알고 있습니다."

　"그럼 그를 잘 찾길 바라요. 행운을 빌게요." 나는 자리를 떠나기 위해 일어났다. "바빠서 이만요. 사직서를 작성해야 해서요."

　"아직은 아니에요, 매기. 우리는 아직 당신이 필요해요."

　"내가 할 수 있는 건 다했어요."

　"당신이 전달해 줄 수 있는 것이 하나 더 있어요. 지난번에 비밀 정보망에 의하면 몰타가 언급되고 있어요."

　"몰타?"

　"회의가 있을 겁니다. 협상요."

　내가 왜 아직 사직할 수 없는지 한번에 이해가 되었다. "하드윅이 다음 주에 몰타에 간다고 했어요." 내가 말했다.

"그래서 당신이 필요해요. 남편분도 평소처럼 동행하게 되나요?"

"네, 하지만 이번 몰타 여행은 중요하지 않은 일정이에요. 하드윅은 벨라를 데리러 가는 것 뿐인 걸로 알고 있어요. 런던으로 데려오기 위해."

"벨라는 몰타에서 뭘 하고 있는 거죠?"

"벨라의 엄마 카밀라가 거기서 휴가를 보내고 있어요. 벨라는 엄마와 시간을 보내기 위해 몰타로 갔죠."

"그럼, 매기 당신도 함께 몰타로 갈 수 있으면 좋겠어요. 하드윅의 제트기에 어떻게든 올라타서 하드윅이 몰타에 가는 다른 이유가 있는지 알아봐 줘요."

"시라노를 만나러?"

다이애나는 고개를 끄덕였다. "두 남자가 같은 시기에 같은 장소에 있게 돼요. 그 가능성이 꽤 흥미진진하죠."

나는 그녀의 노트북을 보았지만 화면은 꺼져있었다. 하지만 스티븐 모스의 얼굴 이미지는 내 기억 속에서 지울 수 없을 만큼 선명하게 새겨져 있었다. 마구간에서 혀를 내밀고 눈에는 핏자국이 얼룩진 채 죽은 채로 누워있던 그의 모습. 필립 하드윅을 마주치게 되는 사람들에게 벌어지는 일들이었다.

"나는 못하겠어요. 다른 방법을 찾아보세요."

"지금이 최고의 기회예요. 어쩌면 유일한 기회일지도 모릅니다."

"그냥 몰타에 있는 하드윅을 감시하면 될 일이잖아요. 제가 할 일은 없다고요."

"대니만큼 그에게 가까이 다가갈 수 있는 사람은 아무도 없어요. 그는 우리의 비밀 무기예요."

"대니는 비밀 무기가 아니라 제 남편입니다."

"정말요, 매기?" 다이애나가 웃음을 보였다. "의무보다 감정이 앞선다? 항상 이렇게 감정적이었던 가요?"

우리는 테이블을 사이에 두고 서로를 존중했다. 나는 20년 넘게 조국을 위해 봉사했다. 수없이 많은 거짓말을 해야 했고, 삶이 위태롭기도 했고, 심지어 목숨을 걸기도 했다. 이제 이 한 가지 임무를 거부함으로써 그 세월의 국가에 대한 충성은 무의미해질 것이다.

"몰타를 마지막으로 전 그만두겠습니다. 영원히."

다이애나는 고개를 끄덕였다. "물론입니다. 그게 당신이 정말 원하는 거라면서요."

"제가 원하는 게 뭔지 말씀드릴게요. 난 남편과 평범한 삶을 살고 싶어요. 우리가 제발 평범했으면 좋겠어요. 고양이를 키우고, 정원을 가꾸고, 누가 따라오지 않는지 걱정하지 않으며 산책하고 싶어요."

"그 모든 것을 이루게 될 거예요, 매기." 다이애나는 노트북을 닫았다. "하지만 아직은 아니죠."

✳

대니가 샤워기 아래서 샴푸를 헹구고 있는 나를 반투명 유리

너머로 지켜보고 있었다. 예전엔 욕망에 가득 찬 그의 눈빛을 즐겼지만 오늘밤엔 그저 나의 주의력을 흩트릴 뿐이었다. 난 어려운 결정을 내려야 하고 미래를 계획해야 한다.

우리의 미래. 언제부터 '나'가 '우리'가 되었고 '나의 것'이 '우리의 것'이 되었는지 기억이 나지 않는다. 우리의 삶이 하나로 합쳐지는 과정은 너무도 자연스럽고 점진적으로 진행됐기 때문에 이런 대명사가 언제부터 바뀌었는지, 언제부터 그가 항상 내 옆에 있는 것을 당연히 여기기 시작했는지 인지하지 못했다.

샤워를 마치고 나오니 그가 수건을 들고 기다리고 있었다.

"나는 이 경치가 너무 장관이어서 질리지가 않네." 그가 수건을 내 몸에 둘렀다. 그리고 나를 욕실 벽에 기대게 한 다음 내 입술에 키스를 했다. 내 마음이 다른 곳에 있을 때에도, 내 선택을 저울질하며 가능한 결과를 고려할 때도 내 몸은 자동으로 그에게 반응했다. 우리 사이가 이렇게 복잡해질 줄은 몰랐다. 그는 그저 휴가에서의 여흥이었고, 뜨거운 방콕의 밤에 따뜻한 몸을 가진 사람이었을 뿐, 내가 사랑에 빠져서는 안되었던 사람이었다. 결혼했어야 할 사람은 더더욱 아니었을 것이다.

하지만 이제는 그를 잃는다는 생각만으로도 견딜 수가 없었다. 즉, 내가 누구를 위해 일하고 있는지, 우리의 결혼이 어떻게 더 큰 계획의 일부로 시작되었는지 그에게 진실을 말할 수 없다는 뜻이다. 난 그동안 했던 거짓말과 속임수를 그에게 절대 밝힐 수가 없다. 결혼식에 등장한 가짜 들러리, 다이애나와의 비밀스러운 만남, 내가 몰래 복사한 갈렌의 의료 기록들. 내가 이런 이중생활을 지속하면 할수록 진실이 드러날 가능성은 점점 커지고,

그렇게 되면 대니는 우리의 결혼이 진심이었는지 의심하게 되고, 사랑과는 상관없는 편리한 위조품이었을 뿐이라고 생각할지도 모른다. '당신은 진실을 알게 되더라도 여전히 날 원하나요?'

그 대답을 알게 된다는 것이 두렵다.

그날 밤, 어둠 속에서 그의 곁에 누워 마침내 결정을 내리고 마음의 평화를 얻었다. 인생에서 대니만큼 나에게 중요한 것은 없으니 내가 해야 할 일이 무엇인지 안다. 중요한 것은 이 임무도, 나의 경력도, 이 험난한 세상도 아닌 오직 대니와 나일 뿐이다. 대니는 옆으로 누우며 나를 감싸안았다. 나는 대니의 향기에 너무 익숙해진 탓에 이제는 그의 모든 것을 내 피부로 흡수하는 듯했다.

나는 그의 팔을 쓰다듬으며 대니를 깨웠다. "대니?"

"흠……."

"모든 것을 정리하고 싶다던 얘기 기억나? 런던을 떠나서 뭔가 다른 것, 생동감 있는 일을 해보자던?"

그가 천천히 눈을 떴다. "이게 다 무슨 말이야?"

"우리의 미래에 대해 곰곰이 생각해 봤어."

"오, 이런. 진심으로 들리는데?"

"나 진지해, 대니. 우리 저질러 버려야 할 것 같아."

대니는 이제 완전히 깨어났고 나를 진지하게 바라보았다. "그때는 그 아이디어에 열광하지 않은 걸로 알고 있는데."

"정말 중요한 것이 무엇인지 진지하게 생각했어. 어머니 빚을 갚기 위해, 어머니를 돕기 위해 당신은 갈렌에서 고군분투했던 거야. 하지만 어머니는 돌아가셨고 우리는 돈이 필요하지 않아." 나는 잠시 멈칫했다. "난 당신이 행복하지 않다는 걸 알아."

"당신이 원하는 건 뭐야, 매기?"

"도움이 별로 필요하지도 않은 거만한 환자들을 돌보는 직업에 당신이 묶여 있는 것을 원하지 않아."

"그들 중 일부만이야."

"갈렌이 보수를 많이 주긴 하지만 마치 덫에 걸린 느낌이야. 환자들은 사실상 당신을 소유하고 있는 거지. 그리고 그것이 그들이 우리 같은 사람들을 생각하는 방식이고. 우리는 체스판에서의 졸에 불과해."

그는 침묵하고 있었지만 그의 몸은 흥분으로 흥얼거리는 것이 느껴졌다. "내가 사직하게 되면 이 아파트는 포기해야 해."

"어차피 우리 것도 아닌데 뭘."

"이곳보다 훨씬 작은 곳으로 이사해야 한다는 뜻이야. 시설이 좋지도 않을 거고."

"텐트에서 살아야 한데도 상관없어."

"그리고 생계를 유지해 나가야 하지."

"나에게 저축이 있어. 그리고 나도 일자리를 찾을 수 있어. 여가의 여왕은 나에게 어울리지 않아."

그는 미소를 지었다. 진정으로 행복한 미소. "어쩌면 내가 여가의 신사가 될 수도 있겠는데."

"무료 봉사를 다시 시작해. 당신은 그 일을 할 때 행복했어."

"그랬지, 정말 행복했어. 우린 다시 여행을 시작할 수도 있어. 태국으로 다시 가자."

"아니면 남미는 어때."

"아니면 마다가스카르!"

우리는 처음 만났을 때 그랬던 것처럼 우리의 오래도록 간직한 꿈을 되새기며 함께 웃고 있었다. 우리의 밤은 이런 저런 미래에 대한 약속과 희망으로 가득 찼다. 탈출은 우리의 오래된 갈망이었고 이제 우리는 그것을 함께 해낼 것이다.

"미리 말해 놓아야겠어." 대니가 말했다. "맙소사, 그리 유쾌하지는 않은 일이 되겠군. 내가 맡은 환자를 재배치하고 스케줄도 조정해야 될 거야."

"설마 갈렌에서 의사가 사직을 하는 게 이번이 처음이겠어. 다른 회사처럼 그들도 다른 의사를 고용하면 될 일이야."

"난 필립 하드윅과 함께 몰타로 가기로 돼있어. 그 여행을 취소하기에는 너무 늦었겠는데."

"마지막으로 해야 할 몫이라고 생각해. 만약 하드윅 씨가 딸과 언쟁을 벌일 경우 내 도움이 필요할지도 모르니 그가 원하면 나도 동행할 수 있다고 알려줘. 그리고 집으로 돌아오면 짐을 싸는 거야. 그리고 비행기에 올라타 어디로든 떠나는 거지. 이번엔 정말 마다가스카르에 갈 수 있을지도 모르겠네."

"난 어디든 상관 없어, 매기. 우리가 함께이기만 한다면." 대니는 깊이 심호흡을 했다. "이제, 사직서를 써야겠어."

나도 마찬가지야.

20년 동안을 조국에 충실히 봉사했었다. 수없이 거짓을 말해야 했고, 비행기에서 뛰어내리기도 하고, 포탄의 파편에 맞기도 했다. 이제 모두 엿이나 먹으라고 하지. 하드윅과 시라노, 그리고 피비린내 나는 이 세상도 모두 엿이나 먹으라고.

대니와 나는 도망칠 테니까.

22장
-
조

메인주 퓨리티, 현재

    조는 경찰로 근무하면서 이런 저런 멍청한 사냥꾼들을 많이 다루어 보았는데, 대부분은 발을 헛디뎌 자신의 발을 쏜다거나 사슴을 노리고 총을 쏘았다가 남의 소를 잘못 쓰러뜨리는 경우가 대부분이었다. 그녀는 사냥 금지라고 게시된 곳이나 주거지의 100미터 이내에서 배회하는 사냥꾼들과 맞서왔다. 한번은 사냥 여행 중 자신의 아버지를 살해한 남성을 구금하기도 했지만, 총격이 고의적이었다는 증명을 하지 못했다. 당시 서장이었던 글렌 쿠니는 과실치사가 최선이라고 그녀에게 조언했던 것이 기억이 났다. 조는 아직까지도 살인범을 풀어줬다고 믿고 있다. 매년 사슴 사냥 시즌이 시작되면 조는 무장한 남자들이 꼬리를 가진 모든 것을 날려버릴 기세로 숲속을 헤집고 다니며 종종 발생시키는 여러 재앙에 대비해 왔다.

    매기 버드에게 총알을 날린 남자는 사슴을 사냥하려던 게 아니었다.

조는 범인이 총을 쏜 나무들 사이를 수색하면서 그 사실을 분명히 알 수 있었다. 그녀는 찾을 수 있는 탄피는 모두 수거했고 범인이 차를 타고 떠난 비포장도로까지의 신발 자국을 추적했으며, 타이어 자국과 발자국 이미지를 주 범죄 연구소에 모두 보낸 상태이다. 살인 사건만큼 흥미롭진 않지만, 조에게는 알폰드 형사 같은 고삐를 쥐어틀고 있는 누구도 없이 수사를 진행할 수 있다는 것만으로도 짜릿한 일이었다. 아무도 다치지 않았고 오직 차량만이 피해를 보았기 때문에, 이 사건은 메인주의 중요 사건에만 매달리는 형사가 관심을 가지기엔 너무 사소한 사건이었다. 이 사건은 온전히 조의 사건이었으며, 그녀는 이 사건을 담당하게 되어 스릴감을 느끼기까지 했다.

조는 숲속을 헤치고 비포장도로에 주차된 자신의 차량에 올랐다. '총격범은 차에 타고 어느 쪽으로 도망갔을까?'

'다시 마을로 돌아가 보자.'

그녀는 눈 덮인 들판과 헐벗은 나무를 지나 동쪽 마을로 가는 중에 녹슨 자동차가 수십 대 여러 단계로 부식되어 있는 농가를 지났다. 조가 처음 들릴 곳은 사료 가게였다. 단순히 동물 사료만을 파는 곳이 아니라 가축용 소금, 잔디 깎기의 부품, 심지어 새끼 오리도 파는 곳이었다. 조는 주차장에 차를 세우고 입구를 바라보았다. '저기 있군. 그저 보여주기 위한 것만이 아니길.'

"안녕, 조." 문을 열고 들어오는 조에게 가게 주인인 번이 말했다. "간식이 더 필요해요?"

"아니, 아뇨. 루시는 지금 다이어트 중이에요. 더 이상 간식을 먹이면 안 돼요."

"충분히 날씬해 보이던데요."

"루시를 트럭 뒤에 한번 실어 보세요. 너무 힘들어요. 지금은 공식 업무로 왔어요."

"그 죽은 여자?"

"아니요, 그 사건은 주 경찰이 맡게 됐어요. 오늘 아침 블랙베리 농장에서 일어난 사건에 관한 건데요. 이 가게 보안카메라는 작동하고 있나요? 가게 앞에 있는 거요. 오늘 아침 영상이 필요해서요. 8시에서 9시쯤요."

놀랍게도 번은 웃음을 지으며 농담을 했다. "이제 영상 시청을 유료로 돌려야겠군요."

"뭐라고요?"

"그 영상을 요청한 사람이 경관님이 두 번째예요." 그는 매장 컴퓨터로 향했다. "지금 바로 파일을 메일로 보내드리…"

"또 누가 그 영상을 요청했죠?"

"도서관에서 근무하는 친절한 여성분이었어요. 도서관에서 보안카메라를 설치하려고 고려 중인데 제 카메라 영상이 얼마나 선명한지 보고 싶다고 하더군요. 이 모델을 구매하기로 결정했을 경우를 대비해서요."

"그래서 그 영상을 보여주셨어요?"

"도서관 이사회가 품질을 판단할 수 있도록 복사본을 만들어드렸죠." 그는 그녀의 찌푸린 얼굴을 보고 잠시 말을 멈췄다. "뭔가 해로운 게 있었던 건 아니에요. 밖에서 뭔가 흥미로운 일이 벌어진 것도 아니었고."

"그 여성분 이름을 알 수 있을까요?"

번은 잠시 입을 오므렸다. 건망증. "그 여자는 예쁜 스카프를 두른 아주 보기 좋은 여성이었어요. 그녀와 그녀의 남편은 체스트넛가에 있는 집을 샀어요."

조는 한숨을 쉬었다. "슬로컴."

번은 자신의 머리를 한번 치고는 말했다. "물론, 그게 그들의 이름이죠."

또 그들이군. 왜 그들은 자꾸 나타나지 말아야 할 곳에 나타나는 걸까? 조는 마을의 참견쟁이들을 상대하는 데 익숙하지만 슬로컴은 정말 통제 불능이라고 밖에 할 수 없다.

조의 휴대폰이 울렸다.

"헤이, 마이크." 조는 자신의 차로 걸어가면서 말했다.

"주 범죄 연구소에서 전화가 왔어요." 그가 말했다. "총격범의 차에서 나온 타이어 자국을 확인한 모양이에요."

"네, 그래서요."

"굿이어 랭글러예요. 트레일러너 AT, 235/75R15. 여러 SUV 차량에 장착이 가능하기 때문에 차량을 특정하는데 별 도움이 되지 않을 것 같아요."

'굿이어.' 조는 문뜩 매기 버드의 진입로에서 슬로컴 부부와 마주쳤을 때가 떠올랐다. 그들이 눈 속에서 타이어 자국을 살펴보고 있던 것이 기억났고, 잉그리드 슬로컴은 그 자국이 굿이어 타이어인 것 같다고 했다.

"범죄 연구소에 전화해 줘요. 이틀 전 매기 버드 집의 진입로에 있었던 타이어 자국의 분석 결과가 필요해요."

"살인 사건 말인가요? 그 사건은 우리 일이 아니에요."

"우리 사건이 아닌 거 알아요. 그냥 그 결과 보고서만 보고 싶어요."

조는 차 안에서 기다리며 사료 가게 앞 도로를 지나가는 차량의 수를 세었다. 이 도로는 마을로 바로 연결되는 도로 중 하나였지만 차량과 차량 사이에 1~2분 정도의 간격이 있을 정도로 교통량이 적었다. 여름이 오면 호숫가 식당의 랍스터 정식을 먹으러 오거나 일몰을 보기 위한 크루즈를 타는 사람들로 이 도로에 차량은 더 많아지곤 한다. 하지만 이런 겨울날에는 도로는 거의 한산한 편이었다.

휴대폰이 울렸다. 마이크였다.

"알아냈어요. 그 타이어 자국도 굿이어 랭글러. 트레일러너 AT, 2…3….” 그는 잠시 말을 멈췄다. "이거, 같은 차량인데요?"

"꼭 그렇지는 않아요." 조가 말했다. "같은 타이어 자국일 뿐이죠. 그런 타이어를 장착한 다른 SUV도 있겠죠."

"하지만 두 사건 현장의 타이어 자국이 우연히 같은 것일 확률이 얼마나 될까요?"

조는 알 수 없는 노릇이다. 그건 정비소 직원에게 물어봐야 할 질문이었다. 그들은 마을에 얼마나 많은 굿이어 트레일러너가 굴러다니는지 더 잘 알고 있을 테니까. 총격 사건과 비앙카의 살인이 관련이 있을 수 있으니 알폰드 형사에게 알려야 했지만, 그녀는 자신이 어디까지 이 사건을 추적할 수 있을지 알고 싶었다. 글렌 쿠니는 그녀가 계속 퓨리티에 머물러 있게 되면 경찰로서의 발전은 쉽지 않을 거라고 말한 적이 있었다. 지금이 조에게는 크게 기지개를 켤 수 있는 기회였고, 직접 단서를 쫓고 사건을 해결하는 것은 그녀에게 기분 좋은 느낌을 주었다.

지금 이 순간, 이 단서들은 모두 같은 방향, 즉 미스터리한 인물 매기 버드를 가리키고 있다.

23장
-
매기

   데클란은 바닷가 근처의 선장이 사용했던 오래된 집에서 살고 있었다. 여러 번 데클란의 집을 방문했지만 2층에 올라가 본 적은 없었다. 그도 나처럼 자신의 삶을 여러 개의 상자로 구분해 놓은 개인적 성향의 사람이었다. 아래층은 월례 독서 모임 등으로 모이는 그의 공용 공간이었다. 페놉스콧 만이 보이는 그의 거실에서 마티니를 마시며 수다를 떨기도 하고, 여름에는 망원경으로 일몰 항해를 마치고 돌아오는 배를 바라보곤 했었다. 나는 가끔 그의 식탁에 저녁 식사를 준비하고, 주방에서 설거지를 하고, 손님용 화장실을 들르기도 했지만 데클란만의 공간인 위층에는 한 번도 올라간 적이 없었다. 우리 둘 모두 분리된 상자를 유지하는 데에 주의를 기울이는 스타일이었다.

   하지만 오늘, 나를 향한 총격범의 공격은 우리의 평온했던 삶을 날려버렸고, 어쨌든 내 삶도 날려버릴 판이었다. 아무튼 이제 데클란의 위층 게스트룸에 임시 거처를 마련하게 됐는데, 내가 상상했던 모습과는 전혀 달랐다. 나는 침실도 데클란처럼 깔끔한 선과 최소한의 장식으로 차갑고 절제된 모습일 거라고 생각했다. 대신 레이스 달린 커튼과 퀼트 침대보, 그리고 오래된 서랍장 위의 흑백 사진들은 모두 부드러운 감수성을 투영하고 있었다. 내가 미처 생각하지 못했던 그의 다른 면이었다.

사진 중의 하나는 검은 머리를 한 여인이 유아를 무릎에 안고 있는 사진이었다. 액자 뒷면을 보니 연도가 적혀 있었다. 데클란이 다섯 살 때 맹장 파열로 돌아가신 어머니와 데클란의 모습이었다. 데클란은 어머니에 대해 거의 이야기를 하지 않았지만, 엄마 없이 자란 그의 어린 시절이 어땠을지 충분히 짐작이 갔다. 외교관인 아버지가 세상일에 너무 몰두하느라 제대로 된 부모 역할을 하지 못해, 그가 열두 살 때 기숙학교로 보내졌다는 얘기는 알고 있었다. 그 이야길 들을 때면 알코올 중독자인 아버지 밑에서 벗어나고 싶었던 나의 십 대 시절이 떠오르기도 했다. 어찌 보면 둘 모두 어머니가 없다는 것의 다른 변형이었을 뿐이고, 어느쪽도 행복하지 못한 버전이었다.

아래층에서 데클란이 외치는 소리가 들렸다. "매기, 벤이 왔어! 그리고 저녁도 준비됐어!"

짐을 반쯤 푼 여행 가방을 방에 두고 계단을 내려가기 위해 데클란의 삶과 일이 새겨있는 사진들을 지나쳤다. 부다페스트. 프라하. 바르샤바. 그러다 한 무리의 학생들에 둘러싸인 채 대학 캠퍼스처럼 보이는 곳에 서 있는 그의 사진 앞에서 멈칫했다. 뒤 건물에 폴란드어로 쓰인 글귀들이 눈에 들어왔다. 크라쿠프에 있는

야기엘로니아 대학교였다. 그의 머리색은 검은색이었고 지금보다 더 덥수룩했다. 트위드 재킷을 입고 있는 그는 예상보다 훨씬더 학자다운 모습을 하고 있었다. 얼마나 젊어 보이는지. 우리 둘모두에게 세월은 어디로 가 버린 걸까?

부엌에 가보니 벤과 데클란은 이미 스카치를 따르고 있었다. 스토브 위에는 굴라시가 끓고 있는데 데클란의 부다페스트 근무 시절의 조리법으로 만들었을 것이다.

"위스키, 매기?" 데클란이 병의 코르크 마개를 풀며 말했다.

"곧바로 진지한 얘기로 넘어가자는 거군요."

"이건 심각한 전개예요."

나는 위스키 한 잔을 마셨다. 오늘 밤엔 정말 이것이 필요하다. "고마워요, 데클란. 잠자리를 마련해 준 것도요."

"지금 이 상황에선 집으로 돌아갈 수 없다는 건 알죠?" 벤이 말했다. "누가 당신을 노리고 있는 건지 알기 전까진 안 돼요."

"제 상황을 잘 정리해 줘서 고마워요, 벤"

"안타깝지만 맞는 말이에요." 데클란이 굴라시를 담은 세 개의 그릇을 식탁으로 옮기며 말했다. 우리는 자리에 앉아 파프리카 향이 가득한 김이 모락모락 나는 굴라시를 위스키와 함께 먹기 시작했다.

"현지 경찰에 의존할 것 없이 우리가 머리를 맞대고 이 문제를 해결해야 합니다." 벤이 말했다. "티보듀가 영리한 경찰이긴 하지만."

"상당히 영리하죠. 마치 제가 용의자인 것처럼 질문하는 태도가 마음에 들지는 않지만요. 그녀는 앞으로 골칫거리가 될 수 있어요." 내가 말했다.

그때 초인종이 울렸다.

"잉그리드와 로이드일 거예요." 데클란은 문을 열기 위해 주방을 나서며 말했다.

"둘에게도 말했어요?" 내가 벤에게 물었다.

"물론이죠. 우리는 모두 한 팀이고 같이 힘을 합쳐야 해요. 예전 같은 기분이 들 거요."

"왜 마치 이걸 즐기는 것처럼 들리죠?"

"솔직히, 은퇴는 그다지 우리에게 달갑지 않은 일이었죠. 지금도 여전히 예전의 능력이 있다는 것을 확인할 수 있는 좋은 기회잖아요. 우리가 쓸모가 있다는 느낌이 들어서 기분이 그다지 나쁘지는 않군요. 말하자면 다시 게임으로 돌아온 거죠."

"이번엔 제가 게임인 거군요."

데클란이 둘과 함께 돌아왔다. 잉그리드는 노트북을 가져왔고 로이드는 골판지 상자 하나를 들고 있었다. 잉그리드는 언제나 그렇듯 정교하게 묶은 스카프를 하고 있었는데, 이번 스카프는 진한 황토색과 빨간색으로 물들여져 있었다. 가을의 색. 그녀가 식탁에 앉자 복잡하게 얽히고설킨 스카프의 매듭에 눈길이 갔다. 은빛 머리와 도자기 같은 피부를 가진 잉그리드의 자연스러운 우아함을 가끔씩 부러워했다.

"굴라시 냄새?" 로이드는 평소처럼 곧장 스토브로 향했다.

"염소 고기로 만들었어요. 맘껏 드세요." 데클란이 말했다.

물론 그럴 것이다. 로이드는 식탐에 대해 부끄러워하지 않는다. 그는 굴라시를 가득 담은 그릇을 들고 테이블에 착석했다. 나는 오늘 밤 회의가 소집되는 줄 몰랐지만, 데클란이 시그널을 보냈고 우리 다섯은 여기 이렇게 모이게 되었다. 다섯 인생의 경험이 여기 노련한 다섯 스파이와 함께한다. 은퇴가 곧 쓸모없어진다는 걸 의미하지는 않는다. 여기 모인 사람들은 각자의 비법을 가지고 있었다.

로이드는 굴라시 한 숟가락을 꿀꺽 삼킨 다음 상자를 열었다. 거기서 지형도 한 장을 꺼내더니 그릇과 식기들 사이에 펼쳐놓았다. 나는 그 지도의 지형을 바로 알아볼 수 있었다. 블랙베리 농장과 그 주변 지역, 그리고 퓨리티의 해변 마을이 포함되어 있었다.

"매기, 당신의 농장으로 진입하는 모든 길을 표시해 봤어요." 로이드가 노란색으로 표시한 도로를 가리켰다. "총격범이 어디에서 진입했는지 알 수 있는데, 당신의 땅과 남쪽으로 접한 이웃의 땅 사이를 지나는 비포장도로에 차량을 주차해 두었다고 했어요." 로이드는 고개를 들어 나를 바라보았다. 그의 입가에는 굴라시가 묻어있었는데 이것이 바로 그의 식욕이 가져다주는 기념품이었다. 이런 점이 로이드의 특이한 매력점 중 하나이며, 삶을 열심히 먹어 치우는 그의 방식이었다. "이 이웃을 잘 알아요? 이름이 로널드 패럴이었던가요?"

"그는 거의 집에서 살지 않아요. 제가 이사온 후로 딱 한 번 본게 전부죠. 그는 여든두 살이고 록랜드에 있는 양로원에서 살고 있어요."

"다른 건 또 뭐 없어요?"

"매사추세츠에 사는 아들이 한 명 있어요. 손녀가 둘이고 모두 메인주에선 살지 않아요. 그의 재산은 보존 중이며, 이미 유언으로 토지 신탁에 맡겨졌어요." 나는 동료들을 둘러보았다. "이 농장을 구입하기 전에 주변 이웃들의 신원을 모두 조사해 봤죠. 그들은 모두 저의 검열을 통과한 셈이에요."

로이드는 고개를 끄덕였다. "그럼 총격범이 어떤 경로로 당신 땅에 도착했는지 한번 알아봅시다."

벤이 지도에서 그 비포장도로를 가리켰다. "여기서 범인의 차가 주차되었던 타이어 자국이 발견됐지."

"이 비포장도로로 오는 유일한 길은 여기 웨스트 포크로드죠. 포장도로이고 남과 북으로 뻗어있어요."

"거기 까지가 우리가 알고 있는 사실이군." 벤이 말했다.

"맞아요, 잘 들어봐요." 로이드가 동의하며 계속 말했다. "웨스트 포크로드는 남쪽으로는 빌리지로드, 북쪽으로는 폰사이드로드라는 두 개의 진입로가 있어요. 빌리지로드는 퓨리티로 곧장 이어지죠. 그리고 마을을 빠져나갈 수 있는 네 가지의 길 중 하나를 선택해 해안을 따라 올라갔거나 내려갔을 거예요. 이 네 가지 길 중 하나를 선택하는 게 문제입니다." 로이드는 아내를 바라보았다.

"그래서 알아보았죠." 잉그리드가 노트북을 열었다. "우리 같은 작은 마을에 살면 상대적으로 CCTV가 부족하다는 게 문제예요."

"우리가 현역에 있을 땐 그게 좋은 거였는데." 벤이 농담을 했다.

"암살범을 추적할 때는 아니죠. 그래서 저는 차를 타고 그 지역의 모든 CCTV를 찾아 나섰어요. 폰사이드로드에는 보안카메라가 있는 집이 두 채가 있었지만 두 카메라 모두 집 앞 진입로만을 비추고 있었어요. 그래서 도로를 볼 수가 없었죠. 하지만 빌리 지로드에서는 마을에 가까워질 때쯤에 CCTV가 설치된 곳이 있었어요. 바로 여기요." 잉그리드는 연필로 지도위에 해당 위치를 동그라미로 표시했다. "시몬톤 피드 앤 그레인이라는 가게입니다. 주인과 이야기를 나눴더니 오늘 아침 촬영된 영상을 기꺼이 공유해 주었어요. 자, 여기…… 오전 8시 17분, 범인이 도주할 만한 시간대죠. 이 차량인 것 같아요."

그녀는 노트북을 돌려 우리에게 화면을 보여주었다. 우리는 모두 몸을 숙여 스틸 샷에 찍힌 검은색 도요타 SUV를 응시했다. 이 차량은 내 집 진입로에 비앙카의 시체를 버리고 간 차량과 매우 흡사한 것처럼 보였다. 선팅된 창문 때문에 운전자는 어두운 실루엣에 불과했다.

"이 운전자가 범인인지는 확신할 수 없어요." 잉그리드가 말했다. "범인은 CCTV가 없는, 마을에서 멀리 떨어진 북쪽 도로로 도망쳤을 가능성도 있으니까요. 하지만 시간대, 이 차량이 장착한 바퀴의 종류, 며칠 전 비슷한 차량이 진입로에 시신을 두고 갔다는 사실 등을 고려해 보면 이 운전자가 우리가 찾는 그 사람일 확률은 95%, 어쩌면 96% 정도에 달할 겁니다."

"그리고 이것이 제가 이 여자와 결혼한 이유이기도 하죠." 로이드는 굴라시를 더 먹기 위해 스토브로 향하며 말했다.

"아직 안 끝났어요." 잉그리드는 선명한 스틸 샷을 찾기 위해 노트북의 이미지를 클릭했다. 매사추세츠주 번호판이 선명하게 보이는 SUV의 뒤 범퍼가 보였다. "알라모 렌터카예요. 4일 전 로

건 공항에서 플로리다 운전면허증을 소지한 프랭크 사르디니라는 남자가 픽업했어요." 잉그리드는 그렇게 말하고 나를 바라보았다.

"그런 이름은 모르겠어요." 내가 그녀에게 말했다.

그러자 잉그리드는 프랭크 사르디니의 운전면허증 사진을 화면에 띄웠다. "면허증에 있는 신원 정보에 따르면 그는 42세의 백인 남성으로 키는 180센티미터 가량이고 갈색 머리에 갈색 눈을 가졌어요. 음… 얼굴도 못 알아보시는 것 같네요."

"저 사람은 한 번도 본 적이 없어요."

"아주 좋지 않은 상황이네요. 매기를 죽이려고 마을에 잠입한 완전한 낯선 이를 상대해야 하는 거군요." 데클란이 말했다.

"그것보다 상황은 더 나빠요." 잉그리드가 말했다. "프랭크 사르디니의 운전면허증과 신용카드는 도용된 신원을 기반으로 만들어졌어요. 진짜 프랭크 사르디니는 41년 전 생후 4개월에 사망했어요."

주방은 조용해졌다. 귀에서 윙윙거리는 소리가 들리는 것 같고 내 심장의 불길한 북소리가 느껴졌다.

"그럼 그는 죽은 이중 인간이군요." 데클란이 부드러운 목소리로 말했다.

잉그리드는 고개를 끄덕였다. "그런 셈인 것 같아요."

이건 내가 생각했던 것보다 심각하다. 이 정도의 수준이면 내가 상상했던 것보다 훨씬 더 강력한 사람들을 상대하고 있다는 뜻이다. 동료들을 둘러보니 그들도 마찬가지로 불안해하는 표정이 역력했다.

"우린 정보가 더 필요해요, 매기." 벤이 말했다. "도대체 누가 당신이 죽기를 바라는 거죠?"

나는 고개를 저었다. "모르겠어요."

"매기, 당신은 분명 뭔가를 알고 있어요. 우리에게 말을 하지 않았을 뿐이지."

벤이 말한 것은 사실이다. 생각만 해도 너무 고통스러운 일이 어서 아무에게도 말하지 않았던 것들이 있다. 너무 고통스러워서 그 일로부터 도망치고 싶었다.

"그럼 우리가 알고 있는 것부터 시작하죠. 이 모든 것은 실종된 다이애나 워드와 관련이 있는 것 같습니다." 데클란이 소금통을 테이블 중앙으로 옮기며 말했다. "여기 1번 진영의 대리인 비앙카는 다이애나를 찾기를 원합니다. 그들은 수수께끼의 인물 비앙카를 보내 당신에게 도움을 요청했어요."

벤은 후추통을 테이블 중앙의 소금통 옆으로 옮겼다. "여기 2번 진영이 있습니다."

"그렇죠." 데클란이 말했다. "이 사람들은 비앙카를 제거하기 위해 프랭크 사르디니 또는 아무튼 정체를 알 수 없는 사람을 보냈어요." 그는 소금통을 옆으로 넘어뜨렸다. "그런데 다시 사르디니가 당신을 죽이려고 하고 있죠. 왜죠?"

모두가 나를 쳐다볼 때 나는 진입로에 버려진 비앙카의 시신을 떠올렸다. "그들은 우리 둘 모두를 원해요. 다이애나와 나."

"다이애나가 어디 있는지 알아요?" 데클란이 물었다.

"아니요. 저는 16년 전에 CIA를 떠났고 다이애나도 몇 달 후에 그만뒀어요. 그리고 지금까지 다이애나와는 연락을 하지 않았어요."

"그런데 왜 지금에 와서 이런 일들이 벌어지는 걸까요?" 벤이 물었다.

나는 그를 바라보았다. "몰타에서 일어난 일에 대한 보복일 것 같아요. 시라노 작전."

그들은 서로를 바라보았다. 작전의 세부 사항은 요원들의 이름과 함께 기밀로 유지되지만, 지금 이 동료들은 수년 동안 영국의 엘리트 집단에 침투했었다는 러시아 잠복 요원 시라노에 대해서는 들어봤을 것이다.

"매기, 당신도 그 작전의 일원이었나요?" 잉그리드가 놀라며 물었다.

"네, 다이애나도 마찬가지로." 나는 잠시 침묵했다. "그 작전은…… 예상치 못한 결과를 초래했었죠." 너무 고통스러운 결과이기에 나는 누구에게도 그 임무에 대해 말한 적이 없었다. 그때의 상처를 다시 여는 것은 견딜 수 없지만 지금은 선택의 여지가 없다. 비앙카의 시신을 상징하는 소금통을 바라보는데, 저 소금통은 나를 뜻할 수도 있다는 생각을 했다. 오늘 그들은 나를 죽이려고 했고, 또다시 시도할 것은 분명해 보였다. "그 작전이 제가 CIA를 떠난 이유예요. 몰타에서 일어난 일 때문에요."

"몇 년이나 지난 일인데, 왜죠?" 잉그리드가 코를 찡그리며 말했다. "매기, 당신을 추적하는데 그들은 많은 자원을 쓰고 있는 것 같아요. 당신이 죽어야 할 간절한 이유가 있는 거예요."

"아마 시라노의 사람들일 거라고 추측이 돼요. 우리가 그를 붙잡은 것에 대한 복수겠죠. 러시아인들은 절대 잊지 않고 절대 용서도 하지 않아요."

"추측이라고요? 그럼 다른 사람들일 수도 있다는 건가요?"

"대체 누가 더 내가 죽기를 바라는 걸까요?" 나는 지친 웃음을 지어 보였다. "의심의 여지는 없을 거예요." 나는 테이블을 둘러보았다. "그리고 여러분도 그렇게 생각할 거고요."

아무도 대답하지 않았고 그럴 의사도 없어 보였다.

데클란의 휴대폰에서 알람이 울렸다. 모두가 그 전화에 주의를 기울였다. "동작 감지 센서예요." 그는 휴대폰 화면을 바라보았다.

초인종이 울렸다. 암살자가 당당히 현관으로 들어오기로 결심이라도 했나?

"누가 오기로 돼있어요?" 로이드가 물었다.

"아니요." 데클란은 화면을 보며 한숨을 내쉬었다. "진정들 하세요. 우리의 끈질긴 사냥개 조 티보듀랍니다. 정말 성가신 존재가 되어가는 군요." 그는 자리에서 일어나 앞치마를 풀어 의자 위로 던져버렸다. "내가 막아 볼게요."

우리는 주방에서 데클란이 현관문을 여는 소리를 들었다. 그러나 그는 말할 기회조차 얻지 못했다.

"매기 버드 부인을 만나러 왔습니다." 티보듀가 다짜고짜 요구 사항을 말해버렸다.

"왜 그녀가 여기 있을 거라고 생각하죠?" 데클란이 물어보았다.

"왜냐하면 그녀는 벤 다이아몬드의 집에는 있지 않고, 당신의 볼보 자동차가 차고가 아닌 길거리에 주차되어 있기 때문이죠. 차고에는 누구 차가 있길래요?"

"지금은 적당한 시간이 아닌 것 같군요. 식사 중이거든요."

"오래 걸리지 않을 겁니다."

티보듀는 제지할 새도 없이 거침없는 발걸음으로 주방에 들어가, 식탁에 둘러앉은 네 명을 보고는 인상을 찌푸렸다. "진심이세요?" 티보듀가 내게 말했다. "오늘 그런 일을 겪고도 저녁 만찬에 기꺼이 동참하신 건가요?"

"이분들은 제 친구들이에요." 내가 말했다.

그녀의 시선은 곧장 테이블 위에 놓인 지도로 향했다. 로이드가 노란색으로 강조한 곳이 눈에 띄었다. "이게 뭐죠?"

"접근 경로를 찾고 있었어요." 로이드가 말했다. "매기의 사유지까지 오는. 우리는 수사에 도움을 주려는 것뿐이에요."

티보듀는 한숨을 내쉬었다. "좋아요, 여러분, 모두 나가주세요. 버드 부인과 단둘이 얘기하고 싶어요."

"아니요. 그들이 여기 있었으면 좋겠어요. 제가 말했듯이 이분들은 제 친구이니 도움을 줄 수 있을 거예요."

"저는 전혀 그렇게 생각하지 않습니다."

"우리가 능력이 없을 거라고 생각하세요?" 잉그리드는 그녀 특유의 날카로운 눈빛으로 티보듀를 다그치고 있었다. 잉그리드는 심문관으로서 전설적인 존재였다는 것은 전혀 놀라운 일이 아니었다.

티보듀의 얼굴이 살짝 붉어졌다. "그런 말 한 적은 없습니다, 부인."

데클란은 신사의 품격이 느껴지도록 의자를 슬쩍 꺼냈다. "티보듀 서장님, 일단 앉으시죠. 우리 사이에는 비밀이 없으니 함께

하시는 게 어떨까요."

티보듀는 그의 구식 제스처가 비아냥거린다고 생각한 듯 의자를 잠시 노려보았지만 결국 자리에 앉아 수첩을 꺼냈다.

티보듀는 끈질긴 여성이라는 것은 분명해 보이고, 우리가 그녀를 밀어내려고 하면 할수록 더 강하게 반발할 것이다. 벤이 그녀의 배경을 알아본 결과, 퓨리티 출신이며 평생을 메인주에서 살았고 지역 경찰서에서 10년 이상 근무한 경력을 가지고 있었다. 티보듀는 우리보다 이 마을과 주민들을 더 잘 알고 있으며, 이제 우리를 그 틀에 맞추려 노력하고 있었다. 그녀는 정보 수집의 고급 기술을 훈련받지는 못했지만 이 지역에서는 자신이 우위를 점하고 있다는 생각을 했기에, 아마도 어떻게 백발의 은퇴자 다섯 명이 그런 일들을 해낼 수 있는지 궁금해할 것이다.

"그래서 뭘 물어보고 싶으신가요?" 내가 말했다.

티보듀가 수첩을 펼쳤다. "총격범의 신상을 알아낸 것 같습니다. 프랭크 사르디니, 42세, 플로리다 올랜도 출신입니다. 이 사람을 아십니까?"

"아니요."

그녀는 눈썹을 치켜들고 나를 쳐다보았다. "생각도 안 해보시는군요."

"그럴 필요까지 없어요. 전혀 모르겠어요."

"아니면 그를 안다는 사실을 인정하지 않는 게 나아서일까요?"

"도대체 제가 왜 그래야 할까요?"

"저도 모르죠! 왜 올랜도에서 온 남자가 여기까지 와서 닭 농장주를 쏴야 했을까요."

"그건 프랭크 사르디니라는 사람에게 물어봐야 할 것 같군요."

"아직 위치를 파악 중입니다. 보스턴의 알라모에서 검은색 도요타 SUV를 빌린 것으로 파악되고 있어요. 그 차는 오늘 오후 1시에 반납되었어요. 현장에서 도주할 때의 상황이 사료 가게의 CCTV에 찍혔습니다." 그리고는 잉그리드를 바라보며 말했다. "당신은 거기서 비디오 영상을 훔쳐보지 말았어야 했어요."

"전 도서관 이사회를 대표해서 간 것뿐이에요."

"네, 그러시겠죠." 조는 쓴웃음을 지었다.

작은 마을의 경찰이 할 수 있을 거라 생각했던 것보다 훨씬 빠르게 세부 사항을 습득한 것은 인상적이었다. 우리는 그녀를 과소평가한 것인지도 모른다. 그녀는 또 어떤 놀라움을 우리에게 선사할 것인가.

"총격범의 SUV에는 굿이어 트레일러너 타이어가 장착되어 있었습니다. 매기 부인 집 앞에 시체를 버리고 간 차량의 것과 같은 브랜드죠." 티보듀는 나를 똑바로 바라보며 말을 이었다. "참 흥미로운 점이죠. 안 그래요, 버드 씨?"

"사르디니 씨를 추적하고 있는 건가요?" 벤이 끼어들었다.

"알아보고 있는 중입니다. 올랜도 경찰에 연락을 취해본 결과, 아직까지는 영장이나 체포, 유죄 판결을 받은 사실이 없다는 정도입니다. 하지만 그의 직장으로 등록된 보험회사에 전화를 걸었더니 아무도 그 사람에 대해 들어본 적이 없다고 하더군요."

"그는 죽은 사람이기 때문이죠." 잉그리드가 말했다.

티보듀는 그녀를 바라보며 말했다. "뭐라고요?"

"진짜 프랭크 사르디니는 생후 4개월에 폐렴으로 사망했어요. 보스턴에서 그 차를 빌린 남자는 명의를 도용한 것이며, 그를 체포는커녕 위치 파악이라도 가능할지 모르겠네요."

"도대체 이 모든 것들을 어떻게 알고 계신 거죠?"

잉그리드는 노트북 화면을 열고 티보듀에게 돌려 보여주었다. "제 나름대로 조사를 좀 해봤어요. 출생 기록과 사망 기록을 검색하고 올랜도에 전화도 몇 통 걸었죠."

티보듀는 화면의 가짜 프랭크 사르디니의 플로리다 운전면허증을 응시했다. 그녀는 지금 당장은 굴욕적인 기분이 들 수도 있겠지만, 이건 공정한 경쟁의 결과는 아니었다. 잉그리드는 평생을 정보 수집 기술을 익히는 데 바쳤다. 또한 잉그리드는 메인주의 작은 마을의 경찰은 꿈도 꿀 수 없는 내부 정보원도 알고 있었다.

"그 남자가 실제로 누구인지 간에 이 지역에서 사라진 지는 오래됐을 겁니다." 벤이 말했다.

티보듀가 테이블에 앉아 있는 우리들을 둘러보았다. 실크 스카프를 두른 우아한 잉그리드. 유쾌하고 통통한 로이드. 폭력배마냥 머리를 빡빡 깎은 벤. 매력적인 용모의 아일랜드계 흑인 데클란. 그리고 그녀는 나를 바라보았다. 그저 닭을 키우는 농장주일 뿐이라고 주장하는 여자. 그리고 그 여자의 집 앞에 시체가 버려지고 숲에서 암살자가 그 여자를 향해 총을 쏘는 사건이 발생한 것이다.

"당신들은 도대체 누구……." 티보듀가 얼버무렸다.

"오, 우리는 그저 은퇴한 사람들입니다." 로이드가 말했다.

"무슨 일을 했던 거죠?" 티보듀가 잉그리드를 바라보았다.

"저는 다국적 기업의 비서실장으로 일했어요." 잉그리드가 대답했다.

"당신은요?" 티보듀는 벤에게 시선을 돌렸다.

"전 세계 최고급 호텔에 가구와 레스토랑 장비를 판매했습니다."

"저는 역사학 교수였습니다." 데클란이 말했다.

"저는 지난번에도 말했듯이 관세 중개회사에서 일했어요." 내가 말했다. 우리는 쉽게 비공식적인 위장 신분으로 돌아갔다. 우리는 오랫동안 거짓말을 해온 탓에 이제는 거짓말이 제2의 본능이 되어버린 것 같았다.

마침내 티보듀는 우리 중 유일하게 위장 신분으로 일하지 않은 로이드에게 눈길을 돌렸다. 어느 기관이 그를 실제로 고용했는지를 밝힐 수 있는 유일한 사람.

"아, 저는 그냥 분석가였어요." 로이드가 유쾌하게 말했다.

"정신분석가 말씀인가요?" 티보듀가 물었다.

"오, 주여. 전 하루 종일 책상에 앉아 있었어요. 정부를 위해 정보를 수집하고 데이터를 분석했죠. 사실 별로 신나는 일은 아니었죠."

"우리는 은퇴자이지만 열렬한 미스터리 팬이기도 하답니다." 잉그리드가 말했다. "누가 흥미로운 추리 소설을 좋아하지 않을 수 있겠어요? 그래서 이 자그마한 범죄 해결 클럽을 만들게 되었죠. 추리 소설을 충분히 읽으면 경찰 업무에 대해 상당한 지식을 쌓을 수 있어요."

"지금 농담하는 거죠?" 티보듀는 지형도를 보며 중얼거렸다. "그럼 당신들의 이 자그마한 클럽의 이름은 뭐죠?"

정적이 흘렀다. 잉그리드의 집 벽난로에 둘러앉아 술을 마시며 미스터리한 비앙카에 대해 이야기하던 밤이 생각났다.

"마티니 클럽." 내가 말했고 나의 친구들은 모두 고개를 끄덕이며 미소를 지었다.

"자, 다시. 주의를 흩트리지 말자구요." 데클란이 말했다. "우리는 소위 프랭크 사르디니라고 불리는 인물에 집중해야 합니다. 그가 진짜로 누구든 간에요."

티보듀가 한숨을 내쉬었다. "맙소사. 일이 더 복잡해지는 것 같네요."

"그리고 우리가 돕기 위해 여기 있죠." 잉그리드가 말했다. "우리는 비록 은퇴한 사람들이지만 지난 수년 동안 탐정 기술을 몇 가지 익혔지요."

"추리 소설을 읽으면서요? 맞죠?" 티보듀가 나를 바라보았다. "매기, 당신은 분명 답을 알고 있는 게 있어요. 누군가가 좀 전에 당신을 죽이려 했다고요. 누가 당신을 죽이려는지 짐작 가는 게 정말 없나요?"

나는 비앙카의 시신을 상징하는 쓰러진 소금통을 바라보았다. 비앙카는 아직 끝나지 않을 일련의 죽음 중 하나에 불과하다. "모르겠어요." 나는 대답했다. '하지만 이유는 알 것 같다.'

＊

데클란과 나는 16년산 싱글 그레인 스카치의 마지막 한 방울까지 모조리 마셨다. 오늘 밤 나의 주량껏 마신 것 같았지만, 데클란이 '이 정도는 마저 마셔버리는 게 좋겠다'며 남은 술을 잔에 따라주었다. 나머지 동료는 모두 집으로 돌아갔다. 벽난로 앞에 우리 둘만이 남았다. 불길이 사그라들었지만 곧 위층으로 올라갈 참이라 더 이상 장작을 넣지 않았다. 대신 천천히 꺼져가는 불씨를 바라보기만 했다. 꺼져가는 불씨. 피할 수 없는 죽음.

"제가 당신을 위해 처음 따라줬던 위스키 기억하죠?" 그가 물었다.

"당신이 절 독살하려는 줄 알았어요."

"그렇게 나쁘지 않은 술이었어요. 제 기억으론 8년산 싱글 몰트 위스키였던 것 같아요."

"처음 느껴보는 맛이었어요. 익숙하지 않은 맛이어선지 그다지 좋아하지 않았었죠." 나는 그가 따라준 술을 한 모금 마시고 혀끝에서 느껴지는 버터 스카치의 끝맛을 음미하며 한숨을 내쉬었다. "정말, 그때는 애송이였죠. 여러모로요."

"'신선한 얼굴'이 벤이 당신을 묘사한 말이었어요. 타이어가 모두 닳도록 달렸던 우리와는 달리 말이죠."

그렇지, 데클란의 주행 거리가 나보다 더 길긴 했다. 정확히는 8년이 더 길다. 우리가 신입으로 만났을 때 그는 이미 서른 살이었고 유럽사 박사 학위를 취득한 상태였다. 학계에서 비공식적으로 활동할 때 유용하게 쓰일 수 있는 가치 있는 자격증이었다. 세월이 흐르면서 검은 머리카락에 은빛이 감돌고 눈가에 주름이 새겨졌지만, 그의 외모는 더욱 매력적으로 변해갔다. 저명한 외교관의 아들이었던 그는 이제 외교관 그 자체의 모습으로 보인다.

"이 일이 아니었으면 대신 어떤 일을 했을지 생각해 본 적이 있어요?" 데클란이 물었다.

"진짜 수출입 전문가로 일할 수도 있었겠죠. 사실 제 위장 직업이 마음에 들었거든요." 나는 그를 바라보았다. "그리고 당신도 정말 역사학 교수가 되었을 것 같네요."

"트위드 재킷, 담쟁이덩굴 대학, 7년마다의 안식년. 싫을 게 뭐가 있겠어요?"

"게다가 당신 주위에 몰려드는 육감적인 여학생들까지요."

"그건 장점이라고 생각해 본 적 없는데요. 어린애들을 데리고 노는 건 제게 아무런 매력도 주지 못하더군요." 그는 신중하게 위스키를 한 모금 마셨다. "우리가 다른 길을 택했다면 당신과 저는 결코 만나지 못했겠죠. 지금 이렇게 함께 앉아 있지도 못했을 겁니다. 생각하면 슬픈 일이죠."

"하지만 우린 여기 함께 있네요." 그에게 웃음을 지어 보였다. "적어도 그 부분에 대해선 감사히 여겨요."

우리는 벽난로를 보며 침묵에 빠졌다. 재로 뒤덮인 통나무가 쓰러지면서 불씨가 솟구쳤다.

"몰타에서 무슨 일이 있었던 거죠?"

"기본적인 사항은 알고 계시죠? 시라노 작전 말이에요."

"그때 그가 체포된 것으로 알고 있어요. 수년 동안 러시아 잠복 요원이 다우닝가에 침투해 있을지도 모른다는 소문을 들었었죠."

"첫 번째 힌트는 비밀 정보망을 통해 들어왔어요. 러시아 쪽

담당자가 현장 요원에게 보낸 통신을 감청했어요. 영국 측과 우리 정보국은 그가 누군지 전혀 감을 잡지 못했죠. 국회의원? 보수당 고위직? 아니면 러시아에서 흘러온 자금의 세탁을 무마할 만한 영국 범죄수사국의 고위직 관계자로 일했을 수도 있죠. 우리는 시라노가 실존하는 인물인지 가상의 인물인지도 확신할 수 없었어요. 정보기관의 편집증적 사고의 산물일 수도 있었죠."

"영국이 나서야 하지 않았나요? 왜 우리가 창끝의 역할을 맡았을까요?"

"영국 정보기관의 움직임이 계속해서 효과를 보지 못했어요. 그들의 비밀 요원 상당수가 암살을 당했기 때문이에요. 8년 동안 그 남자는 미스터리 그 자체였어요."

"시라노 작전이 있기까지?"

나는 고개를 끄덕였다. "다이애나 워드가 그 작전을 지휘했어요. 옳은 방법이었든 그른 방법이었든 결국 다이애나가 그를 쓰러뜨린 공로를 인정받았어요."

"당신의 역할은 뭐였죠?"

"다이애나가 저를 작전에 투입했죠. 전 그저 기계의 한 부품에 불과했어요."

"당신의 역할이 그게 전부는 아니었을 거잖아요, 매기."

"실제 체포 당시 저는 현장에 없었어요. 모로코로 데려가서 심문할 때에도 전 참여하지 않았고요. 모두 다이애나가 관여한 일이에요."

"그래서 당신이 맡은 부분은 어떤 역할이었죠?"

나는 어깨를 으쓱했다. "전 길을 안내했을 뿐이에요. 그리고 다이애나가 사후 처리를 한 거죠."

"그녀와 마지막으로 연락을 취한 게 언제였어요?"

"몰타 이후로는 없었어요. 그녀가 저에게 연락한 적도 없고 저도 연락할 이유가 없었죠. 시라노가 잡힌 다음날 저는 사임했어요."

"왜 그랬는지 말해줄 수 있어요?"

"아뇨, 말할 수 없어요." 내가 의도했던 것보다 더 퉁명스럽게 대답이 나왔고, 그것이 잠시 동안 그를 침묵시켰다. 나는 벽난로의 불씨에 시선을 고정했지만 그가 나의 눈치를 살피는 것이 느껴졌다. 그는 나의 가장 오래된 친구이자 가장 소중한 친구이지만, 우리 사이에는 요원으로 있는 동안 축적되어 온 서로 간의 비밀들로 인해 천천히 보이지 않는 벽이 쌓여왔다. 그리고 상처도.

"시라노는 16년 전에 체포되었고 이렇게 오랜 시간이 흘렀는데도 이게 정말 복수의 일환이라고 생각하나요?"

"우리는 그 작전으로 러시아의 서방에서의 활동에 큰 타격을 입혔어요. 우리는 런던에서의 돈세탁을 무력화했고 영국 고위층의 부패를 폭로했어요. 어쩌면 모스크바가 보복에 나서는 것은 당연한 일이에요."

"그런데 왜 지금까지 기다렸냐는 말이죠."

"아마도 작전에 참여한 명단을 이제야 알게 된 게 아닐까 생각이 들어요. 비앙카가 최근 CIA에 보안 침해가 발생했고 누군가 시라노 파일에 접근한 사실이 있다고 알려줬거든요. 그 파일에 제 이름이 있었어요. 제가 성을 바꾸었고 몇 년 동안을 떠돌아 다녔기 때문에 추적하는 데 많은 시간이 걸렸을 거예요. 저는 멕시코와 코스타리카에 있었고, 아시아의 여러 나라들에서도 머물렀어요. 그러다 당신이 메인으로 이주했다는 메일을 받게 되었죠. 당신은 마치 열반의 세계를 찾은 것처럼 보였어요."

"내가 너무 부풀렸던 거군요."

"아뇨, 아뇨, 그렇지 않아요. 이 마을은 정말 제 집처럼 느껴져요. 아니, 이런 일이 일어나기 전까지는요. 이 작고 평화로운 마을에 온 관심을 쏠리게 한 것 같아서 미안할 뿐이에요. 여러분 모두를 노출시킨 것은 아닌지 불안하기도 해요."

"걱정 말아요. 우리는 살아남을 겁니다. 항상 그래왔듯이."

"항상 그렇지는 않아요. 이번 주는 저 자신에 대한 슈퍼히어로 망상을 벗어던지는 계기가 됐네요." 나는 남은 위스키를 꿀꺽 삼키고 자리에서 일어섰다. "늦었네요. 내일 아침에 봐요. 그리고 고마워요, 데클란. 오늘 밤뿐만이 아니라…… 모든 것에 대해서요."

"당신도 똑같이 했을 거예요."

나는 그를 보고 웃었다. '네, 그럼요, 저도 그러고 싶어요.' 거실에서 나와 계단으로 걸어가는데 그가 부르는 소리가 들렸다.

"여기 있어도 되는 거 알죠, 매기. 당신이 필요한 만큼 얼마든지."

"누군가에게 무언가를 제공할 때는 신중히 하는 게 좋을 거예요."

"이 집은 커요, 나에겐 너무 크죠. 동료가 있으니 허전하지 않네요." 잠시 침묵이 흘렀다. "당신을 동료로서 좋아하니까요."

'그리고 나도 마찬가지로요.'

돌아봤을 때 그는 거실에서 나를 바라보는 것이 아닌 타고 남은 재를 바라보고 있었다. 우리는 40년 가까이를 서로 알아왔지만 그는 항상 냉철한 지식인의 초연함을 보여왔다. 그가 나에게 그의 집을 열어줬음에도, 사람과의 관계에 내재된 불신이라는 제2의 천성이 자리 잡은 우리는 서로의 관계에서 여전히 거리감을 느끼고 있다.

"긍정적으로 생각해 볼게요." 내가 대답했다.

나는 계단을 올라 침실로 들어갔다. 내가 이 집에 있다는 건 친구들과 조 티보듀만 알고 있지만, 난 습관적으로 문을 잠갔다. 데클란은 최첨단 보안 시스템을 갖추고 있으며 나와 마찬가지로 무장을 하고 있다. 오늘 저녁 일찍, 그가 총기 금고에서 총알 상자를 꺼내 두 개의 탄창에 장전을 하는 걸 보았다. 겉으로는 침착해 보였지만 그 역시 긴장하고 있을 것이다.

메시지 알람이 휴대폰에서 울렸다. 오늘 오후에 보낸 암호화된 이메일에 대한 답장이었다.

기꺼이 만나겠음. 방콕에서. 자세한 사항은 추후 알림.

이제 다음 여정이 어딘지 알 것 같다. 내가 경멸하는 여자, 몰타에서 나와 함께 했던 그 여자를 찾아야 한다. 다이애나는 답을 알고 있을 것이다. 누가 우리를 죽이려 하는지.

하지만, 눈을 감고 그날을 떠올리면 오직 떠오르는 건 대니뿐이었다. 그날 아침 그가 마지막으로 짐을 싸고 나에게 작별 키스를 하며 나를 바라보았던 눈빛이 기억이 났다. 내가 마지막 임무를 거절하고 몰타에 가지 않았다면, 그대로 우리 둘이 떠나버렸다면 우리의 삶은 달라졌을까?

그곳에서 모든 것이 무너졌다. 몰타에서.

24장

—

몰타, 16년 전

벨라 하드윅은 엄마와 같은 황갈색 머리카락과 분홍색 얼굴
빛을 물려받았지만 안타깝게도 백조 같은 목선이나 당당한 자태
는 물려받지 못했다. 아침 식탁에 마주 앉은 우아한 어머니와 미
운 오리 새끼 딸의 모습이 비교되지 않을 수가 없었다. 이 무더운
날, 카밀라가 빌린 빌라의 정원 테라스는 포도나무 그늘이 드리
워진 시원한 휴식처가 되었다. 근처 분수에서는 물보라가 일면서
안개를 내뿜고 오렌지 나무에서는 참새가 지저귀고 있었다. 조망
의 대부분이 돌과 콘크리트로 두드러지고 푸른 나무가 부족한 이
섬에서, 옛 수도원을 개조한 이곳은 발레타의 교통체증에서 멀리
떨어진 나뭇잎이 우거진 안식처인 셈이다.

"내 제트기로 널 런던으로 데려다 줄 수 있는데 이유를 모르겠
구나." 카밀라가 말했다. "마치 네 아빠는 내가 널 집에 데려다줄
수 없는 사람인 것처럼 여기고 있어."

"아빠는 어차피 여기 올 일이 있다고 말했어요." 벨라는 접시 위에 놓인 딸기를 포크로 이리저리 옮기고 있었다. 딸기를 하나도 입에 넣지 않는 것으로 보아 딸기를 좋아하지 않는 것 같았다. 대신 벨라는 마치 자신이 포위라도 당한 듯이 딸기를 반원형으로 쭉 늘어놓아 방어선을 구축했다.

"아빠가 여기 오는 다른 이유가 있니?" 카밀라가 물었다.

"누군가를 만나야 한대요. 그래서 내일까지는 비행기를 타지 않아도 될 거예요. 이번 여행은 절 데려가기 위해서는 아니에요. 일 때문이죠, 역시나."

벨라는 한숨을 내쉬며 포크를 내려놓았다. "집에 가는 길에 또 비즈니스 강의를 들어야 할 거예요. 아빠는 항상 저에게 돈에 대한 얘기를 하거든요."

딸을 바라보는 카밀라의 표정이 부드러워졌다. 그녀는 전남편의 우선순위가 무엇인지 너무나 잘 알고 있었다. "그건 네가 아빠가 하는 얘기를 잘 이해하기 때문일 거야. 넌 엄마보다 숫자에 대해 더 잘 알고 있잖아, 얘야."

"돈 얘기는 별로 하고 싶지 않아요. 차라리 '우리 오늘 뭘 할까' 이런 얘기를 하고 싶은 거죠." 벨라가 나를 바라보았다. "와줘서 정말 기뻐요! 엄마가 아줌마를 만나길 원했어요."

"벨라가 당신에 대해 끊임없이 얘기하고 있어요, 매기." 카밀라의 표정은 충분히 친근하지만 전폭적인 지지는 잠시 보류하고 있다는 느낌을 받았다. 어떻게 보면, 나를 전남편의 측근 중 한 명으로 생각할 수도 있기 때문에 반드시 신뢰를 주어야 할 사람은 아닌 셈이었다.

"매기 아줌마는 패션 업계에서 일해요."

"일했었지. 예전 직장에서."

"그리고 지금은 필립을 위해 일하나요?" 카밀라가 물었다.

"오, 아니요. 전 남편인 갤러거 박사와 함께 온 거예요. 하드윅 씨가 집으로 돌아가는 비행기 안에서 벨라와 말동무가 되어 달라고 저를 초대한 거예요."

"아빠는 내가 하는 말에는 전혀 관심이 없으니까." 벨라가 중얼거렸다.

"그게 네 아빠잖아." 카밀라는 벨라에게서 시선을 돌려 나를 바라보았다. "그는 모든 사람에게 그렇게 행동해요. 그가 어떤 사람인지 내가 알았더라면……." 카밀라는 혀 끝에 맴도는 말을 억누르며 잠시 멈췄다. 대신 그녀는 정원에 있는 대리석 조각상으로 둘러싸인 푸른색의 수영장을 바라보았다. 이곳은 하드윅 일행과 머무는 발레타 중심지에 있는 화려하고 무미건조한 호텔보다 훨씬 매력적이었다. 많은 고객들을 수용할 수 있을 만큼 큰 규모였지만, 쓰라린 이혼 후의 전 배우자들은 서로에게 조심스러운 거리를 유지하도록 신경 써야만 했다.

"그 여자도 데려왔나요?" 카밀라가 나에게 물었다.

"실비아요?" 나는 고개를 저었다. "아뇨, 그녀는 런던에 남았어요."

"키이스와 빅터는요?"

"그들은 함께 왔어요."

카밀라는 얼굴을 찡그렸다. "서로 다를 게 없는 똑같은 놈들이에요. 그이는 그 둘 없이는 어디도 가질 않으려 하죠. 그나저나 어떻게 지내요? 필립과 그 여자."

"참, 엄마." 벨라가 신음 비슷한 소리를 냈다. "그 여자에 대해
선 얘기하지 말자, 응?"

"그렇지." 카밀라는 한숨을 쉬었다. "그래, 네 말이 맞다. 그냥
궁금해서. 이번엔 얼마나 지속할지 말이야."

"지난번 보다는 오래야." 벨라가 말했다. "적어도 실비아는 나
에게 나쁜 년처럼 행동하지는 않거든."

"벨라."

"왜, 사실인데. 지난번 여자는…"

"우린 이제 미련을 버리고 앞으로 나아가야만 해. 나 역시 그
래야 한다고 생각하고 있고. 오직 우리의 할 일을 하며 전진하는
수밖에."

벨라는 팔짱을 끼고는 의자에 구부정하게 앉았다. 참새가 지
저귀고 가정부가 쟁반을 들고와 식기를 수거하는 동안 우리 셋은
잠시 말없이 앉아 있었다. 가정부가 돌아가기를 기다렸다가 벨라
에게 불어보았다. "몰타에서 아버지가 무슨 볼일이 있는 거니?"

"어, 안 물어봤는데요. 오늘 밤에 회의가 있다는 것만 알아요."

"누구랑?"

벨라는 어깨를 으쓱했다. "누군가랑 하겠죠."

'누군가.' 카밀라를 흘끗 쳐다보았지만 그녀는 커피 한 잔을 더
마시기 위해 커피를 따르고 있고 이 대화에는 관심을 두지 않는
것 같았다.

"하지만 그 얘긴, 오늘은 하루 종일 자유로운 시간이 있다는
거죠. 우리 쇼핑하러 가요!" 벨라가 밝게 웃으며 말했다.

"안 될 것 같은데, 얘야. 오늘 오후에 네 아빠와 약속이 있어. 둘이 함께 택시를 타고 시내로 가는 건 어때?"

벨라가 의자에서 튀어 올랐다. "지갑 가져올게요!"

벨라가 계단을 올라 별장 안으로 들어가는 동안 카밀라와 나는 침묵을 지켰다. 딸이 시야에서 사라진 후에야 카밀라는 나에게 물었다. "그 사람이 돈을 주던 가요? 벨라의 친구가 되어주는 조건으로?"

"아뇨, 한 푼도요." 나는 그녀의 눈을 깊숙이 바라보았다. "전 벨라의 친구예요."

"왜죠?"

"벨라가 좋으니까요."

"그럼, 필립이 매기 씨를 여기로 데려온 이유가 그것뿐인가요? 당신이 벨라를 좋아하니까?"

"남편이 어차피 이곳에 따라와야 했고, 저는 몰타에 한 번도 와본 적이 없었어요. 기꺼이 따라오기로 했죠."

적어도, 카밀라에겐 이 말이 더 설득력이 있을 것이다. 내가 실제로 그녀의 딸과 친구이기 때문이라는 것보다는. 벨라는 부유한 집안에서 태어났지만, 불운하게도 그녀를 너그럽게 이해해 주지 못하는 아빠와 측은히 여기기만 하는 엄마 사이에서 태어났다. 벨라가 불행해 보이는 건 어쩌면 당연한 결과였다.

"벨라는 친구가 별로 없는 것 같아요." 내가 말했다.

"그 끔찍한 학교에서는 친구를 찾을 수 없을 거예요."

"그럼 왜 거기 있는 거죠?"

"필립은 기숙학교에서 인성을 키운다고 말하곤 하죠. 자신도 기숙학교에서 고통받았으면서 딸도 그러길 바라나 봐요."

"그건 그다지 부성으로 보이진 않네요."

"그는 딸을 양육하는 것이 아니라 자신의 복제품을 만들어 권력을 넘겨주려고 하는 거예요. 필립은 벨라가 2 더하기 2를 할 수 있을 때부터 딸을 그렇게 만들기 위해 노력했어요. 그에게는 모든 것이 비즈니스예요. 제가 너무 늦게 깨달았죠."

그녀가 커피에 설탕을 넣고 숟가락으로 도자기 컵을 두드리며 쨍하는 소리를 냈고, 오렌지 나무에 있는 참새가 지저귀며 장단을 맞추었다.

"결혼 생활을 얼마나 하셨는지 여쭤봐도 될까요?"

"7년 반 정도였어요. 너무 길었죠. 이혼할 때 저는 벨라에 대한 양육권을 원했지만, 필립은 자신이 그렇게 원하지도 않으면서 절대 아이에 대한 소유권을 포기하려 하지 않았어요. 벨라가 저를 방문하는 것을 그가 동의해 주는 것만으로도 행운이라 생각해야 할 정도예요." 그녀는 나에게 가까이 다가와 조용히 말했다. "매기, 당신이 정말 벨라의 친구라면 아이를 잘 좀 돌봐주세요. 부탁할게요."

"물론이에요."

"그리고, 조심하세요."

"어떤 걸…"

"그가 어울리는 사람들. 난 그들이 두려워요. 그들은 항상 나를 두렵게 만들어요."

"키이스와 빅터를 말하는 건가요?"

"아, 그 사람들요?" 그녀는 무시하는 듯한 손동작을 하며 말했다. "아뇨, 그들은 아무것도 아녜요."

"그럼, 누구를 말하는 건지 잘 모르겠어요."

"그와 거래하는 사람들. 그 사람들과 벨라가 가까이 지내지 않았음 좋겠어요. 만약 무언가가 잘못되어 가거나 필립의 신상에 무슨 일이 터지면 벨라를 그런 일 근처에 두지 말아야 해요."

"좀 더 자세히 말씀해 주시면 안될까요?"

"더 안 하는 게 낫겠어요. 우리 둘을 위해서요." 그녀는 잠시 나를 응시했다. "정말이에요? 그가 정말 당신에게 돈을 지불하지 않았어요?"

"사실은 하드윅 씨가 제안을 하긴 했어요. 하지만 전 돈은 받지 않겠다고 했어요."

"그럼 아마 당신이 그 제안을 거절한 첫 번째 사람이 되겠네요."

"세상의 모든 것이 다 돈으로 살 수 있는 건 아니죠."

"필립은 그 말에 동의하지 않겠는데요." 벨라가 집에서 나오자 카밀라는 고개를 돌렸다.

"저 준비 다 됐어요, 아줌마!" 벨라가 나오며 소리쳤다. "어서 쇼핑하러 가요!"

나는 테이블에서 일어섰다. "커피 잘 마셨어요."

"저도 고마워요, 제 딸의 친구가 되어줘서." 그리고는 잠시 뜸을 들인 뒤 말했다. "그게 만약 진심이라면요."

*

"아빠가 아줌마를 데려와 줘서 정말 기뻐요." 발레타의 좁은 골목길을 걸으며 벨라가 말했다. "학교 친구들 중 누구도 여기서 저와 함께 시간을 보내고 싶어 하지 않았어요. 그리고 엄마는…… 그냥 엄마니까요."

"네 엄마는 매 여름마다 여기로 오니?"

"아뇨. 작년에는 코르시카로 갔어요. 엄만 그냥 추위를 피하려고 온 거예요."

"아르헨티나는 춥지 않을 텐데."

"지금은 겨울일 걸요."

"그래도 아직은 그렇게 춥지는 않을 텐데."

"엄마는 더울수록 더 행복해져요. 난 더위가 싫은데 엄마는 무슨 도마뱀도 아니고."

벨라는 노점상의 수레 앞에서 멈춰 장신구 보석을 천천히 살펴보았다. 벨라는 모자를 깜빡하고 나와 얼굴은 햇볕에 그을렸고 뺨에는 땀이 송글송글 맺혀있었다. 벨라의 얼굴은 분홍색 비치볼처럼 보였다.

"이거 어때요?" 벨라는 가늘게 세공된 귀걸이를 들어 보이며 물었다.

"아까 오는 길에 보았던 노점상에서 더 저렴한 것을 보았는데."

"거기도 똑같은 게 있었어요?"

"똑같았어."

"와, 아줌마는 뭐든 다 알아채시는 거 같아요."

응, 알아. 오늘 아침 개빈이 호텔 로비에 앉아 신문을 읽고 있는 걸 알아챘지. 호텔 식당에서 하드윅과 키이스가 아침 식사를 하는 동안 몇 테이블 떨어진 곳에서 다이애나가 식사를 하고 있는 걸 알아챘었지.

다이애나의 팀은 하드윅 일행과 같은 발레타 호텔에 머물고 있으며, 감시 작전을 위한 호화로운 숙소는 모두 미국 정부가 제공한 것이다.

"아, 신경 쓰지 마세요." 벨라는 귀걸이를 다시 내려놓으며 말했다. "어차피 별로 맘에 들지는 않았어요." 벨라는 눈부신 태양을 올려다보았다. "맙소사, 너무 더워요."

"그리고 너는 화상을 입었고. 너 모자 써야 할 것 같아."

"엄마가 계속했던 잔소리네요."

"아줌마 호텔로 가서 더위를 좀 식힐까? 아니면 엄마 별장으로 가서 점심을 먹던지."

"엄마 빌라는 됐어요. 밍밍한 샐러드와 생선구이는 이제 질렸어요. 제가 지금 진짜 원하는 게 뭔 줄 알아요?"

"뭔데?"

"햄버거와 감자튀김요. 아줌마 호텔에선 먹을 수 있죠?"

"네가 채식주의자라고 생각했는데."

"노력했다구요. 하지만 이젠 힘들어요."

나는 미소를 지었다. "좋아. 그럼, 햄버거 먹으러 가자."

우리는 더위에 땀을 뻘뻘 흘리고 부채질을 해가며 자갈길을 헤쳐 나가기 시작했다. 쇼핑 여행은 별로 성공적이진 못했고, 결국 벨라는 실크 스카프가 담긴 봉투 하나만 들고 있었다. 나는 거금을 주고도 구하기 힘든 드레스로 가득 차 있는 매닝 하우스에 있는 벨라의 옷장을 떠올렸다. 그렇게 생각하면 이거라도 산 것은 크나큰 진전이다. 벨라는 선택의 폭을 넓히는 법을 배우고 있는 중이었다.

점심시간은 지났지만 저녁을 먹기에는 너무 이른 오후의 나른한 시간. 호텔의 식당에 도착했을 때 식당은 한산해 보였다. 식당 직원은 해변이 보이는 바깥 테라스로 우리를 안내했다. 벨라는 메뉴판을 집어 들고 감자튀김과 햄버거를 주문하는 데 집중하느라 식당에 다른 누군가가 있는지는 신경 쓰지도 않았다. 키이스가 거의 보이지 않는 구석에 앉아 있는 것을 보니 그의 고용주도 여기 어딘가에 있는 것이 분명했다. 바깥 테라스를 둘러보니 야자수 화분 바로 너머의 테이블에 하드윅이 카밀라와 함께 앉아 있는 것이 보였다. 둘은 웃음기 하나 없이 테이블을 사이에 두고 치열한 체스 게임의 상대편과 대결하는 것처럼 앉아 있었다. 야자수가 두 사람의 모습을 부분적으로 가리긴 했지만, 나뭇잎이 그들의 목소리를 가리지는 못했다.

"…… 정말 위험한 일이에요! 나는 벨라가 거기에 끌려가는 것을 원치 않아요." 카밀라가 말했다.

벨라는 엄마의 목소리에 고개를 들어 신음 소리를 냈다. "오, 맙소사. 엄마, 아빠가 여기 있어요."

"그냥 모르는 척해."

"말이야 쉽죠. 나가야 할 것 같은데요."

하지만 나는 그들이 무슨 대화를 나누는지 알고 싶었다. "이미 음식도 주문했는데 뭘. 그냥 무시하고 맛있게 햄버거 먹자."

"아이가 행복하지 않아요."

하드윅은 목소리를 낮춰서 말하고 있었다. "아이는 안정이 필요해."

"기숙학교요? 아인 거길 싫어해요."

"가라앉거나 헤엄쳐 나오거나. 벨라는 세상이 어떻게 돌아가는지를 알아야 해. 그리고 이것이 내가 배운 방법이었고."

"인생은 신병 훈련소에서 배우는 게 아니에요. 벨라를 데려가고 싶어요." 카밀라가 말했다.

"그건 우리의 합의 사항이 아니야."

"난 동의한 적이 없어요. 당신의 일방적 요구였죠."

"당신의 변호사가 무능한 것을 내 탓으로 돌리지 말아."

서로를 노려보는 두 사람을 보니, 실비아가 런던에 머문 것이 당연하게 느껴졌다. 내연녀와 전 부인이 같은 섬에서 머문다는 것보다 더 불안정한 상황이 있을까 상상해 보았다.

벨라는 자신의 손에 얼굴을 묻었다. "하나님, 제발 저에게 햄버거를 가져다주세요."

"그냥 모르는 척해. 내가 네 나이였을 때 했던 방법이야."

"부모님 모두요?"

"아버지. 아버지가 술에 취해 비틀거리며 마을을 돌아다니는 모습을 보면 나는 그냥 계속 가던 길을 걸어갔지."

"아줌마는 그런 말을 한 적이 없었잖아요."

"별로 할 말이 많지 않아."

"아줌마는 자기 얘길 하는 걸 별로 안 좋아하죠?"

"전혀 흥미가 없지."

"알아요? 또 그러고 있잖아요. 자신에 대해 말하지 않는 거."

벨라는 눈치를 채 버렸다. 십 대 소녀들이 얼마나 민감하고 예민한지 잊고 있었다. 이제 주제를 바꿔야 할 때였다. 나는 벨라의 부모님을 바라보았다. "정말 사이가 안 좋으신가 봐?"

"그래서 제가 결혼을 안 하려는 거예요."

"다시는 그런 말 하지 마."

"갤러거 박사님 같은 분을 만나지 않는다면요."

나는 웃음을 지었다. "유감스럽게도 그는 세상에 한 명뿐이야."

"박사님이 아줌마를 바라보는 것처럼 나를 바라봐 주는 남자를 원해요."

나는 그 말에 잠시 멈칫했다. 때로는 진실을 직시하기 위해선 예민한 통찰력을 지닌 십 대가 필요하기도 하다. 나는 수많은 거짓말 뒤에 숨어 살아왔다. 내 인생에서 변치 않는 단 하나의 진실을 벨라가 일깨워 주었다. 대니와 난 서로를 사랑했다. 벨라가 나에 대해 또 어떤 것을 보고 있을지 궁금했다. 벨라는 이미 내가 자신의 질문을 피하려 하고 내 자신의 비밀을 공유하지 않으려 한다는 사실을 눈치채고 있었다. 내가 벨라에게 숨겨온 가장 큰 비밀, 즉 우리의 우정이 허구에 가깝다는 사실을 알게 된다면 벨라는 분명 상처를 받을 것이다.

드디어 음식이 도착했고, 벨라는 감자튀김을 먹느라 낭비할 시간은 없다는 듯 양손으로 햄버거를 들고 입에 넣으려는 순간 엄마가 하드윅에게 하는 말을 듣고 말았다.

"…… 그리고 벨라는 4킬로그램이 쪘어요. 어떻게 그러도록 그냥 둔 거죠?"

벨라는 입에 햄버거를 물고는 잠시 멈칫했다.

"벨라는 건강해 보이는 거야. 그리고 벨라의 몸무게가 무슨 상관이야?"

"당신 집에는 벨라에게 관심이 있는 사람이 있기는 해요? 그 여자는요?"

"실비아는 이 일과는 관련이 없잖아."

"당연히 아니겠죠. 왜 신경 쓰겠어요? 그녀는 원하는 것을 얻었으니까요." 카밀라는 의자를 뒤로 밀고 자리에서 일어났다. "벨라는 당신의 딸이기도 해요. 최소한의 애정 표현이라도 하려고 노력해 봐요. 그럴 수 없다면 나에게 맡기든지요." 카밀라는 하드윅에게서 돌아서다 몇 테이블 떨어진 곳에 앉아 있던 우리를 보았다.

"안녕, 엄마." 벨라가 다소 겁먹은 목소리로 말했다.

카밀라는 벨라의 식사를 보고 살짝 인상을 찌푸렸다. "햄버거? 오, 벨라."

"배가 고파서……."

"다음엔 샐러드를 먹어봐." 카밀라는 하드윅을 적의 가득한 시선으로 바라보았다. "벨라, 내일 아침에 아빠와 떠나야 하니깐 지금 들어가서 짐을 싸야 해."

"이제 막 먹기 시작했는데."

"포장해 줄 수 있을 거야. 가자."

벨라는 먹지도 못한 햄버거를 바라보며 한숨을 내쉬고는 내려놓았다. "더 이상 배고프지 않은 것 같네요." 실망감을 느낀 벨라는 자리에서 일어서며 나에게 말했다. "같이 쇼핑해줘서 고마웠어요."

"내일 공항에서 봐, 벨라."

전 부인과 딸이 식당을 나설 때 하드윅은 어깨를 꼿꼿이 세우고 테이블에 앉아 있었다. 모든 돈과 권력을 다 가졌음에도 자신의 인생에서의 두 여자를 통제할 수 없다는 사실이 그를 분노케하고 있었다. 그는 바다를 바라보며 앉아 있었고, 역광으로 인해 그의 표정을 볼 수 없었다. 그래서 뇌의 어디에서 언제 스파크가 일어나 그의 대뇌 피질에 전기 폭풍이 시작됐는지 알 수 없었다.

뭔가 잘못됐다는 첫 번째 단서는 유리잔이 테이블에서 기울어져 떨어지면서 깨진 것이었다. 부주의했다는 것이 나의 처음 반응이었다. 그러다 하드윅이 옆으로 넘어지면서 식탁보를 끌고 내려와 식기들을 흩뿌리는 것을 보았다. 이 장면은 몇 안 되는 식당에 있는 손님들의 시선을 끌었다. 이제는 하드윅이 바닥에 쓰러져 경련을 일으키며 몸을 떨고 있는 모습을 모두들 놀란 눈으로 바라보고 있었다.

키이스가 의자에서 벌떡 일어났다. 하드윅 옆에 무릎을 꿇을 때쯤에는 그는 이미 휴대폰에 대고 소리를 지르고 있었다. "갤러거 박사님, 발작입니다! 식당으로 빨리요!"

하드윅이 계속 몸부림을 치자 식당 종업원들도 마비된 듯 서 있었다. 그의 근처에 깨진 유리가 놓여 있는 것을 발견하고는 일어나 파편을 걷어내려 했지만 이미 그의 몸에 상처를 입힌 상태였고 바닥에는 피가 고여있었다. 하드윅에게는 굴욕적인 이 장면을 보기 위해 손님들이 모여들고 간간이 비명도 들렸다.

"다들 비켜주세요! 공간을 마련해야 됩니다, 제발!" 키이스가 외쳤다.

나는 쓰러진 의자를 옆으로 밀어내고 떨어진 식탁보를 뭉쳐서 하드윅의 머리 아래로 넣어 베개로 삼았다. 발작의 격렬함에 나는 겁이 났다. 이런 경련은 얼마나 오래 지속될 수 있을까? 뼈가 부러지거나 심장이 정지하기까지 얼마나 오래 걸릴까?

그때 대니가 군중 사이로 밀고 들어오면서 모두에게 비키라고 명령하는 목소리가 들렸다. 그는 의료 키트를 들고 내 옆에 무릎을 꿇었다.

"피가 흐르고 있어." 내가 대니에게 말했다.

"그건 나중에 처리해도 돼." 그는 의료 키트에서 노즐을 꺼냈다. "머리를 가만히 잡아!"

나는 양손으로 하드윅의 머리를 잡았다. 피가 그의 머리카락을 적시고 있었고 내 손 끝에 묻었다. 나는 그의 눈을 똑바로 내려다보았다. 눈은 반쯤 떠져 있고 홍채는 뒤로 말려 흰자위만 보였다. 그의 다리가 바닥을 쿵쾅쿵쾅 두드렸다. 지금 여기서 그의 목숨을 끊어버린다면 모든 게 쉬워질 텐데. 나는 상상해 보았다. 목을 잘라버리거나 식탁보를 얼굴에 밀어 넣어 질식시키든가. 그것이 정의를 실현하고 세상을 더 나은 곳으로 만드는 한 가지 방법이 될지도 모른다. 대신 나는 남편이 이 괴물을 살리는 걸 도와주고 있었다. 대니는 재빨리 노즐을 하드윅의 콧구멍에 삽입하고 플런저를 눌렀다.

"뭘 주입하는 거야?"

"미다졸람. 아직 공식적인 승인이 나지는 않았지만 전에도 효과를 봤어." 흔들리지 않는 남편은 안정된 목소리로 나를 진정시켰다. "여기서 무슨 일이 있었어? 뭣 때문에 발작이 시작된 거지?"

"아무것도. 그냥 저기 테이블에 앉아 바다를 바라보고 있었어."

대니는 테이블을 흘끗 쳐다보았다. "햇빛. 물에 반사되는 빛."

"그게 도화선이 될 수 있다고?"

"그럴 수 있지." 그는 안개가 걷혀가는 하드윅을 내려다보았다. "좋아. 두 번째 투약은 필요 없을 것 같아. 잠시 시간을 주고 정신을 차릴 때까지 기다리면 돼. 이제 두피를 좀 살펴봐야겠어."

사이렌 소리가 다가오고 있었다.

"누가 구급차를 불렀죠?" 키이스가 말했다.

"제가 불렀습니다." 식당 종업원 중 한 명이 대답했다.

"그는 구급차가 필요 없다고요! 그는 원하지 않아요!"

"전 몰랐어…"

"괜찮아요, 됐어요." 대니가 종업원을 향해 안심하라는 듯 미소를 지으며 말했다. "전에도 이런 발작이 있었지만, 물론 당신은 몰랐겠죠. 매기, 거즈 좀 줄래?"

거즈를 찾기 위해 의료 키트 안을 뒤적거리다 라벨 하나가 눈에 들어왔다. 상자는 별다른 특징은 없지만 흰색 상자에 내용물이 검은색으로 인쇄되어 있었다. 그 약품의 이름이 대니의 의료 키트 저 깊숙한 곳에서 나를 향해 외쳤다.

전에도 대니의 의료 키트를 여러 번 들여다본 적이 있어서 어떤 약들이 들어있는지, 어떤 기구들이 그와 함께 여행을 떠나는지 알고 있었다. 그의 가방에서 헴아르기네이트를 본 것은 이번이 처음이었다.

"매기?" 대니가 말했다.

그에게 거즈 한 봉지를 건넸다. 대니가 거즈를 찢어 하드윅의 두피에 거즈 한 장을 대고 누르는 모습을 지켜보았다. 하얀 솜이 피와 함께 붉게 피어올랐다.

'시라노는 몰타에 있다.'

구급차 대원들이 들것을 들고 도착했다. 그들이 하드윅에게 도착했을 때, 그는 이미 눈을 깜빡이며 혼란스러운 표정으로 주위를 둘러보았다.

"스위트룸으로 옮깁시다." 대니가 말했다.

"병원으로 안 갑니까?" 구급대원이 물었다.

"병원에 갈 필요는 없을 것 같습니다. 그냥 그의 방으로 데려가 주시면 됩니다."

모든 초점이 하드윅에게 맞춰져 있어 아무도 나를 보지 않았다. 내가 엘리베이터까지 따라와 같이 타고 4층에서 내려 바로 뒤에서 따라가고 있어도 신경 쓰지 않았다. 그리고 하드윅의 스위트룸으로 따라 들어갔지만 누구도 제지하지 않았다.

지금까지 이 방에 들어온 적은 없었다. 대니와 나의 방은 한 층 아래에 있었지만, 4층에 올라올 이유는 딱히 없었다. 다이애나의 팀원 중 누구도 이 방에 접근할 수 없었는데, 그의 스위트룸은 따로 방 청소를 허락하지 않았고, 항상 키이스와 빅터가 상주하고 있었기 때문이었다. 지금이 이 방을 살펴볼 수 있는 유일한 기회였다.

이 스위트룸은 침실이 3개인데, 그중 키이스와 빅터의 방으로 추정되는 두 개의 방문은 닫혀 있었다. 거실에는 레몬과 크림색 실크로 덮인 소파와 의자가 있었다. 테이블 위에는 과일 한 그릇, 위스키와 샴페인이 잘 갖춰진 바, 벽에는 대형 스크린 TV가 걸려있었다. 프렌치 도어는 바다를 조망할 수 있는 발코니로 이어졌다.

구석에는 노트북이 놓여 있는 책상이 있었다.

나는 열린 문틈으로 하드윅의 침실을 힐끗 들여다보았다. 모두들 하드윅을 침대로 옮기느라 나에겐 신경을 쓰지 못했다.

노트북으로 가서 키보드를 건드려 노트북을 깨웠다. 로그인 화면이 나타났다. 역시 암호화가 되어 있었지만 노트북 뒤에는 휴대용 저장장치가 꽂혀있었다.

들것 바퀴가 삐걱거리는 소리가 들렸다. 구급대원들이 떠나기 위해 짐을 꾸리고 있었고, 이제 다음 행동에 대해 생각할 시간도, 결과를 고려할 시간도 없었다. 오직 이 순간이 기회라는 생각만이 들었다.

나는 휴대용 저장장치인 썸드라이브를 빼서 재빨리 주머니에 넣고 스위트룸을 빠져나왔다.

나는 계단을 이용해 3층으로 내려왔다. 복도로 나오니 복도 끝에 청소용 카트가 세워져 있었고 청소부는 객실 안에서 바쁘게 움직이고 있다. 다이애나가 작전을 지휘하는 302호실로 다가가지만 청소부는 나를 보지 못했다. 문을 두드렸다.

다이애나가 문을 열고 놀란 표정으로 나를 쳐다보았다. 나는 그녀를 지나쳐 방 안으로 곧장 들어갔다.

"여기서 뭐 하는 거예요? 이러면 안 되는…"

나는 다이애나에게 썸드라이브를 건넸다. "지금 당장 복사해 줘요."

"이게 뭐죠?"

"하드윅의 노트북에서 빼냈어요."

다이애나는 곧바로 노트북으로 달려가 USB 포트에 드라이브를 꽂았다. 하드윅의 노트북은 암호로 보호되지만 이 썸드라이브는 그렇지 않을 수도 있었다. 나는 심장이 두근거리며 콘텐츠가 전송되기 시작하는 것을 지켜보았다. 파일 하나하나가 다이애나의 노트북으로 옮겨지고 있었다.

"이 파일들은 다 뭐지?" 다이애나가 찡그리며 화면을 바라보고 있었다.

"모르겠어요. 방금 그의 노트북에서 꺼낸 거예요. 그들이 이게 사라졌다는 걸 눈치채기 전에 빨리 가져다 놔야 해요."

"혹시 그들이 당신을 봤을 가능성은…"

"시라노가 여기 있어요. 몰타에."

그녀는 고개를 돌리며 나를 쳐다보았다. "뭐? 어떻게 확신해요?"

"대니의 의료 가방에 헴아르기네이트 약병이 한 상자 들어 있어요. 전에는 한 번도 본 적이 없었거든요."

파일은 계속 전송되고 있으며 모두 암호화된 이름으로 되어 있었다. 나는 시계의 초침과 파일 전송을 번갈아 바라보았다. '서둘러, 어서 빨리. 왜 이렇게 오래 걸리는 거지?' 나는 하드윅의 방으로 올라가 드라이브를 그의 컴퓨터에 꽂아놓아야 한다. 눈치채지 못하게 드라이브를 돌려 놓는다고 해도 해결해야 할 또 다른 문제가 있었다. 노트북에 나타날 '장치가 정상적으로 꺼내지지 않았다'는 메시지이다. 하지만 하드윅의 발작 이후 많은 혼란을 겪었기 때문에 어쩌면 그들은 그 메시지를 무시할지도 모른다. 하드윅의 대발작은 그들의 기억에 공백을 남길지도 모르기 때문이다. 그게 내가 의지할 수 있는 해결 방법이었다. 하드윅은 자신의 실수였다고 생각할 지도 모른다.

드디어 전송 완료.

다이애나는 썸드라이브를 꺼내 나에게 건네주었다. "대니가 그 약병이 누구를 위한 건지 말했나요?"

"아니요. 대니가 그 약을 가지고 올 이유가 없어요. 내가 아는 한, 하드윅이 이 섬에서 그의 유일한 고객이니까요."

"하드윅이 오늘 일정을 어떻게 할 건지 모르겠네요. 만약 빨리 회복이 된다면 오늘 일정의 미행을 철저히 준비해야겠어요. 시라노가 몰타에 있는 게 확실하다면."

"대니가 우리를 시라노에게로 인도할 겁니다."

25장

—

4층으로 돌아가는 계단을 오르는데 주머니에 마치 시한폭탄을 품고 있는 기분을 느꼈다. 하드윅의 부하들이 이 드라이브를 내게서 발견하게 된다면 나의 운명을 파탄 낼 수도 있는 폭탄이 될 수도 있다. 그 말은 내가 제거되어야 한다는 뜻이다. 하지만 그 전에 그들은 나에게서 진실을 끌어내기 위해 최선을 다할 것이다.

하드윅의 방으로 걸어가는 동안 시한폭탄의 초침이 더욱 크게 울리는 게 느껴졌다. 문이 닫혔다. 잠겨있다. 심장이 쿵쾅거리고 노크하는 주먹은 불안정하게 떨렸다.

빅터가 문을 열었다. 평소에도 특별히 친절한 적이 없었던 그는 이제는 나를 의심스러운 눈빛으로 바라보았다. 아니면 그냥 나의 자격지심이든가.

"하드윅 씨가 괜찮은지 확인하고 싶어서요."

"잠들었습니다."

"남편과 잠깐 얘기 좀 나눠도 될까요? 할 말이 있어…"

"남편분은 떠났어요."

"하지만 방금 전까지 여기에 있었는데."

"남편분과 키이스는 누군가를 만나러 갔습니다. 저녁이나 되어서야 돌아올 겁니다."

"어디로 갔을까요?"

"저기요, 갤러거 부인." 그는 귀찮다는 듯이 말을 이어갔다. "그냥 바에 내려가서 한잔하시면서 기다리는 게 어떨까요? 전 이만, 할 일이 있어서요." 그가 문을 닫았다.

'누군가를 만나러 갔습니다.'

나는 네 개의 층을 전력 질주해 로비로 내려갔다. 대니는 보이지 않았다. 나는 현관으로 달려가 밖으로 나갔고, 그때 검은색 벤츠 한 대가 들어오고 있었다. 대니는 여기에도 없었다.

나는 휴대폰을 꺼내 다이애나에게 알렸다.

그가 움직여요. 감시가 필요합니다.

그 순간 그들을 발견했다. 대니와 키이스가 꽉 막힌 도로를 가로질러 길을 건너고 있는 모습이 보였다. 대니는 의료 가방을 들고 있었다.

근처에 나를 도와줄 만한 사람은 없어 보였다. 내가 직접 미행해야 한다.

썸드라이브는 아직 주머니에 있지만 언제 어떻게 하드윅의 스위트룸에 가져가야 할지 걱정할 겨를도 없었다. 나의 온 신경은 지금 길을 따라 내려가고 있는 두 남자에게 집중되어 있었다. 대니는 미행당한다는 사실은 깨닫지 못한 듯 앞만을 보고 걷고 있었다. 모퉁이에 잠시 멈춰서서 주변을 살피는 것은 키이스였다. 난 이 위험한 게임에 직접 뛰어들 수밖에 없다. 키이스가 나를 발견하게 되면 내가 미행 중이라는 것을 의심할 수도 있지만.

해변 산책로를 따라 걸어가는 그들과 거리를 두기 위해 나는 잠시 여유를 둔 다음 그들을 다시 뒤따랐다. 그들을 따라가는 길에는 엄폐물이 거의 없었고 숨을 만한 상점도 마땅히 있지 않았다. 그들과 유지한 거리만이 나의 유일한 엄폐물이었고, 나는 간신히 시야에서 놓치지 않고 따라가고 있었다.

그들은 요트들이 즐비한 선착장으로 향하고 있었다. 항구를 지나가는 모터보트가 남긴 파도의 일렁임에, 늘어선 요트의 돛대들이 흔들리며 물 위에 떠 있었다. 대니와 키이스가 부두에 다가가자 나는 멈출 수밖에 없었다. 부두 근처에는 몸을 숨길 만한 곳이 전혀 없었고 그들을 계속 따라갔다가는 너무 쉽게 눈에 띌 수 있었다. 낭패감에 휩싸인 나는 대기 중인 보트를 향해 계속 걸어가는 두 남자를 바라보았다. 그들은 그 보트에 올라탔다.

보트가 출발하자마자 나는 부두로 달려갔고 나의 시선은 그 배에 고정되어 있었다. 그 보트는 멀리 가지 않고 근처에 정박해 있는 화려한 요트들의 함대로 곧장 향했다. 부유층의 즐거움에 헌신하는 함대들이 즐비하게 늘어서 있었다.

"저들인가?" 뒤에서 귀에 익은 목소리가 들렸다.

고개를 돌려 뒤에 서 있는 개빈을 보았다. 대니와 키이스에게 집중하느라 나를 도우려고 동료가 따라 오는 것을 눈치채지 못했던 것 같았다.

"저기요." 그들의 보트가 막 도착한 호화요트 하나를 가리키며 말했다.

개빈이 쌍안경을 눈앞에 가져갔다. "지금 승선하고 있군."

"배의 이름이 뭐죠?"

개빈은 말없이 쌍안경을 건네주었다.

요트의 선미를 보니 렌즈 너머로 배의 이름이 선명하게 드러났다. '레비너스'

"시라노를 찾은 것 같아." 개빈이 말했다.

*

나는 몰타에 온 목적을 달성했다. 짐을 챙겨 비행기에 몸을 싣고 이 모든 것에서 떠나려는 나를 막아설 수 있는 건 없었다. 시라노 작전에서 나의 역할은 끝났으므로. 두 시간 후면, 다이애나의 팀은 억만장자 사업가 앨런 할로웨이 경이 소유한 요트 레비너스를 급습할 예정이다. 하드윅과는 사소한 거래만이 존재해 왔기 때문에 그의 체포가 하드윅에게 당장 어떤 영향을 미치진 못할 것이다. 이제야 영국 정보국은 할로웨이의 어두웠던 사업 초창기 시절과 영국 사회의 최상층부로 급속히 올라가게 된 미스터리한 행보를 주목하고 있다. 할로웨이가 심문을 위해 모로코의 구금 시설로 향하는 비행기에 탑승하는 순간, 그들의 잠입 요원이 노출되었다는 사실이 러시아에 알려지게 될 것이고, 러시아는 하드윅의 측근 중 누군가가 기밀을 유출했다고 의심할 것이다.

하드윅이 건강상의 문제로 오늘 회의를 취소했는지 알 순 없지만, 할로웨이의 체포 소식은 곧 그의 귀에 들어갈 것이다. 그가 이후에 자신의 정보망을 총동원한다면, 내가 그 배신자라는 사실을 깨닫는 데 오랜 시간이 걸리지 않을 것이다. 지금 당장 비행기를 타고 하드윅과 러시아가 나를 찾을 수 없는 곳으로 떠나야 하는 것이 원칙이었다. 하지만 나에겐 사랑하는 사람이 있고 그가 모든 후폭풍을 감당하도록 내버려두는 건 상상할 수 없었다. 대니를 버려두고 갈 수는 없다.

그래서 나는 호텔에서 그를 기다리고 있었다. 아무 일 없다는 듯이.

밖이 어둑해질 무렵 마침내 호텔 키의 조작음이 들렸다. 나는 일어서서 그를 맞이했고 대니는 문을 열고 들어와 의료 가방을 서랍장 위에 놓았다. 그의 침묵만으로도 뭔가 잘못되었다는 것을 알 수 있었다. 그가 뭔가 달라졌다.

"지금까지 어디 있었어?" 내가 조심스레 물어보았다.

"오후에 잠깐 환자를 보러 갔었고, 지금까지는 하드윅을 돌보고 있었어."

"하드윅은 지금 괜찮아?"

"하드윅은 많이 안정 됐어."

"몰타에서 하드윅 말고 자기가 맡아야 할 다른 환자가 있었어?"

"치료가 필요한 여자가 있었어. 요트에서 지내고 있고. 하드윅 씨가 왕진해서 치료해 달라고 부탁했어."

"요트에서? 요트 안은 어땠어?"

"그게 뭐가 중요해?"

"그냥 궁금하잖아. 난 한 번도 요트에…"

"가지고 있어, 매기?" 그가 조용히 물었다.

"뭘 가지고 있어?"

"썸드라이브."

심장 박동이 올라가며 난 그에게 어떻게 대답해야 할지 몰라 잠시 망설이다 대답했다. "무슨 말을 하는 건지 모르겠는데."

"하드윅의 노트북에서 드라이브가 사라졌어. 고도의 기밀 재무 정보가 들어있는. 키이스와 빅터가 지금 스위트룸을 샅샅이 뒤지고 있는 중이야."

"근데 왜 그걸 나한테 물어?"

"왜냐하면 당신도 그 방에 있었으니까. 그리고 내가 봤으니까."

"어떻게 당신이……."

"하드윅의 침실에 있는 거울로. 그를 침대로 옮기는 동안 우연히 거울을 봤는데 당신이 그의 노트북 앞에 있는 걸 봤어. 하지만 그때는 별다른 생각을 하지는 않았지. 그러다 그들이 잃어버린 드라이브를 찾는다는 말을 듣고 깨달았어. 당신일지도 모른다는 사실을." 그는 지친 기색이 역력한 한숨을 내쉬었다. "만약 당신이 가지고 있다면 그들이 당신을 의심하기 전에 내가 가져다 놓아야 해."

나는 다리가 휘청거리며 의자에 주저앉았다. "나를 봤다고 말했어?" 나는 최대한 침착한 말투로 물었다.

"그들에겐 한 마디도 하지 않았어. 그들은 지금, 오늘 만나기로 한 사업 파트너가 갑자기 체포되는 바람에 신경이 곤두서 있어. 제발, 너무 늦기 전에 내가 처리할게."

남편의 눈을 바라보았다. 그는 나를 사랑하고, 그가 나와 평생을 함께하기 위해 결혼했다고 믿고 있었다. 하지만 그 생각이 틀렸고, 그의 진정한 충성심은 필립 하드윅에게 있다면 지금 내가 하려는 행동은 결국 나를 죽음으로 몰 수도 있을 것이다.

결국 나는 주머니에서 썸드라이브를 꺼내 그에게 건넸다.

"고마워."

"어떻게 처리할 거야?"

"모르겠어. 그의 주머니에 넣거나 침대 밑으로 차버릴 수도 있겠지. 발작이 일어나면 한동안은 혼란스러워하기 때문에 하드윅 자신이 이걸 치워놓고는 잊어버렸다고 생각할 수도 있을 거야."

"그럼 나에 대해선 아무런 말도 하지 않을 거야?"

"당연하지." 그는 돌아서 문으로 향하다가 멈춰 섰다. "하지만 돌아오고 나면 우리는 얘기를 나눠야 해. 나에게 모든 걸 말해줘야 해."

그가 방을 나간 후에도 나는 의자에서 꼼짝하지 않았다. 이제, 그가 돌아오기 전에 도망가야 할 시간이다. 대니가 하드윅에게 배신한 사람은 바로 나라고 말하기 전에 도망가야 한다. 하지만 난 꼼짝도 할 수가 없었다. 나는 사형집행을 위해 의자에 묶인 죄수처럼 움직일 수가 없었다. 누군가 들어와 나의 머리에 총알을 박는다 해도 상관없다. 그 말은 대니가 나를 배신했다는 뜻이고, 그 자체가 나에겐 사형 선고나 다름없으니까.

밤이 시작되었지만 난 방안의 불을 켜지 않았다. 아래층 식당에서 웃음소리와 음악 소리가 들려왔다. 나는 대니가 나에게 돌아올 건지 궁금했다. 아니면 그가 나의 남편이기 때문에 역시 그들에게 당하는 건 아닌지 걱정됐다. 다이애나 팀은 요트를 급습했고, 앨런 할로웨이는 우리를 그에게 이끌어준 흔치 않은 약이 필요했던 동반자와 함께 구금되어 있다.

'당장 짐을 싸! 밖으로 나가서 몰타에서 탈출해!' 모든 본능이 나에게 외치고 있었지만 나는 여전히 의자에 앉아 있었다. 그때 문이 열리고 대니가 방으로 들어와 어둠 속에 서 있었다.

"매기?" 그가 나를 찾는 소리가 들렸다.

"여기 있어."

그는 불을 켜지 않았다. 아마 나를 보는 것을 견딜 수 없어서였을 것이다.

"잘 처리했어. 하드윅의 상태를 확인하는 척하다 주머니에 슬쩍 집어넣었어. 그들은 하드윅이 주머니에 넣어둔 걸 깜빡했다고 생각하겠지."

"그럼 괜찮은 거야? 다 끝난 거지?"

"키이스와 빅터가 하드윅의 주머니를 미리 뒤져보지만 않았다면 괜찮겠지. 다행히 다른 일로도 정신이 없는 상태라……. 그래도 아직은 몰라." 그는 어둠 속에서 나에게 다가오지 않고 그저 실루엣으로만 대화를 나누고 있었다. 내가 발톱을 드러내고 그에게 달려들까 봐 두려운 듯이. "잠시 마음을 가다듬으려고 길을 걸었어. 당신의 입에서 어떤 말이 나올지 모르니 마음의 준비를 해야 했어."

"그럼, 이제 마음의 준비가 된 거야?"

"사실 아직은. 불길한 예감이 들어, 당신이 무슨 얘길 하게 될지."

"여보, 앉아 봐. 내가 얘기할게."

"그렇게 안 좋은 거야?"

"유감스럽게도."

그는 깊은 한숨을 내쉬며 조심스럽게 침대에 앉았다. "진실이기만 하다면 듣겠어."

✳

어둠 속에서 나는 그에게 모든 것을 말했다. 내가 했던 모든 거짓말, 진짜 내가 누구인지, 누구를 위해 일하는지에 대한 모든 비밀을 드러낼 때 그가 나를 바라보는 표정을 도저히 볼 수가 없었다. 새로운 비밀을 밝힐 때마다 오랫동안 나를 짓눌렀던 기만의 무게가 조금씩 가벼워지는 것을 느꼈다. 필립 하드윅에 대한 정보가 왜 필요했는지, 그가 왜 위험한 사람인지 모든 이유를 얘기해 주었다. 하드윅의 마구간에서 목이 졸린 채 발견된 스티븐 모스에 대해서도 말해주었다. 하드윅을 위해 일했던 다른 불행한 사람들에 대해서도 이야기했다. 그들의 불충이나 배신에 대한 대가로 총알이 박히거나 창문 밖으로 떨어지거나 산 채로 화장당하는 등의 처리 방법도 알려주었다.

오후에 요트에서 만났던 시라노에 대해서도 털어놓았다.

"이들은 괴물이야, 대니. 그들은 증오를 조장하고는 무기를 팔

아. 그들은 세계의 무고한 남성, 여성, 어린이들의 피를 빨아먹고 시장이 요구하는 무엇이든, 총, 포탄, 사린가스, 신경가스 무엇이든 돈만 주면 누구에게나 팔아넘겨 이익을 챙겨. 당신은 생명을 구한다는 신념으로 의사가 되었고, 나 또한 마찬가지야. 내가 이일을 하는 이유는 세상을 안전하게 지키는데 일조하고 있다는 믿음 때문이지. 그리고 때로는 목적이 수단을 정당화할 수 있다고 믿는 순간도 존재해. 그래서 필립 하드윅과 가까워져야 했어. 그래서 벨라와 친밀함을 유지했고, 결국은 그 가족들과 가까워질 수 있었어. 썸드라이브를 훔쳐야 하기도 했고. 그의 돈의 출처와 사용처를 알아야 이 전쟁 괴물들의 조력자들을 찾아내서 쓰러뜨릴 수 있기 때문이야. 선한 목적으로 한 일임을 알아 줬으면 해.”

“그리고 그건 나를 이용하는 것을 뜻하기도 하고.”

“갈렌의 환자 파일에 들어가야 했어.”

“그래서 나와 결혼했어? 그 파일들이 필요해서?”

“내가 당신과 결혼한 건 당신을 사랑하기 때문이야.”

“그 말이 진짜인지 어떻게 믿을 수 있지?”

“그럴 수도 있겠지. 내가 할 수 있는 건 남은 평생을 매일 이 말을 반복하는 것뿐이야. 당신을 정말 사랑해.”

“우리의 남은 인생.” 그는 외국어를 읊조리듯 그 문장을 반복했다. “죽음이 우리를 갈라놓을 때까지 당신과 내가 정말 함께할 수 있을 거라고 생각해?”

“내가 원하는 건 그게 다야. 당신과 함께하는 거. 그래서 이 모든 비밀을 공유하는 거야. 그 누구에게도 밝히면 안되지만 당신을 믿고 사랑하기 때문에 말한 거야. 난 당신을 믿기로 했어. 제

밤, 나에 대한 믿음이 당신 마음속에 있다면."

그는 깊은 심호흡을 했다. "모르겠어."

우리는 잠시 말을 잇지 못하고 어둠 속에 앉아 있었다. 우리 사이에 일어난 모든 일, 모든 거짓말을 생각하면 '모르겠어'가 내가 바랐던 최선일지도 몰랐다. 불확실성은 그가 나를 용서할 가능성이 잔존한다는 의미이고, 어쩌면 우리의 결혼이 지속될 수도 있다는 희망을 품을 수도 있다는 뜻이다.

하지만 우선은 오늘 밤을 무사히 넘겨야 한다.

그날 밤 우리는 같은 침대에 누웠지만 서로의 몸이 닿지도 않았고, 서로를 만지지도 않았다. 우리는 나란히 누워 둘 다 잠을 이루지 못한 채 시간을 흘려보내고 있었다. 하늘이 서서히 밝아졌다.

아직은 새벽이지만 그가 침대에서 일어나 옷을 입기 시작했다. 그가 여행 가방 지퍼를 여는 소리가 들릴 때 나도 자리에서 일어났다.

"나도 짐을 싸야겠어." 내가 말했다.

"아니." 대니는 내 옆에 앉았다. "당신은 여기 있어야 해, 매기. 나 혼자 런던으로 돌아갈 거야."

"응? 왜?"

"하드윅에게서 떨어져 있는 게 더 안전할 것 같아. 당신을 벌써부터 의심하고 있을지도 몰라. 일단 그 사람 근처에는 가지도 마."

"그에게 뭐라고 말할 건데? 벨라한테는?"

"며칠간 혼자서 섬을 더 둘러보고 싶어 한다고 말할게."

"그럼 나를 더 의심하게 될 거야. 당신까지 위험해질 수도 있어. 당신도 함께 여기에 남는 게 좋을 것 같아."

"나는 그와 함께 돌아가야 해. 하드윅의 상태가 어떻게 될지도 모르고, 하드윅도 불안해하고 있어. 그는 당연히 내가 그의 곁에 있길 바랄 거고 그걸 물리칠 수는 없어."

"안돼, 대니! 우리 둘이 함께 다른 곳으로 가자. 어차피 사직서도 썼고 이번 일이 마지막 임무였잖아. 우선 비행기를 잡아 타고 그가 찾을 수 없는 곳으로 도망가야 해."

"난 이 일을 마무리해야 할 의무가 있어, 매기. 어쨌든 하드윅은 나의 환자야, 알잖아. 런던에 도착하면 어떻게든 하드윅이 눈치채기 전에 안전한 곳으로 피해 있을게, 너무 걱정 마."

"단지 그가 요구하기 때문만이야?"

"시간이 필요하기도 해서. 혼자만의 시간."

나는 그를 가만히 바라보았다. 아침 햇살에 비친 그의 얼굴은 방콕에서 만났던 몇 년 전과는 다르게 얼마나 변했는지 선명하게 나타났다. 흰머리가 많아졌고 눈에는 열정보다는 피곤함이 더 묻어나고 있었다. 그가 멀어져간다는 느낌이 드는 지금, 난 내가 누군가를 사랑할 수 있다고 생각했던 것보다 훨씬 더 그를 사랑하고 있다고 생각했다.

"얼마나 오래?" 최대한 부드럽게 물었다.

"모르겠어. 혼자 조용한 곳에서 생각할 시간이 필요해. 앞으로 우리가 어떻게 해야 할지 결정할 시간."

그는 우리라는 단어를 사용했다. 그가 우리라는 단어를 선택했다는 것은 무얼 의미하는 거지?

그는 앞으로 몸을 기울여 내 이마에 부드럽게 키스를 했다. 나는 이것이 작별 키스라고 믿지 않는다. 나는 믿지 않을 것이다. "전화 할게. 약속해. 당장은 아니겠지만 준비가 되면 연락할게."

대니가 방에서 나가고 나는 침대에 웅크리고 누웠다. 하지만 내가 지금 정말 원하는 건 대니를 따라 하드윅의 비행기를 타는 것이었다. 지금 당장 그를 따라 런던으로 돌아가겠다고 하면 대니는 어떤 반응일까?

아니면 그가 원하는 대로 그에게 결정할 시간과 공간을 주고, 우리의 사랑은 결국 이 모든 것을 이겨내리라는 걸 믿어야 할까?

나는 그가 키스했던 이마를 쓰다듬으며 내 피부에 닿았던 그의 입술을 음미했다. 그가 전에 했던 수많은 키스보다도 잔상에 남는 키스였다. 그가 내게 준 마지막 키스일지도 모르기 때문에 난 그 잔상을 기억에 붙잡아 두고 싶었다.

3시간 후, 필립 하드윅의 제트기가 바다 위에서 폭발했다.

26장
-
조

깔끔한 흰색 건물의 베티 존스 부동산 사무실은 조의 어린 시절부터 이어져 오는 메인 스트리트의 몇 안 되는 사업체 중 하나이다. 조는 이 건물의 계단을 오르던 때, 문이 열릴 때마다 울리던 똑같은 종소리, 변하지 않는 내부의 모습들을 기억하고 있다. 수년에 걸쳐 조와 그녀의 아버지는 베티 존스의 서비스를 이용해 왔다. 여기서 증조할아버지의 집과 고모의 농장을 팔았고, 조의 두 개의 방을 갖춘 단층집과 홉스 호숫가에 있는 아버지의 오두막을 구매했다. 지난 45년 동안 퓨리티 마을의 어디서든 부동산의 소유권이 바뀌었다면, 그 거래는 아마 은퇴를 거부하고 계약서를 손에 쥐고 죽을지도 모르는 베티 존스에 의해 협상되었을 가능성이 높다.

문에 달린 종소리에 베티는 책상에서 고개를 들었다. 일흔넷의 나이에도 그녀는 여전히 칠흑 같은 검정으로 머리를 염색하고, 여전히 블레이저코트와 칼라가 달린 흰색 블라우스를 입고 사업가로서의 열망이 가득한 간절한 눈빛을 반짝이고 있었다. "어쩐 일이야, 조. 반가워." 그녀가 말했다. "바깥 날씨는 아직 따뜻해지려면 멀었나?"

"아직은요."

"사람들이 올해는 봄이 일찍 올 거라고 하던데."

"사람들은 많은 말들을 하죠."

"아버지의 주방 개조 공사는 어떻게 돼가니?"

"그 얘길 들으셨어요?"

"철물점에서. 피트가 그러는데 너희 아빠가 최신형 인덕션 스토브를 샀다더구나. 주방 리모델링은 보통 팔 때가 되면 그만한 가치가 있지만, 모든 사람들이 프로판을 포기할 준비가 되어있지는 않아. 오웬은 그 점을 고려했어야 해."

"아빠는 당분간 집을 팔 계획이 없지만, 만약 팔게 된다면 서류 작업은 베티, 당신이 하게 될 거예요. 그나저나 제가 궁금한 게 있는…"

"네 동생은? 핀은 아직도 북쪽 나라에서 일하고 있니?"

조는 속도를 늦추기 위해 애를 쓰며 숨을 골랐다. '큰 이야기보다 작은 이야기를 먼저 하라'는 것이 그녀의 아버지가 늘 하던 충고였고, 조는 바로 일에 관련된 이야기에 돌입하려는 자신의 성향을 억제하려고 노력해 왔다. 그녀는 길거리에서 이웃과 수다를 떠는 것을 좋아하지 않았고, 실제로 다른 사람들에 비해 할 말이 별로 없는 것일 뿐인데도 이런 성향이 종종 사람들에게 불친절하다는 오해를 산다는 것을 알고 있다. 하지만 동생 핀에 관해서라면 공유할 새로운 소식이 있었다.

"동생은 힘든 한 주를 보냈어요. 올해는 얼음이 훨씬 얇아졌고 스노모빌을 탄 아이가 연못 중 한 곳을 뚫고 들어갔대요. 워든 서비스에서 수색을 실시했고 핀이 시신을 수습했다고 하더라고요."

베티는 고개를 저었다. "정말 하고 싶지 않은 일이네."

"핀은 그런 일을 위해 훈련을 받았으니까요."

"글쎄, 아무튼 나 대신 안부 좀 전해줘. 그리고 동생이 집을 살 준비가 되면 내가 좋은 제안을 하나 가지고 있으니 참고해 둬."

의무적인 잡담도 이 정도면 충분하다고 조는 생각했다. "베티, 저를 좀 도와주실 수 있을까요?"

"아, 새로운 집을 찾고 있었구나? 왜, 이제 그 집이 너무 좁아?"

"아뇨, 그게 아니라 이 마을에 새로 이사 온 사람들에 대한 정보를 좀 알고 싶어서요. 그들에게 집을 중개했을 테니까요."

"그랬겠지. 누구?"

"매기 버드요."

"오, 그래. 릴리언의 블랙베리 농장을 샀었지. 정말 순조로운 거래였어."

"데클란 로즈는 어때요? 벤 다이아몬드? 잉그리드와 로이드 슬로컴도요."

베티가 웃으며 말했다. "그렇지! 그 사람들 모두 내가 중개인이었지."

"그들에 대해 뭐 아시는 게 좀 있으세요?"

"글쎄, 다이아몬드 부부에게는 10년 전에 메이플가에 있는 집을 팔았지. 불쌍하게도 부인이 1년 만에 뇌졸중인가로 죽었지. 그

리고 체스트넛가에 있는 집을 슬로컴 부부에게 팔았고. 그들은
벤 다이아몬드의 친구인데 친구 마을에 놀러 왔다가 너무 마음에
들어서 여기로 아예 이사를 온 케이스지. 그러다 또 그들의 친구
인 로즈 씨가 이곳으로 이사를 왔고. 그는 선장이 쓰던 오래된 집
을 사게 됐지. 많이 낡아서 수리가 필요했지만 원래의 목재는 그
대로 살려 둔 것 같더군. 정말 멋스럽게 수리를 했다고 칭찬들 많
이 했지."

"그럼 그분들은 여기로 오기 전에 원래 알고 지냈던 사인 거네
요?"

"버지니아에서 온 오랜 친구들을 내가 여기에 모아 두었지."

"매매 계약서를 좀 봐도 될까요?"

베티가 이마의 주름에 힘을 주었다. "잠깐만. 이거 경찰 일을
하고 있었던 거야? 그들이 무슨 문제가 있는 거야, 조?"

"별일 아니에요. 그냥 배경을 좀 알고 싶어서요. 알잖아요, 새
로운 주민들과 친밀감을 만들기 위한 거."

"그들은 문제가 없을 거야. 날 믿어도 돼."

베티는 조의 가족과의 오랜 친분과 고객에 대한 신뢰를 저울
질하며 잠시 그녀를 바라보았다. 작은 마을에서는 자연스레 어떤
사람을 신뢰하고 어떤 사람은 믿을 수 없는지 알게 된다. 이 마을
에서 여러 세대에 걸쳐 뿌리를 두고 있는 티보듀 가문은 의심할
만한 여지가 없다.

"내가 복사해 줄게." 베티가 말하며 일어섰다.

∗

그날 저녁, 조는 냉장고에서 남은 고기 한 덩어리와 상태가 좋지 않은 당근, 이제 막 싹이 트기 시작한 감자를 꺼냈다. 감자는 먹어도 안전한 건가? 그녀는 인터넷에 검색해 보거나, 아니면 아버지에게 물어봐야 했다. 아버지는 은퇴한 고등학교 생물 교사이기 때문에 답을 알고 계실 테지만 오늘 밤에는 핀을 만나러 그린빌에 가셨다. 녹색 감자가 얼마나 해롭기야 하겠어? 조는 감자 껍질을 벗기고 썰어 물에 넣고 끓이는 동안 식탁에 앉아 베티의 사무실에서 복사해 온 파일을 읽었다.

부동산 구매 계약서에는 개인 정보가 별로 없었다. 위치, 건축 시기 등 부동산 자체에 대한 정보가 대부분이었다. 비록 구매자의 이전 직장 정보는 알 수 없지만 이전 주소는 버지니아로 모두 동일하다는 걸 확인할 수 있었다. 슬로컴 부부는 맥린, 벤 다이아몬드는 폴스처치, 매기 버드와 데클란 로즈는 레스턴이었다. 같은 지역에 살았다는 건 서로를 잘 알고 있었다는 걸 뜻했다. 그들은 모두 현금으로 주택을 구매했으며, 주택담보 대출은 한푼도 받지 않았다. 이는 이례적이기는 하지만 그렇게 놀라울 일도 아니었다. 버지니아의 그 동네들에 비해 메인주 시골의 부동산은 매우 저렴하다. 아마 맥린에 있는 집을 팔았다면 이 시골 마을에 집을 살 정도의 현금은 충분히 마련했을 것이다.

지금까지 조는 이 독특한 은퇴자들에 대해 많은 정보를 확보하지 못하고 있었다. 페이스북이나 트위터, 인스타그램 등을 사용하는 사람도 없었기 때문에 소셜 미디어에서도 그들의 정보를 찾는 게 쉽지 않았다. 그나마 구글 검색을 통해 소소한 정보 몇 개를 건진 게 다였다. 데클란 로즈는 그의 주장대로 실제 역사학 교수였으며, 동유럽의 한 대학의 과거 교수진 명단에 그의 이름이 포함되어 있었다. 다른 사람들이 온라인에 등장한 유일한 것은 지역 신문에 실린 기사였다. 퓨리티 마을 도서관의 기부자 명단. 메인으로 이주하기 전 그들은 철저히 보이지 않는 존재였다.

조는 다시 계약서를 내려다보았다. 역사학 교수, 고급 호텔 용품 판매원, 다국적 기업의 비서실장, 관세 중개회사 직원, 정부의 정보 분석가. 이 직업의 공통점은 무엇일까?

정보 분석가. 조는 로이드 슬로컴이 분석가로서의 업무에 대해 했던 말이 기억났다. '하루 종일 책상에 앉아 있었다. 정부를 위해 정보를 수집하고 데이터를 분석했다. 사실 그다지 흥미로운 직업은 아니었다.'

버지니아주 맥린에 거주했던 정부 기관의 정보 분석가.

조가 갑자기 의자를 뒤로 빼면서 일어서자 뒤에 누워있던 루시의 발에 의자 바퀴가 걸렸다. 그녀의 개는 깜짝 놀라 깨갱거리며 울었다. "오우, 미안." 그녀는 루시에게 말하고는 스토브를 끄고 재킷을 집어 들었다. "이리와, 루시. 잠시 드라이브나 하러 가자."

∗

로이드 슬로컴은 앞치마와 오븐 장갑을 끼고 문을 열었다. 현관에서 조는 오븐에서 고기 굽는 냄새를 맡을 수 있었다. 차 안에 있던 루시조차도 고소한 냄새를 맡고는 배가 고프다는 듯 우는 소리를 냈다.

"안녕하세요, 티보듀 서장님. 제가 도와드릴 일이라도?"

"잠시 들어가도 될까요?"

"물론이죠, 물론이에요. 죄송해요, 리소토 때문에 정신이 없었네요. 아시다시피 계속 신경을 써야 하잖아요." 그는 조에게 집 안으로 들어오라고 손짓을 하더니 곧바로 주방으로 향했다. 조는 뒤따라 들어가 로이드가 스토브 위에서 끓는 밥을 저어주는 모습을 지켜보았다. 조는 잠시 그녀를 위해 요리를 해줄 남자가 있다면 좋겠다는 생각을 했다. 그녀는 오늘 밤 자신의 저녁 식사를 위한 냉동 고기 덩어리와 녹색으로 물든 감자를 떠올렸다. 그리고는 로이드의 도마 위에 놓인 갓 다진 허브와 어린 양상추로 만든 샐러드를 부러운 듯 바라보았다. 샐러드를 더 많이 섭취해야 한다는 걸 알지만 냉장고에 있던 양상추가 점액질로 변할 때까지 깜빡하는 경우가 다반사였다.

"그래서 오늘 밤 당신네 패거리는 어디 있는 거죠?" 조가 말했다.

"패거리요?"

"로즈 씨, 다이아몬드 씨, 매기 버드. 그 모임을 뭐라고 불렀죠? 아, 마티니 클럽?"

"제가 감시 카메라는 아니잖아요. 그들 현관문을 전부 두드려는 보셨어요?"

"모두들 부재중이더군요. 마치 동시에 함께 마을을 떠난 것 같이요. 그들이 어디 있는지 알고 계십니까?"

로이드는 그녀의 질문에도 아랑곳하지 않고 리소토를 계속 저어주었다. "말씀드렸듯이 제가 그들의 감시 카메라는 아니에요."

"적어도 아내가 어디 있는지는 아시겠군요?"

"잉그리드는 위층에 있어요. 컴퓨터를 뒤지고 있을 거예요."

"잉그리드 씨는 그런 걸 잘하는 것 같네요."

"뒤지고 캐는 거요? 오, 물론이에요."

"그리고 당신도 마찬가지겠죠, 분석가 씨. CIA에서 근무하셨죠?"

로이드는 그녀의 말을 듣지 못했다는 듯 계속 냄비를 저었다. 조는 이 남자를 범죄 혐의자처럼 심문하고 싶지 않았다. 그랬다간 결국 아무 것도 얻지 못할 테니까.

"어때요? 사실인가요, 아닌가요?"

"제가 부인했나요?"

"인정한 적도 없죠. 그 사실이 어떤… 일급비밀 같은 건가요? 아니면 인정해도 괜찮은 거예요?"

"네, 저는 괜찮아요. 하지만 안 하는 게 낫죠. 경관님이 법 집행을 하는 사람이기 때문에 중앙정보국 분석관으로 일했다는 사실을 인정하는 겁니다. 정보국에서 일했다고 하니깐 마치 제가 무슨 제임스 본드처럼 생각될지 모르겠지만 실제로는 하루 종일 책상에 앉아 있는 일이었어요. 커피를 마시고 이런 저런 회의에 불려 다니고 뭐 그런."

"그럼 비서실장 부인은요?"

그 말에 그는 잠시 멈칫했다. "그녀는 아주 훌륭한 비서였죠."

"그리고 또 뭐였죠?"

"그건 잉그리드에게 직접 물어봐야죠."

"만약 부인께서 저에게 진실을 말하게 된다면, 결국 저를 죽여야만 하나요?"

로이드는 지친 한숨을 내쉬었다. "그 농담이 재밌다고는 생각되지 않네요."

오븐에서 타이머가 울렸다. 로이드가 오븐을 열자 천상의 돼지고기 냄새가 풍겼다. 그가 팬을 꺼내놓을 때 조는 지방으로 반짝이는 바삭한 껍질을 훔쳐보았다. 세상에, 이런 요리를 해주는 남편을 어디서 찾을 수 있지?

"티보듀 서장님. 물어보고 싶었던 게 그것이었나요?"

"당신의 친구들. 나머지 동료들도 모두 CIA인가요?"

"그런 걸 왜 묻는 겁니까?"

"매기 버드에 대한 공격과 관련이 있다고 생각합니다."

그는 그녀를 쳐다보지 않고 계속 리소토를 저어주고 있었다. 나무 숟가락이 냄비에 몇 번의 원을 그리고 나서 대답했다. "동료들. 아니, 음… 나의 패거리들과 한번 상의해 볼게요."

"지금 다들 어디에 있죠?"

"그건 제가 밝힐 수 없어요."

"그럼 알고 있다는 얘기군요."

"아마도요."

"그러나 저한테는 말할 수 없다?"

로이드는 숟가락을 내려놓고 조를 향해 돌아섰다. 그는 그녀의 아버지 만큼이나 늙어 보였지만 부엉이 안경 뒤에서 그녀를 바라보는 눈빛은 그녀가 결코 넘어설 수 없는 남자의 눈빛이었다. "당신에게 알아야 할 것이 필요할 때가 되면 그때 알려드리죠, 티보듀 서장님. 제 패거리, 아니 동료들이 추가로 확보 중인

정보가 있어요. 하지만 정보를 캐고 추려내는데 시간이 좀 걸릴 거요. 지금 보다 더 나은 그림이 나오면 서장님과 공유하는 걸 고려해 보도록 하겠습니다."

"고려라고요?"

"호의로 받아들여 주세요. 우리는 도움이 되고자 하는 것뿐이니까." 그의 얼굴에는 미소가 돌아왔지만 그녀가 더 이상 그에게서 얻어갈 것이 없다는 점을 분명히 표정으로 보여주었다.

늙은 은퇴자들에게 패퇴한 조는 운전을 하면서 생각했다.

그냥 노인들이 아닐 수도 있어. 생각해 보니 그들은 또 그렇게 늙은 나이도 아니었다. 여든 여덟의 나이에도 여전히 장작을 패는 할아버지와 예순일곱의 나이에도 단숨에 텀블다운산을 오르는 아버지를 생각해 보면. 잉그리드와 로이드 슬로컴은 70대에 불과했고 여전히 그들의 인생에서 정상의 자리에 위치한 것처럼 보였다. 희끗한 그들의 머리카락 속에는 아직은 조에게 공유하지 않으려는 무언가 비밀의 보물창고가 숨겨져 있을 것이다.

어쨌든, 아직은 아니었다.

27장
-
매기

방콕, 현재

나는 미행당하고 있다.

왕랑 시장을 지나가고 있는데 뒤따라오는 누군가의 시선을 느낄 수 있었다. 가끔씩 멈춰 서서 상인들의 상품을 구경했다. 나는 스카프 노점상에서 회색 계열의 스카프를 하나 골라 600밧에 흥정을 하고 계산을 했다. 눈에 띄지 않는 익명의 색, 회색. 그래서 나는 이 색깔을 좋아한다. 스카프가 든 비닐봉지를 손목에 걸고 나는 계속 걸어 나갔다. 오늘도 샌들에 카고 반바지를 입은 여행자들로 여전히 붐비고 있다. 지금의 젊은 관광객들은 예전의 기억보다 키가 크고 피부도 훨씬 맑았다. 희끗한 머리에 뻣뻣한 관절로 길을 걷고 있는 나는 이들 틈에선 전혀 눈길을 끌지 못하는 사람이었다. 예전엔 변장을 해야만 겨우 익명성이 확보되었지만, 이제는 정말 내가 투명 인간이라도 된 듯 전혀 그런 노력이 필요가 없어졌다. 지금 나를 따라오고 있는 저 두 명만 뺀다면.

나는 시장을 거닐면서 그들을 의식하지 않으려 노력해야 한다. 그렇지 않으면 이 게임의 상황이 더 꼬일 뿐이기 때문이다.

음식 수레가 즐비한 구역에 다다르자 대니를 만났던 곳이 눈에 띄면서 걸음의 속도를 늦추었다. 몇 년이 지난 지금도 이곳에서 풍기는 냄새는 변하지 않았다. 잘못 번역된 티셔츠를 입고 국수를 주문하기 위해 서있던 대니의 모습이 아른거렸다. 그의 미소가 눈에 선했다. 대니처럼 나를 향해 웃어주는 사람은 아무도 없었고 그 미소는 곧 나의 몰락의 시작을 의미했다. 우리가 함께 앉아 국수를 삼켰던 작은 플라스틱 테이블을 바라보는데 갑자기 슬픔이 밀려왔고, 똑바로 서있을 수 없을 만큼의 강력한 파도처럼 나를 덮쳤다.

시장통은 회색의 흐린 빛으로 변하고 사람들의 목소리는 멀리서 희미하게 웅성거리는 소리로 들릴 뿐이었다. 더 이상 주변 사람들을 주의하지 않았고, 누가 따라오든 신경 쓰지도 않았다. 누군가 나를 끌고가 머리에 총알을 쏜다고 해도 상관없었다. 지금 만약 죽게 된다면 대니의 얼굴이 나의 마지막 기억이 될 것이다.

이 시장에 오지 말았어야 했다. 나의 유령을 소환하는 게 아니었다.

그곳에서 돌아서 무작정 골목을 따라갔다. 그러다 심호흡을 하고는 눈물을 삼키며, 어느 상점의 쇼윈도 드레스들을 감상하는 듯 바라보았다. 거울에 비친 나의 모습을 마주할 때마다 세상의 거울이 사라진다면 우리의 시간은 멈춰버리고 보다 수십 년은 더 젊은 자신의 얼굴을 상상할 수 있지 않을까 생각해 보았다. 내 나이 환갑이 되었고 유리에 비친 내 모습에서 그 세월이 모두 보이는 것 같았다. 물론 호텔을 나설 때부터 나를 따라오던 두 남자의 모습도 보였다. 한 남자는 아이스크림 카트 옆에 서 있었고 다른 한 남자는 동물 인형을 살펴보는 척했다. 두 사람 모두 나의 방향 은 쳐다도 보지 않았지만 그들의 시선이 나에게 집중되는 것이 느껴졌고, 나는 그저 그들의 관심에 감사할 따름이다.

마침내 창에 비친 벤과 눈이 마주쳤고 그는 어깨를 으쓱했다. 그의 얼굴은 붉게 달아올랐고 그의 대머리는 더위 속에서 빛나고 있었다. 지금 메인주의 최고기온은 고작 영하 5도일 텐데, 벤, 데 클란, 나 모두 아직 방콕의 무더위에 적응하지 못하고 있었다. 우 리가 젊었을 때는 시간대를 넘나들며 비행기를 타고 여기저기를 돌아다녔고, 비행기에서 내리자마자 술집으로 직행하고도 다음 날 아침을 맞이하는데 아무런 문제가 없었다. 그런 시절은 지나 가고 벤과 데클란의 얼굴에는 이제 지친 기색만이 역력했다. 세 명의 늙은 스파이가 아직 자신의 능력이 건재하다는 것을 증명하 려고 애쓰는 모습만큼이나 슬픈 일도 없다.

나는 고개를 흔들고는 이제 돌아갈 시간이 되었다는 것을 알 렸다. 더위와 시차 적응이 비록 우리를 패퇴시켰지만 적어도 이 시장 나들이에서 알아 낸 것은 아무도 나를 미행하지 않고 있다 는 사실이었다. 벤과 데클란이 여전히 뒤처져서 나를 따라오고 나는 앞장서서 호텔로 발걸음을 옮겼다. 그리고 우리는 호텔에 도착해 낮잠을 잤다.

✳

어둠이 내리면 드디어 열대 지방의 나른함을 떨쳐버리고 벨벳처럼 부드러운 방콕의 밤으로 걸어 나갈 수 있었다. 호텔 식당의 가장자리에서 두 친구를 발견했다. 벤은 등을 진 채 강을 바라보고 있었고 데클란은 나의 방향으로 앉아 식당 안을 경계하면서도 무장 해제된 듯한 편안한 포즈를 취하고 있었다. 오랫동안의 은퇴 생활도 그들의 본능을 무디게 하지는 못했다. 그들은 항상 360도 전방위적인 경계 태세를 갖추고 있어 입구에서부터 내가 들어온 것을 알고 있었을 테지만, 내가 옆에 올 때까지도 아무런 내색을 하지 않았다.

데클란이 인사를 하며 잔을 들어 올렸다. 그의 잔에서 얼음 조각이 부딪히는 소리가 들렸고 진토닉의 감귤 향이 느껴졌다. "낮잠은 잘 잤어요?"

"네. 세상에, 이 지독한 더위를 그동안 잊고 있었네요. 두 분도 잠은 잘 주무셨어요?"

데클란이 앓는 소리를 했다. "우린 점점 늙어가고 있어요, 매기. 낮잠은 이제 우리의 일상이 되어버렸어."

"이제 우리도 속도를 조절해 가면서 진행해야 해." 벤이 말했다.

"서서히 끈덕지게 기어가면서 말이죠." 데클란이 자조 섞인 목소리로 말하며 진토닉을 한 모금 들이켰다.

"우리의 저인망에 아직 아무것도 걸린 게 없는 것 같네." 벤이 의자에 깊숙이 기대며 말했다.

"이제 첫날일 뿐이에요. 내일은 뭔가 걸릴 수도 있을 거예요." 데클란이 말했다.

"아니면 시간 낭비일 수도 있죠. 제가 더 이상 목표가 아닐 수도 있고 놈들이 절 추적하는 걸 포기했을 수도 있고요. 전 여기서 제 할 일을 할 테니 두 분은 이제 집으로 돌아가세요. 아니면 푸 켓 해변에서 휴가를 즐기시든가요. 제대로 즐기지 못한 청춘을 되찾을 수 있겠네요."

벤은 심드렁하게 대답했다. "우리를 쳐다보는 여성이라곤 할 머니들뿐이라면 얘기가 달라지죠."

"할머니들의 행동이 잘못된 건 아니잖아요."

"무슨 일이 벌어지고 있는지 확실히 파악할 때까지는, 우리는 당신을 혼자 두지 않을 겁니다." 데클란이 말했다.

"이봐요, 이건 당신들의 싸움이 아니에요, 청년들. 이건 내 싸 움이죠."

"그러니까 우리의 싸움이죠."

"우리는 더 이상 삼총사가 아니에요. 이제 집에들 가세요."

"맙소사, 매기! 어떻게 하면 우리의 의지를 당신에게 확신시켜 줄 수 있죠?" 데클란이 나의 눈을 보며 말했다. "우리는 지금 여 기서 장기전을 준비하고 있어요. 우리는 항상 서로를 챙겨주고 의지해 왔어요. 지구의 반대편에 살고 있을 때에도 우리는 서로 를 의지할 수 있다고 확신하면서 살았죠. 지금도 변함없어요."

"당신들이 해를 입지 않았으면 해서 그러는 거예요."

"그럼 우리가 지금 무엇과 싸우고 있는지 알려줘요." 벤이 말 했다.

"저도 해답을 알고 있으면 좋겠어요."

"매기, 당신이 우리에게 몰타의 일과 하드윅에 대해 말해주었 어요. 혹시 거기서 빠뜨린 게 있나요?"

"내가 아는 걸 모두 말한 거예요."

"다이애나 워드가 사라졌어요. 그리고 누군가가 당신이 그녀를 찾아주길 원하고 있고, 또 다른 누군가는 그걸 원치 않고, 그래서 당신을 멈추기 위해 경고를 하고 당신을 해치려고도 했어요."

"그 정도면 상황 요약으로 충분하네요."

"이 모든 것이 무엇을 의미하는 걸까? 이 세력들은 도대체 누구일까? 왜 다이애나를 찾는 걸까요? 시라노 작전 외에 무언가 다른 이유나 목적이 있는 걸까요?"

"전혀 모르겠어요." 나는 강을 바라보며 한숨을 쉬었다. "그 망할 좋았던 시절과 마치 똑같네요."

＊

자정이 넘은 시각에 호텔에서 나와 사톤 부두로 걸어갔다. 홀로 걷는 지금, 혼자라는 것이 불안하기도 하고 해방감도 느껴졌다. 이 늦은 시간에 길거리엔 관광객 몇 명만이 방황하고 있었고 그들 대부분은 취해 있었다. 거의 인적이 끊긴 거리 덕분에 미행을 발견하기는 훨씬 쉬워졌지만 난 여전히 이 길 저 길로 걷고 있었다. 상점의 유리창 앞에 멈춰서서 유리에 비친 누군가가 있는지 살펴보기도 했다. 몸은 비록 녹슬었지만 몸에 밴 기술은 여전했다. 나의 몸속에 영구적으로 새겨져 있어 이제는 반사 신경으로 굳어졌을 정도였다.

여전히 누구도 나를 미행하지 않았다.

나는 보트를 대여하기 위해 사톤 부두로 내려갔다. 물 위에 떠

있는 배는 대여섯 척이었고, 이 시간대까지 운영을 하는 걸 보면 모두들 돈이 절실히 필요한 것 같았다. 내가 다가서자 모두들 희망에 찬 표정으로 나를 바라보았다. 나는 그 중 가장 절망적인 표정의 운전사가 탄 배를 골랐는데, 그는 관광객을 태우고 강을 오르내릴 게 아니라 당장 호스피스 병동에서 요양해야 할 사람이었다. 오늘 밤 그는 2주 치의 운임을 벌 수 있을 것이다.

배에 올라타 태국어로 인사를 건네자 약간 놀라는 눈치였다. 녹슬어 버린 많은 실력들 중 하나였지만 어휘는 내 기억의 어두운 동굴 속에서 여전히 꿈틀거리고 있었다. 나는 다른 사람들이 듣지 못하도록 조용히 목적지를 알려주었고 그는 고개를 끄덕이더니 엔진에 시동을 걸었다. 눈을 찌르는 배기가스 구름을 내뿜는 낡은 배였지만 반세기 동안 같이 했을 운전사는 그 배의 모든 것에 익숙했고, 눈앞에 펼쳐진 강을 따라 매끄럽게 출발했다.

호텔과 쇼핑센터, 고층 빌딩 등 고대 도시의 현대적 외관을 배경으로 돈부리 쪽으로 향하는 수로를 따라갔다. 운전사가 운하로 접어들었고 거기에는 우리 배만이 떠 있었다. 양쪽의 강둑을 훑어보니 오두막 같은 작은 집들의 불은 모두 꺼지고 어둠만이 어슬렁거렸다. 나를 미행하는 누군가가 있다면 역시 배를 타고 이동해야 하는데, 이 좁고 작은 운하에서는 추격자는 숨을 곳이 없을 것이다.

이곳 클롱 지역은 또 다른 세상이었다. 어둠을 지나는 동안 강둑에 늘어선 오두막집에 사는 사람들에게 먹을 것과 쉼터를 제공하는 무성한 바나나 나무와 야자수의 실루엣이 어렴풋이 보였다. 운전사는 목적지를 어렴풋이만 알 뿐이고 나는 어느 방향으로 가야 할지, 언제 속도를 줄여야 할지를 작은 목소리로 중얼거렸다. 이 수로를 항해한 지 너무 오래전 일이라 이메일로 받은 설명은 이 어두운 세상에서 거의 도움이 되지 못했다. 방향을 제대로 잡은 건가?

그때 한 부두에 밝은 주황색 랜턴의 불빛이 보였다. 나는 운전사에게 그곳을 가리켰다.

그는 배를 랜턴이 켜진 부두로 인도하고 그곳에 배를 묶었다. 나는 그에게 두툼한 현금 뭉치를 건네고 배에서 내려 나무 사다리를 타고 올라갔다. 운전사의 표정은 볼 수 없었지만 내가 준 금액이면 만족했을 것이다. 신중하게 행동할 만큼 충분히 만족할 만한 돈이어야 한다. 운전사는 다시 묶인 배를 풀고는 나에게 작별 인사를 하기 위해 손을 흔들며 배를 몰고 떠났다.

엔진 소리가 사라진 후 나는 부두에 남아 어둠을 훑으며 곤충들의 울음소리와 멀리서 들려오는 방콕의 교통 소리에 귀를 기울였다. 이런 곳에서도 피할 수는 없는 자동차 소음. 덤불 사이를 살펴보다가 또 하나의 주황색 랜턴을 발견했다. 나에게 길을 안내하는 표식이었다.

나뭇가지가 뻗어 있는 덩굴을 지나 세 번째 불빛에 이르러서야 나무에 가려진 집 하나가 내 시야에 들어왔다. 태국 전통의 가파른 지붕을 가진 멋진 목조 건물이었다. 창문에서 불빛이 새어 나왔다. 그가 나를 기다리고 있다.

계단에 오르기 전 다시 한번 멈춰서서 주위를 둘러보았다. 어둠 속에 누가 숨어 있는지 알 수 없을 정도로 정글이 우거졌지만, 이왕 여기까지 왔으니 어쩔 수 없었다. 나는 계단을 올라 공들여

조각된 육중한 문 앞에 이르렀다. 거인 같은 집에 어울리는 그 큰 문은 태국 여성이 문을 열었을 때 그녀를 마치 어린아이처럼 작아 보이게 만들었다. 그녀의 회색빛이 도는 머리카락을 보고서야 내 또래의 여성이라는 것을 알아차렸다. 그녀는 세월에 굴하지 않는 당당한 자태로 서있었다.

"전 매기라고 합니다."

"그가 당신을 기다리고 있습니다. 들어오세요."

나는 집으로 들어섰다. 그녀는 문을 잠그고 광택이 나는 바닥을 가로질러 조용히 길을 안내했다. 그녀의 맨발을 내려다보며 집안에서 신발을 신는 서양인의 죄를 저질렀다는 것을 깨달았지만, 코끼리 조각상을 지나고 난초가 담긴 꽃병을 지나가는 동안 그녀는 아무 말도 하지 않았다. 그녀는 한 미닫이문에 도착하자 문을 밀어 열고는 나에게 들어가라는 손짓을 했다.

나는 방에 들어서다 내가 본 광경에 깜짝 놀라 갑자기 걸음을 멈춰 세웠다. 그녀가 물러나면서 문을 닫아 둘만의 프라이버시를 보장해 주었지만, 난 한동안 아무 말도 할 수 없었다. 휠체어에 앉은 남자는 내가 기억하는 친구이자 동료와는 전혀 다른 모습이었다. 얼굴 근육이 너무 많이 빠져서 그의 핏줄이 푸른 벌레처럼 튀어나와 있었다. 예전 개빈의 몸에서 뼈대만 남은 모습이었다. 개빈은 나의 실망스러운 표정을 보고 체념한 듯 한숨을 내쉬었다.

"늙는다는 게 반드시 약골들만을 위한 건 아니지." 그의 목소리는 나이가 들어서 인지 약하고 가늘게 들렸다. 아니면 병 때문에 목소리에 힘을 잃었을 지도.

"지난 몇 년은 우리 모두에게 힘든 시간이었어요."

"적어도 당신은 아직 두 발로 서 있잖아. 사실, 당신은 매우 좋아 보여, 매기."

나는 진실을 말하기 두려워 아무 말도 하지 못했다. '당신은 죽음이 가까워진 것 같군요.' 구석에는 전동식 병원 침대가 있었고 근처에는 의료용 분무기와 산소 탱크가 보였다. 다른 쪽 구석에는 노트북과 여러 대의 휴대전화가 갖춰진 통신 센터가 마련되어 있었다. 병이 그를 물리적으로 그의 몸안에 가두었을지 모르지만 세상과 단절시키지는 못했다.

"전 몰랐어요." 내가 겨우 꺼낸 말이었다.

"나의 이 불행한 상황에 대해서?"

"당신에 대해 알았던 거라곤 방콕에서 은퇴 생활을 한다는 것뿐이었어요."

"내 몸 상태를 고려했을 때 최선의 결정이었지. 이 나라에는 훌륭한 의사들이 있고, 국내에서는 비용 때문에 결코 감당할 수 없는 수준의 의료 서비스를 받을 수 있어. 그리고 특별한 장비나 약이 필요할 경우 암시장을 통해서 구입할 수도 있고." 그는 태국인 여성이 닫아놓은 문을 향해 고갯짓을 하며 말했다. "그녀는 나를 아주 잘 돌봐주지. 내가 다리에 첫 번째 경련을 일으키자마자 이혼 서류를 꺼내든 전 아내 도나와는 달리 말이야. 근육섬유다발수축. 의사들이 부르는 내 병명. 나에게 일어난 일에 대한 의학적 용어이지."

"개빈, 무슨 일이 있었던 거예요?"

"흔히 말하는 루게릭병이야. 천천히 진행되는 루게릭병인데 운이 좋았던 거지. 스티븐 호킹 박사도 이 병을 달고 수십 년 동안 살았으니 나도 그럴지도 모르지. 몸은 무너져 내리고 있을지 몰라도 적어도 나의 뇌는 아직 멀쩡해."

나는 방을 둘러보며 평생을 외국 도시를 떠돌며 살다가 결국이 네 개의 벽으로 세상이 축소되어 버린 아이러니를 생각했지만, 개빈은 새로운 환경에 나름 적응을 한 것 같았다. 끔찍한 현실 앞에서도 인간의 회복력에는 경이롭기까지 하다.

"메시지를 받고 깜짝 놀랐어." 개빈이 말했다. "몰타에서의 일이후 당신이 나에게 연락할 줄은 몰랐어."

"저도 마찬가지예요."

"은퇴 생활은 어때?"

"괜찮은 편이죠. 제정신으로는 살고 있으니까요……. 사실, 지금 당장이라도 집으로 돌아가서 닭을 돌보고 싶어요."

"맙소사, 우리 둘은 어디까지 추락하게 될지…"

"저의 새로운 삶이 전혀 낙오자의 삶이라고 생각하지 않아요. 전 닭을 좋아하죠. 예전에 함께 일했던 사람들보다는 더 좋다는 건 확실해요."

"나도 포함해서?"

"개빈, 당신만 특별 대우를 할 수는 없어요."

"그렇게 느낄 권리는 충분히 있어. 우리가 남들의 호감을 살만한 존재는 못되지. 우리는 닭처럼 달걀을 낳지도 못하잖아." 그는 갑자기 기침을 시작하더니 가슴에서 어떤 점액질이 그르렁거리는 소리가 들려왔다.

"그녀를 불러 도움을 청할까요?" 내가 물었다.

개빈은 고개를 흔들었다. 숨을 헐떡이며 쌕쌕거리는 그의 모습을 바라보고 있는 것이 고통스러웠지만, 마침내 숨이 가라앉고 그는 지친 모습으로 휠체어에 다시 쓰러졌다. "정말 미안해, 매기, 그런 일이 생겨서. 그 세월 동안 당신에게 꼭 그 말을 해주고 싶었지만 어떻게 말을 꺼내야 할지 몰랐어. 무덤에 가까워질수록 모든 것들이 명확해지고, 당신이 왜 우리들과의 사이를 단절했는지도 충분히 이해할 수 있게 됐어. 이렇게 연락해 줘서 고마울 뿐이야."

"선택의 여지가 없었어요. 메인주에 있는 나를 그들이 추적했어요. 그래서 어쩔 수 없이…"

"누가 당신을 쫓는다고?"

"모르겠어요. 비앙카라는 여자가 제 집에 찾아와 다이애나가 어디 있는지 아느냐고 물어봤어요. 저는 그녀가 CIA에서 보낸 사람인 줄 알았는데 지금은 모든 게 혼란스러워요. 난 도와줄 수 없다고 말하고 그녀를 돌려보냈고, 그날 밤 비앙카의 시신이 우리 집 진입로에 버려져 있었어요. 고문을 당한 흔적도 있었죠."

"경고 카드. 누가 보낸 걸까?"

"아마 이틀 후 제가 닭 모이를 주러 나갔을 때 저를 공격하려 했던 총격범과 같은 사람일 겁니다. 제 이웃들이 적절한 시기에 절 도와주지 않았다면 저는 여기에 있을 수 없었을 거예요. 더 걱정스러운 것은 그들이 저를 죽이려고 보낸 사람은 이중 스파이일 가능성도 있어요. 위조 실력이 최상급이었거든요."

"맙소사, 그가 우리들 중 한 명일 수도 있다는 건가?"

"모르겠어요. 그래서 연락드린 겁니다."

"왜 내가 무언가 알고 있을 거라고 생각한 거지?"

"다이애나가 사라지기 직전에 이곳 방콕에서 목격되었어요. 당신을 만날 목적으로 이곳으로 왔다고 생각했어요."

"내가 여기 살고 있다는 이유만으로 그렇게 추정을 한다는 말이야?"

"이봐요, 개빈!" 나는 소리쳤다. "당신도 우리와 함께 몰타에 있었잖아요."

"다른 사람들도 마찬가지였어. 요트에서 시라노를 검거하는데 우리 팀 전체가 투입됐잖아."

"하지만 처음부터 우리와 함께한 사람은 당신이 유일해요. 당신과 나 그리고 다이애나. 다이애나는 영국을 믿지 않았어요. 그래서 다이애나는 하나의 상자에 우리 셋만을 분리해야 한다고 말했죠."

"아무튼 내 탓이 큰 것 같아."

"왜 그렇게 생각하죠?"

"다이애나가 당신을 끌어들이는 동안 가만히 방관만 했지. 그녀의 작전 수행 방식을 보고는 믿을 만한 사람이 아니라는 걸 깨닫고도. 하지는 그때는 너무 늦어버렸어. 작전은 폭주하는 기관차 같았고, 그녀는 누가 피해를 입든 상관하지 않았어."

잠시 동안 그는 고개를 떨구고 숨을 헐떡이며 침묵을 지키고 있었다. 그러다 휠체어를 노트북 쪽으로 향하고 마우스를 움직여 노트북의 화면을 켰다. "다이애나를 찾으러 왔으니 현재 그녀의 얼굴이 어떻게 생겼는지는 알아야 할 거야."

"최근 사진을 가지고 있어요?"

"지난주 영상 통화했을 때 이미지야. 내가 그녀를 직접 대면하는 걸 거부했어."

"왜죠?"

"매기, 당신은 다이애나에 대해 강렬한 감정을 가지고 있어. 나 또한 마찬가지야. 당신이 일을 그만둔 지 두 달 후에 나도 CIA를 떠났어. 비행기 추락 사건 이후로 나 또한 계속 근무하기가 힘들었지."

"힘들었다고요? 전 그 비행기에서 남편을 잃었어요."

"무고한 사람들을 희생시켰다는 사실이 평생 나를 짓누르고 있어. 당신 남편, 하드윅의 딸. 시라노를 체포했을 때 러시아가 당장 보복할 거라는 걸 알고 있었어. 우린 사람들을 보호하기 위해 당장 움직여야 했어, 그걸 감지하자마자⋯⋯." 그는 말을 멈추고 고개를 돌렸다.

"뭘 감지했다는 거죠?"

그는 대답하지 않았다.

"뭘 감지하자마자라는 거죠, 개빈?"

마지못해 개빈은 나의 시선을 마주하고는 말했다. "우리가 앨런 할로웨이를 체포하던 날, 우리가 요트에 진입하자마자 그가 급히 러시아로 보냈던 마지막 메시지가 있었어. 몇 분 후 모스크바에서 온 답장을 우리의 비밀정보망이 감지했지."

"그들의 답장은 뭐라고 하던가요?"

"조국은 그대에게 감사하고 있습니다, 동지. 배신자는 대가를 치를 것입니다."

"배신자⋯⋯." 나는 조용히 중얼거렸다. '그 배신자가 바로 나였다.'

"그들은 하드윅이나 그의 측근이 할로웨이를 배신했다고 생각했어. 비행기 폭발은 그들의 복수였고. 모스크바에 반하는 어떠한 행동도 즉시 신속하고 잔인한 결과를 초래할 것이라는 메시지를 전 세계에 보여주는 것이지."

"그리고 대니는 부수적인 피해자였고요. 벨라와 조종사들도 마찬가지로." 나는 잠시 개빈이 말한 모스크바에서의 감청 내용을 생각해 보았다. "몇 분 후에 온 모스크바 담당자의 메시지를 바로 비밀정보망이 감청했다고 했죠?"

"맞아."

"우리 팀은 언제 그 메시지를 확인할 수 있었죠?"

"며칠 후 작전 브리핑에서 이 사실을 알게 되었어. 그때는 우리 팀은 이미 워싱턴으로 복귀한 상태였어."

"다이애나는요? 그녀도 팀과 같은 시기에 그 사실을 알게 되었나요?"

침묵이 흘렀다.

"개빈?"

그는 한숨을 쉬었다. "다이애나는 작전 당일 밤에 그들의 메시지에 대해 알고 있었어. 시라노를 체포하고 얼마 지나지 않은 시점에."

"자정요? 그때면 러시아가 하드윅의 비행기에 이미 폭탄을 설치한 시간이었겠군요. 다이애나는 러시아의 반격이 있을 거란 걸 알고 있었어요. 왜 내게 경고하지 않은 거죠? 왜 아무런 조처를 하지 않았을까요?"

"다이애나는 당연히 당신에게 경고를 했어야 했지. 당신과 갤러거 박사가 비행기를 타지 않을 방법을 찾아야 했어. 하지만 다이애나는 하드윅이 몰타를 떠나기 전, 할로웨이 체포가 뭔가 자신과 연관된 일이라는 걸 조금이라도 눈치채게 하고 싶지 않았던 거야. 그리고 비행기가 이륙하도록 내버려둔 거지. 다이애나는 자신이 임무를 훌륭히 완수했다고 생각했어. 결국은 시라노를 잡았으니까. 하지만 며칠 후 워싱턴에서 비밀정보망이 그 메시지를 그날 입수했었다는 얘기를 듣고 역겨움을 느꼈지. 그리고 얼마 지나지 않아 나도 그 일을 그만두었어."

"난 전혀 모르고 있었어요. 저에게 왜 한 번도 말해주지 않았죠?"

"당신은 충분히 큰 충격을 받은 상태였어, 매기. 상황이 달라질 수도 있었다는 사실을 알았더라면 더 고통스러웠을 거였으니까. 갤러거 박사를 비행기에 태우지 않을 수도 있었으니까."

"하지만 다이애나는 전혀 신경 쓰지 않았군요. 망할 그녀는 손톱만큼도 신경 쓰지 않았다고요!"

"그래서 지난주 다이애나가 내게 도움을 요청했을 때 거절했어. 다이애나는 도움을 받을 자격이 없다고 생각했지." 그가 노트북에 다이애나의 사진을 띄웠다. "그녀의 얼굴이야."

나는 그의 어깨 너머로 사진을 바라보았다. 내가 기억하는 쿨하고 자신감 넘치는 금발의 그녀가 아니었다. 이 사진 속의 다이애나 워드는 굶주린 유령처럼 보였고 눈은 텅 비어 있었다. 머리색깔은 거의 갈색으로 변해있었고 스스로 자른 듯 엉성했다.

"다이애나는 겁에 질려 있어. 얼굴 표정을 보면 알 수 있지." 개빈이 말했다.

"우리가 알던 다이애나는 어떤 것도 두려워하지 않았어요."

"이제는 상황이 달라졌어."

야망에 사로잡혀 대니를 죽음에 이르게 한 여자의 얼굴을 무심히 바라보았다. 나는 성자가 아닌 까닭에 그녀가 얼마나 초라하게 변했는지를 보며 의로운 만족감을 느끼지 않을 수 없었다. 나는 그녀가 고통받기를 원하며, 그녀를 구원해줄 수 있는 지구상의 마지막 한 사람도 나뿐이길 원했다.

"잠시 숨을 곳이 필요하다더군. 현금과 여권도."

"다이애나는 그런 문제는 스스로 해결할 수 있는 능력이 있잖아요. 그녀는 살아남는 법을 잘 알죠."

"그녀를 쫓고 있는 이 사람들에게는 통하지 않을지도."

나는 그의 윗입술에 흐르는 땀을 응시했다. "당신도 두렵군요."

"당연하지. 몇 주 전 본부에서 연락이 왔어. 그들은 시라노가 어떻게 체포되었는지, 작전이 어떻게 진행되었는지 몰타에서의 기억을 내게 꼬치꼬치 캐묻더군."

"왜 이렇게 오랜 세월이 지난 지금에서……?"

"정보국의 레이더망에 다시 포착됐기 때문이야. 시라노 파일에 승인되지 않은 누군가가 접근했는데 아직 신원이 밝혀지지 않고 있어. 본부에서는 그가 누구인지, 왜 지금에 와서 그 작전을 궁금해하는지 알고 싶어해."

"러시아겠죠."

"그렇게 추측하는 게 순리겠지. 모스크바가 지금 그들의 잠입요원이 어떻게 노출됐는지 조사하고 있다고 보는 게 맞겠지. 아무튼 이 해킹 건을 계기로 정보국은 그 작전이 어떻게 이루어졌었는지 다시 살펴보고 있어. 필립 하드윅이란 인물에 대해서도 다시 한번 들여다보고 있고. 정보국에서 놀라운 사실을 발견했거든. 우리가 알고 있는 한도 내에서의 그의 해외 계좌가 모두 비어 있어. 5년 동안 수억 달러가 빠져나간 거지."

"이제서야 그 사실을 안 거예요?"

"시라노가 체포되고 하드윅이 사망하면서 하드윅 관련 건은 관심에서 멀어지게 된 거지. 돈이 사라지기 시작했지만 아무도 계좌를 주시하고 있지 않았던 거야."

"이런 얘기는 처음 듣네요."

"CIA는 당신이 하드윅과 혹시 너무 깊게 얽혀있어서 변절한 것이 아닐까 걱정하고 있어. 당신의 충성심이 아직 하드윅에게 있을 수 있다고 의심하는 거지."

"하드윅은 이미 죽었는데도요?"

"모두가 그렇게 생각했지, 하드윅의 비행기가 지중해 상공에서 산산조각이 났다고. 우리는 그 사고의 여파를 감시했어. 사건이 어떻게 전개되어 가는지를. 물론 언론의 보도도 있었고. 영국의 타블로이드 신문들은 1면에 비행기 추락 사고를 대서특필했었지. 딸의 장례식에서 흐느끼는 검은 옷을 입은 카밀라 여사의 사진도 실렸고, 의원들과 귀족들이 하드윅에게 마지막 조의를 표하는 모습의 사진들도. 그런 다음 항상 그렇듯 소란은 잦아들었고 정보국의 관심사는 다른 곳으로 넘어갔지. 그런데 최근 시라노 작전 파일에 정체불명의 누군가가 접근하면서 정보국은 하드윅의 죽음을 다시 살펴볼 수밖에 없었어. 비행기가 심해에 추락했기 때문에 수습이 쉽지 않았고, 발견된 시신은 빅터 마르텔과 조종사 중 한 명뿐이었어. 그렇다고 해도 그 추락 사고에서 살아남을 수 있기란 거의 불가능에 가까울 거야."

"그럼 누가 하드윅의 계좌에서 돈을 빼돌린 거죠?"

"그게 바로 의문이야. 계좌에서 돈을 빼내기 위해선 하드윅만이 알 수 있는 암호가 필요하거든. 그 말은 그가 비행기에 타지 않았을 가능성을 배제할 수 없다는 얘기가 되는 거지. 그러면 그가 아직 살아있을 수도 있다는 말이고."

갑자기 발밑에서 방이 흔들렸다. 나는 한 걸음 뒤로 비틀거렸다. 그리고 다시 마음을 가다듬었다. "만약 우리가 잘못 알고 있었다면. 만약 하드윅이 살아있다면……."

나는 잠시 말을 할 수 없었고 개빈에게 집중할 수도 없었다. 나는 타임워프에 빠져 내 기억에서 차단한 그 순간으로 빨려 들어가는 것 같았다. 비행기가 추락했다는 사실을 알게 된 그 순간들.

"하드윅이 비행기를 타지 않았다면 혹시 대니도……." 감히 그 단어를 말할 수가 없었지만 혹시 '살아 있을 수도….'

개빈은 고개를 절레절레 흔들었지만, 내 안에서 이미 피어나고 있는 위험한 희망의 꽃을 나는 느끼고 있었다. 이 꽃이 자라도록 내버려둬선 안 된다. 다시 뿌리째 뽑히는 아픔을 느낄 수는 없으니까.

"매기, 내가 할 수 있는 충고는 지금의 대화를 모두 잊어버리고 집으로 돌아가라는 거야. 농장으로 돌아가 닭을 키우든 뭐든 다시 일상을 살아 가는 거야. 다이애나를 찾으려고 애쓰지도 말고. 거친 황야에 그대로 내버려둬."

"대니는요? 만약 대니가…"

"16년이야. 만약 살아있었다면 지금까지 연락을 하지 않았을 리가…"

"하지만 진실을 알아야겠어요."

"당신은 이미 진실을 알고 있어, 매기. 마음속에는 진실이 있잖아, 안 그래?"

나는 대니가 작별 인사를 하고 떠났던 몰타에서의 마지막을 떠올렸다. 하드윅의 비행기가 추락했고 대니가 죽었다는 사실을 알게 된 순간을 기억해 냈다. 그의 죽음은 가슴에 강력한 한 방을 맞은 것처럼 느껴졌고, 그 충격은 나를 망연자실하게 만들었으며, 이후에 무슨 일이 있었는지의 기억을 흐릿하게 만들어 버렸다. 나는 비행기 추락 이후 CIA가 제공한 제트기를 타고 신속히 워싱턴으로 피신했다. 워싱턴에 도착했을 때는 밤이었고 난 슬픔의 안개에 휩싸인 채 대기 중인 차로 이동했던 기억이 났다. 개빈의 말이 맞을지도 모른다. 나는 마음속에서 대니가 떠났다고 생각했다. 그리고 그의 부재는 모든 빛과 기쁨을 삼켜버린 검은 공허처럼 느껴졌다.

그가 살아남았다면 분명 날 찾으러 돌아왔을 것이다. 그리고 나를 기어이 찾아냈을 것이다.

"당신의 삶으로 돌아가. 집으로 돌아가라고." 개빈이 조용히 읊조렸다.

"그럴 수 없어요. 그곳으로 가도 날 찾아낼 거예요. 우리가 하드윅과 벨라에게 한 짓을 생각하면 우리가 죽기를 바랄 거예요. 우리 팀원 모두가 죽기를 바라겠죠." 나는 삐삐, 하고 울리는 소리에 말을 멈췄다.

"경보기가 작동되는 소리야." 문이 옆으로 밀리고 태국 여성이 방으로 들어왔다. 그녀는 개빈에게 귓속말로 조용히 말하고 개빈은 고개를 끄덕이며 나를 바라보았다. "신경 쓸 거 없어. 배달원이 도착한 거라는군."

"배달요? 이 밤중에?"

"대낮에 할만한 거래는 아니라서. 내 배달원이 낯선 사람을 경계하기 때문에 괜찮다면 잠시 자리를 피해줘도 될까? 그가 떠날 때까지만."

"의약품이군요."

"암시장은 많은 것을 제공하지만 만약 걸린다면 처벌이 매우 엄격하지. 죽어가는 환자의 통증 완화를 부정하진 않겠지? 오래 걸리지 않을 거야. 돈만 지불하면 바로 떠날 거야."

여자가 방을 가로질러 벽에 걸린 그림판을 걷어내자 자그마한 문고리가 드러났고, 그 문고리를 옆으로 밀자 사람이 숨을 수 있을 만한 벽장이 나타났다. 나는 벽장 안으로 들어갔고 그녀가 다시 문을 닫아주었다. 벽 문틈으로 빛이 들어와 발밑에 놓인 상자의 라벨을 읽을 수 있을 정도였다. 의료용품 상자였다. 돈 있는 서양인들에게 암시장은 정말 모든 것을 제공할 수 있었다.

여자가 배달원에게 태국어로 말하는 소리가 희미하게 들렸다. 개빈의 방으로 안내하는 여자의 목소리가 점점 가까워졌고 목소리에는 어떤 떨림도 없었다. 배달원 역시 태국어로 그녀에게 대답을 했다.

방안에서 삐걱거리는 발소리가 들리더니 개빈이 영어로 묻는 소리가 들렸다. "솜삭은 어디 가고 당신이?"

"그는 오늘 밤에 올 수 없어요. 대신 이걸 전달해 달라고 나에게 부탁했습니다."

"다음에는 계획이 변경되면 나에게 꼭 알려달라고 전해주세요. 가격은 우리가 합의한 것과 같겠죠?"

"물론입니다."

"가져온 물건을 한번 봅시다."

나는 골판지 상자가 열리는 소리를 들었다. 그리고 잠시의 정적.

"이게 무슨……." 소음기를 통해 총알이 발사되는 소리가 들리기 직전 개빈이 힘겹게 내뱉는 말이었다.

첫 번째 총알은 내가 숨어있던 벽장 문을 뚫고 오른팔을 간신히 비켜 갔다. 두 번째 총알이 날아왔는데 이번엔 문을 맞고 아래쪽으로 꺾여 내 발목을 스쳐 지나갔다. 두 개의 빛이 구멍을 통해 레이저 빔처럼 뚫고 옷장 안으로 들어왔다.

여자의 비명이 들렸다. 하지만 목이 터져라 본격적인 비명을 지르기도 전에 당황한 듯한 삐걱거리는 발소리만이 들렸다. 세 번째, 네 번째, 다섯 번째 총알이 그녀의 몸에 박히기 전에 낼 수 있는 유일한 소리였다.

28장

—

    나는 삐걱거리는 소리 하나, 바스락거리는 소리 하나가 내 존재를 드러낼까 봐 숨도 쉬지 않고 가만히 서 있었다. 암살자는 벽 안의 이 공간을 알고 있을까? 이 집에 아직 살아 있는 제3의 인물이 있다는 걸 알까? 나는 비무장 상태이기 때문에 스스로를 방어할 수가 없었다. 무기를 소지하고 여행을 하는 것은 위장을 망칠 수 있는 가장 확실한 방법이기 때문이었다.

    발소리가 가까워지다 멈췄다. 총알이 벽을 뚫고 빈 공간으로 들어간 것을 알아채지는 않을까? 구멍 사이로 밖을 보고 싶었지만 조그마한 어떤 소리도 내는 것이 두려워 움직일 엄두가 나지 않았다. 심장이 쿵쾅거리는 소리와 범인이 방을 돌아다니는 소리가 함께 들려왔다. 그리고 곧 암살자가 개빈의 노트북 자판을 치는 소리가 들렸다. 얼마 후 좌절의 끙, 하는 소리가 들렸다. 암호는 반드시 필요할 테니까.

노트북 닫히는 소리와 전원 코드가 바닥에 미끄러지는 소리가 들렸다. 그의 발소리는 멀어지고 침묵 속으로 사라졌다.

오랫동안 아무 소리도 들리지 않았지만 아직은 어떤 소리도 내서는 안된다. 노련한 사냥꾼은 인내심을 가지고 집안 어딘가에서 먹이가 나타나기를 기다릴지도 모르니까. 너무 긴 시간을 움직이지 않은 채 서있었더니 허리가 아프고 종아리에 쥐가 나기 시작했다. 드디어 첫 번째 총구멍으로 다가가 밖을 내다보았다. 반대편 벽에 폭발하는 혜성처럼 피가 튀어 있는 것이 보였다. 그 아래 바닥에 쓰러진 태국 여성의 시신은 마치 자신을 보호라도 하려는 듯 태아의 자세로 웅크리고 있었다. 개빈은 이 방향에선 보이지 않았다.

다른 곳을 보기 위해 각도를 틀려고 몸을 돌리다 상자 중 하나에 부딪혔다. 무언가 바닥에 떨어지며 둔탁한 소리를 냈고 발밑을 살펴보니 플라스틱 주사기가 있었다. 아주 작은 소리였지만 치명적인 소리였다. 나는 범인의 발소리가 돌아오고 벽 문이 미끄러져 열리며 숨어있는 내가 발견되는 걸 기다렸다.

침묵만이 들려왔다.

나는 비로소 벽 문고리를 잡고 문을 옆으로 살짝 밀어보았다. 발밑에 피가 고여있었다. 내 몸만큼의 넓이로 문을 조금 더 열자 피의 근원지를 발견할 수 있었다. 개빈이 휠체어에 앉은 채 옆으로 쓰러져 있었다. 놀란 듯 입을 크게 벌린 상태였다. 노트북을 빼고는 방 안의 다른 물건들은 그대로였다.

"미안해, 개빈." 작게 속삭였다.

문틈으로 나와 방을 가로지르는데 피를 밟는 것을 피할 수는

382

없었다. 아무리 좋은 무기와 성능이 뛰어난 감시 카메라도 신뢰하는 사람의 배신은 방어할 수 없었다. 그들의 실수였다. 개빈과 태국 여성은 자신들이 누구를 집에 들이고 누구를 경계해야 하는지 알고 있다고 착각했다. 나는 쓰러진 여성을 넘어 복도로 들어섰다. 집은 여전히 조용했다. 죽음. 나는 꽃병과 코끼리 조각상을 지나 현관문으로 향했다.

밖으로 나와 축축한 흙냄새와 썩은 풀 냄새를 들이마셨다. 여전히 켜져 있는 랜턴을 따라 배에서 내린 곳으로 가기 위해 정글을 헤치고 강을 향해 나아가려는데 신발이 무언가에 걸렸다. 처음엔 나무뿌리 정도라고 생각했지만 아래를 자세히 내려다보니 사람의 다리가 길게 뻗어있었다. 그늘진 덤불의 그림자 속에서 덩굴 사이에 엉켜있는 남자의 나머지 몸통이 겨우 보였다. 개빈이 기다리던 배달원 솜삭이 분명할 것이다. 자신과 상관없는 전쟁에서 목숨을 잃게 된 또 다른 영혼.

나는 시신의 발을 넘어서 앞으로 계속 움직였다. 나의 인생 이야기와 시신은 뒤로하고 앞으로 계속 나아간다.

선착장에는 배가 보이지 않았다. 범인이 배로 이곳으로 왔다면 그는 이미 떠나간 것으로 보였다. 시체가 발견되고 경찰이 출동하기까지 얼마나 걸릴까? 나를 이곳으로 데려다준 운전사가 늦은 밤에 현금으로 두둑이 뱃삯을 낸 백인 여성에 대해 말할 것인가? 경찰이 나를 추적할 수 있는 방법을 생각해 보았지만 쉽지 않을 것 같았다. 나는 내가 묵는 호텔에서 멀리 떨어진 부두에서 보트를 빌렸다. 방콕에는 다양한 백인 관광객들이 많고 내가 그에게 준 넉넉한 팁을 제외하면 나는 특별히 기억에 남을 만한 사람은 아니었다. 이제는 이것이 나의 강력한 무기가 되어준다. 쉽게 잊히는 것.

호텔로 돌아가는 길은 멀기만 하기 때문에, 오늘 밤에는 그 강력한 무기가 필요할 것 같았다.

*

"당신은 바보야, 매기." 데클란이 말했다.

그는 내 호텔 방에 서서 내가 더러운 옷을 벗는 동안 떠나기를 거부하고 있었다. 나는 정숙을 논하기엔 너무 늙었고 지쳐있어서 신발과 바지를 벗고 바닥에 진흙을 묻히도록 놔두는 동안 데클란이 쳐다보는 것은 신경 쓰지 않았다. 데클란과 나는 연인이었던 적도 없고 그가 나의 벗은 몸을 본 적도 없지만, 전투에서 얻은 흉터와 햇볕에 손상된 내 몸을 숨길 게 뭐가 있을까? 내가 셔츠 단추를 풀고 있는데도 그는 여전히 떠나지도 않고 돌아서지도 않으며 셔츠를 클롱의 진흙 냄새 덩어리에 추가하는 나를 노려보고 있었다.

"벤과 나는 몇 시간을 당신을 찾아 헤맸어요."

"늦잠을 자는 게 나을 뻔했겠네요."

"왜 휴대폰도 꺼놓았어요?"

"추적당하고 싶지 않아서요."

"그러면 매기, 당신의 시신도 찾기 어려……."

"아무튼, 이렇게 돌아왔잖아요."

데클란은 그제야 나를 위아래로 훑어보다가 문득 앞에 반쯤

벗은 여자가 서 있는 것을 알아차린 듯 급히 고개를 돌렸다. 몇 시간 동안 구불구불한 골목길을 지나고 운하의 물보라를 맞으며 지친 몸을 이끌고 온 여자. 택시나 뱃사공에게 호텔로 데려다 달라는 부탁을 할 엄두가 나지 않았다. 그들이 내 얼굴을 기억하고 경찰에 신고라도 한다면. 그동안 나의 친구들이 나에게 전화를 걸고 나를 찾아 헤매고 다녔다는 걸 어떻게 알 수가 있겠어?

이제 데클란은 내가 또 제멋대로 돌아다닐까 봐 내 방에서 나가려 하지 않았다. 우리는 한 팀으로써 방콕에 왔지만 어젯밤 재앙이 될 뻔한 상황을 벤과 데클란 모르게 만들어 버렸다. 나는 욕실로 들어가 문을 닫고 속옷을 벗었다. 땀과 고인 물의 악취를 씻어내고 싶었다. 샤워기를 틀고 화상을 입을 정도로 물을 뜨겁게 했다.

"왜 외출한다고 알리지 않았어요?!" 데클란이 닫힌 문 너머로 소리쳤다.

나는 그의 말을 무시하고 눈을 감은 채 뜨거운 물줄기로 몸의 더러움을 배수구로 씻어내렸다.

"우리가 서로를 알고 지낸 지가 그렇게 오래됐는데도 우리를 여전히 믿지 못하는 겁니까?"

'그럴지도 모른다. 아니면 믿는 방법을 모를지도.'

나는 물을 잠그고 수건을 몸에 감았다. 욕실에서 나오니 데클란이 여전히 그곳에 서서 말다툼을 벌일 준비를 하고 있었다.

"혼자서만 해야 할 일이었어요." 내가 말했다.

"뭐요, 그래서 혼자서만 죽겠다는 거요?"

"개빈의 조건이었어요. 혼자 오지 않으면 만나지 않겠다고 했어요. 물론 일이 잘못될 경우를 대비해 당신과 벤이 사선에 서는 것도 원치 않았고요."

"하지만 그것이 우리가 여기 있는 이유인데요? 불이 나면 불길을 잡을 수 있도록."

더플백에서 새 옷을 꺼냈다. 내가 팬티를 입고 깨끗한 셔츠를 입는 동안 데클란은 나의 프라이버시를 위해 몸을 돌렸다.

"항상 말했지만 이건 당신들의 싸움이 아니에요." 셔츠의 단추를 채우며 내가 말했다. "일이 너무 복잡해지고 위험해졌어요. 두 분은 돌아가야 해요, 데클란."

"돌아가서 그리고 뭘 하죠?"

"벽난로 앞에 앉아요. 그리고 위스키를 마셔요. 은퇴 생활을 즐기란 말이에요."

그는 웃으며 나를 향해 돌아섰다. 나는 아직 바지를 갈아입지 않았지만 그의 시선은 내 얼굴에 머물렀다. "휠체어에 몸을 의지하는 그런 은퇴요?"

"데클란, 당신은 아직 휠체어에 몸을 의지할 필요가 없어요."

"하지만 머지않아 그런 날이 다가오겠죠. 우리 모두에게요. 그래도 지금 당장은 두 다리로 서 있을 수 있고, 정신도 멀쩡하기 때문에 전투가 벌어지는 것을 옆에서 구경이나 하며 나의 마지막 좋은 시절을 보내고 싶지 않아요. 우리처럼 전쟁의 한가운데에 있었던 사람들에게 은퇴는 관에 못을 박는 것과 같아요. 이제 다시 전투에 뛰어들 이유가 생겼고, 이렇게 쓸모 있고 살아있다는 느낌을 오랜만에 느끼고 있어요."

"은퇴 생활의 지루함을 피해서 여기 온 거예요?"

"아니죠! 전혀 그렇지 않아요! 당신이 곤경에 처했기 때문에 내가 여기 온 겁니다. 당신이 드디어 나의 인생으로 돌아왔으니까. 만약 당신에게 무슨 일이라도 생긴다면…"

"뭐라고요?"

잠시 동안 그는 나를 쳐다보기만 했다. "젠장." 그가 중얼거리며 문 쪽으로 향했다.

"데클란?"

"제발 옷 좀 입어요. 그리고 우리가 다시 올 때까지 눈에 띄지 않게 잘 몸을 숨기고 있어요."

"어디 가시게요?"

"벤과 저는 할 일이 있어요." 그는 호텔 방을 나가면서 문을 꽝하고 닫았다.

나는 닫힌 문을 쳐다보며 에어컨 바람에 축축한 피부가 추워지는 것을 느꼈다. 방금 일어난 일은 나의 상상인가? 아니면 데클란이 나에게 감정이 있다고 말하려던 것일까? 훈련소에서 우리가 맞닥뜨릴 최악의 상황을 견뎌내며 보냈던 우리의 오랜 역사를 되짚어 보았다. 다른 동료들과 함께 밤새 술을 마셨던 모든 날들이 떠올랐다. 항상 우리 둘이 아닌 여럿이 함께였다.

데클란, 벤 그리고 잉그리드와 나. 우리는 유쾌한 네 명의 삼총사였던 셈이다. 데클란은 한 번도 나에게 호감을 표시한 적이 없었고, 나는 그룹의 막내로서 신사적인 데클란에게는 그저 막내 여동생 같은 존재였다. 나는 아시아로, 그는 동유럽으로 발령이 났고, 몇 년 동안 우리는 주로 이메일을 주고받았다. 가끔 업무상 같은 도시로 가게 되면 만나기도 했지만 친구이자 동료로서였을 뿐이었다. 로맨틱한 감정은 서로에게 없었다고 생각했다. 그러다 대니를 만나게 됐고 데클란은 나에게서 잠시 잊혀졌다. 나의 결혼 생활이 진짜인지 단순한 작전의 일부인지 스스로도 갈피를 잡지 못했기 때문에 데클란에게는 나의 결혼에 대해 말하지 않았다. 그리고 몰타에서의 일 이후 친구들에게 대니에 대해 이야기하는 것은 너무나도 고통스러운 일이었다. 슬픔과 후회를 극복하기 위해 필사적으로 이 나라 저 나라를 옮겨 다니며 세계를 떠돌았다. 그들에게 발각되지 않기를 바라며. 데클란에게서 이메일을 받기 전까지는.

벤과 저는 좋은 곳에 정착했어요. 잉그리드와 로이드도 이곳으로 이사왔습니다. 이 마을은 조용하고 친절해요. 숲도 많고 숨 쉴 공간도 충분해요. 당신도 매우 좋아할 겁니다. 이제는 다섯 명의 삼총사로 다시 뭉쳐봅시다.

그의 이메일은 낡고 무너져 내린 매기의 껍질을 벗어던지고 내 삶을 재건하고 안전하게 정착할 피난처를 필사적으로 찾고 있던 차에 도착했다. 그의 연락이 단순한 초대 이상이라고는 전혀 생각해 본 바가 없었다.

내가 이제껏 간과했던 모든 단서들을 떠올려 보았다. 칵테일을 마시며 나를 자주 쳐다보던 그의 눈빛, 함께 산을 오르거나 가구를 구하기 위해 야드 세일을 뒤지던 주말들. 어쩌면 그런 징후들은 너무도 많았지만, 나는 모두 무시하기로 마음먹었는지도 모른다. 왜냐하면 아직은 대니와 헤어질 준비가 되어 있지 않았기 때문이다.

아니, 어쩌면 영원히 그럴 수 없을지도 모르겠다.

29장
-
다이애나

로마

  그녀는 세상이 내게서 문을 완전히 닫아버렸다고 생각했다. 벽을 등지고 구석진 테이블에 앉아 와인을 홀짝거리면서 그녀는 출입구를 주시하고 있었다. 뒷문과는 불과 세 걸음 거리에 있는 위치이다. CIA는 그녀가 감옥에 갇히기를 원하고, 필립 하드윅은 그녀가 죽기를 원하고 있다.

  하드윅이 살아있을지도 모른다는 생각은 해본 적도 없었는데, 최근 일련의 사건에 대한 유일한 설명은 '그가 살아있을지도 모른다'였다. 분명, 그녀는 몰타에서 일을 엉망으로 만들었고, 이제는 그 대가를 치르려 하고 있었다. 다이애나는 CIA의 추적은 그럭저럭 피할 수 있을 것 같았다. 그녀의 카드 사용 내역이 추적당하기 전에 재빨리 장소를 이동하면 될 일이었다.

  하지만 하드윅은 다른 문제였다. 그는 그녀가 상상할 수 없을 만큼의 자산을 가지고 있을 것이고, 그 부는 그의 조직을 계속 가동할 수 있는 원동력이 될 것이다. 그는 그녀가 죽기를 원할 모든 이유가 있었고, 시간이 지나도 그의 분노는 식지 않았을 것이다. 그녀는 그의 심리적 성향을 잘 알고 있었고 그에게 해를 끼친 자들의 운명도 알고 있었다. 다이애나는 하드윅의 희생자들의 사진을 보았고 그들의 마지막 순간의 고통에 대한 설명도 보고서를 통해 접했었다. 그녀는 복수에 대한 갈망에 불타오르는 하드윅과 같은 자기애적 소시오패스를 잘 알고 있었다. 그는 몰타에서 재앙을 일으킨 자들을 가차 없이 사냥할 준비가 되어 있을 것이다. 돈이면 세상 무엇이든 살 수 있고 CIA의 일급 기밀 파일도 예외는 아닐 것이다. 만약 그가 시라노 작전 파일을 손에 넣었다면 관련자들의 이름을 모두 알고 있을 것이다.

하드윅이 살아있다면 그가 그녀를 찾는 것은 시간문제일 것이다.

다이애나가 와인잔을 입술에 대려고 할 때 두 남자가 바에 들어왔고, 그녀는 순간 얼어붙었다. 그들은 출입구 앞에서 실내를 살피고 있었다. 그들은 그녀를 찾고 있는 것일까? 다이애나는 테이블 밑으로 손을 뻗어 무릎 위에 놓아둔 총을 쥐었다. 장전된 총은 언제나 손이 닿는 곳에 놓아두었다. 만약 그녀가 바에서 총을 사용해야 한다면 불행히도 매우 공개적인 광경이 될 것이다. 여기에는 방콕의 어두운 골목과 달리 많은 목격자들이 있고, 경찰은 곧 그녀를 쫓게 될 것이고, 그렇게 되면 그녀가 도망쳐야 할 추격자가 추가되는 셈이다.

그녀는 이미 손가락을 방아쇠에 걸친 채 두 젊은이들이 붐비는 바의 실내로 깊숙이 들어오는 것을 지켜보고 있었다. 그녀의 심장은 스피커에서 흘러나오는 음악의 박자에 맞춰 쿵쾅거리고 있었다. 시간이 느리게 흐르는 듯한 착각이 들었다. 그녀의 신경은 지글지글 달아올랐고 모든 시각과 청각이 증폭되었다. 테이블 위에 고인 물방울의 반짝임이 보였고 칵테일 셰이커의 덜컹이는 소리가 가까이서 들리는 듯했다. 죽기 바로 직전보다 더 살아있다는 느낌을 가질 수는 없다. 그녀가 드디어 무릎에서 총을 들어 올려 조준을 하려는 순간 두 여자가 동시에 외치는 소리가 들렸다. "여기야, 이쪽을 봐! 우리 여기 있어!"

남자들은 소리가 들리는 곳을 향해 손을 흔들었다. 그들은 여자들이 앉아있는 테이블로 향했고 서로가 포옹을 했다.

다이애나는 깊은 한숨을 몰아쉬며 총을 다시 무릎 위에 얹어 놓았다.

함께 술을 마시는 두 커플을 바라보며 그들의 여유로운 웃음과 평범한 일상이 부러워지기 시작했다. 저들은 술을 마시고 춤을 추고 집으로 가서 푹 잠이 들 것이다. 그녀는 다시는 그런 생활을 할 수 없을지도 모른다는 생각을 했다. 앞으로의 삶을 생각해 보았다. 길을 걸을 때마다 어깨 너머로 뒤를 살필 것이고 밤마다 잠을 설치며 침입자의 발자국 소리를 주시해야 할 것이다. 그녀의 죽음은 의심의 여지 없이 잔인할 것이며, 그 죽음이 언제 어디서 이루어질지 알 수도 없을 것이다. 일주일? 1년 후? 운이 좋으면 10년?

하드윅이 살아 있는 한 그녀는 이 악몽에서 벗어날 길을 찾기 힘들 것이다.

내가 먼저 그를 죽이지 않는 한.

그녀는 술값을 내고 술집 밖으로 나갔다. 사냥하러 갈 시간이
었다.

30장
–
조

"나이가 많다는 것이 쓸모없어졌다는 의미는 아니야. 조." 오웬 티보듀가 새로 설치한 인덕션 스토브에서 베이컨 요리를 하면서 말했다. "젊은 친구들은 이미 모든 것을 알고 있다고 생각하겠지만, 우리는 평생의 경험을 가지고 있지. 늙은이들을 너무 과소평가하다간 큰코다칠 거다."

"전 그들을 과소평가 한 적 없어요."

그녀의 아버지는 고개를 돌려 처진 안경 너머로 조를 바라보았다. "넌 그 비밀 요원들을 과소평가했어, 안 그래?"

"그들이 전직 요원들인 줄 알고 계셨어요?"

오웬은 웃으며 지글지글 끓고 있는 펜으로 시선을 돌렸다. "뭐 그렇다는 증거는 없지. 아마 그래서 그들이 유령이라고 불리는지도 몰라."

"우리 마을로 이사온 이 새로운 주민들에 대해서 전 아무것도

394

모르고 있었어요. 모든 것들이 너무 빠르게 변하고 있어요." 그녀는 아빠가 베이컨 요리를 하는 걸 지켜보며 말했다. 지방과 콜레스테롤이 많은 식단을 선호함에도 불구하고 오웬은 67세의 나이에 비해 날씬하고 강인한 몸매를 유지했다. 조는 아버지의 날씬한 몸매의 유전자를 물려받지 못했지만, 대신 피자와 치즈버거를 꾸준히 먹으면서도 군살 하나 없는 운 좋은 동생 핀에겐 그 유전자가 넘어간 모양이었다.

"베티 존스는 인덕션 스토브를 설치한 것이 실수였다고 생각해요. 판매할 때 집의 가치를 떨어뜨릴 거라고 생각하죠." 조가 말했다.

"난 이 집을 팔 계획이 없는데."

"그녀는 여전히 사람들이 가스레인지를 선호한다고 생각해요."

"베티 존스가 어떻게 생각하든 상관없어." 그는 조 앞에 스크램블드에그 한 접시를 놓았다. "사람들은 항상 어떤 것에서 벗어날 준비가 되어 있지 않지. 네 엄마가 어떻게 그렇게 오랫동안 나를 버티며 살아왔을 거라 생각하니?" 2년 전 엄마가 돌아가신 후 사라졌던 아빠의 옛 유머 감각을 다시 볼 수 있어서 좋았다. 티보듀가의 여성으로서 겪는 단점 중 하나는 남자들은 잘 견디며 살아가는 반면, 여성들은 모두 너무 일찍 죽는다는 것이다.

"내가 세상을 떠나게 되면 이 집은 너에게 물려줄 거야. 인덕션 스토브와 함께 말이지."

조는 얼굴을 찡그렸다. "그럼, 핀은요?"

"홉스 호숫가의 오두막을 갖게 될 거야. 베티는 이 집과 오두막의 가치가 거의 같다고 생각하니 공평한 거지."

"그만 얘기해요, 아빠. 아빠는 영원히 살 거니까요."

"너희 둘이 결혼해서 아이를 낳는 모습을 볼 수 있을 만큼만 오래 살고 싶구나." 오웬은 달걀 프라이 두 개와 베이컨 다섯 조각을 들고 식탁에 앉았다. "언제쯤 그런 일이 일어나겠니, 조?"

"왕자님이 이 마을로 행차를 하시게 되면요."

"이미 도착해 있을 지도 몰라."

그녀는 코웃음을 쳤다. "그렇담 그는 여전히 개구리로 변장을 하고 있는 거로군요." 조는 아버지가 아침 식사 때마다 만들어 주던 스크램블드에그와 감자튀김을 먹기 시작했지만, 오늘 아침에는 감자튀김에 피망을 같이 넣었기 때문에 피망을 골라 접시 옆에 밀어 놓아야 했다.

"피망 별로 안 좋아하니?" 그가 물었다.

"음, 그냥⋯ 평소와 좀 달라서요."

그는 웃었다. "넌 변화를 좋아하지 않았지. 네가 네 살 때 엄마가 새 침대보를 사서 갈아 줬는데 네가 고래고래 소리를 질렀던 게 기억이 나는구나."

"이전 침대보에는 아무런 문제가 없었다구요."

그녀의 휴대폰이 울렸다. 발신자 이름에 마이크의 이름이 적혀 있는 것을 확인했다.

"오늘은 쉬는 날이잖니. 꼭 받아야 하니?" 오웬이 말했다.

"마이크는 꼭 필요한 경우가 아니면 오늘 저에게 전화하지 않기로 했어요." 조는 전화를 받았다. "그래, 무슨 일이야?"

"이쪽으로 오셔야 할 것 같습니다, 조." 그녀의 동료 경관이 말했다.

"무슨 일인데? 거긴 어디야?"

"루터 윤트의 집입니다. 그의 손녀가 실종됐어요."

✳

조가 진입로에 차를 세웠을 때 퓨리티 순찰차 두 대가 이미 그 곳에 도착해 있었다. 마이크는 다음 교대 근무자에게도 연락을 취했고 네 명의 경관이 앞마당에 서서 루터 윤트를 진정시키려 애쓰고 있었다. 조가 차에서 내리자 윤트를 진정시킬 다른 누군 가가 나타났다는 사실에 깊은 안도의 표정을 지었다. 윤트는 경 관들에게 흐느끼며 제발 어떻게 좀 해달라고 소리를 지르고 있 었다. 마이크는 경관들 틈에서 나와 조를 자신의 옆으로 끌어당 겼다.

"그가 오늘 아침 7시경 손녀를 마지막으로 봤는데, 손녀가 동 물들을 돌보러 헛간으로 간 시간이었습니다. 손녀가 집으로 돌 아오지 않아 그는 헛간으로 확인을 하러 갔고 손녀는 그곳에 없 었…"

"다들 시간 낭비하고 있잖아!" 윤트가 소리쳤다. 그리고 조에 게 시선을 집중했다. "자네! 자네가 새 경찰서장 되는 거 아닌가. 내 캘리한테 무슨 짓을 한 거야?"

조는 마치 위험한 동물을 진정시키려는 듯 두 손을 뻗어 손바 닥을 아래로 향하고 그에게 천천히 다가갔다. "선생님, 먼저 무슨 일이 있었는지 확인해 봐야 합니다. 혹시 그냥 길을 잃고 헤맬 수도…"

"아니, 아니라고! 그런 일이 아니라고. 그들이 데려간 거라고!"

"누군가가 데려갔다는 걸 어떻게 아시죠?"

"조." 마이크가 조용히 귀에 대고 말했다. "헛간을 한번 보셔야 해요."

"실례하겠습니다, 윤트 씨." 조는 그렇게 말하고는 곧 마이크를 뒤따랐다. 하지만 그녀는 헛간에 도착하기도 전에 상황이 심상치 않다는 것을 깨달았다. 소가 밧줄이 땅에 끌린 채 마당에서 여유롭게 돌아다니고 있었다. 어젯밤은 건조하고 추운 날씨였기 때문에 땅은 꽁꽁 얼어붙었고 눈 위에 발자국도 생기지 않았다. 누가 최근에 이 헛간과 집 사이를 걸어 다녔는지 알 수 있는 방법도 모호했다. 헛간 문은 활짝 열려 있었고 닭과 염소의 울음소리가 새어 나오고 있었다. 그 울음소리는 분명 경계의, 두려움의 울음소리였다.

"안을 보세요." 마이크가 말했다.

불길한 울음소리에 그녀는 헛간 문 앞에서 망설였다. 결국 안으로 들어서자 닭들이 날개를 퍼덕이며 짚 위를 뛰어다니고 있었고 구석진 곳에서는 염소들이 방어적인 자세로 눈을 부릅뜨고 흥분한 표정으로 모여있었다.

조는 헛간 벽을 바라보며 왜 이 동물들이 두려움에 떨고 있는지 알아차렸다.

도살된 염소는 더미 위에 쓰러져 있었고 한쪽 눈은 그녀를 똑바로 응시하고 있었다. 목이 베였고, 베인 곳에서 흘러나온 피가 소나무 판자 위로 흩어져 있었다. 그녀는 짚을 밟으며 천천히 염소를 향해 걸어갔지만 죽은 염소에게 집중할 수가 없었다. 쓰러진 염소 뒤의 벽에 종이 하나가 못으로 박혀 있었고, 거기엔 굵은 글씨체로 메시지가 적혀 있었다.

몰타,
목숨엔 목숨으로

"무슨 뜻일까요?" 마이크가 물었다.

조는 마른침을 삼켰다. "나도 모르겠어."

"목숨엔 목숨으로." 마이크는 그녀를 바라보았다. "뭔가 대가를 요구하는 건가요?"

"아니면 복수에 관한 것일 수도 있겠지." 조가 말했다. "루터 윤트가 한 일에 대한 복수. 네가 내 것을 가져갔으니 이제 내가 네 것을 가져가겠다는 뜻?"

그때 밖에서 소란스러운 소리가 들렸다. 차 문이 쾅, 쾅, 하고 닫히는 소리와 함께 경관 중 한 명이 고함을 질렀다. "당신들은 여기 있으면 안 돼요! 여긴 범죄 현장입니다!"

헛간에서 나온 조는 로이드와 잉그리드 슬로컴이 집 앞에 서서 경관들과 말다툼을 벌이고 있는 것을 보았다.

"이게 대체 무슨 일이야?" 조는 두 사람에게 성큼성큼 다가서며 물었다.

"이 사람들이 방금 나타났어요." 경관 한 명이 그녀에게 말했다. "저들이 서장님과 얘기를 나누고 싶어 합니다."

"경찰서 아는 사람을 통해 들었어요." 잉그리드가 말했다. "납치 가능성이 있다고요?"

"대체 여긴 왜 오신 거예요?" 조가 물었다.

"우리가 도와드리겠습니다. 이 건은 연관이 있을 수 있어요."

"무엇과 연관이 있다는 거죠?" 옆에서 마이크가 끼어들었다.

"티보듀 서장님은 제가 무슨 말을 하는지 아실 겁니다."

모두가 조를 쳐다보았다.

"난 그저 캘리를 되찾고 싶을 뿐이에요!" 루터가 외쳤다. "어떻게 하든 찾아만 주세요. 그들이 도울 수 있다면 도와주도록 허락해 주세요!"

조는 들판 건너편에 있는 블랙베리 농장을 바라보았다. 시체가 발견되고 매기 버드의 목숨을 노린 총격이 벌어진, 이 모든 것이 시작된 바로 그곳. 이제는 열네 살짜리 이웃 아이가 실종되었고, 조는 이 납치 사건이 같은 퍼즐의 일부라는 것을 더 이상 의심하지 않게 되었다. 조는 인맥과 그들만의 기술을 가진 슬로컴 부부가 퍼즐 조각을 맞추는 데 도움을 줄 수 있을 거라고 생각했다.

"저와 함께 가시죠." 조가 말했다.

조는 슬로컴 부부를 헛간으로 이끌었고 잉그리드와 로이드는 헛간 안을 둘러보며 한동안 아무 말도 하지 못했다. 그리고 피가 흩뿌려진 벽에 박힌 쪽지를 발견하고 그 안에 적힌 메시지를 조용히 바라볼 뿐이었다.

"해석하기 난해한 건 아니네요." 잉그리드가 말했다.

"SVR(러시아 해외정보국-옮긴이)일 가능성은?" 로이드가 말했다.

"아니요, 러시아가 이 메시지를 남긴 것 같지는 않아요."

"SVR이 뭐죠?" 조가 물었지만 그들은 그녀를 무시하고 계속 대화를 했다.

"어떤 행동을 하겠다는 것에 대한 경고인 것 같은데. 내가 해석하기에는 그래요." 잉그리드가 말했다.

"대가로 누군가의 목숨을 요구하고 있는 걸까?" 로이드가 물었다.

"짐작만 할 뿐이에요. 매기 버드가 알고 있을 거예요."

"도대체 무슨 일이 벌어지고 있는 건지, 두 사람 말 좀 해주실래요?" 조가 당황한 듯 우물거리며 말했다.

"나중에요." 잉그리드가 그렇게 말하며 휴대폰을 꺼내 들었다. "먼저, 전화 한 통 해야겠어요."

31장
-
매기

방콕

해가 거의 질 무렵 데클란이 방으로 전화를 걸어와 아래층 레스토랑에서 만나자고 했다. 강가의 테이블에 앉아있는 데클란과 벤은 진토닉을 마시고 있었다. 나도 진토닉을 주문하고 웨이터가 그들의 리필을 포함 세 잔의 진토닉을 내려놓았다. 우리는 말없이 앉아서 정적을 깨는 잔에 담긴 얼음 조각의 부딪히는 소리만을 음미하고 있었다. 데클란의 얼굴은 원래의 냉정하고 쿨한 표정으로 돌아와 그의 마음을 읽을 수가 어려웠다. 한눈에 표정을 읽을 수 있는 대니와 달리 데클란은 자신의 감정을 숨기는 기술을 매우 잘 익힌 것 같았다. 그동안 나는 그의 인생에 당연히 여자가 있었을 거라 생각했는데, 지금 생각해 보니 그는 그동안 사귀었던 여자 얘기를 한 번도 한 적이 없었다. 그렇다면 왜 아직 그런 여자가 없었을까? 데클란은 신중함이 몸에 밴 사람이라서 그런 부분을 내게 드러내지 않으려 했을 수도.

지금도 데클란은 방어적 태세를 갖추었고, 여러 겹의 반투명 유리를 통해 데클란을 바라보고 있는 것 같은 왜곡된 느낌을 받고 있다. 벤은 분명 우리 사이에 미묘한 기류가 흐르고 있다는 것을 알고 있었지만 테이블에 놓인 견과류 그릇을 파는 데만 집중하는 척했다. 웨이터가 자리를 뜨고서도 한참 후에야 벤은 마침내 말을 꺼냈다.

"소문이 사실이었군. 결국 당신은 살아있었네요."

"고군분투했죠."

"우리가 당신을 찾으려고 몇 시간 동안 얼마나 노력했는지 알아요? 그렇게 아무렇지 않은 척 말아요, 매기. 우릴 어둠 속에 남겨두고, 전화도 받지 않고."

"정말 미안해요."

"강에서 당신의 시신을 찾아야 하는 건가 생각까지 했어요. 그런 생각에 데클란은 패닉 상태에 빠졌었어요."

나는 데클란을 바라보았다. 그는 지금 전혀 패닉 상태로 보이지 않았고 다른 곳을 응시하고 있을 뿐이었다.

"둘이서 하루 종일 뭐 했어요?" 내가 물었다.

"오늘 아침에 보트를 빌려 클롱섬을 둘러보았어요." 벤이 말했다. "적어도 열댓 명의 경찰이 개빈의 집에 몰려든 것 같더군요. 가정부가 오늘 아침 간병인과 개빈 둘의 시신을 발견했답니다. 정보국은 이번 살인이 그의 업무와 관련이 있을 것으로 보고 수사를 면밀히 주시하고 있어요. 수사기관에 따르면 아직은 매기, 당신의 인상착의와 일치하는 용의자에 대한 공식적인 수배는 없는 걸로 판단돼요. 지금까지 수사당국은 당신이 그 집에 있었다는 사실을 모르는 것 같아요."

그 말은 내 보트 운전사가 경찰에 날 데려다준 사실을 알리지
않았다는 뜻이었다. 그가 아직 이 살인 사건에 대한 소문을 듣지
못했거나 내가 준 두툼한 현금 봉투가 그의 침묵을 샀던 것이거
나. "지금까지 경찰이 알아낸 건 뭐가 있나요?"

"범인이 개빈의 컴퓨터를 가져갔기 때문에 감시 카메라 영상
이 사라져 버렸다는 거. 경찰은 이 사건을 암시장과 연관시키고
있어요. 그 바닥에서 잘 알려진 공급원의 시신도 근처에서 발견
되었고 불법 의약품을 개빈의 집에서 찾아냈으니까."

"그 약품들은 개빈이 개인적으로 사용하기 위한 것이었어요.
그는 죽어가고 있었어요."

"하지만 암시장의 법칙은 관심을 당신에게서 다른 곳으로 돌
려줄 가능성이 있어요. 이곳에서는 청부 살인이 매우 저렴해서
암시장의 두목을 열받게 하면 언제든 청부살인업자를 파견할 수
있어요. 만 달러만 있으면 경쟁자나 배신자를 쉽게 사라지게 할
수 있으니까. 경찰이 그렇게 믿고 싶다면 당신은 자유의 몸이 되
는 거지."

나는 한숨을 쉬었다. "어쨌든 좋은 소식이라고 봐야 하네요."

"당신이 범인을 그에게 인도했을 가능성은 없어요?"

"아니요, 모든 주의를 기울였어요. 미행은 안 당했을 거예요.
그리고 개빈은 제가 도착하기 전부터 이미 긴장하고 있었어요."

"왜요?" 데클란이 대화에 끼어들었다.

그를 바라보았지만 여전히 우리 사이에서는 거리가 느껴졌다.
그는 다시 내가 닿을 수 없는 자신만의 보호막 속으로 들어가 버

렸다. "다이애나 워드가 최근에 그에게 연락을 해서 도움을 요청했대요. 누군가 자신을 죽이려 한다며 숨을 만한 안전한 장소가 필요하다고 했다더군요. 하지만 개빈은 그녀의 요청을 거절했어요."

"그건 좀 가혹한데요."

"나쁜 과거가 있어서 그래요. 다이애나와 함께 일했다면 이해할 거예요."

"누가 그녀를 죽이려 한 거죠?" 이번엔 벤이 물었다.

"아마 내가 죽기를 바라는 사람과 같은 사람 아닐까요." 나는 잠시 뜸을 들이다 말했다. "필립 하드윅."

벤과 데클란이 놀란 눈으로 나를 쳐다보았다. 유람선이 음악을 울리며 지나가자 우리는 다시 조용해졌다. 잔을 집어 들었지만 얼음이 모두 녹아 진토닉이 묽어졌다. 나의 몸도 녹아내리는 것 같고 더위와 피로에 머리가 멍해졌다.

"살아있다고?" 벤이 말했다. "그럼 비행기에 그가 없었다는 말이네."

"그렇다면 이 모든 일들이 복수의 일환이라고 봐야죠. 하드윅이 시라노 작전 파일을 손에 넣었다면 그 작전이 어떻게 계획되고 누가 관여했는지 모두 알고 있을 겁니다. 그래서 개빈이 살해당한 거겠죠. 다이애나는 지금 피해망상에 사로잡혀 CIA마저도 믿지 않고 도망 다니고 있고요." 내가 말했다.

"그렇다면 당신도 믿지 말아야 해요." 데클란이 이번엔 보호막을 걷은 채 정면으로 나를 바라보았다. "당신은 집으로 돌아가선 안 돼요, 매기."

'어쩌면 영원히.'

블랙베리 농장을 생각하면 갑자기 육체적 고통이 느껴질 정도로 향수병이 찾아온다. 주방 창문으로 들판을 바라보던 때가 그리웠다. 집안의 시끄러운 배관 소리와 창문에 낀 성에, 눈을 뚫고 지나갈 때의 부츠가 내던 소리들이 그리웠다. 나의 닭들이 보고 싶었다.

"다음에 무엇을 해야 할지 신중히 생각해 봐야겠어요." 내가 말했다.

"눈에 띄지 않게 숨어있는 게 당장 할 일이에요. 그동안 우리가 그를 추적해서 그의 위협을 무력화할 방법을 찾아봐야 해요." 데클란이 말했다.

"그렇게 되지 않으면 어쩌죠?" 나는 벤을 쳐다보았다. "정말로 우리 세 명의 은퇴 요원이 하드윅의 자원을 가진 누군가와 맞설 수 있다고 생각해요? 만약 하드윅이 CIA에 첩자라도 심어놨다면……."

"데클란의 말에 동의해요. 당신은 사라져야 해요."

"싱가포르에 있는 오랜 친구에게 연락을 해놨어요. 내 목숨도 맡길 수 있을 만한 사람이에요. 그는 아무도 당신을 찾을 수 없는 안전 가옥을 가지고 있어요."

"제 농장이 원래 그런 곳이었죠. 나의 안전 장소. 집이라고 부를 수 있는 곳을 찾는 데 몇 년이 걸렸어요. 마침내 뿌리를 내렸는데……. 다시는 그 뿌리를 뽑아내고 싶지 않아요."

"일시적으로 피해 있으라는 거예요, 매기."

"그런가요?" 나는 데클란을 바라보았다. "아니면 다시는 못 갈지도 모르는 거죠?"

그는 대답하지 않았지만 그의 침묵 속에 답이 있었다. 몰타 이후 몇 년 동안 그랬듯이 다시 한번 나는 표류하는 떠돌이 신세가 되는 것이다.

다른 배가 지나가는데 엔진 소리가 너무 시끄러워 처음에는 휴대폰 벨소리를 듣지 못했다. 그 소리는 나의 가방에서 나는 소리였다. 나의 대포폰 번호를 아는 사람은 몇 명 되지 않고 그 중 두 사람이 내 앞에 앉아 있다. 이 번호는 긴급한 일이 있을 때만 비밀리에 사용하는 휴대폰이기 때문에 벤과 데클란 모두 숨을 죽이고 있었다. 내가 가방에서 휴대폰을 꺼내고 발신자의 이름을 확인하는 모습을 두 사람이 지켜보고 있었다.

잉그리드.

✳

가족 관계, 자녀, 남편이나 애인이 없다는 것의 장점은 쉽게 상처받지 않고 공격에도 견딜 수 있다는 것이다. 우리가 사랑하는 모든 사람은 나의 갑옷에서 가장 약한 부위가 되곤 한다. 우리가 누구도 신경 쓸 사람이 없다면 세상이 날 파괴할 수 없기 때문에 두려움을 느낄 필요도 없을 것이다. 나를 거의 파괴할 뻔했던 삶의 방식. 그게 대니의 사건으로부터 배운 교훈이었고, 수년 동안 나는 애착 관계를 피해 왔고 정에 얽매이지 않는 삶에 익숙해졌다.

하지만 인간관계는 나도 모르는 새 서서히 다가오는 법이다. 당신의 이웃이 나에게 손을 흔들어주거나 그의 손녀가 나를 사랑스러운 눈으로 쳐다볼 때 나의 혈류에 방출되는 소량의 옥시토신이 주는 작은 활력들을 알아차리지 못할 것이다. 루터의 끔찍하게 타버린 커피를 함께 마시거나 캘리와 메이플 시럽을 끓이면서 보낸 수많은 아침. 눈보라 몰아치던 날 내 트럭을 눈밭에서 견인하던 때, 함께 길 잃은 염소를 찾아 헤매던 여름날 오후. 수많은 관계의 실타래가 서서히 우리를 하나로 묶어주었다. 이제 나는 정이라는 덫에 걸려 루터와 그의 손녀를 떠날 수 없게 돼버린 것이다.

'캘리는 이제 겨우 열네 살이다.'

지금은 죽은 지 오래인 벨라의 유해가 대니의 유해와 함께 지중해를 떠돌고 있을 것이다. 난 벨라를 구할 수 있었을지도 몰랐다. 벨라에게 아버지에 대해 경고하고 아버지가 살고 있는 위험한 세상에서 탈출하도록 도움을 줄 수도 있었다. 하지만 난 그러지 않았다. 벨라는 나에게 유용했기 때문이었다. 이용 가치가 매우 높았기 때문이었다. 벨라는 내가 어떤 행동도 취하지 않았기 때문에 죽었던 것이다.

캘리에게는 그런 일이 일어나지 않게 할 것이다. 절대.

더플백에 옷을 넣으며 나의 열네 살 때를 떠올려 보았다. 이미 식당에서 교대 근무를 하며 아버지가 식탁 위에 쌓아놓은 청구서를 지불하고 있었다. 열네 살의 나는 이미 성인이었다. 하지만 캘리는 그렇지 않았다. 캘리는 소녀일 뿐이다.

'몰타. 목숨엔 목숨으로.' 도살된 염소 뒤의 벽에 박힌 메시지. 이보다 더 명확할 수 있을까. 나에게 보내는 메시지임이 분명했다. 이번 유괴가 나를 유인하려는 것임도 분명해 보인다. 그들은 이런 일이 익숙한 프로들이었다. 내가 그들의 목적이 달성되면 아이를 풀어줄 것이라는 확신이 있어야 협조할 것이라는 것도 알고 있을 것이다.

"돌아가선 안 돼요." 데클란이 말했다.

"캘리가 날 필요로 한다면 난 집으로 돌아가야 해요." 나는 티셔츠 하나를 더 말아서 더플백 안으로 집어넣었다.

"벤과 내가 돌아가서 처리할게요. 당신은 그곳에서 멀리 떨어져 있어야 해요."

"그리고 쓸모없는 채로 전화기 옆에나 붙어있으라고요?"

"싱가포르로 가서 몸을 숨겨야 해요. 우리가 그 여자애를 찾기 위해 최선을 다할 테니 당신은 이 일에 끼어들지 말아요. 당신이 진짜 목표란 말이에요."

내 휴대폰으로 잉그리드의 문자 메시지가 들어왔다. 9시간 동안 기다리던 답장이었다. 나는 문자를 읽고 아무 말 없이 창문으로 향했다. 방콕은 이제 막 해가 떠오르지만 메인주의 집은 어두운 겨울밤 저녁 7시가 되었을 테니 지금쯤 루터 윤트는 제정신이 아닐 것이다. 손녀가 춥지는 않을지, 배가 고프진 않을지, 아니면 이미……. 나는 그와 함께 그의 손녀를 찾는 걸 돕고 싶지만 데클란의 말이 맞을지도 몰랐다. 난 집에 돌아갈 수 없었다. 나는 해야 할 일이 있고 그러기 위해선 다른 곳에 있어야만 했다. 그래야만 소녀가 살 수 있을 것이다.

나는 데클란을 향해 고개를 돌렸다. "알았어요. 싱가포르로 가겠어요."

"좋아요." 데클란은 안도의 한숨을 내쉬었다. 그는 나와의 논

쟁에서 이긴 거라고 생각한 듯했다. "벤이 택시 안에서 기다리고 있어요. 10시 15분에 출발하는 싱가포르행 비행기가 있어요."

공항까지 가는 길은 조용했다. 벤은 앞좌석에 앉았고 나는 뒷좌석에 데클란과 함께 앉았다. 우리는 서로를 쳐다보지도 않았고 오랜 친구 사이라면 헤어질 때 해야 할 말도 하지 않았다. 나는 이것이 우리가 함께하는 마지막 순간이 될지도 모른다는 사실에 체념하고 있었다. 데클란과 벤은 메인으로 돌아가 캘리를 찾을 것이고 나는 살아남지 못할지도 모르는 다른 목적지로 향하게 될 것이다.

하지만 이것은 내가 동의한 거래였다. '목숨엔 목숨으로.'

그동안 나는 데클란을 그저 성품 좋은 친구이자 충직한 동료로만 생각했다. 인생의 겨울을 맞이한 지금에서야 그 많은 세월 동안 내가 얼마나 많은 단서를 놓쳤는지 깨닫고 있었다. 내 평생의 후회 목록에 추가할 또 하나의 항목은 '데클란에게 기회를 주지 않았다'라는 것이다.

위조 여권을 제시하고 탑승권을 받는 동안 벤과 데클란은 내 옆에 조용히 서 있었다.

"친구가 전화를 기다릴 거예요." 데클란이 나를 보안 게이트로 안내하며 말했다. "그와 함께라면 안전할 거요, 매기."

"캘리를 꼭 좀 찾아줘요, 알았죠?"

"그럴 거예요. 마티니 클럽으로 다시 현장에 돌아가는 거죠." 그가 활짝 웃어 보였다.

키스도 포옹도 하지 않았다. 나는 걸어서 보안대로 향했다. 보안대를 지나고 뒤를 돌아보니 두 남자는 보스턴행 비행기를 타기 위해 이미 다른 터미널로 사라진 뒤였다. 나는 그들이 정말 자리를 뜬 것인지 확인하기 위해 몇 분간을 그곳을 주시했다. 그제서야 나는 보안 구역을 빠져나와 발권 데스크로 돌아갔다. 싱가포르에 가는 것이 아니기 때문이었다.

다시 한번 여권과 지갑을 꺼내 다른 편도 항공권을 구매했다.

밀라노로 향하는.

32장

—

이탈리아 코모호수

코모호수 위의 경사진 언덕에 자리한 저택의 황토색 벽은 오후의 햇살을 받아 황금처럼 빛이 났다. 잘 가꾸어진 정원과 울타리로 이루어진 동화 속의 나라, 호숫가까지 펼쳐진 잔디밭이 빌라를 둘러싸고 있었다. 쌍안경으로 저택의 열린 정문을 통해 진입로에 주차된 두 대의 대형 배달 트럭을 들여다보았다. 직원들이 트럭에서 부지런히 테이블과 의자를 정원으로 옮기고 있었다. 다른 차량이 또다시 정문을 통해 들어오고 있었다. 그 차에서는 식재료와 와인 상자를 내려 집 안으로 옮기는 모습을 지켜보았다. 준비된 의자의 수로 보아 오늘 밤 이곳에서 열리는 파티에는 적어도 백 명 이상의 손님이 참석할 것 같았다.

빌라 정문 근처의 길들을 훑어보았다. 경호원은 보이지 않았고, 초대받지 않은 여성이 경내를 서성이며 사람들과 어울리는 것을 막을 사람도 없어 보였다. 하긴 이 저택의 소유주인 자코모

라치오 씨가 암살 위협에 시달릴 일은 없을 테니. 여성용 고급 속옷을 제조하는 사업을 영위하는 사람이 경호원을 필요로 하지는 않을 것 같지만, 이 정도 규모의 저택이라면 경호원 한두 명 정도는 배치되어 있을 것이다.

방콕에서 잉그리드에게 받은 문자로 실비아 모레티가 현재 어디에 살고 있는지 알 수 있었다. 잉그리드는 전 세계의 모든 사람을 추적하는 방법을 알고 있었고, 필립 하드윅의 전 내연녀가 현재 22살 연상의 남자와 한 침대에 누워 있다는 사실을 알아내는 데 하루도 채 걸리지 않았다. 실비아는 여전히 아름다운 미모를 유지하고 있지만, 이제 곧 50을 바라보는 나이에 접어들었고 내연녀란 직업의 은퇴 시기는 다른 직업보다 빨리 오기 마련이다.

이 호숫가의 별장을 보아하니 그녀는 스스로의 운명을 잘 헤쳐 나간 것으로 보였다. 필립 하드윅과의 사별의 비극을 딛고 이런 별장을 소유한 자코모 라치오에 무사히 착륙했으니 말이다.

또 다른 배달용 밴이 정문을 통과했다. 플로리스트들이 화려한 꽃이 담긴 꽃병들을 꺼냈다. 나는 쌍안경을 내려놓고 구름 한 점 없는 하늘을 올려다보았다. 2월 말이라고는 믿기지 않을 정도로 따뜻한 날이지만, 코모호수는 밤이 되면 쌀쌀해진다. 하지만 플란넬로 차려입은 우아한 파티에 벌목꾼처럼 하고 나타날 수는 없다.

나는 차에 시동을 걸었다. 드레스를 사러 갈 시간이었다.

＊

그날 밤 9시, 자코모 라치오의 별장으로 향하는 좁은 길에는 주차된 차들이 줄지어 서 있었다. 나는 차를 길 아래에 주차하고 페라리, 마세라티, 메르세데스를 지나 오르막길을 걸어 별장의 정문 앞에 도착했다. 문은 활짝 열려 있고 제복을 입은 두 명의 관리 직원들이 내가 다가가자 미소를 지으며 고개를 끄덕였다. 무장한 경비원이나 무기는 어디에도 보이지 않았고, 오히려 내가 정문을 통과하자 검은 머리의 매력적인 이 두 남성은 이탈리아 저녁 인사인 '부오나 세라'를 외쳐주었다. 여성 란제리 업계는 내가 익숙했던 세상보다 훨씬 더 친절하고 유쾌한 세상임이 틀림없다.

진입로를 걸어 올라가는 데 두 차례나 휘청하고 흔들렸다. 하이힐을 신은 지가 정말 오랜만이었다. 주차된 차에서부터 언덕을 오르다 보니 물집이 생기고 있었다. 벌써부터 부츠와 청바지가 그리워지지만 오늘 밤은 이브닝드레스와 하이힐이 나의 전투복이 될 것이다. 더 이상 섹시한 미녀는 아니지만 여전히 날씬한 몸매를 유지하고 있고, 드레스 입는 법을 잊어버리지 않았다.

호숫가 바람에 흔들리는 종이 등불이 환하게 빛나고 있었다. 야외 파티장에 도착해 웨이터에게 샴페인 한 잔을 건네받고 가장자리를 따라 이동하며 사람들의 얼굴을 살펴보았다. 내게 익숙한 친구와 이웃들과는 다른 종의 사람들이 모여있는 듯했다. 이 사람들은 더 젊고 트렌디하며 더 매력적인 얼굴과 몸매를 가지고 있었다. 외교관, 은행가, 정치인. 패션쇼장에 서도 손색없을 만큼 멋진 여성과 남자들이 눈에 들어왔다. 그들 누구도 나에게는 어떤 관심도 기울이지 않았다. 돋보이는 별다른 특징 없는 나의 익명성이라는 무기가 또 한 번 빛을 발하는 순간이었다.

트렌디한 전자 음악을 연주하는 밴드 앞을 지나 훈제 생선과 치즈, 파르마 햄이 담긴 접시를 들고서 여유롭게 시간을 보냈다. 내 이탈리아어 실력은 녹슬었어도 간간이 들리는 대화 몇 마디 정도는 알아들을 수 있었다.

'어느 호텔에 묵고 있나요?'

'파올로가 집을 나간 거 들었어요? 그녀가 엄청 충격을 받았어요.'

'새로 다이어트를 시작했어요. 와인 한 잔에도 조심스러워요.'

실비아가 손님들로 둘러싸인 채로 서 있는 모습을 발견했다. 그녀는 머리를 짧게 잘랐지만 여전히 칠흑같이 진한 검은색이었고 몸매도 여전히 아름다웠다. 세월이 그녀에게 유난히 친절했거나 그녀가 탄탄한 몸매를 유지하기 위해 엄청난 노력을 했거나 둘 중 하나겠지.

나는 실비아가 내가 여기 있다는 것을 눈치채기 전에 얼른 몸을 돌렸다.

별장의 현관문은 주방 직원들이 야외 파티장을 편하게 오갈 수 있도록 활짝 열려 있었다. 나는 그 열린 문을 통해 집 안으로 들어갔다.

발뒤꿈치가 하얀 대리석 위에서 시끄럽게 또각거리고 있었다. 나는 하이힐을 벗고 빠른 걸음으로 복도를 따라 들어갔다. 누군가가 나를 마주친다면 그저 화장실이 급한 중년 여인 정도로 생각해 주길 바랄 뿐이었다. 복도를 따라 위치한 방들의 문은 모두 열려 있었다. 욕실, 손님용 침실, 옷방 등등. 이 집에는 비밀 공간이라곤 없는 것 같았다.

복도 끝에 이르러서야 드디어 메인 침실이 나타났다. 안으로 들어가 문을 닫았다. 방 안도 역시 흰색 대리석으로 깔려 있었다. 세련된 느낌이기는 하지만 차갑고 열정적이지 않다는 느낌이었다.

침대 저 편 협탁에 놓인 남옥으로 테를 만든 독서용 안경은 이 방이 실비아의 침실이라는 사실을 말해주었다. 침대를 한 바퀴 돌아 협탁으로 가 서랍을 열었다. 그 안에는 여권과 함께 핸드크림, 수면 안대, 생리대 등 여성 필수품이 들어있었다.

나는 서랍 깊숙이 손을 뻗어 서랍 맨 끝 쪽에서 너덜너덜해진 주소록을 찾아냈다. 페이지가 구부러져 있고 일부 항목은 희미해져서 주소록 자체가 마치 유령을 보는 듯했다. 대부분의 사람들은 연락처 정보를 디지털 파일로 보관하고 있지만 그렇다고 해도 오래된 수기 주소록을 버릴 수 있는 사람은 많지 않다. 나는 H 부분을 넘기다가 예상된 이름을 발견했다. '하드윅.' 거기에는 필립과 그의 딸 벨라의 전화번호가 적혀 있었다. 하지만 이 번호는 하드윅의 정부였던 당시의 오래된 전화번호이고, 새로운 연락처 정보나 업데이트된 전화번호 혹은 주소는 기록되어 있지 않았다. 시간이 멈춰버린 문서.

실망감에 주소록을 다시 넣고 서랍을 닫으려는데 갑자기 침실 문이 삐걱거리며 열리는 소리가 들렸다.

옷장으로 달려갈 시간도, 서랍을 닫을 시간도 없었다. 방 안에 발소리가 들리자마자 나는 그대로 차가운 대리석에 얼굴을 대고 엎드렸다. 침대 밑을 통해 보니 남자 신발 한 켤레가 왔다 갔다

하는 것이 보였다. 그는 빠른 이탈리아어로 전화 통화를 하고 있는데 흥분한 것처럼 들렸다. 뭔가 일이 잘못된 것 같았다. 그는 누가 책임을 져야 하는지 알고 싶어 했다.

신발이 침대 쪽으로 움직였고 그가 침대 위에 앉자 매트리스가 한숨을 내쉬었다. 그의 신발은 갈색 가죽이었고 한쪽 발을 계속 바닥에 두드리고 있었다. 그는 통화에 너무 몰두한 나머지 침실에 어떤 이상한 기운이 있는지 알아차리지 못했다. 침대 밑 공간은 너무 좁아 몸을 넣을 수가 없었고 서랍은 여전히 열린 상태였다. 그가 서랍을 닫으러 이곳으로 오면 난 그와 마주하게 될 것이다.

침실 문이 다시 열리고 하이힐 한 켤레가 들어오는 것이 보였다. 실비아였다.

'제발 이쪽은, 협탁은 보지 말길.'

실비아는 자코모가 여기에서 뭘 하는지 궁금해했다. 침대 반대편에 있는 이곳에서도 두 사람 사이의 팽팽한 긴장감이 느껴졌다.

그는 이탈리아어로 실비아에게 "잠깐만!"이라고 윽박질렀다.

"당신 파티란 말이에요." 그녀가 날카롭게 말대꾸를 했다.

"공장에서 문제가 생겼단 말이오."

"이 사람들은 당신 친구들이지 제 친구가 아녜요."

"알았어, 알았다고. 간다고." 그가 일어서자 매트리스가 슈욱 하는 소리를 냈다.

그들의 신발이 방을 나서고 침실 문이 닫히는 소리를 들었다.

아직도 심장이 쿵쾅거렸다. 일어나 서랍을 닫고 맨발로 침실

문으로 걸어가서 귀를 대어 보았다. 멀리서 들려오는 밴드의 음악 소리 외에는 어떤 목소리도 들리지 않았다. 문을 살짝 열고 복도를 들여다보았다.

아무도 보이지 않았다.

다시 파티장으로 돌아왔을 때는 어느 정도 맥박이 안정된 상태였다. 집 밖으로 나오기 전 신발을 다시 신었고 샴페인 한 잔을 들고서 군중 속으로 들어갔다. 이런 화려한 사람들과 코모호수의 작은 낙원에서도 실비아와 자코모의 삶은 완벽한 건 아니었다. 침실에서 두 사람의 대화가 그 사실을 보여주었다. 자코모가 손님들과 함께 이야기를 나누고 있었지만 실비아는 어디에도 보이지 않았다. 군중들을 훑어보다가 마침내 그녀를 발견했다. 그녀는 혼자 호수 쪽으로 향하고 있었다.

나는 그녀를 따라갔다.

잘 다듬어진 잔디밭을 따라가며 호숫가에 도착하니 물가에 서 있는 실비아가 보였다. 호수에서 비치는 은빛 반사광에 실루엣만 보이는 그녀는, 마치 호수 반대편에 있기를 갈망하는 자신이 여기에 갇혀버린 신세를 한탄하며 호수를 응시하고 있는 것 같았다.

실비아는 내가 다가가는 소리를 듣지 못했고 "안녕하세요, 실비아"라고 말하자 깜짝 놀라며 나를 향해 몸을 돌렸다. "누구시……. 제가 아는 분인가요?"

"제가 기억나지 않으실 거예요. 그렇죠?" 그녀가 나를 기억하지 못하는 것이 놀라운 일도 아니었다. 많은 세월이 흘렀고 나는 그녀의 삶에서 단역에 불과했을 것이고 기억에 남겨둘 만큼 중요한 사람이 아니었으니까.

"미안해요. 기억이 나질 않네요." 실비아가 말했다.

"제 남편은 필립의 주치의였던 대니 갤러거 박사였습니다. 대니는 그 비행기에 타고 있었고 우리 둘 모두 그날 누군가를 잃었어요. 적어도 최근까지는 그렇게 믿고 있었어요."

그녀는 고개를 세차게 흔들었다. "이해가 안되는 군요. 왜 당신이 여기 있는 거죠? 그 사건 이후 몇 년이 지났는데 왜 지금 우리 집에…"

"필립 하드윅은 살아있죠, 그렇죠?"

그녀는 침묵을 지켰다. 어두움 속에서 그녀의 표정은 보이지 않았지만 미동조차 없이 서 있는 그녀의 실루엣은 선명히 보였다.

"아뇨." 실비아가 조그맣게 대답했다.

"그가 어디 있는지 알고 있나요?"

"그건 불가능하겠죠. 그는 죽었으니까."

"그렇게 우리가 믿기를 바라는 것이겠죠."

"비행기에 폭탄이 있었어요. 비행기에 탄 일곱 명 모두는 죽었어요."

"하지만 폭발이 있던 바다 근처에서 시신은 두 구만 발견됐어요. 다른 누군가가 탔는지도 몰라요. 그는 비행기가 이륙하는 몇 분 전에 비행기에서 내렸을 지도 모르죠."

실비아는 두 팔로 자신을 껴안았다. 어둠 속에서도 그녀가 떨고 있다는 것이 느껴졌다. "그가 살아있었다면 알았을 거예요. 나는 그것을 느낄 수 있었을 거예요. 그럼 왜 그가 나에게 전화하지 않았을까요? 왜 그가 죽었다고 믿게 만들었을까요?"

"그게 그가 지금껏 살아남은 방법이에요. 모두가 그가 죽었다고 믿게 만드는 거죠. 그는 여전히 세상 밖 어딘가에 존재해요, 실비아. 아마 다른 이름, 다른 정체성을 가지고 살고 있을 거예요."

"아니야, 그건 사실이 아니에요. 그가 나를 이렇게 고통스럽게 살도록 내버려두진 않았을 거예요!" 그녀의 목소리에선 진심으로 고통이 느껴졌다. 그리고 이것은 연기가 아니라는 사실도 함께 깨달았다. 그녀는 정말로 하드윅이 살아있다는 사실을 모르고 있었다.

"당신은 하드윅을 사랑했군요." 나는 놀라움을 머금고 말했다.

실비아는 호수를 쳐다보며 부드럽게 말했다. "물론 그랬죠."

"그는 당신을 사랑했나요?"

"제 생각에는……" 그녀는 고개를 떨구었다. "그도 그랬을 거라 믿었어요. 나는 많은 것들을 믿었어요."

"그런데도 그가 연락을 하지 않았다고요? 비행기 추락 후에도 당신은 여전히 그로부터 어떤 연락도 받지 못한 건가요?"

"전혀요."

"혹시 그가 살아있다면 지금 어디에 있을지 짐작 가는 건 없어요?"

"바다 밑이겠죠. 지금까지 믿어왔던 것은요. 그리고 지금도 그렇게 믿고 있어요." 실비아는 나를 바라보았다. "왜 이런 말들을 저에게 하는 거죠? 진짜 당신의 모습은 뭐죠?"

서로의 삶이 교차했던 두 여인은 한동안 서로 마주보기만 했다. 상처 입고 영원히 애도하는 삶을 살아야 할 두 여인.

"저는 대니 갤러거의 아내입니다. 그것뿐이에요." 내가 침묵을 깨고 말했다.

나는 그녀에게서 돌아서 아름다운 옷을 입고 즐거운 시간을 보내고 있는 사람들 사이로 들어가기 위해 연회장으로 향했다. 이곳을 방문해서 얻은 수확은 '실비아는 하드윅이 정말 어디에 있는지 모른다. 그녀는 정말 그가 죽었다고 믿고 있다'였다.

　다음은 어디로 향해야 할지 모르겠다.

　대부분의 도망자들은 결국은 자신에게 익숙한 장소를 찾을 수밖에 없지만 하드윅은 영리한 사람이라 그의 옛 보금자리로 돌아가진 않았을 것이다. 그가 수년 동안 감쪽같이 숨어 지낼 수 있는 유일한 방법은 남들이 기대하는 행동을 하지 않는 것이다. 하지만 그가 피할 수 없었던 것은 수년에 걸쳐 여러 개의 해외 계좌의 돈을 축내는 것이었다. 실제로 돈이 필요했거나 새로운 거래를 시작하기 위한 자금이었을 수도 있다. 그러나 이러한 자금의 이동은 정보국의 이목을 끌지 못했다. 하지만 지금에 와서 정보국은 사건을 다시 들여다보기 시작했고 이런 자금의 흐름을 눈치채게 되었다. 그가 아직 살아있다는 단서를 제공한 셈이었다.

　나는 다음 행동을 고민했다. 나는 당장은 집으로 돌아갈 수 없다. 어쩌면 영원히 그럴지도 모르겠지만. 지금 당장은 과거 대니가 죽은 후 몇 년 동안 그랬던 것처럼 이곳저곳을 옮겨 다녀야 할지도 모르겠다. 예전의 매기를 뒤로하고 새로운 사람, 과거에 집착하지 않는 사람이 될 수 있는 착륙지점에 도달하기를 애썼던 그 시절처럼. 몰타에서의 마지막 임무를 거절했더라면 좋았을 텐데. 대니와 함께 도망쳤더라면, 지금쯤 머리는 희끗해지고 얼굴에는 웃음 선이 더 깊게 새겨져 있을 텐데. 남미의 어딘가, 닭과 염소, 맨발의 아이들이 자유롭게 뛰노는 마을에서 우리가 함께 있는 모습을 상상해 보았다.

　그런 상상을 뒤로하고 나는 저택의 정문을 나섰다. 음악과 웃음소리를 뒤로하고 언덕을 내려와 차가 있는 곳으로 향했다. 물집이 잡힌 채 하이힐을 신고 자갈길을 내려가면서 순간 하이힐을 벗어 던져버리고 싶은 충동을 느꼈다. 마침내 페라리 뒤에 주차된 나의 렌터카에 도착해 열쇠를 꺼내 차 문을 열었다.

　그때 도로 위의 자갈이 덜커덕 거리는 소리가 들렸다. 누군가 내 바로 뒤에 서있었다.

　나는 돌아서서 다이애나가 나의 가슴에 총을 겨누고 있는 모습을 보았다.

　"안녕, 매기. 여기서 만나다니 정말 놀라운 일이야."

　"총 내려놔, 다이애나. 우린 같은 편이야."

　"우리가?" 그녀는 나의 차를 향해 고개를 까딱했다. "차에 타고 운전이나 해."

33장

-

    교회는 내가 다이애나 워드의 은신처로 사용될 거라고 전혀 생각하지 못한 장소였다. 다이애나는 울퉁불퉁한 언덕길을 따라 길을 안내하고 결국은 언덕 위에 있는 낡은 석조 건물로 나를 데려갔다. 헤드라이트 불빛에 비친 건물은 유리창이 군데군데 깨지고 벽을 타고 올라간 덩굴이 엉켜있었다. 시동을 끄자 온 세상이 깜깜해졌다. 이 언덕에는 이 건물 외에는 집도 불빛도 없었다. 목격자도 없었다.

    다이애나는 정문으로 들어가지 않고 옆문으로 나를 이끌었다. 그녀는 이곳에 오랫동안 숨어 지냈던지 교회 구조에 익숙해 보였다. 다이애나가 등유 랜턴을 켜자 이곳이 오랫동안 예배 장소로는 사용되지 않았음을 알 수 있었다. 의자는 흩어지고 부서져 있었고 스테인드글라스 창문의 일부는 깨져 있었으며 거미줄이 여러 곳에 비단 커튼처럼 매달려 있었다. 제단이 있던 자리 근처에는 배낭과 샌드위치의 잔해, 반쯤 비어 있는 와인 한 병이 놓인 작은 테이블이 있었다. 오랫동안 버려진 건물이 분명하고 실비아와 그녀의 방문객을 감시할 수 있을 정도로 충분히 가까운 거리에 있는 만큼, 유용한 은신처 역할을 할 수 있었다. 물론 다이애나도 나와 같은 이유로 이곳 코모에 온 것이리라. 다이애나는 하드윅이 살아 있고 실비아가 그의 행방을 알고 있다고 믿고 있을 것이다.

교회 안은 쌀쌀했다. 다이애나는 검은색 청바지에 양털 재킷을 입었지만 나는 실크 이브닝드레스와 얇은 숄만 걸치고 있었다. 그녀는 총을 내려놓지 않았고 총구는 마치 비난하는 눈처럼 나를 응시하고 있었다.

"코모에는 왜 온 거지?" 다이애나가 물었다.

"같은 이유겠지. 실비아가 하드윅이 어디 있는지 말해줄 것 같아서."

"누가 보낸 거지?"

"네가 보낸 거지. 어떤 면에선."

"지금 장난하는 거야?"

"메인주에 있는 내 집에 정보국 직원이 찾아왔어. 당신이 사라졌는데, 곤경에 처해 있을지도 모른다고 하더군."

"그럼 당신이 날 도우러 여기까지 왔다는 얘기야?" 그녀의 히스테리적인 웃음소리가 거대한 석조 교회에 울려 퍼졌다. "매기가 구하러 왔다!"

"난 너한테 무슨 일이 생기든 상관없어. 하지만 개빈이 죽었어. 며칠 전 방콕에서 암살당했어. 나도 그 순간 그곳에 있었고. 다음 타깃은 당신과 내가 될 거야."

다이애나의 손은 미동도 없이 여전히 날 겨냥하고 있었다. "개 빈이 왜 이런 일들이 벌어지는지 당신에게 말해줬어?"

"하드윅이 살아있을 가능성을 얘기했어. 몰타 작전에 대한 복 수."

다이애나는 이 말에 그다지 놀라지 않았다. "개빈의 주장에 대 해 사실을 확인해 봤어? 그가 살아있는지?"

"정보국은 그렇게 생각하고 있어."

"증거는?"

"하드윅의 계좌에서 돈이 빠져나가고 있어. 그것도 아주 큰 금 액이. 계좌의 암호는 그 사람만이 알 수 있지."

마침내 다이애나는 총을 내렸다. 그녀는 머리를 빗질하지 않 은지 오래된 것 같았고 뺨은 움푹 파였다. 그녀의 얼굴에서 부족 한 수면과 엄청난 두려움을 느낄 수 있었다. 그녀는 앞뒤로 왔다 갔다 하며 흥분한 듯 보였고, 내가 여기에 서 있다는 사실은 더 이상 신경 쓰지 않는 것 같았다. 더 이상 나에게 총을 겨누지 않 고 있다는 것에 안도할 뿐이다.

"우리는 하드윅을 무력화할 방법을 찾아야 해. 힘을 합쳐야 해." 다이애나가 말했다.

"몰타에서 그랬던 것처럼?" 나는 쓴웃음을 지었다. "내가 널 믿을 수 있을 것 같아?"

"우리가 함께 시라노를 무너뜨렸다고, 안 그래?"

"그리고 네가 내 남편을 죽였고."

다이애나는 걸음을 멈추고 나를 바라보았다. 그러고는 금방 고개를 돌렸다. "그건 안타까운 일이었지. 우리가 막을 수 있었다면 좋았을 텐데." 그녀는 아무렇지 않다는 듯 말했지만 방금 전 그녀의 눈빛에서 진실의 조각을 엿볼 수 있었다. 나에게서 얼굴을 돌리기 직전 죄책감의 섬광.

"다이애나, 네가 막을 수 있었어."

"폭탄이 터질 거라는 사실을 알 방법이 없었…"

"개빈이 진실을 말했어. 넌 몇 시간 전에 러시아가 반격할 거라는 걸 알면서도 내게 경고할 생각도 하지 않았지. 대니를 태운 비행기가 이륙하도록 내버려두었고."

"메시지의 위협은 구체적으로 특정되지 않았어."

"조치를 취하기에는 충분히 명확한 메시지라고 생각하는데."

"나는 확신할 수 없었어."

"아니, 넌 그냥 신경 쓰지 않았을 뿐이야!" 나의 반복되는 고통의 비명, 오랫동안 참아왔던 비명의 소리가 내게 메아리로 돌아왔다. 마지막 메아리가 사라지고 잠시 우리는 말없이 서로를 응시했다.

그때 교회 안의 정적을 깨뜨리는 굉음이 들려왔다. 엔진의 으르렁거리는 소리였다.

두려움과 놀람으로 다이애나의 턱이 일그러졌다. "그들이 우릴 따라왔어. 젠장, 그들은 널 미행했던 거야." 그녀는 랜턴을 끄고 배낭을 집어 들었다. 깨진 창문 너머로 멀리 떨어진 마을에서 희미하게 비치는 불빛이 유일하게 어둠을 조금이나마 밝혀주었다.

"총 더 있으면 이리 줘봐." 어둠 속에서 웅크린 채로 나는 속삭였다.

"닥쳐."

"놈들이 우릴 죽이러 온 거라면 그들을 막는 걸 내가 도와야 할 거 아냐. 총 이리 줘."

다이애나는 잠시 자신의 선택지를 고려해 보고는 이내 내가 옳다는 것을 깨달았다. 그녀가 가방에서 권총을 꺼내 내 손에 쥐어주었다. 9mm. 나의 믿음직한 발터 권총은 아니지만 이 정도면 충분했다.

누군가 현관문을 덜컹거렸지만 문은 잠겨 있었다. 혹시 교회 관리인일지도 모른다. 신이시여, 누군가 자기 건물에 쪼그리고 앉아 무엇을 하고 있는지 살피러 온 그저 무해한 노인이기를. 그때 침입자의 욕설과 함께 나무가 쪼개지는 소리가 들렸다. 세 번 정도 발로 차자 문이 날아갈 듯 활짝 열렸다. 안으로 들어서는 두 남자의 실루엣이 보였다. 그리고 곧 한 명의 실루엣이 추가되었다.

다이애나는 망설이지 않았다. 다이애나는 재빨리 네 발을 적을 향해 쏘았다. 고통스러운 신음이 들리더니 곧 반격이 시작되었다. 총알이 내 얼굴을 아슬하게 스쳐 지나 테이블 위의 와인병을 깨뜨렸다.

다이애나는 두 발을 더 발사하고 어둠 속으로 더 깊이 숨어들었다. 물론 난 그 자리에 남아 침략자들과 홀로 맞서게 했다. 그게 다이애나의 작전 방식이었다. 그녀는 이 교회의 구조를 알고 있기 때문에 몸을 숨길만한 곳을 알고 있지만, 내가 할 수 있는 거라곤 그녀가 방어 가능한 위치로 날 잘 인도해 주기를 바라는 것뿐이다. 시끄러운 소리를 내는 하이힐을 벗어버렸다. 어둠 속에서 사라지는 그녀의 그림자만 보이고 있다.

총알이 벽에 튕겨 나갔다. 벽의 파편이 나의 뺨을 찔렀다. 남자들이 전진하고 있었다. 그때 누군가 의자에 부딪히는 소리가 들려 나는 소리가 나는 곳을 향해 맹목적으로 세 발을 쏜 다음 다이애나를 쫓아 달려갔다.

다이애나는 유일한 퇴로를 선택했다. 종탑으로 올라가는 원형 계단이었다. 계단을 따라 오르기 시작했을 때 발바닥이 튀어나온 못을 밟았다. 통증에 몸이 움찔거렸으며, 나는 비틀거리며 계단을 계속해서 올라갔다. 계단은 너무 좁았고 구불구불해서 어느 방향에서 사격을 하든 정확한 조준을 하기는 힘들 것이다. 우리의 유일한 희망은 정상까지 올라가서 침입자들이 계단에서 올라서는 순간 그들을 사살하는 것이다. 나는 종탑으로 올라가는 마지막 계단을 거의 기어 올라갔다. 다이애나는 몸을 잔뜩 웅크리고 있었다. 마을에서 비치는 희미한 불빛은 그녀의 긴장된 얼굴과 손에든 총의 미광을 비추었다.

나는 그녀의 옆으로 가 우리가 함께 맞서야 할 침입자들을 기다렸다. 이제 선택의 여지가 없었다. 내가 그토록 혐오하는 이 여자와 함께 싸워야 했다.

심장이 쿵쾅거리는 소리에 맞춰 계단을 오르는 발자국 소리가 들려왔고, 서서히 그림자가 시야에 들어왔다.

다이애나와 나는 동시에 총을 쏘았고 총알은 벽에 박혔다. 비록 이게 우리의 마지막 저항이지만 지금의 형세는 우리가 우위에 있었다. 여기서 놈들을 막을 수 있을 것이다.

그리고…… 나는 총알이 떨어졌다.

총알이 내 옆을 스쳐 지나갔다. 나는 총알을 피하려 옆으로 다이빙을 했고 어깨가 바닥에 부딪혔다. 나는 다시 몸을 웅크리고 다른 탈출구를 찾기 위해 미친 듯이 살폈지만, 이곳 종탑에서 벗어날 수 있는 유일한 방법은 난간을 뛰어넘어 주차장으로 급강하하는 것뿐이었다.

이렇게 끝나는 건가. 16년 전의 결정으로 대니와 나를 마지막 순간으로 밀어 넣었던, 내 인생을 파괴한 여자와 함께 이렇게 맨발로 궁지에 몰린 채.

나는 총을 내려놓았다. 나는 사후 세계를 믿지 않으며, 영웅적인 죽음을 맞이해 발할라(북유럽 신화에 나오는 전투에서 죽은 전사들이 머무는 곳-옮긴이)에 한 자리를 차지하고 싶지도 않았다. 나는 무의미한 투쟁이 고통을 연장할 뿐이라는 걸 알고 있었고 받아들임을 선택했다. 하지만 다이애나는 아직 죽을 준비를 마치지 못한 것 같았다. 그녀는 내 옆에서 조심히 움직이며 낮고 당황한 목소리로 말했다.

"지금 뭐 하자는 거야? 총을 왜…"

"총알이 없어. 다 끝났어, 다이애나."

"아니, 아니, 아직은 아니야."

그녀는 코브라처럼 빠른 속도로 내 목에 팔을 걸고 일으켜 세웠다. 그녀가 나를 뒤로 젖혀 자신의 가슴에 밀착시키자 나는 균형을 잃었다. 나는 다이애나의 방패가 되어 나의 살과 뼈로 총알에 맞서는, 또다시 그녀의 희생양이 되었다. 마지막까지도 다이애나는 다이애나였다. 그녀의 총알도 곧 떨어질 것이기에 이런다고 해서 결과가 달라질 것도 없었다.

두 남자의 실루엣이 어른거렸다. 다이애나는 뒤로 물러서며 나를 끌어당겼고 종탑 난간에 부딪히는 순간 더 이상 물러날 곳이 없다는 걸 깨달았다.

"거래!" 다이애나가 외쳤다. "나는 협상을 할 용의가 있어!" 그녀는 다시 이탈리아어로 그들에게 외쳤다.

남자들은 아무 말도 하지 않았고 그들의 무기도 내려놓지 않았다.

"돈이 있어. 2천만 달러를 주겠어! 모두 당신들 거야. 날 보내주기만 하면 돼!" 다이애나가 필사적으로 말했다.

'다이애나에게 2천만 달러가 있다고?'

죽음의 문턱에 서 있는 지금조차도 다이애나의 저 말에서 뭔가의 반전을 확인하는 것 같았다. 퍼즐의 조각들이 제자리에 맞춰지는 느낌이었다. 하드윅의 암호를 알고 있는 누군가에 의해 하드윅의 계좌에서 수백만 달러씩이 빼돌려진 것에 대해 생각했다. 하드윅이 기억력 감퇴에 의해 숫자와 이름, 날짜를 기억하는 데 어려움을 겪었던 사실도 떠올랐다. 순간 모든 것들이 한꺼번에 머릿속을 파고들었다. 그럼 그는 어디에 비밀번호를 적어두었을까? 자신의 노트북이나 휴대폰 등 쉽고 빠르게 접근할 수 있는 곳에 적어두었을 것이다.

아니면 그때 그 썸드라이브. 다이애나에게 복사하라고 준.

또 다른 퍼즐 조각이 제자리를 찾았다.

다이애나는 암호를 손에 넣었지만 하드윅이 살아 있는 한 그것을 사용할 수 없게 된다. 하드윅이 자신의 계좌에서 돈이 사라지는데 가만히 있을 리가 없기 때문이다. 그래서 그를 제거해야 한 거라면? 다이애나는 하드윅이 죽기를 바랐고, 가장 손쉬운 방법은 러시아가 그를 복수하도록 내버려두는 것이었다. 그래서 다이애나는 하드윅의 비행기가 그대로 이륙하도록 내버려두었고, 죽음을 향해 날아가는 비행기 안에 누가 함께 있던 상관하지 않았다.

계단에서 또 다른 발소리가 울려 퍼졌다. 사형 집행인이 다가오는 듯 암울한 리듬으로 서두르지 않고 일정한 속도로 계단의 끝에 다다르고 있었다.

"2천만 달러라고!" 다이애나가 절규하듯 말했다. 거래를 성사시켜야 한다는 절박함 때문인지 나를 붙잡은 힘이 느슨해졌다. 나는 때를 놓치지 않고 그녀의 손아귀에서 벗어나 그녀에게서 달아났다. 다이애나는 방패막이를 잃고 그들에게 노출된 채 서 있었다.

"이 돈은 당신들이 평생 동안 볼 수 없을 만큼 많은 돈이야." 다이애나가 말했다. "저 여자를 잡아가든 죽이든 상관없으니까, 나만 그냥 보내주면 돼. 내가 바로 돈을…"

소음기의 슉, 하는 소리와 함께 다이애나는 얼어 붙었다. 그녀의 머리가 뒤로 젖혀지고 몸이 종탑의 난간에서 위태하게 휘청거렸다. 몇 번의 헐떡임과 함께 다이애나는 그곳에서 균형을 잡으려 애썼지만 그녀의 척추가 난간 위로 아치형으로 뻗어갔고, 이내 중력의 작용을 버티지 못하고 난간을 넘어 어둠 속으로 떨어졌다.

그녀가 땅으로 착지하는 모습을 보진 못했지만 충격음은 그대로 공기를 타고 올라왔다. 살과 뼈가 콘크리트 바닥에 부딪히며 나는 둔탁한 소음이었다.

34장

—

계단 앞의 어둠 속에서 한 피사체가 서서히 모습을 드러냈다. 필립 하드윅이 나타나리라 생각했지만 그 피사체의 모습은 여성의 몸으로 변해갔다. 남자들은 그녀가 지나갈 수 있도록 옆으로 물러섰다. 그녀는 바로 다이애나가 떨어진 난간으로 가 아래를 내려다보았다. 그 소녀를 마지막으로 본 지 16년이 지났지만 나는 그 소녀의 풍성한 엉덩이와 둥근 어깨의 경사를 알아볼 수 있었다. 달빛 아래에서 산들바람에 흩날리는 황갈색 머리카락의 반짝임이 눈에 들어왔다.

"다이애나가 우리에게 주려던 게 돈이 아니었네." 벨라는 그렇게 말하고는 나를 돌아보았다. 방금 전 다이애나를 죽이는데 사용한 총을 손에 들고 있었고, 이제 그 총은 나를 겨누고 있었다. "그건 바로 당신이었군."

"벨라……. 어떻게 이런 일이 가능하지?" 내가 중얼거리듯 말했다.

"엄마. 엄마가 아니었다면 난 살아있지 못했을 거예요."

"비행기에 타지 않았구나."

"엄마는 앨런 할로웨이의 급습 소식을 듣고는 공항에 가지 못하게 했어요. 엄마는 아버지가 러시아와 위험한 거래를 하는 걸 알고 계셨죠. 그리고 그들이 무슨 짓이든 할 수 있다는 것도 알고 있었어요. 비행기가 추락했을 때 엄마는 그들이 끝까지 날 노릴 거라고 생각했어요. 그들을 배신하면 가족들까지 어떻게 되는지 본보기를 보여주려는 거죠. 그래서 엄마는 저를 자신의 비행기로 집으로 데려갔어요. 아르헨티나의 엄마 집."

"너가 살아있을 거라곤 상상도 못했어. 장례식에 네 엄마도 참석했었는데."

"장례식엔 꼭 참석해야 했죠. 그것도 게임의 일부였으니까. 엄마는 게임을 어떻게 해야 할지 알고 있었어요."

"지금까지 엄마와 함께 있었던 거구나."

"엄마가 죽는 날까지는요." 벨라의 목소리가 흔들리며 총구가 바닥을 향했다.

"세상에…… 유감이야, 벨라." 나는 우물거렸다. "네 엄마는 널 무척 사랑했어. 그녀는 널 위해 진심으로 최선을 다했어."

"당신과 달리 말이죠." 그녀의 총이 다시 한번 내 가슴을 향해 겨눠졌다. "마침내 그 파일을 손에 넣었을 때, 난 당신에 대한 진실을 알게 됐어요." 그녀의 목소리가 유리 조각처럼 날카로웠다. "그리고 당신이 한 짓도."

"난 정말 네 친구였어."

"친구?" 그녀의 웃음소리는 컸고 이내 쓸쓸한 표정을 지었다. "당신은 날 이용했어요. 당신은 날 죽음으로 내몰았던 거야."

"나도 그 비행기에 탑승하기로 되어 있었잖아! 나 역시도 일행들과 함께 추락할 운명이었던 거야."

"하지만 탑승하지 않았잖아요, 안 그래요?"

"내 남편이 타지 못하게 했던 거야. 내가 사랑했던 남자. 생각해 봐, 비행기가 추락할 줄 알았다면 내가 남편을 보내줬겠어?"

긴 침묵이 흘렀다. "아니었겠죠……." 벨라가 마침내 중얼거리듯 말했다. 그리고 난간으로 다시 몸을 돌려 주차장을 내려다보았다. "맙소사, 내가 너무 어리석었어요."

"넌 겨우 열다섯 살이었어. 넌 네 아버지가 진짜 어떤 사람인지 몰랐어."

"난 아버지에 대해 말하는 게 아니에요. 당신에 대해 말하는 겁니다. 당신이 누구였는지. 당신이 누구를 위해 일했는지 전혀 알지 못했죠. 그러다 아버지의 비밀번호를 아는 사람은 나밖에 없는데도 누군가가 아버지의 계좌를 털었다는 사실을 알게 됐어요. 아버진 그 번호를 왕국의 열쇠라고 불렀었죠. 아버지는 기억력이 좋지 않으셔서 나에게 그 번호를 외워두라고 하셨어요. 다른 누군가가 그 돈을 빼냈는데 난 전혀 알 수 없었어요. 시라노 작전에 대해 알기 전까지는요."

"어떻게 알게 됐지?"

벨라는 어깨를 으쓱했다. "돈으로 살 수 없는 건 없어요, 매기. 충성심, 접근권 모두요. 당신이 소중히 여기는 CIA에도 기밀을 팔려는 사람은 얼마든지 있어요." 벨라는 나를 정면으로 응시했다.

"당신이 마지막으로 살아남은 사람이군요. 마지막으로 남길 말은요?"

"어쩌다 우리가 이렇게 돼 버린 거지? 벨라, 어쩌다 이렇게 까지……."

"불가피한 일이었던 거예요. 난 그 명단을 알고 있어요. 그리고 그 명단을 어떻게 사용해야 하는지도 알고요. 나의 아버지에게 많은 것을 배웠죠."

"이건 진짜 네 모습이 아니야. 나는 너를 알고 있어. 난 그때 그 소녀의 친구가 되어서 기뻤어. 너가 믿든 안 믿든. 난 정말 그랬거든."

"그럼, 새로운 벨라에게 인사하세요. 어쨌든 결국엔, 전 아버지의 딸이잖아요."

나는 믿지 않는다. 그녀를 보고 있으면 필립 하드윅이 아니라 순진했던 열다섯 살 소녀의 모습이 보였다. 그리고 나에게 목숨이 달린 또 한 명의 순진한 소녀가 떠올랐다.

"이 모든 게 끝이 나면 캘리를 놓아줄 거니?"

"그 여자애?"

"걘 이제 겨우 열네 살이야."

"그 애가 어떻게 되든 그게 정말 중요한 문제인가요?"

"'목숨엔 목숨으로.' 내가 죽으면 그 소녀는 살게 되는 거잖아. 그게 너가 나에게 요구 한 것 아니야? 그래서 거래를 하러 온 거야. 그 소녀를 위한 내 목숨을."

잠시 벨라는 나를 바라보았고, 난 그녀의 소녀 시절을 기억했다. 외롭고 어색하고 자신의 위치를 확신하지 못하던 소녀. 이제 벨라는 자신의 자리를 찾은 것 같았다. 아버지의 비극적 죽음은 그녀를 자신감 넘치지만 분노에 찬 복수의 화신으로 만들었다. 하지만 내가 무슨 자격으로 벨라를 비난할 수 있겠는가? 나는 그녀의 아버지를 무너뜨리고 여섯 명의 목숨을 앗아간 작전의 일부였고, 그 중 한 명은 나의 남편이었다. 바로 그 작전이 벨라의 삶도 파괴한 것이다. 내가 알던 소녀는 사라졌고, 그 책임을 나는 회피할 수 없다. 죄책감에서 벗어나려고 노력했지만, 죄책감으로부터 도망칠 수 없었다. 무덤까지 가지고 가야 할 것이다.

나는 자세를 똑바로 하고 섰다. 난 준비됐어. "모든 게 미안해, 벨라. 이런 말을 한다고 해서 달라질 건 없겠지만 진심으로 미안해."

벨라는 내 머리에 총을 겨누었다.

난 벨라의 눈을 바라보며 기다렸다. '이제 가고 있어, 대니. 거의 다 왔어.' 몇 초가 지났지만 나는 여전히 선 채로 있고 여전히 그녀를 바라보고 있었다. 나는 벨라에게 진정한 내가 누구인지를, 그녀를 헤치려 한 적이 단 한 번도 없는 그녀의 친구였다는 걸 알게 해주고 싶었다. 그녀 만큼이나 깊고 파괴적인 상실을 겪은 친구라는 걸.

벨라는 남자들에게 돌아서며 말했다. "내려가 있어. 우리 둘만 있고 싶어."

잠깐의 망설임 끝에 그들은 계단의 어둠 속으로 사라졌다.

벨라는 천천히 총을 내려놓았다. 그리고 난간으로 이동해 아래에 누워있는 다이애나의 시신을 내려다보았다. "그녀는 기꺼이 당신을 죽이려 했어요."

"다이애나는 나의 친구였던 적이 없어."

잠시 정적이 흘렀다. 그녀가 나를 쳐다보고 있지 않는 지금이 그녀를 공격해 총을 빼앗을 기회이겠지만 그럴 수 없다는 것을 잘 알고 있다. 다시 그녀를 배신할 용기가 나지 않았다.

"목숨엔 목숨으로." 벨라가 부드럽게 말했다. 그녀는 나를 향해 고개를 돌렸다. "매기, 당신은 나에게 다이애나 워드를 데려왔어요. 그걸로 빚은 갚은 셈이죠."

"벨라……."

"안녕, 매기 아줌마. 다시는 만나지 않기를……." 벨라는 돌아서서 계단을 타고 어둠 속으로 사라졌다. 벨라의 계단을 내려가는 소리가 메아리처럼 들려왔다.

갑자기 다리에 힘이 풀리고 후들거렸다. 나는 바닥에 주저앉아 추위가 아닌 오늘 밤 일어난 모든 일의 충격으로 몸을 부르르 떨며 웅크리고 있었다. 죽음이 다가와 귓가에 죽음의 숨결까지도 느껴졌지만, 아직 내가 여기에 살아있다는 사실이 놀랍기만 했다. 지금 이 순간부터 내가 내뱉을 모든 숨결들을 당연히 여기지 않기를. 내가 결코 받을 자격이 없는 선물이기에. 얇은 드레스 사이로 한기가 스며들고 딱딱한 바닥에 뼈가 쑤셔왔다. 하지만 이런 불편함을 느낀다는 것 자체가 내가 살아있다는 것을 의미하기에 축복으로 느낄 수밖에.

나는 몸을 일으켜 난간에서 아래를 내려다보았다. 벨라와 부하들이 교회에서 나와 다이애나의 시신을 지나쳐 차를 향해 걸어가는 것이 보였다.

"캘리는 어떻게 할 거야!" 나는 아래를 향해 외쳤다.

벨라는 잠시 멈춰 위를 올려다보았지만 대답은 하지 않았다.

"벨라, 빚은 갚은 셈이라고 했잖아!" 내가 외쳤다. "그 애는 아무 잘못이 없어!"

벨라는 뒷좌석에 올라탔고 차는 출발했다.

아직 불안정한 상태의 나는 천천히 계단을 내려왔다. 신발이 어디 있는지 자동차 열쇠가 든 지갑이 어딨는지 찾을 수 없었다. 마을까지 맨발로 걸어야 하는 길은 불편하고 두렵기까지 했다.

하지만 더 심한 상황도 겪어냈던 나였다.

교회 정문이 활짝 열려 있었다. 나는 달빛이 비치는 정문으로 비틀거리며 걸어갔다. 정문에 다다르자 그곳에 신발과 지갑이 내가 잘 찾을 수 있도록 가지런히 놓여있었다. 벨라가 나에게 베푼 마지막 자비의 몸짓이었다. 나는 지갑을 집어 들었을 때 무게의 차이를 느낄 수 있었다. 지갑을 열어보니 휴대폰 하나가 들어있었다. 벨라는 우리 사이에 연락 가능한 통로를 열어두었다. 나는 이 휴대폰이 내가 생각하는 그 목적을 위한 것이기를 바랄 뿐이었다.

나는 주차장으로 가서 피로 검게 얼룩진, 자갈 위에 엎드려 있는 시신을 마주했다. 이마에 뚫린 총알구멍은 그녀가 건물에서 뛰어내린 자살이 아님을 경찰에게 알려줄 것이다.

경찰이 다이애나의 시신을 발견하기 전에 여기서 멀리 떨어진 곳으로 달아나야 했다.

나는 렌터카에 올라타 다이애나를 남겨두고 차를 몰고 떠났다. 다시 한번, 나는 죽은 자를 뒤로하고 떠났다.

밀라노에 도착했을 때 동이 막 트고 있었다. 나는 곧장 말펜사 공항으로 가서 옷을 갈아입고 카페에 자리를 잡고 런던을 경유해 보스턴으로 가는 비행기를 타기까지의 4시간을 기다렸다. 아드레날린은 사라졌고 피로로 인해 온 사지가 늘어졌다. 내가 젊었을 때는 48시간을 자지 않고도 일할 수 있었다. 에스프레소를 연달아 주문하고 잠들지 않기 위해 애를 썼다. 가방에 넣어둔 대포폰을 확인하고 또 확인하며 기다렸지만 메시지는 들어오지 않았다.

아무것도 없었다.

다이애나의 시신은 발견되었을지, 현지 경찰은 어떤 결론을 내릴지 궁금했다. 폭도들의 살인? 강도? 연인 간의 치정극? 복수? 모든 가능성이 타진될 것이지만 진정한 이유를 경찰은 결코 알지 못할 것이다. 보이는 것의 절반도 이해하지 못할 그들의 빈곤한 상상력이 안타까울 뿐이다.

목숨엔 목숨으로. 난 벨라에게 거래의 목표물을 전달했다. 이젠 벨라가 나에게 전달해 줄 차례이다.

에스프레소를 모두 마시고 일어섰다. 2시간 후에 첫 비행기가 이륙한다. 이제 집에 가서 캘리를 구해야 할 시간이다.

✳

로건 공항에서 퓨리티까지 북쪽으로 4시간을 달려 드디어 마을의 외곽에 도착하니 밤 11시가 되었다. 마을의 경계선을 넘자마자 기다리던 문자 메시지 알람이 울렸다. 어떻게 했든 벨라는 내가 집에 가까워졌다는 걸 알고 있었다. 그렇다면 내가 밀라노에서 런던으로, 보스턴으로, 지금은 북쪽으로 차를 몰고 메인주를 향하고 있는 모든 나의 행적을 추적했다는 얘기가 된다. 그런 생각이 들자 불안한 마음이 들었다. 불안한 마음은 들었지만 두렵지는 않았다. 벨라가 날 죽이려 했다면 이미 코모에서 충분히 죽일 수 있었으니까.

나는 휴대폰을 들여다본 순간 피로가 한꺼번에 증발해 버리는 느낌을 받았다. 거의 48시간을 깨어 있었지만 화면에 표시된 문자를 보고 나니 뼛속까지 지쳤던 몸에 아드레날린이 솟구치는 걸 느꼈다.

나는 가속 페달을 밟았다.

15분 후, 나는 코너 로드의 길가에 버려진 집 앞에 서 있었다. 전에도 이 집을 여러 번 지나친 적이 있었다. 하지만 잡초와 나무들이 너무 무성해서 건물 자체의 모습을 보기는 어려웠다. 손전등을 비추니 페인트는 벗겨지고 현관은 썩어가고 있었다. 오랫동안 아무도 살지 않았다는 것을 한눈에 알 수 있었지만 진입로에 쌓여있는 눈 위에는 새 타이어 자국이 보였다.

그때 나는 연기 냄새를 맡았다. 누군가가 불을 피웠다.

현관 계단을 오르는데 가슴이 두근거렸다. 나 자신이야 어떻게 되든 두렵지 않았지만 집 안에서 무엇을 발견하게 될지가 날 두렵게 했다. 현관문을 밀었더니 경첩이 삐걱거리고 이내 문이 활짝 열리며 내부의 어둠이 드러났다.

"캘리?!" 나는 안을 향해 외쳤다.

바깥은 영하 10도의 날씨지만 집 안은 아늑하다는 생각이 들 정도로 따뜻했다. 손전등으로 가구 하나 없는 거미줄이 곳곳에 매달린 텅 빈 거실을 샅샅이 살펴보았다. 손전등의 불빛이 벽난로 앞에서 멈추었고, 거기엔 너저분하게 흩어져 있는 재만이 보일 뿐이었다. 가까이 다가가 벽난로 둘레 부분을 만져보았지만 따뜻한 기운을 느끼지 못했다.

하지만 집 안은 따뜻했다. 어디서 따뜻한 기운이 나오고 있는 걸까?

거실에서 부엌으로 걸어가는데 바닥이 삐걱거렸다. 손전등을 비추니 낡은 소나무 조리대, 문이 처진 캐비닛, 갈색으로 얼룩진 싱크대가 보였다. 그리고 구석에 자그마한 장작용 난로가 놓여있었다. 가까이 다가가자 열기가 느껴지고 구석에 장작이 쌓여있는 것이 보였다. 누군가가 집을 따뜻하게 데우고 있었던 것이다.

"캘리?"

소리가 너무 희미해서 거의 놓칠 뻔했다. 근처 어딘가에서 우는 듯한 소리가 들렸다. 고개를 돌리자 손전등 불빛이 식료품 저장실 문에 닿았다.

나는 문을 열기 전에 이미 캘리가 그곳에 있다는 걸 알았다. 캘리가 안전하다는 것도. 문을 열고 안을 비추니 의자에 묶여 입에 테이프가 붙여진 채 캘리가 앉아있었다.

캘리를 풀어주자마자 소녀는 마치 문어마냥 팔과 다리로 나를 꼭 껴안았다. 캘리는 바지가 젖어있었고 땀과 오줌, 연기 냄새가 배어있었지만 살아 있었다.

"올 줄 알았어요!" 캘리가 부르짖었다. "아줌마가 올 줄 알았어요. 그냥 그럴 것 같았어요!"

"당연히 와야지. 여기 있어, 아가야." 나는 캘리를 꼭 끌어당겼고 캘리가 내 품에 안겨 흐느끼자 나도 울기 시작했다. 정말 오랫동안 울음이란 걸 잊고 살았는데 한번 터지기 시작하니 멈출 수가 없었다. 캘리를 위해 울었고, 나로 인해 고통받은 모든 이들을 위해 울었다. 도쿠와 그의 가족, 개빈과 벨라 그리고 대니를 위해서.

그 누구보다도 대니를 위해서······.

"할아버지가 보고 싶어요." 캘리가 말했다. "집에 가고 싶어요."

"그래 그렇게 할 거야." 나는 팔로 캘리의 허리를 감싸고 일으켜 세웠다. "하지만 아직은 아냐."

35장
-
조

조는 곧바로 2층 병동 데스크로 향했다. "캘리 윤트는 어디 있죠?" 그녀가 간호사에게 물었다.

"그 아인 201호에 있어요. 하지만 의사 선생님께 먼저 연락을⋯ 이봐요, 그냥 들어가시면 안 돼요! 잠깐만요!"

조는 이미 복도를 따라 201호실로 향하고 있었다. 그녀는 두 번 힘차게 노크를 하고 방으로 밀고 들어갔지만 문턱 바로 앞에서 멈춰 섰다.

소녀는 침대에서 곤히 잠들어 있었다.

방에는 희미한 스탠드 램프 하나만 켜져 있었고, 조는 어둠 속에서 침대 옆 의자에 구부정한 자세로 앉아있는 루터 윤트를 보았다. 그는 파자마 상의를 입고 있었고 머리는 빗지 않았는지 하얀 머리카락이 소용돌이치고 있었다. 조와 마찬가지로 그도 소식을 듣고 바로 이곳으로 달려왔을 터였다. 윤트는 눈을 크게 뜨고는 조를 노려보았다.

"지금은 안 돼요. 캘리는 쉬어야 해요." 그가 조용하지만 단호하게 말했다.

"어디서 발견됐죠? 어떻게 여기로 온 거죠?"

"나중에. 조, 당신이 알아야 할 것은 캘리가 지금은 괜찮다는 사실이에요. 그들은 캘리를 해치지 않았어요."

"누가 저 아일 해치지 않았다는 거죠?"

"나머지는 매기가 말해줄 거요. 그녀와 얘기해 보세요."

"매기는 어디 있는 거죠?"

"방금 떠났어요. 지금 가면 만날 수 있을지도 모르겠네요."

'당연히 잡아야지.'

조는 계단을 따라 로비로 내려가 병원 출입구를 나와 주차장으로 달려갔다. 멀리 떨어진 곳에서 그녀가 자기 픽업트럭의 문을 열고 있는 것을 발견했다.

"매기!" 조가 외쳤다. "매기 버드!"

매기는 고개를 돌렸고 조를 보자마자 한숨을 공중으로 날려보냈다. "제발, 지금은 안 돼요."

"아뇨, 지금요. 캘리를 발견했을 때 저에게 전화를 했어야죠."

"연락했잖아요. 그래서 지금 이곳에 있는 거 아닌가요?"

"캘리를 구하는 건 저희의 임무였어요."

"그리고 사이렌을 요란하게 울리며 나타났겠죠. 상황이 어떻게 돌아갈지 몰랐단 말입니다. 조심스럽게 구출해야 했어요."

"이제 우리는 범인을 체포할 기회를 잃어버리게 된 거예요."

매기는 고개를 저었다. "그럴 기회는 없었을 거예요. 날 믿어요. 캘리를 납치한 자들은 이미 여기서 사라진 지 오랩니다."

"그렇다면 그자들이 누군지 말해주실 건가요?"

"이름을 안다면 당연히 말해주죠."

겨울밤의 고요함 속에서 마주한 두 사람의 입김이 서로 소용
돌이치고 으르렁거리며 부딪혀 뭉게구름으로 떠올랐다. 같은 마
을에서 같은 공기를 마시며 살고 있지만, 매기는 메인주 퓨리티
의 익숙한 경계 너머의 다른 세계에서 온 이방인이었기에 둘 사
이에서는 항상 무언가 모를 간극이 존재했다. 언젠가는 친구가
되고 서로를 신뢰하는 사이가 될지도 모르겠지만 오늘은 그런 날
이 아님은 분명했다. 조는 아직 이 게임의 규칙을 이해하지 못하
고 있기에 지금으로썬 서로를 적수로 대할 수밖에 없는 셈이다.

"이번 납치 건은 어떻게 연관이 된 거죠? 당신은 나에게 말해
줘야 해요." 조가 말했다.

"지금 나에게 당장 필요한 건 내 침대예요." 매기는 트럭 문을
열고 운전석에 올라탔다. "내일 집으로 와요, 조. 제가 할 수 있는
건 모두 말해드릴 테니." 매기는 시동을 걸고 떠났다.

"내가 할 수 있는 것이라는 게 무슨 뜻이죠?" 조가 소리쳤다.

물론 대답은 없었다. 항상 그랬듯이 모호함만을 남긴 채.

조는 주차장에 홀로 서서 어둠 속으로 사라지는 미등을 바라
보았다. 상처 입은 나비가 하늘에서 떨어지듯 하얀 눈송이가 날
리고 있었다. 새벽 2시, 춥고 피곤했지만, 지금 내리는 눈은 곧 캘
리 윤트가 억류되었던 집의 타이어 자국들을 덮어버릴 지도 모른
다. 침대의 유혹이 있었지만 범죄 현장 보존, 증거 수집 등 해야
할 일이 많다. 그녀는 아주 똑똑한 스타일은 아니지만, 그녀에게

정말 중요한 것은 마을 사람들이 자신에게 중요한 일을 믿고 맡길 수 있다는 확신을 주는 것이었다. 그녀는 한숨을 내쉬며 차에 올라 늘 하던 일을 하기로 했다.

조 티보듀는 그녀의 일을 시작했다.

36장

–

벨라

그녀는 창가에 서서 정원을 바라보았다. 스코틀랜드의 시골구석에서 흔히 볼 수 있는 차갑게 조금씩 흩뿌리는 비가 다시 내리고 있었다. 그녀는 올해에는 봄이 일찍 올 것이라는 징후를 보고 있었다. 아직 2월이었는데도 수선화는 이미 초록빛 싹을 틔웠고, 3월이 되면 정원은 황금빛 물결로 넘실거릴 것이다. 지구는 빠르게 변하고 있었다. 유럽과 아시아의 강들은 말라서 물줄기만이 흐르고 있었고, 남미의 열대 우림은 불타고 있으며, 태평양에서는 산호섬들이 해수면 상승으로 사라지고 있었다. 세계 곳곳에서 새로운 혼돈이 벌어지고 있고, 이는 곧 돈을 벌 수 있다는 것을 의미했다. 그리고 그 돈으로 각 나라의 선거에 개입하고, 그 세력들은 오래된 증오, 새로운 증오를 부추기고 혁명의 불씨를 점화하게 될 것이다.

벨라는 어릴 적 정원을 좋아하지 않았지만 지금은 직접 정원을 가꾸면서, 생존이 결코 보장되지도 않고, 그늘에 숨어 자신을 추월하고 질식시킬 기회를 기다리는 경쟁자들이 있는 정글 같은 세계의 축소판을 보고 있다는 것을 깨달았다. 벨라가 아버지로부터 배운 기본 원칙은, 누군가가 항상 내 자리를 차지하기 위해 기다리고 있으므로 그를 상대로 우위를 점하기 위해선 필요한 모든 것을 해야 한다는 것이었다.

비록 그것이 열네 살짜리 소녀를 납치하는 것이었더라도.

그녀는 어머니가 이 전략을 승인하지 않았을 거라는 걸 알았지만 카밀라는 더 이상 이 세상에 존재하지 않았다. 6년 전, 그녀는 세상의 모든 돈으로도 치료가 불가능한 뇌종양으로 세상을 떠났다. 이제 벨라는 더 이상 어머니의 자비로운 조언에 얽매이지 않고 홀로서기에 나섰고, 세상이라는 게임의 테이블에서 자신의 자리를 지키기 위해 필요한 일들을 해냈다. 생존에 관한 한 그녀는 이미 최고의 스승이 있었던 셈이었다. 그녀는 스승이 닦아놓은 기반을 활용했고 자신만의 네트워크를 구축하기 시작했다.

벨라는 문을 두드리는 소리가 들리자 고개를 돌려 비서가 들어오는 것을 보며 말했다. "그래서 어떻게 됐죠?"

"그 아이는 퇴원했답니다. 할아버지와 함께 집으로 돌아갔습니다."

"우리 팀은요?"

"돌아오는 비행기에 탑승했습니다."

"그럼 지금 바로 결제하도록 하세요."

"알겠습니다."

비서가 나가고 벨라는 다시 창문으로 눈을 돌려 정원의 풍경을 바라보았다. 빗방울이 진눈깨비와 섞여 보도블록에 찰랑거리며 떨어지고 있었다. 벨라는 매기가 사는 곳에 지금 눈이 내리는지 궁금했다. 그녀는 지도에서 퓨리티를 찾아보았을 때 캐나다 옆의 메인주에 자리 잡고 있다는 것을 확인했다. 얼어붙은 북쪽 마을에서 은퇴 생활을 즐긴다는 사실이 의아했다. 벨라는 눈보라와 매서운 바람이 부는 겨울에는 제대로 생활이 힘든 곳의 풍경을 상상해 보았다.

매기는 살아있어서는 안 되는 존재였다. 그녀를 코모에서 죽였어야 했다. 벨라는 그 사형을 집행할 모든 준비가 되어 있었다. 하지만 매기의 머리에 총을 겨누고 그녀의 눈을 바라보던 그 순간, 방아쇠를 당길 수 없었다. 매기 역시 희생자에 불과했고, 그녀의 삶 역시 지중해 상공에서의 화염과 함께 산산조각이 났다는 사실을 깨달았기 때문이었다. 아버지라면 주저 없이 방아쇠를 당겼을 테지만 벨라는 그러지 않기로 했다.

어쩌면 그녀는 생각보다 더 어머니를 많이 닮았을지도 모른다.

'내가 당신에게 여분의 시간을 주었어, 매기. 당신을 다시 만나게 된다면 지금처럼 너그러울 수 있을지 장담할 수 없어.'

메인주 해안 외딴 마을의 매기와 아버지가 살아온 세상이었던 그림자와 익명의 세계에서 살고 있는 벨라. 둘은 서로 다른 세계에서 살면서도 이제는 서로의 존재를 확실히 인지하고 있다. 벨라는 두 사람이 다시 만날 수 있을 가능성은 거의 없을 거라고 생각했다. 열다섯의 벨라는 비록 어눌한 십대였을지는 몰라도 결코 어리석거나 무지한 아이는 아니었다. 벨라는 아버지가 가르쳐주는 교훈을 새겨듣고 배우고 흡수했다. 그녀는 생존을 위해 무엇이 필요한지 알게 되었고, 그 교훈들은 지난 몇 년간 다이애나 워드가 훔친 돈을 되찾고 촉수를 펼쳐 권력을 공고히 해오는데 큰 도움이 되었다.

과연 매기를 살려둔 게 실수였을까? 아버지가 살아계셨다면 매기를 그냥 내버려둔 그녀를 꾸짖었을 것이고, 언젠가는 나약하고 감상적이었던 그 순간을 후회할지도 모른다. 하지만 만약 그 일이 실수라고 하더라도 그녀가 충분히 해결할 수 있는 실수였다.

'난 네가 어디에 살고 있는지 알아, 매기. 난 언제든 나의 마음을 바꿀 수 있어.'

37장
–
매기

다섯 명이 식탁에 둘러앉으니 삶이 정상으로 돌아온 것 같았다. 오후 5시에 잉그리드와 로이드가 오븐에서 만든 아직 따뜻한 무사카가 담긴 접시를 들고 예고 없이 가장 먼저 집으로 찾아왔다. 10분 후 벤이 페르시아 밥과 양고기를 들고 도착했고, 이어서 데클란이 강낭콩과 아몬드를 들고 들어왔다. 가장 절친한 네 명의 친구들과 음식들은 예상치 못한 방문이었지만 너무 반가웠다. 머리를 맞대고 다 함께 모여 각자의 요리와 가십을 나누는 정상적인 삶이 오늘은 유독 고맙게 느껴졌다. 방콕과 코모호수는 이제 나에게는 마치 악몽을 꾼 것처럼 멀게만 느껴졌다.

하지만 그런 일들은 실제로 일어났고 다이애나는 죽음을 맞이했다. 데클란의 소식통에 따르면, 코모 경찰 당국은 머리에 총상을 입은 채 교회 주차장에 버려진 미국인 여성의 시신은 이 지역 갱단의 은신처에 우연히 들어온 불운의 대가라고 결론지으려는 것 같다고 했다. 진실을 파헤치려면 너무 많은 노력이 필요로 하기 때문에 그들은 아마도 그 가설을 고수할 것으로 보인다고도 했다. 보통 그렇듯이.

"이제 해결해야 할 새로운 문제가 생겼어요." 벤이 말했다.

"그게 뭐죠?" 잉그리드가 말했다.

"벨라 하드윅. 어떻게 해야 하죠?"

모두들 나를 바라보았다. 나는 지금의 진짜 벨라를 경험했고, 상실감과 슬픔에 담금질 되어 내 머리에 총을 겨누기 이전의 생애도 아는 유일한 사람이기 때문에. 벨라는 나를 종탑에서 죽일 수 있었고, 또 내가 죽기를 바랄 만한 모든 이유가 있었다. 하지만 그녀는 나를 내버려두고 떠나는 걸 선택했다. 나는 벨라의 내면 깊숙한 곳에, 상처가 묻혀있는 그녀의 몸 조직 속에 아직은 내가 한때 알고 좋아했던 열다섯 살 소녀가 있다고 믿어야만 했다.

"벨라는 우리의 문젯거리가 아니에요." 내가 말했다.

"그녀는 필립 하드윅의 후계자예요." 잉그리드가 말했다.

"하지만 벨라는 필립 하드윅이 아니에요."

"그럼 그녀는 뭐죠?"

나도 답을 찾을 수 없었다. 내가 아는 건 그녀가 나를 죽일 수도 있었지만 죽이지 않았다는 사실이었다. 그녀의 아버지는 그렇게 자비롭지 않았을 것이다.

"우리가 결정할 일은 아닌 것 같아요. 어쨌든 우리는 은퇴한 사람들이니까요." 내가 말했다.

"매기 말이 맞는 것 같아요." 데클란이 말했다. "우리는 벨라에 대한 정보를 CIA에 알렸으니 이제 공은 그들에게 넘어갔어요. 정보국이 그녀를 처리하도록 두어야 합니다."

"그들이 요구하기만 한다면 우리가 도울 수도 있어요." 잉그리드가 말했다.

우리가 반드시 알아야 할 것이 있다. 우리를 쓸모없고 무의미한 존재로 여기는 세상에서 우리의 위치. 새로운 세대는 과거로부터 무엇을 배울 수 있는지는 거의 고려하지 않고 미래만을 바라보고 있다. 우리가 그들에게 무엇을 가르칠 수 있을까?

나는 잔 다섯 개와 잉그리드가 어렵게 공급처를 찾아내 선물한 30년산 롱몬 위스키 한 병을 꺼냈다. 이 병은 우리의 대화가 곧 진지해질 것임을 알리는 신호탄이었다. 저녁 식사 내내 거의 말을 하지 않았던 데클란에게 먼저 한 잔을 건넸다. 그는 내가 그럴 수밖에 없었다는 걸 알고는 있지만, 그래도 자신에게 상의 한마디 없이 이탈리아로 우회한 것에 대해 여전히 상처를 받고 있는지 내내 나의 시선을 피하고 있었다. 그건 내가 감당해야 할 전투였고 그 전투에 휘말려 그가 다치는 것을 원하지 않았다.

하지만 결국 결과는 이렇게 돼버렸다. 데클란이 나를 용서하고 우리 사이의 신뢰를 회복하는 데는 시간이 걸릴 것이다. 우리 사이에 해결해야 할 문제 목록에 이것 또한 추가해야 할 것이다.

로이드가 위스키 잔을 들어 이탈리아어로 건배를 제의했다. "친친(건배), 알라 살루떼(건강을 위하여)!"

"친친!" 우리도 건배를 따라 외치며 첫 모금을 마셨다.

그때 경보기가 울렸다.

"누가 오기를 기대하시죠?" 벤이 우리를 둘러보며 말했다.

나는 테이블에서 일어났다. "우리 모두 이 사람이 누군지 알고 있는 것 같은데요."

현관문을 열자 그녀는 막 노크를 하려던 참인지 주먹을 쥔 손을 들고 있었다. 조 티보듀는 며칠 동안 잠을 제대로 못 잔 것처럼 피곤해 보였다. 다크서클이 눈에 가득하고, 포니테일은 흐트러져 머리카락이 삐져나와 얼굴 주위를 느슨하게 감싸고 있었다.

"버드 부인." 조가 말했다. "질문이 있습니다."

"물론 그러시겠지요. 들어오세요."

그녀는 나를 따라 주방으로 들어와 테이블에 둘러 앉은 손님들을 둘러보았다. "마티니 클럽의 모임을 발견하는 것이 이제는 별로 놀랍지도 않네요."

데클란이 신사답게 의자를 꺼내주었다. "티보듀 서장님, 앉으시죠."

"위스키 한잔 어때요?" 로이드가 제안했다.

"아직 근무 중입니다."

"항상 근무 외 시간에도 근무를 하시는 것 같네요?" 내가 물었다.

"버드 부인, 다른 방으로 가서 얘기 좀 할 수 있을까요?"

"이분들은 제 친구들입니다. 우리가 무슨 말을 하든 전 이 친구들이 들었으면 좋겠어요."

티보듀는 한숨을 쉬었다. 그녀는 오늘 밤 나와 말다툼을 하기엔 너무 지쳐있었고, 무엇보다 자신이 이길 수 없다는 것을 알기에 데클란이 꺼내준 의자에 별다른 저항 없이 앉았다. 조명 아래에서 자세히 보니 그녀의 얼굴이 서른둘이라는 나이보다는 더 늙어 보였다. 조를 알고 지낸 짧은 시간 동안 나는 그녀의 끈기를 높이 평가하게 되었다. 그녀는 단거리 선수가 아닌 마라톤 선수처럼 한발 한발 앞으로 나아가면서 자신의 목표에 집중하는 스타일이었다. 그녀는 우리를 당장은 능가할 수 없고, 우리보다는 오래 이 일을 지속할 것이기 때문에, 우리를 반대편에 놓아둔다면 문제가 될 것으로 생각할 것이다. 현재로썬 다행히 그런 일은 없을 것이며, 우리 모두 이 사실을 알고 있다.

"주 경찰이 당신이 받은 소녀의 위치를 알려주는 문자 메시지를 조사했습니다. 결과는 누가 보냈는지 추적이 불가능하다고 합니다." 조가 말했다.

"안 될 거라고 했잖아요." 내가 말했다.

"그럼, 누가 보냈는지 알고 있다는 건가요?"

"제 생각엔, 납치범들이겠지요?"

"왜 갑자기 캘리의 위치를 공개한 걸까요? 누군가 몸값을 지급했습니까?"

"제가 알기로는 아닐 겁니다."

조는 테이블을 둘러보았다. "여기 아는 사람 있나요?"

"우리가 어떻게 알겠어요?" 로이드가 순진하게 말했다.

"혹시, 제가 여러분으로부터 제대로 된 답변을 들을 수가 있을까요?"

"이걸 한 잔 마셔야 할 것 같네요." 그렇게 말하며 데클란은 마법 같은 손놀림으로 위스키 한 잔을 그녀 앞에 내밀었다.

티보듀는 캐러멜색을 띤 유혹의 잔을 내려다보고 있고, 우리 모두는 그녀가 유혹에 굴복할지 궁금해하며 지켜보고 있었다. "이런, 뭐야……." 그녀가 혼잣말을 중얼거렸다. 그리고 한 모금을 마시고는 곧바로 기침을 터뜨렸다. 그녀가 위스키를 잘 즐기지 못하는 편이긴 하지만, 약간의 격려가 주어진다면 충분히 배울 수 있을 것 같았다.

"캘리는 어떤가요?" 데클란이 물었다.

티보듀는 입을 닦고는 말했다. "캘리는 괜찮아요. 다친 곳도 없는 것 같고."

"그 아이가 무얼 기억하고 있던가요?"

"눈을 가리고 있었기 때문에 그들의 얼굴을 전혀 보지 못했다고 해요. 목소리로는 남자 한 명과 여자 한 명이었던 것 같다고 하더군요. 그들은 캘리를 먹이고 따뜻하게 해줬고 위협은 없었다고 했어요. 그럼, 뭐 하려고 납치를 했는지 도대체 감이 오질 않아요." 조가 나를 바라보았다. "혹시 짐작 가는 게 있나요?"

알고 말고. 캘리에게 해를 입힐 의도는 전혀 없었을 것이며, 단지 내가 공개적인 장소에 나타나도록 하기 위한 압박 수단이었을 뿐이라는 걸. 하지만 이런 정보는 경찰에게 별 소용이 없을 것이다. 캘리를 납치한 이들은 이미 조 티보듀의 손이 닿지 않는 곳에 안착해 있을 테니. 물론 납치를 지시한 그녀도 마찬가지일 테고. 메인주의 한적한 구석 시골에서 일하는 경찰이 어떻게 전 세계의 필립 하드윅을 상대할 수 있겠는가? 그것이 내가 이곳에 살기로 한 이유이기도 하고, 나의 친구들도 마찬가지 이유였을 것이다. 우리는 평생을 전 세계의 비밀스러운 전장에서 하드윅과 같은 괴물들을 상대하고 조국을 위해 봉사를 했다. 이제 우리는 조용한 삶을 원했다. 우리는 조용한 삶을 누릴 자격이 충분했다.

"미안해요. 더 이상 해줄 수 있는 말이 없네요."

"그래요, 그렇게 말씀하실 줄 알았어요."

그녀의 무전기가 지지직거리며 울렸고, 동료 경찰의 목소리가 들렸다. '전 대원, 10시 31분, 10시 31분. 위치, 2-4-2 버치 로드…….'

티보듀는 작별 인사할 틈도 주지 않고 일어서서 순식간에 현관문으로 향했다. 몇 초 후, 그녀의 차가 굉음을 내며 진입로를 빠져나가는 소리를 들었다.

"10시 31분." 잉그리드가 말했다. "범죄가 진행 중이라는 무전 암호예요. 우리가 도움이 될 수 있을지도 모르겠네요. 그게 주민의 의무잖아요, 안 그래요?"

우리는 다시 한번 롱몬을 돌리고 잔을 채우며 그 문장에 대해 생각해 보았다. '범죄가 진행 중입니다.' 이 말이 적용되지 않는 어떤 마을, 어떤 도시가 있을까? 우리처럼 작은 마을조차도 세상의 문젯거리, 세상 사람들의 비애와 고통으로부터 벗어나지 못한다는 것을 알았다. 워싱턴에 핵폭탄이 떨어져 이쪽으로 바람이 분다면, 방사능 먼지는 안전하다고 믿었던 이 작은 마을의 구석까지 곧장 날아올 것이다. 유럽에서 어떤 국가가 무너지거나 동아시아에서 전쟁이 발발하면, 그 파괴와 관련한 파장의 물결은 결국엔 메인주 퓨리티에까지 밀려들 것이다. 우리의 면역성은 허약할 뿐이다. 그 누구도 벗어날 수 없다.

"무슨 일이 일어났든 조 티보듀가 잘 처리할 수 있을 겁니다." 내가 말했다. "그리고 우리의 도움이 필요하다면 어디에서 우리를 찾아야 하는지도 이제 잘 알고 있을 겁니다."

저
자
노
트

『스파이 코스트』는 몇 년 전 제가 메인주의 작은 마을에서 발견한 기묘한 비밀에서 영감을 받았습니다. 우리 가족이 이곳으로 이사 온 지 얼마 지나지 않아 의사인 남편이 병원을 개업했고, 은퇴하신 분들이 환자로 오면 이전 직업을 물어보는데, 가끔 이런 식의 대화가 오갔다고 합니다.

> 의사 : 전에 직업이 뭐였습니까?
> 환자 : 정부를 위해 일했었습니다.
> 의사 : 그럼 정부를 위해 무슨 일을 했습니까?
> 환자 : 그것에 대해선 말할 수가 없어요.

이런 일이 서너 번 반복되었을 때 남편은 이곳에 사는 은퇴자들 중 몇몇은 뭔가 특이한 점이 있다는 것을 깨닫게 되었습니다. 그리고 지역 부동산 중개인에 의해 마침내 그 비밀이 밝혀졌습니다. "아, 그들은 모두 CIA에 있었어요."

우리 집 근처에도 은퇴한 스파이 요원이 두 명이나 살고 있다는 것도 알게 됐습니다. 인구 5천 명밖에 되지 않는 이 마을에 왜 이렇게 많은 전직 CIA 요원들이 모여들게 되었을까? 핵 목표물에서 멀리 떨어진 북쪽의 숲이 우거진 이곳에서 안전하게 자신의 익명을 지킬 수 있다고 생각하기 때문일까? 아니면 이 마을이 은퇴자를 위한 잡지에 소개라도 된 것일까? 또는 과거에 메인주가 안전 가옥의 장소로 자주 사용되었기 때문일까? 많은 가설들이 있지만, 정작 실제로는 그 답을 알고 있는 사람들이 이에 대해 이야기할 수 없거나 이야기하지 않기 때문에 정확한 답은 알지 못했습니다.

나이 듦과 희끗한 머리 때문에 우리는 은퇴한 이들을 대수롭지 않게 여길 수 있습니다. 그들은 그저 동네 커피숍에서 담소를 나누고, 마트에서 카트를 밀면서 장을 보며, 우체국에서 만나 산뜻한 아침 인사를 건네는 우리의 이웃일 뿐입니다. 그들은 이웃들과 너무 잘 어울리지만 우리는 그들이 누구였는지, 무덤까지 가지고 가야 할 어떤 비밀이 있는지 궁금해하지 않을 수 없습니다.

비밀스러운 과거를 가진 조용하고 평범한 은퇴자들은 매력적인 캐릭터가 될 수 있을 거라고 생각했고, 그렇게 해서 『스파이 코스트』가 탄생했습니다. 저는 제임스 본드처럼이 아닌 지극히 평범한 은퇴자로 조용히 살아가는 스파이에 대해 쓰고 싶었습니다. 어느날 묻어두었던 과거가 되살아나 괴롭히기 시작하고, 다시는 쓸 일이 없을 줄 알았던 옛 기술들을 불러내야만 하는 상황에 처하는 은퇴한 스파이의 이야기를.

스파이 코스트

초판 1쇄 2024년 11월 27일
초판 3쇄 2024년 12월 24일

지은이 테스 게리첸
옮긴이 박지민
펴낸이 김운태
기획·관리 박정윤
편집 김운태
디자인 정초희

펴낸곳 도서출판 미래지향
출판등록 2011년 11월 18일 제2013-000129호
주소 서울시 마포구 마포대로 53 B동 1603호
전자우편 kimwt@miraejihyang.com
대표전화 02-780-4842
팩스 02-707-2475
홈페이지 www.miraejihyang.com
ISBN 979-11-85851-31-0